Barbara Biegel

Gabes Grenzen

Roman

Bibliografische Information der Deutschen Nationalbibliothek: Die Deutsche Nationalbibliothek verzeichnet diese Publikation in der Deutschen Nationalbibliografie; detaillierte bibliografische Daten sind im Internet über dnb.dnb.de abrufbar.

© 2021 Barbara Biegel
© Coverfoto: Barbara Biegel
Covergestaltung: Druckblume Hildesheim
Pro Design ein Baum: www.druckblume.de
Herstellung und Verlag:
BoD – Books on Demand, Norderstedt

ISBN: 9783753463186

Für Ida

Inhalt

1. Ordnung und Klarheit

Einmal in der Woche für eine Stunde mit Wörtern zu tun zu haben war für mich die ideale Dosis. Noch dazu mit zwei Aufpassern, wie ich Rosi und Jim insgeheim nannte. Ihre Anwesenheit reichte aus, um mich nicht in alte Muster verfallen zu lassen. Ich wollte mich nicht mehr über das aufregen, was andere zu Papier gebracht hatten und was sie für der Weisheit letzten Schluss hielten. Gegen das, was Rosi und Jim aufschrieben und vorlasen, hatte ich nie etwas einzuwenden.

Sie konnten nicht wissen, wie viel mir unsere Treffen mit den kleinen Schreibaufgaben bedeuteten. „Mit leerem Gerede ist keinem geholfen. Deshalb finde ich es gut, dass wir nur kurze Texte schreiben und keine Romane", hatte ich zu den beiden gesagt, „von Worten gehen jede Menge Missverständnisse aus." „Findest du? Aber du willst uns bestimmt nicht sagen, wie du zu dieser Überzeugung gekommen bist", mit einem unschuldigen Blick rührte Rosi in ihrer Kaffeetasse. Sie wusste genau, dass die Vereinbarung, nicht über unsere Vergangenheit zu sprechen, einer Antwort im Wege stand. Jim verzog keine Miene. „Rosi", sagte ich, „ich spreche von zu viel Gerede. Du kennst meine Meinung über moderne Kommunikationsmittel, die in Sekundenschnelle inhaltsloses Geschwätz verbreiten. Deswegen …" „… hast du dir nie ein Handy angeschafft!", vollendete sie meinen Satz. „Genau", sagte ich, „jedes Exemplar spielt dem Ende der Zivilisation in die Hände."

Rosi fand das nicht. Sie hatte sehr wohl ein Handy und Jim nutzte die neuesten wissenschaftlichen Kenntnisse, die die Computer der Bibliothek bereithielten, obwohl das ein

Unort war, wie ich ihm gegenüber nicht müde wurde zu betonen. „Jim", sagte ich ein ums andere Mal, „pass dort bloß auf dich auf, du gehst voller Ideale rein und sie sind nur darauf aus, dir irgendetwas anzuhängen." Doch er schaute mich stets nur ernst an und blieb wortkarg. Abgesehen von solchen kleinen Irritationen waren wir drei uns einig, die Beschäftigung mit Wörtern war Gehirnjogging und weil wir für Kreuzworträtsel zu jung waren - uns fehlten im Schnitt noch fünfzehn Jahre bis zur Rente - lösten wir leidenschaftlich gern Schreibaufgaben.

An jedem Mittwochnachmittag trafen wir uns im Café Ella und schrieben zehn Minuten über ein Wort - und zwar noch bevor wir den Kuchen bestellten. Wir waren der Reihe nach mit Vorschlägen dran und man konnte ein Veto einlegen, wenn einem das Wort gegen den Strich ging. Davon machte aber nie jemand Gebrauch, ich schon gar nicht, kein Wort konnte so toxisch sein, dass ich nicht darüber schreiben wollte. Jedenfalls hatte ich das gedacht, bis zu einem Mittwoch, an dem Rosi am Zug war.

Sie hatte in die Runde geblickt, als habe sie etwas ganz Besonderes im Angebot. Als sie sich unserer ungeteilten Aufmerksamkeit sicher war, rückte sie endlich mit ihrem Wort heraus: „Ost!" Ich öffnete den Mund und sagte zu meinem Erstaunen: „Nicht mit mir. Ich lege mein Veto ein." Rosi riss die Augen auf. „Weshalb?" „Deshalb! Denk dir bitte etwas anderes aus." „Aber was ist so schlimm an einer Himmelsrichtung?" fing sie an, doch Jim unterbrach sie, indem er die Hand hob. „Du könntest ‚Rost' vorschlagen", sagte er zu ihr. „Warum nicht? Das ist gut", stimmte ich sofort zu. Rosis Blick wanderte von mir zu Jim, während sie auf dem Sofa ein Stückchen nach hinten rutschte. „Also gut, dann ‚Rost'. Meinetwegen", meinte sie, „ich kenne die Regeln." Mit gerunzelter Stirn nahm sie mit der einen Hand ihren rosafarbenen Füller und drehte mit der anderen die originelle Sanduhr um,

Jim zückte seinen Kugelschreiber und ich zog die Kapsel von meinem blauen Fineliner.

Die winzigen grünen Kunststoffkugeln brauchten ganze zehn Minuten, um durch die gläserne Engstelle von unten nach oben zu schweben. Hatten sie es geschafft, gaben wir uns noch etwas Zeit für das Polieren, wie wir es nannten.

Wenn Rosi das Wort vorgeschlagen hatte, war ich immer als Erste mit Vorlesen dran.

„Rost". Nach der Überschrift räusperte ich mich kurz, dann las ich weiter.

„Rost konnte ich noch nie leiden. Es ist nicht sehr viel besser als Ost. Schon wenn ich das Wort ausspreche, werde ich heiser und meine Stimme bekommt einen kratzigen, unversöhnlichen Tonfall. Rost geht mir auf die Nerven. Es sind Männer, die die rostigen Eisen-Herzen oder Spiralen herstellen, die überall in den Gärten herumstehen, denn Männer stehen auf Rost, es gibt nur wenige Ausnahmen von dieser Regel. Ihr Verhältnis zu Metall hat sie geprägt, seit sie nach Erzen gegraben haben und seit es Eisen gibt. Über Jahrhunderte hat der Umgang mit rostigen Nägeln tiefe Spuren in ihrer DNA hinterlassen. Ständiges Geschraube vertiefte ihren Kontakt mit Rost und wurde zu ihrer Spezialstrecke. Sie befassen sich gern mit ihm, während weibliche Wesen ihrer Ansicht nach mit ihrem Gerede alles blank schleifen wollen und versuchen, hinter dem roten Schmutzfilm irgendwelche Wahrheiten aufzudecken. Männer wollen das nicht, die wollen die Dinge entweder zugespachtelt und glanzlackiert oder eben rostig, mit Schlieren, die von Schrammen und Beulen ablenken und sie verstecken. Unschöne Formen und störende Kanten lassen sich hinter blühendem Eisen perfekt zum Verschwinden bringen, man braucht es nur der Feuchtigkeit auszusetzen und schon lenkt die Veränderung der Oberfläche vom Eigentlichen ab. Sogenannte Schock-Rostlöser, die nach dem Einwirken eingerostete Schrauben und Muttern rücksichtslos freisprengen, dienen Männern als Ersatz für längst überfällige Beziehungsarbeit. Rost ist mehr als sinnlos, er widerspricht dem

*Prinzip von Ordnung und Klarheit. Eine gesellschaftliche Ausei-
nandersetzung mit dem Phänomen Rost ist in meinen Augen überfällig."*

Scheinbar hatte Rosis erster Vorschlag mich innerlich aufgeladen, nur so war die scharfe Note zu erklären, die meine Texte sonst eher selten würzte. Jim saß kerzengerade und mit geschlossenen Augen da und Rosi hatte mit gesenktem Kopf über der Tischdecke meditiert, ein sicher seltsamer Anblick für die übrigen Gäste. Nach ihrer Andacht reagierte sie überschwänglich: „Wirklich gut, du hast dich übertroffen. Da haben wir es wieder: Du hast die Gabe, so ein unerotisches Wort wie ‚Rost' in ein gesellschaftspolitisches Statement zu verwandeln. Ja, du machst deinem Namen alle Ehre." Das war kein Lob, sie trug mir mein Veto nach und nahm meinen Groll auf meinen Vornamen zum Anlass, mich zu ärgern.

Ich hätte Gabi heißen sollen. Offenbar hatte mein Vater nicht gelesen, was der Standesbeamte ihn hatte unterschreiben lassen. Von da an war ich Gabe. Manche Dinge waren nicht mehr gutzumachen, weder die Schreibweise noch meine Vorwürfe den Eltern gegenüber. Davon konnte Rosi nichts wissen, ihr genügte der ironische Unterton, mit dem ich meinen Vornamen aussprach, wenn ich danach gefragt wurde.

„Vielen herzlichen Dank, Rosi", betonte ich, verschränkte die Arme und wandte mich Jim zu. Er strich sich über die kurzen grauen Haare, als würde ihm das helfen, einen Kommentar aus seinem Kopf hervorzulocken, und gab dann bedächtig eines seiner knappen Urteile ab: „Interessante Analyse, Gabe. Auch ich besitze einen Schock-Rostlöser." Er sagte es, ohne zu lächeln. Mehr kommentierte er selten und ich war dankbar über seine Rückendeckung und wollte nicht weiter nachfragen. Doch Rosi hatte sich mit meinem Veto noch nicht abgefunden. „Ich weiß nicht, was du gegen das Wort ‚Ost' hast", hakte sie nach, „es gibt doch tolle Leute im Osten, mich zum Beispiel. Und Jim. Du musst erst mal jemanden finden, der unseren Erfindungsreichtum hat, nicht wahr, Jim?" „Darum geht's nicht, Rosi", ich winkte ab und wollte das Thema beenden, doch sie gab keine Ruhe. „Doch, doch, das soll uns mal einer nachmachen! Und ich kenne eine Menge Leute, die hervorragend zwischen den Zeilen lesen können und sich nicht gleich wie Lämmer zur Schlachtbank führen lassen, nur weil irgendjemand etwas beschlossen und in Regeln gegossen hat." Sie kicherte: „Außerdem verstehen wir zu feiern, aus dem Nichts heraus. Wenn ich nur daran denke, wie wir früher über die Dörfer gezogen sind. Jemand hat irgendein Lied angestimmt und alle haben mitgesungen. Es hat nie lang gedauert, dann hat man uns was zu trinken oder zu essen gebracht, wenn's auch nur Wasser war oder eine Scheibe Brot. Die Leute haben zusammengehalten." Mir reichte es. „Rosi, dafür, dass du mit ‚Ost' eine Himmelsrichtung gemeint hast, bist du ganz schön in die Vergangenheit abgeschweift", sagte ich streng. „Oh, stimmt. Sorry", sie tauschte mit Jim einen Verschwörer-Blick und zuckte scheinbar leidenschaftslos mit den Schultern.

Er wartete schweigend einige Minuten, meist begann er erst mit dem Vorlesen, wenn Rosi kurz vor dem Platzen war. Ungeduldig stöhnte sie vor sich hin. Sein Text handelte von einem Astronomen mit dem Nachnamen Rost, der als Verfasser galanter Romane und vor allem wegen seiner Forschungen an einer Sternwarte berühmt geworden war. „Ach was!", rief Rosi dazwischen, die die Tatsache, dass es nicht der erste Beitrag zu Jims Lieblingsthema war, auf gar keinen Fall unkommentiert lassen wollte. Erneut sah ich sie streng an, die Anderen zu unterbrechen, war nicht erlaubt, doch Jim ließ sich nicht aus der Ruhe bringen und fuhr unbeirrt fort:

„Johann Leonhard Rost sammelte seine Erkenntnisse in zahlreichen Schriften. Besonders mit der Beobachtung der Sonnenflecken machte er auf sich aufmerksam. Veröffentlichungen zu Sonnen- und Mondfinsternissen, Nordlichtern und schweren Unwet-

tern folgten. 1718 erschien sein Hauptwerk. Es trug den Titel ‚Ast-
ronomisches Handbuch' und verschaffte ihm Zugang zur Preußi-
schen Akademie der Wissenschaften. Seine Eltern betrieben eine
Gaststätte, die heute noch existiert, doch er erkrankte und starb,
noch keine vierzig Jahre alt. Nach ihm ist der Mondkrater ‚Rost'
benannt."

Jim besaß das Gedächtnis eines Elefanten, war sparsam
mit Worten und las stets langsam. Konsonanten und Vokale
erhielten genau den Raum, den sie brauchten, um es sich in
ihrem Wort gemütlich zu machen. „Beeindruckend, Jim",
sagte ich, als er schwieg, „wie immer mit Fakten und Zahlen.
Und knapp. Kurz kam mir der Gedanke, was du wohl geschrieben hättest, wenn das Wort ‚Trost' geheißen hätte." Er
zog nur unmerklich die Augenbrauen hoch. „Rosi", wollte
ich ein versöhnliches Signal aussenden, „du hast sicher bemerkt, dass ‚Rost' ganz nah am ‚Trost' vorbeischrammt?" Sie
nickte kühl: „Du hast recht, aber es war ‚Rost', nicht ‚Trost',
und auch nicht ‚Ost'." Sie hatte mir mein Veto immer noch
nicht verziehen und wendete sich Jim zu: „Dich zu kennen,
erweitert meinen Horizont, was das Thema Astronomie betrifft. Aber das ist nichts Neues. Wirklich überrascht bin ich
wegen des Details mit der Gaststätte, Jim. Man ist versucht,
nachzuprüfen, ob das stimmt. Wird wohl so sein, wenn man
dich kennt." Jim neigte den Kopf und lächelte fein, er war
sich also sicher, und Rosi klopfte unwillkürlich mit ihrem
Füller auf die Tischkante und gab sich geschlagen. Ich sagte
nichts und hoffte, ihr Ärger würde nach dem Lesen ihres
eigenen Textes verflogen sein. Sie griff nach ihrem Block,
streckte den Kopf etwas vor und sah durch den Nahbereich
ihrer Gleitsichtbrille.

„Rost stellt für jeden von uns eine unterschätzte Gefahr dar.
Jeder, der mit Eisen in Berührung kommt, kann sich heimlich, still
und leise einen Rostfleck einfangen, und entgegen der landläufigen

Annahme, diese Flecken wären leicht loszuwerden, behaupten sie in unserer scheinbar perfekt durchorganisierten Welt zäh und ausdauernd ihren Platz. Nur ein wahrer Feldzug gegen Rost, an dem sich alle mit vereinten Kräften beteiligen müssten, würde helfen, ihn zurückzudrängen. Unsere Kleidungsstücke sind ständig in Gefahr, dass sich Rost von alten Schrauben, von vielbenutzten Werkzeugen oder rostigen Küchengeräten ablöst, um nur einige Beispiele zu nennen, und sich auf den unterschiedlichsten Stoffen festsetzt. Selbst Essbesteck aus rostfreiem Stahl scheint fortwährend darauf aus zu sein, Flugrost, der sich in allerfeinsten Partikeln in der Luft befindet, magnetisch anzuziehen und sich bereitwillig die eigene Schutzschicht von ihm durchdringen zu lassen. Alle alten Autokarosserien tragen das ihre dazu bei, dass der rostige Feinstaub nie geringer wird – sie werden Regen, Schnee und Nebelschwaden ausgesetzt, obwohl allgemein bekannt ist, dass es zu Rostflecken kommt, sobald Feuchtigkeit mit angegriffenen Oberflächen in Kontakt tritt. Obwohl uns die Werbung weismacht, man müsse nur zu dem passenden Fleckentferner greifen und uns mit der Bezeichnung ‚Fleckenteufel' suggeriert, wir würden mit dem Stellvertreter einer dunklen Macht in unseren Händen gegen Rost erfolgreich vorgehen können, haben viele von uns zu ihrem Leidwesen schon die Erfahrung gemacht, dass keines der auf dem Markt befindlichen Mittel gegen die hässlichen, braunroten Stellen hilft. Auch eine doppelt oder dreifach so lange Einwirkzeit kann man sich schenken. Solange die breite Masse diese Gefahr nicht ernst genug nimmt, bleibt uns wenig anderes übrig, als mit dem Rost in friedlicher, doch wachsamer Koexistenz zu leben."

Jim sah starr geradeaus, ich musste kichern, aber Rosi funkelte mich an, also riss ich mich zusammen und sagte: „Wirklich gut, Rosi. Ich bin beeindruckt. Unglaublich detailreich. Mit all dem Staub und den Partikeln kam es mir vor wie ein weiterer interstellarer Text. Da hast du Jim direkt Konkurrenz gemacht. Und ich wusste gar nicht, dass du an dunkle Mächte glaubst." Sie beugte sich vor und tat so, als wolle sie mich mit ihrem Stift erstechen: „Nicht nur das, sie sind auf meiner Seite. Nimm dich bloß in Acht. Bisher schreibe ich gegen Widerstände nur an." Nach diesem letzten Seitenhieb lachte sie plötzlich und war wieder die Alte. Beleidigt zu sein, hielt sie nie lange durch.

Wir sprachen nicht viel über unsere Texte, es war nur ein amüsanter Zeitvertreib und keiner wollte sich zum Schiedsrichter aufspielen, doch Rosi ließ es sich nie nehmen, hinterher ein paar feierliche Worte zu verlieren. „Jim, Gabe", sie sah uns von ihrer etwas tieferen Position des Sofas aus an und sagte in die entstandene Pause hinein: „Egal welches Wort - mit euch zu schreiben war wieder einmal herrlich." Noch während sie sprach, winkte ich Gunda, um endlich zu bestellen. „Wir wollen uns schließlich nicht nur Worte auf der Zunge zergehen lassen, Gunda", kommentierte Rosi wie üblich ihren immer gleichen Wunsch, ein Stück Schwarzwälder-Kirschtorte.

Eine halbe Stunde später hielt sich Jim an dem Rest seiner Saftschorle fest und unsere Teller und Tassen waren fast leer. Es wurde langsam Zeit, ihnen die Neuigkeit mitzuteilen. Draußen vor dem Fenster ließ eine Horde Spatzen die Ligusterhecke am Rand der Terrasse vibrieren. Ich holte Luft, sagte, was ich zu sagen hatte, und schloss mit den Worten: „Ich weiß es seit gestern." Rosi sah mich mit großen Augen an, soweit das bei ihrem rundlichen Gesicht möglich war. „Wieso hast du nicht ‚Nein' gesagt?" Das Licht der Lampe über dem Tisch ließ die kleinen Schweißperlen auf ihrer Stirn schimmern. Ich zuckte mit den Schultern. Sie warf Jim einen Seitenblick zu und rutschte unbehaglich auf dem Sofa hin und her. „Oh. Und deine ...", sie überlegte, „... Prinzipien? Es muss doch einen Grund geben, weshalb du zugestimmt hast. Du bist doch sonst so ..."

Konsequent, direkt, geradlinig, etwas in dieser Richtung, sie suchte nach dem passenden Begriff. Um die ganze Sache abzukürzen, tat ich so, als wäre es das Natürlichste der Welt, das Gegenteil von dem zu tun, was man seit Jahren predigte. „Konsequent, wolltest du sagen? Ja, du hast recht, ich hätte ‚Nein' sagen sollen." Dabei musterte ich scheinbar interessiert den Bezugsstoff des Sofas, auf dem sie saß. Sein orientalisch überbordendes Muster bildete einen seltsamen Kontrast zu Jims karierter Hose, der auf dem Stuhl daneben seine langen Beine übereinandergeschlagen hatte. „Und weshalb hast du es nicht?" Mehrere kurze Sätze in Folge waren eigentlich untypisch für Rosi. Sie zu irritieren, war nicht schwer, sie war nie gefasst auf die Winkelzüge der Welt. Ihre Kuchengabel blieb mit leichtem Zittern in der Luft stehen wie eine Drohne. „Du wolltest doch nie mehr …?" Ich rührte den Rest Kaffee in meiner Tasse um, als hätte ich vor, einen Wirbelsturm zu erzeugen. „Jemand hat mal gesagt, das Wort ‚Ja' wäre das schönste Wort der deutschen Sprache, dem kann ich nicht zustimmen. Ein ‚Ja' wird leicht erpresst", sagte ich. „Ich jedenfalls bin buchstäblich dazu gezwungen worden. Das Ganze ist ein Lehrstück dafür, dass Zustimmung viel zu oft nichts als eine Lüge ist."

Rosi wandte sich mit großer Geste an Jim, der dasaß wie immer, unerschütterlich auf seinen knochigen Sitzhöckern festgetackert wie der Orion am Himmel. „Du sagst ja gar nichts, Jim. Hast du nicht gehört, was Gabe eben gesagt hat?", drängte sie. Er wiegte den Kopf und fragte in seiner langsamen Sprechweise, die mich manchmal ebenso ermüdete wie Rosis Wortschwall: „Was ist daran so schlimm?" „Jim, ich bitte dich, du und dein Gleichmut, der ist hier fehl am Platz! Gabes Leute haben ihr Versprechen gebrochen. Sie putzt seit Jahren in ihrem Haus und von Anfang an unter der Bedingung, dass sie nicht ausgeliehen wird, das weißt du doch. Wo Gabe doch so schlechte Erfahrungen mit öffentlichen Gebäuden gemacht hat!" Rosis Gabel landete mit einem Klirren auf ihrem Teller neben der Maraschino-Kirsche, die sie verabscheute, was in ihren Augen den Genuss der Torte aber nicht schmälerte. Seit Gunda gesagt hatte, die Kirschen würden in Salzlake wochenlang gebleicht und anschließend neu eingefärbt, erinnerte mich die rote Farbe an Schnippgummis.

Rosis Empörung tat mir gut. Was auf mich zu kam, hatte bereits leichten Druck auf meinen Magen erzeugt. Nicht wegen der Arbeit, für viele war Putzen ein notwendiges, aber lästiges Übel - nicht für mich. Egal ob Fensterputzen, Staubsaugen oder das Bad schrubben, Saubermachen hatte mit Ordnung zu tun und Ordnung war wichtig. Wie es in einem selbst aussah, spiegelte sich im Außen. In meiner Wohnung stand jedes Ding an seinem Platz, nur meine Clivia hatte durch ihr unkontrollierbares Wachstum das Potential, Unruhe in die Ordnung zu bringen, was man einer Pflanze aber nicht übelnehmen konnte.

Selbstmitleid lag mir nicht, ich war jemand, der die Dinge anpackte, die anzupacken waren, doch Rosi hatte recht, sie hatten mich überrumpelt und meine Abhängigkeit ausgenutzt. „Sie arbeiten schon so lange für uns, Gabe. Sie wissen doch, dass wir uns nicht an Sie wenden würden, wenn es sich nicht um eine außergewöhnliche Notsituation handeln würde." Frau Westend, die ich insgeheim so nannte, weil das Haus im Villenviertel lag, hatte mich nervös angesehen und ihr linker Mundwinkel hatte gezuckt, wie an den Tagen, an denen das Klobecken eine Zumutung war oder wenn ihr Mann vor meinem Kommen nicht die Kellertreppe freigeräumt hatte.

„Das kommt nicht in Frage", hatte ich ihre Bitte ausgeschlagen. Da war mir noch nicht klar gewesen, dass ich gar keine Wahl hatte, weil mein Job auf dem Spiel stand. „Sie wissen, dass ich auf keinen Fall in öffentlichen Räumen putzen will, ich arbeite ausschließlich privat, das habe ich von Anfang an zur Bedingung gemacht." Sie nickte eifrig und ihre Hand rutschte am Tisch ein Stückchen vor, als wolle sie meinen Arm berühren. Das fehlte mir noch. Wurde man mit ihnen zu privat, erzählten sie einem alle ihre Probleme und das Arbeitgeber-Angestellten-Verhältnis geriet in eine Schieflage. Auf diese klare Trennung hatte ich immer geachtet. Mit einem einnehmenden Lächeln sah sie mich an: „Es ist nur so lange, bis wir jemand anderen finden. Versprochen!" Manche Versprechen konnte man sich schenken, sie würden so schnell niemanden finden, der so weit draußen eine Putzstelle annehmen würde, mit Arbeitszeiten, zu denen kaum ein Bus fuhr. „Wie soll ich da hinkommen? Ich habe kein Auto", versuchte ich, ihr einen Strich durch die Rechnung zu machen. Ihr Gesicht wurde lebhaft: „Das ist organisiert, Gabe. Sie nehmen den Zug in den Nachbarort, von dort fährt ein Bus in engerem Takt. Wir übernehmen selbstverständlich die Kosten." Sie sah, dass ich zögerte und beeilte sich, nachzuschieben: „Und Sie können auch am Montag ins Haus, wir vertrauen Ihnen den Schlüssel an. Das haben wir gegenüber dem Vorstand durchgesetzt. Wir kommen Ihnen entgegen, weil heutzutage verlässliches Personal, wie Sie es sind, selten ist. Bitte lassen Sie uns und vor allem meinen Mann nicht im Stich. Das Museum bedeutet ihm alles. Ihre Absage würde uns sehr enttäuschen. Wir würden ungern auf Sie verzichten." Der letzte Satz war doppeldeutig, eine ähnlich komfortable Putzstelle würde ich so schnell nicht wieder finden. Ich schwieg eine Weile und gab mich dann geschlagen. In der Hoffnung, dass, anders als in Bibliotheken, nur wenige Besucher dieses neue abgelegene Kunstmuseum aufsuchen würden und dass kein Vorgesetzter mir in meine Arbeit hineinreden wollte, lenkte ich ein: „Also, gut, ich stimme zu. Aber nur, wenn Sie erstens alles tun, um so bald wie möglich einen Ersatz zu finden, zweitens, wenn es nicht länger als ein halbes Jahr dauert und drittens, wenn ich im Anschluss zwei Wochen frei bekomme, bezahlt, versteht sich. Denn danach brauche ich sicher eine Pause." „Gabe!" Der Strahlkranz aus Wimpern um ihre blauen Augen war fast so rund wie ihr offenstehender Mund. Ich machte ein unbeteiligtes Gesicht und wischte einige unsichtbare Brösel vom Tisch, sie wusste schließlich, was sie an mir hatte. Sie antwortete: „Ich werde darüber mit meinem Mann reden!", und wies mich als nächstes an, mit dem Deckenbesen durch das ganze Haus zu gehen, um die Spinnweben zu entfernen. Das hatte ich zwar erst die Woche zuvor erledigt, aber sie wollte wohl zeigen, wer das Sagen hatte. Ich war wieder einmal froh, dass ich stets abgelehnt hatte, sie mit ihrem Vornamen anzureden.

Rosi riss mich aus meinen Gedanken und hakte nach: „Und dein Putzjob bei ihnen, soll der auch weitergehen?" „Der soll pausieren", antwortete ich. „‚Gabe', hat sie gesagt, ‚es fällt uns schwer, aber wir werden wohl, solange Sie im Museum arbeiten, ohne Sie zurechtkommen müssen.'" Nachdenklich wiegte Rosi den Kopf, während Jim sein Glas leerte und es mit einem Klacken auf die Marmorplatte stellte, als wolle er einen Schlusspunkt setzen. „Rosi, lass uns über etwas anderes reden", sagte ich, „mir reicht's für heute. Erst hat sich die Chefin über ihre Frühjahrsmüdigkeit und dann über das Buch beschwert, das sie gerade liest." Ich imitierte die hohe Stimmlage: „‚In das Buch bin ich nicht gleich reingekommen, aber dann ging's.'" Ich schüttelte den Kopf: „Dabei hat niemand behauptet, dass alles immer angenehm oder leicht ist. Was klappt schon von Anfang an wie am Schnürchen, aber vom Frühling oder von einem Buch erwarten sie es. Wie sagt man heute? Das Leben ist kein ‚Wünsch dir was', oder so ähnlich." Ich sah in zwei aufmerksame Gesichter, was ich unter Freundschaft verbuchte, und zuckte mit den Schultern. „Das mit dem Job ist vielleicht gar nicht so schlimm. Er ist begrenzt und etwas Abwechslung wird mir gut tun." Ich fragte mich, weshalb ich so viel darüber redete und stellte fest, dass mich die Zukunft nervöser machte als gedacht.

Wir zahlten und Rosi konnte es nicht lassen, meine Neuigkeit noch einmal zu kommentieren: „Hoffentlich bleibt es bei unseren Treffen. Das mit dem Museum ist wirklich der Hammer." „Hammer, was für ein interessantes Wort", warf Jim zum Glück ein. „Das stimmt", gab ich ihm recht, „klingt irgendwie niederschmetternd", und er lächelte. Für jemanden, der sich mit den Weiten des Universums beschäftigte, waren solche schicksalhaften Wendungen nicht von Bedeutung. Er sah über irdischen Morast hinweg und meinte, man müsse Hindernisse mit den Augen eines Pferdes angehen, das wären Tiere, deren Gesichtsfeld fast 180 Grad umfassen würde. Darüber hinaus gäbe es noch ganz andere Dinge zu entdecken. „Gabe wird diese Hürde nehmen", bemerkte er plötzlich zu meiner Überraschung und warf einen Seitenblick auf mich, in dem ich zu lesen glaubte, dass er sich dessen gar nicht so sicher war. Unwillkürlich straffte ich mich und sagte energisch: „Ich sehe es als Herausforderung, das muss reichen."

Eine kurze Zeit in der Hölle konnte man überbrücken. Schließlich war ich schon einmal dort gewesen und wieder entkommen, wenn auch mit Blessuren. Ich hatte es nicht mehr nötig, mich herumkommandieren zu lassen. Mit den Prinzipien an meiner Seite hatte ich mein Leben gut gemeistert. Sie würden mir beistehen.

2. Unabhängigkeit

Rosi hatte ich an einer Fußgängerampel kennengelernt. Sie hatte ganz vorn am Bordstein gestanden und ungeduldig auf Grün gewartet. Damals trug sie noch Kostüm, was ihr meiner Meinung nach besser stand als die weiten Schlabberhosen, für die sie später eine Vorliebe entwickelte. Kleine rötliche Löckchen klebten auf ihrer Stirn, sie schwitzte schnell, daran hatte sich wenig geändert. Der Ampeltaster war aktiviert und der Schriftzug „Signal kommt" blinkte beharrlich. Rosi wendete sich mit einer Falte zwischen den Brauen um und überprüfte, ob das Symbol leuchtete. „Manchmal dauert es ewig", stellte ich ungefragt fest. Ihre hellgrün umrandeten Augen hinter der Brille musterten mich. „Und ich dachte schon, ich hätte nicht gedrückt!" „Haben Sie, zweifelsohne. Sie haben alles richtig gemacht!" Sie lachte und im selben Moment wechselte die Ampelphase und das grüne Fußgängersymbol erschien. Wir setzten uns in Bewegung und sie meinte über die Schulter: „Ich hatte schon an mir gezweifelt." „Das soll man nie!", kommentierte ich trocken, wandte mich nach links und überquerte die Seitenstraße, als in meinem Rücken ein helles „Danke!" ertönte, gefolgt von der Frage: „Wollen wir einen Kaffee zusammen trinken?" Ich drehte mich um und sah in ihr offenes Gesicht. Spontan stimmte ich zu. Es konnte auch von Vorteil sein, keine Arbeit und viel Zeit zu haben. Wenig später saßen wir das erste Mal im Café Ella am Rand des Parks und waren bald beim Du. „Gabe? Hm, noch nie gehört, den Vornamen, aber interessant", bemerkte sie. Zum Glück verzichtete sie auf jede Anspielung. Als nächstes erfuhr ich eine Menge über ihre Tante Mina. Nach einem Felssturz waren zwei riesige Steinblöcke von einer Bergflanke zu Tal gerollt und rechts und links neben Minas Haus zum Liegen gekommen. Rosi entfaltete ein Zeitungsfoto mit dem wie durch ein Wunder unbeschadet gebliebenen Gebäude. „Meine Tante Mina war ein Glückskind. Sie trat aus der Haustür und sagte: ‚Na sowas'." Rosi kicherte. „Ein bisschen was hab ich von ihr, das Naturell und mein Hobby, das Schreiben. Das Haus wurde einige Jahre später doch noch durch einen Felssturz zerstört, aber da war sie schon ausgezogen." „Und wo lebt sie jetzt?", fragte ich. „Sie ist tot", sagte Rosi leichthin. „Sie war erst neunundsiebzig, als sie starb." Als nächstes fragte sie mich unvermittelt: „Schreibst du auch?" „Nein", wehrte ich ab, „ich kann Bücher nicht leiden." „Oh", sie legte den Kopf schräg und meinte entgegenkommend, lange Texte wären auch nicht ihr Ding, aber kleine Schreibaufgaben, nach denen wäre sie süchtig. Sie war mir sympathisch und ich fragte sie ein wenig darüber aus. Lebhaft nannte sie mir Beispiele aus dem kreativen Schreiben, einem Ableger der Literatur, der mir völlig fremd war. „Ich bin schon mal gedruckt worden. Im Kirchenblättchen", sie gluckste, „ich hatte Engelpostkarten gekauft und beschrieben, wie sich die Engel aus ihren alten Gemälden davongemacht und andere Leute auf verrückte Gedanken gebracht haben."

Rosi hatte anscheinend Hoffnung geschöpft, mich mit ihrer Begeisterung anstecken zu können und schlug wiederholt vor, wir sollten uns erneut treffen, wieder im Café, aber mit Schreibzeug. Ich zweifelte daran, dass sie es schaffen würde, mich vom Unterhaltungswert gemeinsamen Schreibens zu überzeugen, aber ihre Munterkeit verlockte mich zu einer Zusage. Meinem Prinzip Unabhängigkeit würde etwas Austausch nichts anhaben können. Wir verabredeten uns für den darauffolgenden Mittwoch.

Mit Papier und Stift in der Tasche ging ich durch den großen Raum des Cafés bis nach hinten. Rosi sah mir von dem Sofa mit dem orientalisch gemusterten Bezug schon entgegen und winkte mich mit dem Stift in der Hand an ihren Tisch. Das Blatt des Schreibblocks vor ihr war mit einer

Schrift voll ausufernder Schwünge bedeckt. „Was schreibst du denn?", fragte ich, während ich auf dem Stuhl neben ihr Platz nahm. Gut gelaunt zeigte sie mit ihrem rosa Füller auf mich, als wolle sie mich aufspießen. „Über alles, was so vor sich geht, zum Beispiel: Gabe kam herein und fragte: ‚Was schreibst du denn?'" Sie lachte: „Setz dich. Wollen wir zuerst bestellen?" Ich entschied mich für Apfelkuchen, Rosi nahm Schwarzwälder-Kirschtorte.

Sie merkte bald, dass ich auf Fragen nach meinem Leben lieber Gegenfragen stellte oder ausweichend antwortete und es nahm mich sehr für sie ein, dass sie nicht weiterfragte und stattdessen auf das Schreiben zu sprechen kam. „Man muss Wörter einfach mal von einer anderen Ebene aus ansehen", sagte sie, „man muss akzeptieren, dass sie ein Eigenleben haben." Auf meinen skeptischen Blick hin erklärte sie mir, was sie meinte: „Nimm zum Beispiel das Wort ‚Nisse'. Ich frage mich, was mir dazu einfällt. Ich überlege, ob es nicht genug davon hat, immer nur auf Läuseeier reduziert zu werden. Oder ob es ihm etwas ausmacht, meistens nur Teil eines Wortes zu sein, eine Nachsilbe wie bei Hindernisse, Vorkommnisse, Gefängnisse. Dann fällt mir auf, dass es so ähnlich wie ‚Pisse' klingt. Ich frage mich, ob es sich mit dem Wort ‚Erlebnisse' darüber wegtrösten kann oder ob es sich freut über ‚Geheimnisse', ‚Wagnisse' und ‚Wildnisse'. Ob es lieber ein ‚t' gegen ein ‚s' tauschen würde, um sich in ‚nisten' zu verwandeln." Mittlerweile saß ich mit offenem Mund da und sie war bester Laune. „Lass es uns einfach mal ausprobieren. Sag irgendein Wort, das dir einfällt." Ich sah, wie die Bedienung, von Rosi „Gunda" gerufen, im Laufschritt zur Kasse lief, während ein anderer Gast schon mit dem Portemonnaie wedelte, und sagte: „Also gut. Effektiv." „Sehr schön", freute sich Rosi, „und was fällt dir dazu ein?" Ich überlegte laut: „Es ist ein unmögliches Wort. Die Konsonanten prasseln auf einen herunter wie Hagelkörner. Es besteht nur aus Forderungen, hat nichts Schwebendes und macht nur Stress. Es klingt wie affektiert, vielleicht sind beide verwandt, weil Leute damit angeben, wie schnell und fit sie sind. Es gibt zu viele Leute und Bücher, die dieses Wort vor sich hertragen." Aufmerksam sah sie mich an. Vermutlich hatte sie gemerkt, dass ich gerade etwas über meine Vergangenheit preisgegeben hatte.

In meinem früheren Leben in der Bibliothek war Effektivität in jedem zweiten Satz der Leiterin vorgekommen. Für die Arbeit brauchte man damals keine Ausbildung, es gab jede Menge Seiteneinsteiger und sie war der Ansicht, man müsse ungelernte Kräfte wie mich antreiben. Meine Erwartung, die Arbeit in einer Bibliothek mache es mir leicht, meinen Wissensdurst zu befriedigen, wurde enttäuscht. Die Bücher befanden sich zwar in Reichweite, bereit, ergriffen und gelesen zu werden, aber ich war immer auf Trab und hatte höchstens Zeit, den Deckel aufzuschlagen, das Datum zu stempeln und das Exemplar richtig einzuordnen. Ich holte und brachte Bücher von A nach B, ich sollte freundlich zu oft unfreundlichen Kunden sein, die sich manchmal verhielten, als machten sie mich persönlich dafür verantwortlich, dass ein bestimmtes Buch ausgeliehen war oder dass sie sich die Bücher nicht leisten konnten. Bei der Arbeit an der Theke entgingen mir weder die Unsicherheit, der Zorn und die Unruhe der Leute, noch, dass sie irgendetwas zu verbergen hatten, wobei Eselsohren das Wenigste waren. Ich machte meine Arbeit gründlich und verhielt mich konsequent, selbst in der undankbaren Rolle, Mahngebühren durchzusetzen, obwohl ich das dringende Bedürfnis verstand, ein Buch zu behalten, solange es nötig war. In meiner Freizeit war ich erschöpft und kaum mehr in der Lage, selber zu lesen. Mit den Jahren nahm meine Enttäuschung über die Bibliothek zu und ging auf die Bücher über. Sie blieb an ihnen haften wie der Leim an meinen Fingern nach Reparaturen.

„Das war ein gutes Beispiel", riss mich Rosi aus meinen Gedanken, „lass uns darüber schreiben, nur ein paar Minuten, ohne Druck." Zu meiner Überraschung verfasste ich eine ganze Seite über einen Esel, der möglichst ineffektiv über eine Brücke gehen wollte und Rosi revanchierte sich begeistert mit einer Geschichte über den Geburtsort unseres Wortes mit dem Namen Effeff.

3. Gesundes Misstrauen

Von da an traf ich mich jeden Mittwoch mit Rosi im Café. Ich war ein eher sparsamer Typ, doch sie vertrat die Meinung, man müsse sich ab und zu etwas gönnen, auch wenn man wenig Geld hatte. Der einzig genießbare Kuchen dort war Donauwelle, fand ich. Rosi bekam mit, wie ich meine Prinzipien um mich versammelte und mich auf den Putzjob im Westend bewarb. Den Vorsatz, nie mehr in einem öffentlichen Gebäude zu arbeiten, trug ich damals schon vor mir her, denn das Leben hatte mich gelehrt, dass ein gesundes Misstrauen gegenüber Menschen und Orten, an denen sie häufiger auftraten, viele Unannehmlichkeiten auf Abstand hielt. Auf Rosis Vermutung, sie wäre meine einzige Bezugsperson, gab ich zur Antwort, auch ohne Bezugspersonen falle man nicht ins Bodenlose, ein gesundes Nähe-Distanz-Verhalten sei das A und O. „Aha", bemerkte sie und machte es sich auf dem Sofa bequem.

Als Jim später zu uns stieß, konnte sie sich einen kleinen Seitenhieb nicht verkneifen und meinte, dass ich trotz meines gesunden Nähe-Distanz-Verhaltens noch gut für Überraschungen sei. Er war mir in der Stadt aufgefallen, weil er ebenso oft wie ich zu Fuß ging. Wir hatten ein paar Worte gewechselt, über einen Betrunkenen, der mit mehr Glück als Verstand die Straße überquert hatte, und uns dann noch über anderes unterhalten, wenn man Jims karge Beiträge als Unterhaltung bezeichnen wollte. Schließlich hatte er mir mitgeteilt, dass er Posaune im Stadtorchester spielte, deshalb laute sein Spitzname ‚Herr Pos'. Ich weigerte mich, Spitznamen zu benutzen, so etwas fand ich albern. „Aber ein geliebtes Kind hat viele Namen", rief Rosi jedes Mal, wenn ich das sagte, aber ich war der Überzeugung, Spitznamen trügen zum allgemeinen Chaos bei, die Leute wussten am Ende gar nicht mehr, wer sie eigentlich waren. „Ich nenne ihn Jim", beharrte ich, „auch wenn das ein komischer Vorname ist." „Ach, davon scheint es mehr zu geben." Rosi konnte unausstehlich sein.

Jim war selbst daran schuld gewesen, dass man ihn ‚Herr Pos' genannt hatte, das hatte er zugegeben. Er habe ständig Witze mit dem Wort ‚Posaune' gemacht. Er suche seine Aune, hatte er den Leuten gesagt, und dieses Rätsel erst spät aufgeklärt. Er war ein schrulliger Junggeselle und der langsamste Mensch, den ich je getroffen hatte. Wie er es vermochte, schnellere Stücke zu spielen und wie es wirklich in ihm aussah, war schwer zu erraten. Er nahm sich Zeit zum Überlegen und was er von sich gab, hatte er bestimmt einige Male im Kopf vor- und zurückgewendet. „Von der Milchstraße aus gesehen ist vieles bedeutungslos" war sein Lieblings-Mantra. In anstrengenden Zeiten würde er früh zu Bett gehen, behauptete er, manches Problem erledige sich über Nacht von selbst. Ob das stimmte, konnte ich schlecht einschätzen, aber eines war sicher, er liebte Sterne und die Musik.

Schon bei unserem ersten Gespräch in der Stadt wurde mir Jim zum Vorbild, er hatte so viel mehr verstanden als ich. Auf meine Klage über die breite Masse hatte er nur gesagt, die kümmere ihn nicht. „Denken Sie nicht, dass manche Leute ihr Verhalten ändern sollten?", hatte ich gefragt. „Nein, das bringt nichts." Ich sah ihn von der Seite her an, er strahlte tatsächlich Gelassenheit aus, etwas, was mir damals fehlte. „Und über Sie selber, machen Sie sich da Gedanken?" „Nein, weniger. Sonst bringt man Dinge durcheinander." Ich überlegte, wie ich diese Radikalität fand. „Haben Sie Familie?" Er schüttelte den Kopf, als würde er sich über die Frage wundern: „Nein." Während ich mich von den Leuten in der Bibliothek nachhaltig hatte kränken lassen, saß hier jemand und behauptete, völlig von der Bewertung anderer unabhängig zu sein. Ich gab noch nicht auf: „Hier laufen eine Menge Leute vorbei. Denken Sie sich nicht manchmal, wo gehen die hin, wo kommen die her?" „Nein, das führt zu nichts." „Fehlt Ihnen denn nichts im Leben?" Da sah er mir prüfend ins Gesicht. „Man darf nicht an der Vergangenheit hängen. Es gibt solche und solche Zeiten. Ich habe meine Musik. Ein Blick auf die Sterne reicht und ich nehme mich weniger wichtig." Das klang stimmig und faszinierte mich. Die Begegnung mit Jim half mir, mich zu sortieren und mir ein Gerüst zu basteln, das mich stützen sollte, ein Gerüst aus neun Prinzipien. Ordnung, Unabhängigkeit, gesundes Misstrauen, Gegenwart, Ortstreue, Konsequenz, Verantwortung, Sparsamkeit und nicht zuletzt: Keine Gefühlsausbrüche.

Auf dem Weg zu einem Treffen mit Rosi war ich Jim einige Wochen später wieder begegnet. Er trat etwas steif, wie es seine Art war, aus einem Hauseingang. Wir stutzten beide. „Da sind Sie ja wieder", platzte ich heraus, „wie geht es Ihnen?". Er lächelte sein feines Lächeln. „Es geht mir gut. Und Ihnen auch, wie ich sehe." Ohne darüber nachzudenken, woran er das festmachte, lud ich ihn spontan ein, mitzukommen. „Heute nicht", schüttelte er den Kopf, doch er hörte aufmerksam zu, was ich ihm von den Mittwochstreffen im Café Ella erzählte und erklärte sich bereit, sich uns das nächste Mal anzuschließen. „Unsere einzige Bedingung für diese Treffen", informierte ich ihn, „ist, ganz in der Gegenwart zu sein und nicht über die Vergangenheit zu sprechen. Dabei bedeutet Vergangenheit nicht ‚letzte Woche', sondern alles, was davor liegt, versteht sich." Das nahm er zustimmend zur Kenntnis.

Rosi hatte nichts dagegen, neugierig, wie sie war. Jim kam, sie beäugte ihn und nickte dann huldvoll. Er schlug seine langen Beine übereinander, legte seine Schreibsachen auf den Tisch, bot uns das Du an und fügte sich ein, als sei er von Anfang an dabei gewesen.

„Heute haben wir einen Gast, da will ich einmal anders vorgehen", verkündete Rosi. „Zur Abwechslung habe ich kein Wort mitgebracht, ich werde mir eines suchen." Sie erhob sich vom Sofa, ging zur Garderobe und kam mit der Tageszeitung des Cafés zurück. „Ich deute einfach irgendwohin und über dieses Wort werden wir schreiben. Seid ihr soweit?" Wir nickten. Das Papier raschelte beim Umblättern, Rosi schloss die Augen und ihr Finger pickte ein Wort heraus. „Heimweh", las sie laut, und sah einen Moment ratlos in die Runde. Ein so gefühlsbetontes Wort hatte keiner von uns erwartet. „Und wie soll das gehen, ohne über Vergangenheit zu schreiben?", fragte ich. Sie zuckte mit den Schultern. „Das geht!", entschied sie, und drehte die Sanduhr um.

Mein Stift schrieb wie von selbst los, als habe er lange darauf gewartet, diese Zeilen endlich zu Papier zu bringen.

„Das Heimweh will dein Bestes, es will, dass du dich wieder erinnerst, an die große Wolldecke mit den roten Rauten auf blauem Grund. Es möchte, dass du dich in Gedanken darin einwickelst und dich in der Geborgenheit wiederfindest, die es für dich, Kind, reichhaltig gab. Es will, dass du dieses Gefühl ganz tief in dir aufnimmst und dass es dich durch die nächste Zeit hindurch trägt. Das Heimweh will, dass du dir am Markt eine bestimmte Sorte Äpfel kaufst und dir einen Apfelkuchen bäckst. Der Zimtgeruch soll sich in der ganzen Wohnung ausbreiten, dich jeden Tag von Neuem schnuppernd nach ihm suchen lassen und sich in deiner Kleidung auf dem Weg zum Friedhof nicht verlieren. Das Heimweh will, dass du den Globus ein Stück weiter drehst, genau so weit, dass das Land, in das ihr beide so gern gereist seid und das sonst sorgfältig mit dem Gesicht zur Wand gerichtet ist, nach vorne wandert wie die vielen Sanddünen, die sich in ihm fortbewegen auf eine ebenso geheimnisvolle Art und Weise. Es will, dass sich dein Herz mit der Hitze der Wüste sättigt und dich, wenn du deinen Lieblingsmenschen vermisst, warm durchströmt. Sei offen für das Heimweh."

Ich las den Text vor und sagte entschuldigend in das entstandene Schweigen, ich wüsste nicht, aus welchen Tiefen er aufgestiegen war, der Inhalt habe nichts mit mir zu tun, ich wäre nie in der Wüste gewesen. „Du kannst dich doch nie an deine Träume erinnern", meinte Rosi und zupfte sich am Ohrläppchen. „Vielleicht war das eine Art Ersatz." Es sah aus, als überlege sie noch eine Weile, dann forderte sie Jim auf, vorzulesen. Wir beide waren sehr gespannt. Langsam hob er das Blatt vor die Augen und begann.

„Alle ehemaligen Astronauten haben Heimweh. Ihnen fehlt die Schwerelosigkeit. In ihr ist alles leicht. Wenn man sich einmal an das Leben in Schwerelosigkeit gewöhnt hat, will man immer dahin zurück. Dort gibt es weder festen Boden unter den Füßen noch Oben und Unten. Menschen bestehen zum großen Teil aus Wasser, sie sind wie Wassertropfen. Ein Tropfen formt sich im Fall zu einer vollendet runden Kugel. Nichts zieht an ihm, er schwebt. So empfindet auch ein Mensch im All. Gegenstände sind anders, sie müssen befestigt werden, sonst fliegen sie unkontrolliert herum. Beim Essen, Trinken oder Waschen müssen alle Flüssigkeiten abgesaugt werden, sonst verteilen sie sich in der Raumstation. Selbst beim Schlafen muss für eine ausreichende Befestigung gesorgt werden. Nur in Träumen kann man ähnlich schweben. Und beim Hören von Musik."

Jims Blick war noch in seinem Blatt gefangen, da klatschte Rosi bereits in die Hände: „Wie schön. Wir haben einen Dichter unter uns." Er zuckte zusammen und nahm dann ihre Begeisterung bescheiden zur Kenntnis. Ich sagte, es sei sonderbar, selbst bei mir habe das Wort ‚Heimweh' für einen gefühlvolleren Text als üblich gesorgt. „Und damit meine ich nicht, dass er irgendwie verweichlicht ist, es hat eher mit Kontrollverlust zu tun." „Ach was", rief Rosi, „du siehst das viel zu negativ. Das ist doch gerade das Schöne, dass Wörter uns mitnehmen können, auf andere Ebenen, oder in andere Welten." „Wir schreiben doch keine Romane", wendete ich brummig ein. „Na und? Das gilt für alle Texte, stimmt's, Jim?" Mir blieb die Luft weg, verhielt sie sich anders, nur weil ein Mann im Raum war? Doch Jim antwortete sehr diplomatisch, dass seine unmaßgebliche Meinung nicht ins Gewicht falle. Rosi überlegte kurz, winkte Gunda herbei und fragte, ob sie lese, um in andere Welten einzutauchen. Die verschränkte die tätowierten Unterarme und fragte zurück: „Sollte das nicht jedem selbst überlassen sein?" Rosi verdrehte die Augen: „Na gut, ich gebe mich geschlagen. Jeder liest das rein oder raus aus allen Texten, was er will und braucht. Sind wir uns da einig?" „Ja", kam es wie aus einem Mund, von Gunda, Jim und mir.

4. Gegenwart

Ich war lange nicht mehr mit dem Zug unterwegs gewesen, das wurde mir auf dem Weg zu meiner neuen Arbeitsstätte bewusst. Bahnfahren lief unter ‚Nutzung öffentlicher Räume' und ich versuchte, es zu vermeiden. Ein Auto konnte ich mir von dem Putzgeld nicht leisten. Zum Glück war ich sportlich und kam zu Fuß und notfalls mit dem Bus überall hin. Ich mochte meine Beine und war sicher, sie würden mich noch lange nicht im Stich lassen. Nebenbei hielt ich mein Geld zusammen und entging als Zugabe den Unzuverlässigkeiten, die öffentlicher Nahverkehr mit sich brachte. Außerdem war ich nicht ängstlich. Man hatte seinen Alltag zu bewältigen, seinen Job so gut zu machen wie möglich und Punkt. Alles andere war Zeitverschwendung.

Zu meiner Überraschung hatte man mittlerweile in den Abteilen Regale eingebaut, für Bücher, die keiner mehr haben wollte. Anscheinend gab es Leute, die auf ausgesetzte Bücher scharf waren. Ich hatte lange genug in der Bibliothek gearbeitet, um Büchern gegenüber kritisch zu sein, aber im Allgemeinen vermied ich, meine Abneigung laut zu äußern, um nicht in die Ecke der Ungebildeten und Unbelehrbaren gestellt zu werden. Dabei hatte ich jede Menge Bücher gelesen, denn anfangs hatte ich noch an sie geglaubt. In der Regel hatte das wenig gebracht. Man musste sich nur ansehen, welche Summen die Leute für Ratgeber-Literatur ausgaben, ohne irgendeinen Fortschritt zu erzielen, anstatt durch simples Nachdenken von selbst auf die eine oder andere Wahrheit zu kommen. Am Ende waren Bücher nichts als Staubfänger. Entweder sie befassten sich mit der Vergangenheit, was zu ungesundem Grübeln führte, oder sie gaukelten Freiheit vor, als ob Freiheit des Denkens oder persönliche Freiheit jemals realisiert werden könnten. Wir alle waren ferngesteuert, was Herkunft, Werte und Ziele anging.

Das Regal im Zug enthielt einige Exemplare zerlesener Romane und einen veralteten Reiseführer durch Marokko. Im untersten Fach befand sich ein Buch mit einem türkisfarbenen, gemusterten Stoffeinband, der mich an den Bezug des Sofas im Café Ella erinnerte. Aus einer Laune heraus nahm ich es beim Aussteigen mit, bemerkte flüchtig den dunkelroten Lederrücken und die im gleichen Leder eingefassten Buchecken. Beim Weitergehen blätterte ich es auf und stieß auf linierte, mit winziger Handschrift dicht beschriebene Seiten, es schien sich um ein Tagebuch zu handeln. Ich fand es unmöglich, solche privaten Aufzeichnungen an die Öffentlichkeit zu zerren. Tagebuchschreiber waren Leute, die sich vor Verantwortung scheuten und in Selbstmitleid schwammen. Unangenehm berührt schlug ich das Buch wieder zu. Nur wegen des Stoffmusters nahm ich es mit, das wollte ich unbedingt Rosi zeigen, es war fast dasselbe, auf dem sich mittwochs ihr Hinterteil breitmachte.

Am Bahnhofsvorplatz bestieg ich den Bus und war erleichtert, dass die meisten Sitzplätze frei waren. Dicke Menschen waren oft so raumgreifend, weshalb ich meist gleich nach dem Öffnen der Läden zum Einkaufen ging, da waren die Dicken noch nicht da. Rosi war auch nicht gerade dünn, doch sie war eine Ausnahme, merkwürdigerweise vergaß ich immer, dass sie zu viel auf den Rippen hatte. Wenn ich sie sah, erwachte ein ganz anderes Bild in mir, das Bild einer Frau in einem dicken Mantel, in den sie sich wickelte, um sich zu schützen. Auch ihr Gesicht war merkwürdig wandelbar. Mal wirkte es viel jünger, dann strahlte es etwas frisches und energiegeladenes aus, an anderen Tagen hatte es einen verhärmten Ausdruck und erinnerte mich an das einer alten Hexe voller Verbitterung über eine Welt, die fehlerbehaftet und ungerecht war.

Was ich insgeheim von ihr dachte, war mir einmal herausgerutscht, als wir uns schon eine Weile kannten: „Du bist die geborene Mitläuferin, Rosi!" Prompt konterte sie: „Und du bist eingebildet!" Ab und zu schien sie an mir üben zu wollen, mutig zu sein. Ruckartig richtete sie sich auf und kam dabei ins Schwanken. „Fall bloß nicht vom Sofa", sagte ich lässig, erhob mich und ging zu den Toiletten. „Und du pass mit deinen Vorurteilen auf, je öfter man Leute mit Etiketten versieht, desto mehr färben sie auf einen selber ab", rief sie mir nach. Wo hatte sie das nur gelesen? Ich sah beim Händewaschen in den Spiegel. Ich hatte ein halbes Jahrhundert Lebenserfahrung, aber eingebildet war ich ganz und gar nicht. Ich war ungeschminkt und stand zu meinen grauen Haaren, ich war ein unkomplizierter, sportlicher Typ und bemühte mich, korrekt zu sein. Umso mehr hatte mich verletzt, dass man in der Bibliothek ständig an mir herumkritisiert hatte. Anstatt sich für das, was ich dachte, zu interessieren, war man sich schnell einig gewesen, dass ich unbequem war und bald hatten mir alle zu verstehen gegeben, dass ich nicht ins Team passte.

Das Kunstmuseum hatte man weit draußen am Rand der Stadt an eine ehemaligen Fabrikantenvilla angebaut, in der übertriebenen Hoffnung, die Leute würden von weit her anreisen und sich für Ausstellungen interessieren, die so oder so ähnlich in allen Städten der Republik zu finden waren. Kurz bevor ich es das erste Mal betrat, rief ich mir noch einmal ins Gedächtnis, dass es nichts zu befürchten gab. Wenn ich konsequent meine Prinzipien verfolgte, würden die paar Wochen mich nicht aus der Bahn werfen. Im Übrigen würde alles so weitergehen wie bisher. Unsere Mittwochstreffen würden stattfinden, ab und zu ein Stück Kuchen war okay, ich war fit und mir passten Hosen, die ich mir vor fünfundzwanzig Jahren gekauft hatte.

Öffentliche Orte hatten manchmal mehr Gemeinsamkeiten als erwartet. Wie die Bibliothek verfügte das Museum über einen Altbau, der seine Vergangenheit selbstgefällig zur Schau trug. Obwohl an einer Fassade nichts verdienstvoll war, hing man der Überzeugung an, dass Villen oder alte Fabrikgebäude grundsätzlich erhaltenswert waren. Man ignorierte den Fortschritt, man klebte an Vergangenem wie Fliegen am Leim und erhob die gute alte Zeit, die es nie gegeben hatte, zum Ideal. In jenen Tagen hätte ich nicht putzen wollen, überall Ruß und Dreck und nie genug heißes Wasser, um in der Küche das Fett zu beseitigen. Das Hauptgebäude des Museums war auch so ein Fall, es tat mit seinem Inhalt so, als sei es modern, doch die knarzenden Böden mit den breiten Rissen, die von den gekrümmten Wänden abstehenden Fußleisten und die hohen, schwer zu erreichenden Decken, an denen sich Spinnen und Fliegen versammelten, sprachen eine andere Sprache. Man hatte lediglich neue Toiletten in die denkmalgeschützten Räume eingebaut.

Ich sah immer zu, dass ich mit meiner Arbeit im Altbau schnell durchkam und verbrachte meine Pause im Innenhof. Vier Holzbänke mit je einem Magnolienstrauch ragten wie Inseln aus dem grauen, feinkörnigen Kies. Jemand hatte an einem Zweig einen fast unsichtbaren Stern aus Glas aufgehängt. Ich ließ ihn hängen, denn manchmal fing er von irgendwo Helligkeit ein und blinkte. Nach der Pause putzte ich im großen modernen Nebengebäude weiter, dessen Fenster meist mit hellen Stoffen verhängt waren, damit die Sonne nicht die Farben der Kunst ausbleichen konnte.

Beim Antritt meiner Arbeitsstelle gab es im Hauptgebäude Radierungen zu sehen, nichts daran sah radiert aus, bei der Technik wurden Motive in Platten geritzt und abgedruckt. Mit den Arbeiten konnte ich wenig anfangen. Der Künstler hatte im Ersten Weltkrieg den Ablauf der Offensive dokumentiert und eine Flut detailgenauer Zeichnungen von Unterständen, Dörfern und Vieh, von toten Pferden, zerschossenem Wald und verbrannten Häusern erzeugt. Mir reichten derartige Themen in den Abendnachrichten. Unter einem großen, sehr düsteren Bild stand zur Erklärung, der Künstler sei in eine Krise geraten und habe in der gezeigten Arbeit alle von ihm gesehenen Verheerungen über Mensch und Natur dargestellt. Kein Wunder, dass man in eine Krise geriet, wenn man solche Geschehen so nah hatte herankommen lassen.

Im Anbau fand zeitgleich eine Ausstellung mit Werken verschiedener Künstler statt. Als Erstes stand ich im Eingangsbereich der Büste einer Frau gegenüber, deren Augen mich mit einem trotzigen Blick durchbohrten. Ich blieb stehen. Der leicht abstehende Rand des weißen T-Shirts, die Hautoberfläche und die Haare sahen wie echt aus, es war ,eine vollendete Illusion aus gebranntem und bemaltem Ton', wie ich der Beschreibung entnehmen konnte. Eigentlich mochte ich Bilder lieber, ich fragte mich, was mich an der Skulptur so anzog. Rosi hätte mir vermutlich geraten, in meinem Inneren zu erforschen, ob das Material mich dazu auffordern wolle, mich zu erden. Ihre spirituelle Suche, wie sie es nannte, hatte in letzter Zeit an Fahrt gewonnen und uferte mehr und mehr aus.

Weiter hinten gab es das Bild eines Eisbergs zu sehen, er schwamm in einem tiefblauen Meer und bescherte mir mit seiner weiß gepuderten Oberfläche eine Gänsehaut. Ein anderes, etwas kindlich wirkendes Bild mit dem Titel „Blutbaum" hätte ich mir sofort zu Hause aufgehängt. Zu meinem Erstaunen hatte es ein Mann gemalt. Rote Tränen-Tropfen strömten vom Himmel über den Baum herab, der mit seinen blutrot gefärbten Tentakelästchen das Oben und Unten miteinander verzahnte. Einen Moment lang musste ich an die Zeit in der Bibliothek denken und auch an das, was davor geschehen war, dann ging ich weiter. Obwohl mir klar war, dass ich in Zeitnot geraten würde, wanderte ich langsam von Ausstellungsstück zu Ausstellungsstück, bis zu einem kleinen Portrait. Ein als Clown verkleidetes Kind sah mit weißer Lockenperücke und spitzem Hut in die Welt. In den großen offenen Augen unter den leicht hochgezogenen Brauen las ich Erstaunen über die Schönheit der Welt und Bestürzung über ihre Not. Auf unerklärliche Weise übertrug sich etwas von diesen Gefühlen auf mich und ich hatte kurz den Eindruck, einer noch undeutlichen Wahrheit auf der Spur zu sein, ehe ich mich losriss und an meine Arbeit ging. Lange hatten Bilder nicht mehr so auf mich gewirkt. Kein Wunder, Ausstellungen hatten mich seit der Bibliothek nicht mehr interessiert. Die Moderne Kunst hatte sich verändert wie alles andere auch, diese Arbeiten waren regelrecht aufdringlich. Ihre Schöpfer hätten sich besser mit Putzen beschäftigen sollen, und zwar nicht nur theoretisch, sondern ganz praktisch, das erdete besser als Gewissenserforschungen, mit denen man am Ende anderen zur Last fiel.

Zuhause hing seit meinem Umzug das „Lied einer Putzfrau" an meiner Küchenwand, das ich vor langer Zeit einmal irgendwo ausgeschnitten hatte, ohne zu wissen, dass ich selbst einmal putzen gehen würde.

Ich mach beruflich sauber und ich sage dir, der Schmutz wird immer bleiben. Er geht nie fort, die Tiefe, seine Herberge, wird ihn dort nie vertreiben.

Der Schmutz kann auch ein Abdruck sein, in deinem Bett und deinem Angesicht, ich therapier dich, wenn ich putze, mit wenig Zuversicht.

Ich hab die Tränen schon gezählt, auf Teppichen und Flächen, ich weiß, wie nötig du es hast, mit Mustern, alt wie du, zu brechen.

Schmutz geht nicht weg, man gräbt ihn ein, man spült ihn runter, man schiebt ihn an den Rand, doch er taucht wieder auf, ich mach dir ein Geständnis, ich habs nicht in der Hand.

Es gibt die Milben und es gibt die Keime, die dringen in uns ein und aus, sie reiten auf der Atemwelle, sie ziehen ein in unser Lungen-Haus.

Sie schließen ganze Körper auf für Viren, die vor uns da waren, immer schon, die Viren werden nie verlieren, da hilft kein Frühlingsputz und auch kein hoher Lohn.

Ich schieb den Schmutz von A nach B, doch wird er nie entfernt. Die Arbeit nimmt kein Ende, hab ich gelernt.

Vielleicht ist diese Erde nur ein Abfallhaufen und eine Riesenputzfrau wollte mal verschnaufen, wir leben nur, weil wir da reingerieten, könnt sein, wir sind von Gott vergessne Parasiten.

Das Blatt Papier war schuld daran gewesen, dass ich auf die Idee gekommen war, mein Geld mit Putzen zu verdienen. Nach einem enttäuschenden Termin beim Arbeitsamt hatte ich lange am Tisch gesessen und zufällig auf den Text gestarrt. Schon am nächsten Tag entdeckte ich eine Anzeige am Schwarzen Brett und es hatte sofort geklappt, so wie es einem mit vielen Dingen ging, die man schon viel früher hätte tun sollen. Es brachte nichts, in vergangenen, mehr oder weniger chaotischen Zeiten zu wühlen, Konsequenz war entscheidend. Mich an Prinzipien zu orientieren, war mir eine große Hilfe.

5. Ortstreue

Das Cafe Ella war schon alt und hockte breit und etwas zurückgesetzt von der Straße am Rand des Stadtparks. Der Eindruck einer durch und durch vornehmen Villa verflüchtigte sich, sobald man den Gastraum betreten hatte und bestellen wollte. Gunda schaffte es, an der Theke einen großen Stapel Servietten fertig zu falten, bevor sie einen bediente.

Ich sah missbilligend auf das Fischgrätmuster aus Schmutz, das die Räder eines Kinderwagens auf dem Holzboden hinterlassen hatten. Jim schien das nicht zu stören. Er war fast gleichzeitig mit mir an unseren Tisch gekommen und hängte sein Jackett über die Stuhllehne. Rosi erwartete uns schon.

„Ich muss euch was erzählen", begrüßte sie uns, „etwas über Mina." Als ich Jim aufklären wollte, was für ein großes Vorbild ihre Tante für Rosi war, unterbrach sie mich: „Das weiß er doch schon. Aber neu für euch beide ist, dass ich ihren Brief wiedergefunden habe, den, den sie mir vor vielen Jahren aus Indien geschrieben hat. Das muss ich euch unbedingt vorlesen." „Noch vor der Schreibaufgabe?", fragte ich. „Ja, natürlich!" Schon zog sie aus einem verblichenen, hellblauen Briefumschlag ein zusammengefaltetes Blatt Papier heraus.

„Sie wollte ja schon immer weg aus Deutschland", erklärte Rosi, „und dann ging sie mit der ganzen Familie in diese berühmte spirituelle Gemeinschaft, ihr wisst schon, die mit der goldenen Kugel in der Mitte, die ein Guru begründet hat." Jim gab keine Regung von sich, anscheinend war ich die Einzige, die noch nie etwas von diesem Ort gehört hatte. Rosi begann zu lesen.

„Liebe Rosi, wir kommen zurück, ich habe mich von meinem Mann getrennt. Das ging nicht mehr und hatte hier in Indien

schon angefangen. Der hing der Illusion an, dass alle das Gleiche wollen und darauf aus sind, es in harmonischer Gemeinschaft ständig zu begießen. Er sah nicht ein, dass das in Auroville nicht angesagt war. Hier leben Menschen mit verschiedenen Erfahrungen, selbstbewusste Kreative, Architekten und Leute, die sich engagieren. Die sind sich selbst genug, die suchen nicht nach In-Verbindung-Sein. Sie haben ihre Projekte und Pläne. Ich habe eine Umweltgruppe gegründet, weil Abfälle, auch Plastik, in alten Fässern verbrannt werden und sich überall giftige, stinkende Schwaden verbreiten. In Auroville sind ja ganz normale Dörfer auf dem Gelände, musst du wissen. Obwohl die Leute dort aus vielen Nationen kommen, fand ich mich mit einem Schweizer, einem Deutschen und einem Österreicher in meiner Müll-Gruppe wieder. Typisch für unser Denken. Meine Kinder sollten in die Schule der Einheimischen gehen und ich fuhr sie mit dem Rad dorthin, eines vorn, eines hinten. Da saßen sie dann zwischen den indischen Kindern, die diszipliniert den Worten des Lehrers lauschten und ab und an im Sprechgesang auf Fragen antworteten. Das war natürlich nichts für meinen Nachwuchs, einfach langweilig. Schon nach wenigen Tagen verließen sie das Klassenzimmer und gingen raus zum Spielen. Der Lehrer lächelte und verneigte sich, als ich mit ihm sprach, unternahm aber nichts. Jetzt sind die Kinder zu einer internationalen, von Franzosen geführten Schule gewechselt. Die Umweltgruppe versuchte unterdessen, die Mülltrennung einzuführen. Wir errichteten an verschiedenen Orten Sammelbehälter, stellten Infotafeln auf und ich fuhr mit dem Rad in die Dörfer und teilte Zettel aus. Einige Wochen wurde der Abfall gesammelt, dann schlichen sich langsam die alten Gewohnheiten wieder ein. Ich sprach mit den Dörflern, erntete zustimmendes Nicken und erreichte wenig. Dann wurden wir krank. Ich hatte gehört, dass sich der Körper etwa nach einem halben Jahr an die neue ungewohnte Bakterienlage angepasst hat. Wir haben von Anfang an alles gegessen und getrunken und hatten mit den üblichen Reaktionen zu tun, Übelkeit, Erbrechen und Fieber. Nichts Ungewöhnliches. Doch dann erkrankten wir an Hepatitis A und mich traf die Gelbsucht mit aller Wucht. Während

mein Mann und die Kinder sich lediglich einige Tage unwohl fühl-
ten, warf es mich wochenlang aufs Bett. Ich magerte ab, behielt kein
Essen, das Fieber stieg auf 41 Grad. Da lag ich in meinem Mahat-
ma-Gandhi-T-Shirt und dachte, ich will nicht sterben, ich will
zurück nach Europa. Alles ist in die Wege geleitet. Mein größter
Wunsch ist, meinen Geburtstag zu Hause zu feiern."

Rosi faltete den Brief zusammen, sie hatte ein Händchen für Dramatik. „Und dann", drängte ich, „was ist dann passiert? Hat sie es geschafft?" Auch Jim saß aufrecht und erwartungsvoll da. Rosi hielt die Spannung noch einen Moment aufrecht, dann lächelte sie in sich hinein: „Ihr habt meine Tante Mina nicht gekannt. Sie hat alles getan, um sich soweit zu erholen, dass sie reisen konnte. Bis zum Geburtstag schaffte sie es zwar nicht, aber zwei Wochen danach landete das Flugzeug mit ihr und den Kindern wieder in Europa. Sie ist nie mehr nach Indien zurückgekehrt." Verwirrt meinte ich: „Na, hoffentlich ging dort wenigstens das Mülltrennen weiter" und war auf Rosis Vorwurf gefasst, mein Ordnungsprinzip schmälere mein Mitgefühl, doch sie ignorierte meinen Kommentar und sagte ganz versonnen: „Ist das nicht verrückt? Ich würde auch gern zu den Guten gehören." Sie schien sich selbst am meisten über ihre Tante Mina zu wundern. Jim nickte und es war unklar, was er damit ausdrücken wollte. Für mich war der Brief nur ein weiterer Beleg dafür, wie gut es war, wenn meine Ortstreue mich vor solchen Verrücktheiten schützte.

Ich zog das Tagebuch aus der Tasche. „Seht mal, ich habe im Zug ein Buch mitgenommen, sie lassen jetzt gebrauchte Bücher spazieren fahren. Ich dachte, ich sehe nicht recht, der Stoffeinband sieht fast genauso aus wie der Bezug des Sofas, auf dem du sitzt, Rosi." „Tatsächlich, das stimmt. Und was ist das für ein Buch?" „Stell dir vor, ein Tagebuch. Die Leute sind nicht ganz bei Trost. Ich werde es wegwerfen." „Zeig doch mal. Kann ich es haben?" „Rosi", winkte ich ab, „du weißt genau, Tagebücher enthalten nichts als Vergangenheit, ich wollte dir nur das Muster zeigen." „Aber du brauchst es doch nicht, oder? Papier ist wertvoll, ich kann die Blätter verwenden." „Wofür denn?", fragte ich misstrauisch. „Hm, zum Schuhe ausstopfen", schlug sie vor, „oder zum Auswischen meiner fettigen Pfannen." Ich zuckte mit den Schultern und gab es ihr.

Diesmal war Jim mit der Schreibaufgabe dran und hatte ein Wort mitgebracht, das wie so oft zu drei völlig unterschiedlichen Ergebnissen führte. „Leier", verkündete er, und wir stürzten uns auf unsere Stifte wie die Spatzen auf die Krümel, die Gunda draußen an der Hecke verstreute. Wie zu erwarten war, hatte Jims Text mit Astronomie zu tun - am Nachthimmel gab es ein gleichnamiges Sternbild, Rosi hatte über die Metapher von der ‚alten Leier' geschrieben und ich über ein ausgeleiertes T-Shirt.

Am Ende des gelungenen Nachmittags strahlte Rosi mich beim Abschied an und ich strahlte zurück, ich mochte sie wirklich. Freundschaft ging für mich jedoch nie so weit, dass ich jemanden zu mir nach Hause einlud, meine Wohnung war ein Rückzugsort, den mir kein anderes Lebewesen durcheinanderbringen sollte, weder Katze noch Hund oder Wellensittich. Mein Herz an irgendwen oder irgendetwas zu hängen, würde mir nicht noch einmal passieren. Deswegen konnten Künstler einem leidtun, das war mir schon nach wenigen Tagen im Museum klar geworden. Ihr ganzer Lebensinhalt war, sich für andere Leute aufzureiben. Manche machten Kunst, um die Welt zu verbessern, andere glaubten an ihr Talent und waren deshalb darauf aus, ihre Werke unters Volk zu bringen. Auch Schriftsteller gehörten in diese Kategorie. Wer einmal in einer Bibliothek gearbeitet hatte, konnte Schriftsteller ihrer Weltfremdheit wegen nur bedauern.

6. Konsequenz

Ich wohnte am Rand der Altstadt, in einem Neubau zwischen zwei Hausfassaden, die unterschiedlicher nicht sein konnten. Auf der linken Seite residierte ein renoviertes Gebäude mit graugrünem Sockel und lindgrünem Anstrich, die Fenster waren rosafarben eingerahmt. Rechts lehnte sich ein verwahrloster Altbau haltsuchend an das Nachbarhaus. Unter dem schmutzigen Gelb des rissigen Putzes zeichnete sich das einstige Fachwerk ab. Im Erdgeschoss waren die schäbigen Rollläden heruntergelassen und aus einem Loch in der Wand auf Höhe des zweiten Stocks führte ein abgeschnittenes Kabel bis zum Erdgeschoss, das vom Wind hin und her bewegt wurde und dabei war, einen hellgelben Halbkreis freizukratzen. Ohne nach rechts oder links zu sehen, hatte man zwischen den beiden Häusern ein modernes Gebäude mit mehreren Wohnungen hochgezogen, meine befand sich im dritten Stock. Ich mochte es sachlich und ohne Nostalgie.

Eigentlich fühlte ich mich wohl in der Stadt. Ich war nach der sogenannten Wende hingezogen, der Anonymität wegen und weil es keine zu große Stadt war. Ihre Bewohner hatten einiges mit mir gemein, auch sie waren der Vergangenheit müde geworden, sie hatte ihnen und der Stadt nichts Gutes gebracht, nur einen neuen Namen, für den sie nichts konnten und den sie gern wieder losgeworden wären, genauso gern wie ich den meinen. Niemand fiel einem auf die Nerven mit irgendwelchen Fragen über woher und wohin, jeder hatte mit sich selbst zu tun und im Grunde genommen wollte jeder seine Vorurteile behalten. Das galt auch für mich. Was vor meiner Ankunft dort passiert war, ging mich nichts an und es war mir auch gleichgültig.

Das Beste an der Stadt war, dass in ihr so viele Wissenschaftler arbeiteten, Wissenschaft bedeutete für mich die personifizierte Klarheit. Eine Kette von Instituten zog sich glänzend und modern die Hügel hinauf. An einem Tag der Offenen Tür hatte ich mir so ein Institut von innen angesehen. Die Informationsveranstaltung fand nicht in einem der zahlreichen Räume im Erdgeschoß statt, sondern im dritten Stock. Jeder Besucher war beeindruckt und fühlte sich in den Zuschauerraum eines Theaters versetzt, denn draußen, jenseits der riesigen Fensterfront, wurde ein großes Schauspiel aufgeführt. Auf dem weiten Himmel über der in der Senke liegenden Stadt spannte sich ein Regenbogen auf, er überwölbte die Plattenbauten der Vororte und ließ die Tafelberge zu kleinen Hügeln schrumpfen. Rechts tat sich ein türkisfarbenes Oval auf, in dem ein weißes Wolkenschiff gerade seine quellenden Segel setzte. Der Wind, der auf der Straße noch an mir gezerrt hatte, war unsichtbar geworden und die steinerne Stadt wirkte unbewegt, denn Bäume, Getreidefelder und Kleingärten waren weit entfernt. Von hier oben aus gesehen schien nirgendwo ein Lufthauch mehr zu existieren.

Ich versuchte, mich auf den Vortrag über die Pflanzen-Experimente des Instituts zu konzentrieren und musste an meine Clivia denken, das einzige Wesen, das mich schon länger begleitete. In einem Buch über Zimmerpflanzen hatte ich den Satz gelesen: „Die Clivia beantwortet Umzüge mit Nichtblühen", diese konsequente Haltung bewunderte ich an ihr. Konsequenz gehörte zu meinen Prinzipien. Ein anderes war Distanz. Distanz bewahrte mich davor, allzu sehr in Dinge verwickelt zu werden, die mir nicht gut taten, wie zum Beispiel Radiosendungen, in denen jemand über den bevorstehenden Kollaps des öffentlich-rechtlichen Rundfunks sprach. Weitere Beispiele waren Leute, die ihre Hunde nicht im Griff hatten oder außer Rand und Band geratene Kinder. Seit ich für Distanz zu solchen Irritationen gesorgt hatte, indem ich weniger Radio hörte, Leuten aus dem Weg ging und besser plante, wann ich zu welchen Zeiten an welchen Orten unterwegs war, ging es mir gut. Ich sah ein, dass man manchmal das Internet nutzen musste, gelegentlich war es hilfreich, doch in vielem hatte es sich als überflüssig und unerfreulich erwiesen. Tippte man etwa „Gabe" als Suchbegriff ein, tauchten Synonyme auf wie ‚Mitbringsel', ‚Talent' oder ‚Almosen'. „Was hast du dagegen?", hatte Rosi gefragt, „aus jedem Wort lässt sich was machen. Mitbringsel klingt doch süß." „Eher wie Anhängsel, finde ich, und was ist süß an Almosen?" Sie sagte sofort: „Die Alm. Lauter Schmetterlinge und Blümchen." Rosi mochte Wörter, aber sie nahm sie nie allzu ernst. Ich dagegen hatte alles immer zu wörtlich genommen, in Bezug auf die Arbeit war das mein größter Fehler gewesen. Besser war, sich nur um die eigenen Angelegenheiten zu kümmern und so wenig Worte wie möglich zu machen. Die Zeit mit Rosi und Jim war die große Ausnahme, aber die Geschichten, die wir schrieben, waren kurz, in zehn Minuten bekam kein Wort so viel Raum, dass es mir gefährlich werden konnte.

Rosi liebte Wiederholungen. Vielleicht gewann sie durch die kleinen Rituale stets aufs Neue den Boden unter den Füßen, so sagte sie jedes Mal, wenn wir uns trafen: „In der Mitte liegt die Kraft." Sie hatte einen speziellen, etwas komplizierten Humor. „M wie Mitte, nicht wie Mutter", betonte sie und sah mich vielsagend unter ihren schwarz bewimperten Schlupflidern an. „Ja, und wie Mittwoch, ich weiß, Rosi", tat ich ihr den Gefallen und stockte einen Moment lang irritiert, weil es kurz so ausgesehen hatte, als fehlten die Lichtreflexe in ihren Augen. Am Vortag hatte mich im Museum nach dem Aufheben eines vertrockneten Blattes ein Portrait angeblickt. Das halbe Gesicht lag im Schatten und auf den Pupillen war kein Glanz zu entdecken, der Frau auf dem Bild war die Depression buchstäblich anzusehen. Ich war immer peinlich berührt, wenn ich hörte, dass jemand Depressionen hatte. Aus Krisen musste man sich selbst befreien, es war aussichtslos, auf jemanden zu warten, der einem aus der Misere half, egal, ob man selbstverschuldet oder zufällig hineingeraten war.

„Ja, Mittwoch! Du sagst es. Manches kann man nicht oft genug betonen, im Angesicht der Endlichkeit. Jeder Tag kann unser letzter sein." Während des letzten Satzes hatte Rosi mahnend den Zeigefinger erhoben. Ihre ernste Miene brachte mich zum Lachen. Sie hob die Augenbrauen: „Jaja, lach nur. Ich weiß noch, wie meine Tante Mina eines Tages vom Rad fiel. Man fand sie ohnmächtig am Straßenrand. Keiner wusste, was passiert war. Im Krankenhaus kam sie wieder zu sich und nichts war gebrochen. Aber als wir beide alleine waren, hat sie zu mir gesagt, dass sie schon ein bisschen auf die andere Seite geschaut hat." Jim lächelte sanft. „Und", fragte ich sofort nach, „wie war's auf der anderen Seite?" „Gabe, du hast Nerven, ich weiß es nicht! Ich habe Mina in dem Moment nicht gefragt, ich war viel zu berührt von dem, was sie gesagt hat. Überleg doch mal, was es bedeutet, auf der anderen Seite gewesen zu sein." Nervös klopfte Rosi mit dem Füller an die Tischkante. „Mach ich doch gerade", gab ich zur Antwort. Sie blieb wirklich selten ungerührt und war nah am Wasser gebaut. „Rosi, du regst dich zu leicht auf!", sagte ich nicht zum ersten Mal. „Du müsstest dich abhärten. Vielleicht hast du zu wenig mit Kindern zu tun, Kinder fordern einen heraus, da bleibt man unglaublich beweglich. Wenn man nicht schnell ist, hat man verloren."

Ich sprach aus Erfahrung, in einer Bibliothek musste man ständig darauf gefasst sein, mit ansehen zu müssen, wie Kinder mit schmutzigen Schuhen die Räume durchquerten, ihre Kaugummis unter die Lesetische klebten und überall Zettel verloren. Ihre oft frechen Antworten hatte ich mir nicht gefallen lassen, die wenigsten wollten sich danach noch mit mir anlegen. Jemand war einmal so dumm gewesen, einem kleinen Flüchtlingsjungen eine orangefarbene Plastikmaschinenpistole in die Hand zu drücken, mit der er in der Bibliothek auf imaginäre Bösewichte zielte. Niemand nahm ihm das Ding weg oder sagte auch nur ein Wort dazu, abgesehen von mir. Ich schloss sie weg, solange er im Haus war, und sagte, Krieg und Gewalt wären nicht gut, das müsse er doch selbst am besten wissen. Meine Vorgesetzte bat um ein Gespräch und sagte, ich habe als Angestellte des Hauses zu einer freundlichen Atmosphäre beizutragen. „Wenn andere sich an Freundlichkeit halten, bin ich die Erste, die sich ebenfalls danach richtet", hatte ich gesagt, „aber man muss auch Grenzen setzen, oder nicht?" Sie hatte ohne jede Ironie geantwortet: „Wir wollen ein offenes Haus sein." Danach gab es nur noch Probleme.

Rosi hatte meiner Meinung nach etwas Weiches, das ihr vor allem Nachteile bescherte, aber sie ließ sich nicht von mir helfen. „Ein bisschen mehr Bodenhaftung könnte dir nicht schaden, dieses ganze Immer-alles-verstehen-Wollen führt doch zu nichts, Rosi!" „Jaja, das sagt die Gelassenheit in Person", lachte sie, „aber mir geht's gut. Emotionales Auf und Ab ist voll mein Ding, seit ich einmal zu Mina gesagt habe, dass ich bestimmt glücklich wäre, wenn ich erst abgenommen hätte. Da meinte sie ganz trocken: ,Willkommen im Grab, das wird erst sein, wenn du nicht mehr am Leben bist.' Ich war natürlich sauer. Aber dann habe ich mir gedacht, sie hat recht, besser alle Gefühle da sein lassen, anstatt sie zu unterdrücken, besser ganz im Jetzt sein und lebendig." Das war typisch Rosi. „Du willst also weiterhin die Fassung verlieren", stellte ich fest und sie grinste: „Ja!" Sie blieb bei ihrer Ansicht, mit Vertrauen ins Leben käme man gut durch, aber ich hatte meine Lektion gelernt. Vertrauen zu haben, war gefährlich. Sämtliche Religionen hatten sich ins Abseits katapultiert, kaum jemand glaubte noch an die alten Geschichten vom Gottvertrauen, man musste sich nur umsehen in der Welt, dann wusste man, wie der Hase lief, Raffgier war der Motor der Gesellschaft. Rosi war immer ganz entsetzt, wenn ich so etwas sagte, obwohl sie nicht sehr weit gekommen war mit ihrem Gottvertrauen. Als Sekretärin hatte sie sich mit starrköpfigen Chefs herumgeschlagen und war einige Beziehungen eingegangen, so viel hatte sie durchblicken lassen, aber ein Mister Right war anscheinend nie aufgetaucht.

Bei der Arbeit in einem Kunstmuseum war nicht zu vermeiden, dass man den einen oder anderen Blick auf die Kunstwerke warf. Ich verband das Unausweichliche mit dem Angenehmen, indem ich ab und zu Lockerungsübungen machte, während ich mir die Beschreibungen unter den Bildern durchlas. Manchmal bekam ich etwas von den Führungen der jungen Kunstgeschichtsstudentin mit und wunderte mich über ihre weithergeholten Interpretationen. Den Chef, Herrn Westend, sah ich so gut wie nie und die Beschäftigten des Museums hielt ich auf Abstand. Als bewährtes Mittel erwiesen sich Gegenfragen, Menschen erzählten gern über sich. Mein Privatleben ging niemanden etwas an und schon gar nicht meine Zeit in der Bibliothek.

Der Mann an der Kasse hieß Heinz und war für den Vorrat an Putzmitteln und Klopapier zuständig. Er war seit der Eröffnung dabei und versuchte ständig, mir Anweisungen zu geben. Dabei ging es ihn gar nichts an, ob ich das Kabinett als erstes putzte und welche Reihenfolge ich warum einhielt. Jedes Mal schloss er den Vorratsschrank wieder ab, nachdem ich mir das Putzzeug herausgenommen hatte, vielleicht, damit ich kein Klopapier mitgehen ließ. Rosi hatte sich schrecklich darüber aufgeregt, aber ich hatte bloß gelacht. An Heinz konnte ich nichts ernstnehmen, weder seine Wichtigtuerei noch sein rotes Brillengestell, mit dem er sich als Künstler verkleidete. Das Klopapier war nicht meine Sache, auch nicht, wenn es keins mehr gab, ich war raus, wenn jemand sich beschwerte.

Bei jedem Öffnen gab die Klinke zum Klo ein lautes Knacken von sich, egal, wie viel Mühe man sich gab, leise zu sein. Die alten Dielen knarzten bei jedem Schritt und die wenigen Besucher, die den Weg ins Museum auf sich genommen hatten, murmelten verhalten. Wenn die Räume leer waren, kam es mir manchmal so vor, als gebe der Boden nach wie vor Geräusche von sich, als würde er sich entspannen und dehnen, so wie ich nach einem langen Arbeitstag. Mit der Zeit gewöhnte ich mich an fast alles im Haus, nur nicht an die Klinke des Klos und an Heinz. Es hatte eine besondere Ausstrahlung, das musste ich zugeben. An Tagen, an denen sich manche Spuren nicht wegwischen ließen, auch nicht mit Wasser und Seife, bemerkte ich Rosi gegenüber, das Haus sei wieder einmal launisch gewesen.

7. Verantwortung

„Heute gebe ich einer Laune des Schicksals nach und habe das Programm etwas geändert, ich bin von einem Buch dazu inspiriert worden", rief Rosi begeistert. Noch während wir Platz nahmen, pries sie Jim und mir eine ganz besondere Schreibaufgabe an, und weil sie so geheimnisvoll tat und offen ließ, woher sie sie hatte, vermutete ich für einen verrückten Moment, sie hätte sie aus dem Tagebuch, das ich aus dem Zug mitgenommen hatte. Ich vergaß, sie zu fragen, ob sie mit dem Papier schon ihre Pfannen ausgewischt hatte, weil vor ihr drei zerfledderte Taschenbücher auf dem Tisch lagen und sie verkündete, jeder von uns müsse eine Seite aus einem Buch herausreißen. „Stopp!", zischte sie, Jim hatte seine Hand nach einem Exemplar ausgestreckt und zog sie sofort zurück. „Wartet, ihr braucht doch noch die Anleitung", bat Rosi beschwörend, als sie unsere erstaunten Mienen sah. „Wir fangen gemeinsam an, jeder nimmt ein Buch. Dann schlagt ihr es irgendwo auf. Konzentriert euch, die Wahl der Seite wird entscheidend für das Gelingen der Aufgabe sein." Sie zwinkerte, als sei es ein Scherz, der zu dem Spiel dazugehörte, doch niemand lachte. Sie tat unbeeindruckt: „Dann reißt ihr diese Seite raus und spontan, ich wiederhole, spontan und ohne nachzudenken, unterstreicht ihr in der Reihenfolge des Lesens zehn bis zwanzig einzelne Wörter oder Redewendungen, einfach, was euch ins Auge fällt. Dann schreibt ihr die Wörter auf euer Blatt und macht damit eine Geschichte, und hinterher werdet ihr staunen." Jim reagierte nicht und ich ahnte, er würde ihr das Zischen nicht ohne Weiteres durchgehen lassen, da war er empfindlich. Sie seufzte und blickte ihn besorgt an. Der Meister der Einsilbigkeit fragte nur: „Jetzt?" Als sie nickte, nahmen wir betont langsam und gesittet jeder ein Buch, Rosi seufzte ein zweites

Mal und griff sich das dritte, wir schlugen sie gleichzeitig auf und in der nächsten Sekunde ertönte das Geräusch langsam reißenden Papiers, bei dem es mir kalt über den Rücken lief. Die ersten paar Minuten konnte ich mich nicht auf die Aufgabe konzentrieren, mein Kopf fühlte sich an, als hätte man in ihm einen Papiersack aufgerissen und alles mit weißem Mehl bedeckt. Wie ein fernes Echo hallte ein Geräusch aus der Vergangenheit in mir nach.

Zum Glück galt es nur irgendwelche Worte zu unterstreichen und ich hatte etwas vorzulesen, als die Zeit um war.

„Keiner kommt - ich passe auf – hier das Taschentuch - hinter das Gebüsch. Ein schmaler Weg - es kann dauern. Ich halte alle an. Bitte bleiben Sie stehen. Die junge Frau - musste mal - kann jedem passieren - hinter den Zweigen verschwunden. Voller Liebe - Wacht halten. Gemeinsam.

Ich kann nichts dafür", sagte ich gleich, „so stand es da." „Aber das ist doch toll!", rief Rosi, „so ein Ergebnis hättest du doch nie verfasst, gib es zu. Es ist wunderbar poetisch, und so liebevoll." „Ja", pflichtete Jim ihr zögernd bei und sah auf sein Blatt hinunter, als würde er seinen Text nun mit anderen Augen sehen. „Soll das heißen, ich schreibe sonst gefühllos?" Ich war verstimmt. „Im Gegensatz zu dir, Rosi", sagte ich, „komme ich gut im Leben zurecht. Meine Prinzipien geben mir Halt und ich bin nicht vom Beifall anderer abhängig." Die Freude verschwand aus ihrem Gesicht und sie schlug die Augen nieder. „Verdammt, Rosi", sagte ich schnell und ärgerlich darüber, dass mich das Geräusch des reißenden Papiers so aus der Fassung gebracht hatte, „lass dich von mir nicht verletzen, das war doch gar nicht meine Absicht. Aber gefühllos bin ich nun wirklich nicht, während du oft mit einer Überdosis an Gefühlen schwanger gehst." Wahrscheinlich gab ihr das Wort „schwanger" den Rest, ich bemerkte meinen Fehler zu spät. Wörter waren nicht zu unterschätzen, man musste sie gewissenhaft verwenden und nicht einfach so dahinsagen. Sie nahm mit der einen Hand die Brille ab und wühlte mit der anderen in ihrer Tasche herum. Jim stand auf und setzte sich neben sie aufs Sofa. Ich war enttäuscht, dass jemand wie er, der sich an den Sternen orientierte, dieser ganzen Szene so viel Bedeutung zumaß. „Hör zu, Rosi, ich hab's nicht so gemeint. Bitte entschuldige, ich war ein bisschen überempfindlich gerade, normalerweise ist das nicht meine Art, das weißt du doch. Ich finde großartig, was du alles machst, und auch, wie du dich um unser Schreiben kümmerst." Ihr Gesicht hatte einen nachdenklichen Ausdruck angenommen und mich beschlich das seltsame Gefühl, sie würde etwas wahrnehmen können, das hinter meinem Gerede darauf wartete, von jemandem entdeckt zu werden. „Ist schon gut, Gabe", sagte sie langsam, „ich glaube, ich weiß, was du meinst." Jim blieb dennoch neben ihr sitzen, als wäre es weiterhin nötig, Rosi beizustehen. Ich sah auf die Uhr. „Oh, schon wieder ist die Zeit fast um, wie schade", mit diesen Worten nahm ich mein Portemonnaie in die Hand und sah in die Runde. Ich hatte mich selten so mies gefühlt.

8. Sparsamkeit

Für das nächste Mittwochstreffen wünschte ich mir alles auf Anfang zurück und hoffte, Rosi wäre wieder die Alte. Ausgerechnet an diesem Tag gab es Verzögerungen im Museum und um pünktlich ins Café zu kommen, war ich gezwungen, den Bus zu nehmen. Zum Glück fuhren in dieser Linie keine lärmenden Schülerhorden mit, nur ältere Leute ohne Auto, die dem großen Einkaufscenter am Ortsrand oder jemandem im Krankenhaus einen Besuch abstatten wollten. Zwei Sitze vor mir saß eine Frau mit blonden, straff zurückgekämmten Haaren, die ich aus dem Wartebereich des Arbeitsamts kannte. Sie trug genau wie damals, kurz nach meiner Ankunft in der Stadt, ein versteinertes Lasst-mich-in-Ruhe-Gesicht. Auf Höhe der Gärtnerei, der Bus war gerade wieder losgefahren, drückte sie den Halteknopf. Das Quäken ließ alle zusammenzucken und der Busfahrer sah über den Spiegel in den Fahrgastraum und fragte unüberhörbar: „Sie möchten wohl aussteigen?" Die Blonde sah hoch und nickte, die anderen Fahrgäste taten so, als ob sie das nichts anginge. „Sie haben den Fahrplan nicht gelesen!", rief der Fahrer ungehalten. Er bekam keine Antwort und wurde lauter: „Dieser Bus hält nicht an der Wendeschleife wie die Stadtbusse, das ist ein Überlandbus, meine nächste Haltestelle ist der Waldparkplatz." Der Nacken der Blonden färbte sich rötlich. Unbewegt blieb sie sitzen, als wäre sie komplett versteinert. Unaufhaltsam näherten wir uns der Haltestelle, an der sie eigentlich hatte aussteigen wollen. Sie begann mir leid zu tun und gleichzeitig ärgerte ich mich, wegen solcher Situationen mied ich Fahrten im öffentlichen Nahverkehr. Wenn der Fahrer seinen schlechten Tag hatte, würde die Frau fern von jeglicher Zivilisation an einer Bundesstraße im Wald stehen, doch er setzte schnaubend den Blinker, bremste an der Bucht der Wendeschleife ab und öffnete die hintere Tür. Die Frau stand auf und stieg ohne ein Wort aus. Ich wusste nicht, ob ich sie deswegen bedauern oder bewundern sollte, auf jeden Fall war es wegen ihr zu einer kleinen Verzögerung gekommen. Die nächste Verzögerung folgte, als der Bus vor der Stadtplatzhaltestelle unsanft abbremste und mitten auf der Fahrbahn stehenblieb. Die Fahrgäste reckten die Hälse. Auf dem ansteigenden Pflaster zwischen Lebensmittelgeschäft und Sparkasse sah ich mehrere Polizeiautos und viele Leute stehen, einige mit großen Gesten, andere lachend. Drei Polizisten wendeten mir den Rücken zu. Auf einer der Uniformjacken glänzte ein dicker roter Zopf zwischen weiß reflektierenden Buchstaben. Ein weiterer Polizist kniete leicht nach vorn gebeugt auf einem am Boden liegenden Mann, dessen Gesicht verdeckt war, während ein anderer ihm Handschellen anlegte. Wie auf den Bildern im Museum kamen in der Szene immer mehr Details zum Vorschein und krochen mir buchstäblich ins Hirn. Der Busfahrer wiederholte ein ums andere Mal: „Da komme ich trotzdem nicht vorbei." Auf der Straße vor dem Bus stützte sich eine alte Frau auf ihren Gehstock und klaubte Geld auf. Wieder und wieder bückte sie sich zu den Münzen hinunter, die anscheinend auf die Straße gerollt waren, als man den Mann überwältigt hatte. Man ließ sie alles einsammeln, erst dann führte eine Beamtin die alte Frau beiseite, der Bus fuhr an und mir geisterte das Bild von dem Körper des Mannes im Kopf herum. Mit offenen Mündern hatten Kinder herumgestanden und es war zu befürchten, dass keiner sie an der Hand nehmen und ein paar sinnvolle Worte zu all dem sagen würde. Natürlich ging es nicht an, Menschen, die in Lebensmittelläden oder Banken arbeiteten, zu überfallen. Man war für sein eigenes Fortkommen verantwortlich, auch wenn es Mühe kostete.

Jim saß ernst und Rosi aufmerksam am Tisch, als ich ihnen die Geschichte zu Ende erzählt hatte. „Und der Mann hat dir nicht ein bisschen leid getan?", fragte Rosi, als würde sie mein Mitgefühl vermissen. „Nein", antwortete ich trocken. Jim blickte mit seinen Fernrohraugen tief in mich hinein, als habe er an deren Ende ein Mikroskop befestigt, um meine Gedanken lesen zu können. „Wenn du das Leben führen müsstest, das dieser Mann führt, wärst du vielleicht an seiner Stelle und würdest auch Banken ausrauben", sagte Rosi versonnen, „das würde jedenfalls BEKAH so sehen, wenn ich sie richtig verstanden habe."

Ich mochte Rosi, aber ich mochte nicht, wenn sie von BEKAH sprach. Von Sprechen konnte man kaum reden, sie schwärmte von ihr, einer älteren Frau - Rosi sagte „Dame" –, mit früher blonden und nun weißen Haaren. „Sie fallen ihr fransig in die Stirn, so wie meine", Rosi zupfte sich an einem Pony, der nichts fransiges hatte, sondern vorwiegend aus Löckchen bestand. Sie hatte es nicht lassen können, mir ein Foto zu zeigen, nachdem ich „Nein, Rosi, ich werde mir kein Video von ihr ansehen!" gesagt hatte. BEKAH besaß einen Strahlenkranz von Fältchen um Augen und Mund, was vermuten ließ, dass sie nicht nur sehr viel geredet, sondern auch viel gelacht hatte und ich fragte mich, wie es sein konnte, dass all diese missionarischen Leute ab der Lebensmitte immer so asiatisch aussahen, vergleichsweise gelassen und heiter. Das Sendungsbewusstsein von Lehrern schien fast immer auch auf die Schüler abzufärben, die gerne ausblendeten, dass sie weit entfernt vom Grad der Erleuchtung ihrer Vorbilder waren. Diese Blindheit war in meinen Augen mit dem Risiko verbunden, irgendwann nach einem Massenselbstmord tot im Dschungel zu liegen. Dabei half gegen Chaos keine zelebrierte Umarmung der Welt, sondern nur Disziplin. Auf Gefühle konnte man sich nicht verlassen.

Ich hatte schon seit längerem den Eindruck gewonnen, Rosi würde mich zunehmend kritisch betrachten. Immer öfter erzählte sie von den Videos, die sie sich von dieser BEKAH ansah und dass sie davon inspiriert wurde, ihr Leben zu ändern. In welche Richtung, konnte sie mir nicht richtig erklären, sie sagte, ab der Lebensmitte müsse man sich fragen, von welchen Träumen man sich verabschieden müsse und welche man noch realisieren wolle. „Interessant, und welche wären das für dich zum Beispiel?", wollte ich wissen. Dass Rosi von Veränderung sprach, machte mich nervös, sie sollte so bleiben, wie sie war. „Ich weiß noch nicht", sagte sie, „ich dachte schon an eine Pilgerfahrt oder so etwas, um das herauszufinden." „Du willst doch nicht wie tausend andere Irre diesen Jakobsweg laufen?" „Vielleicht. Manchmal ist Tapetenwechsel das einzig richtige, um mal von außen auf das eigene Leben zu gucken. Denk an meine Tante Mina. Ich kann mir vorstellen, eine Luftveränderung könnte auch dir gut tun, Gabe." Das fand ich ziemlich übergriffig von ihr. Jim gab dazu wie so häufig keinen Kommentar ab, doch aus seinem ernsten, nachdenklich auf mich gerichteten Blick schloss ich, dass er ihr zustimmte.

Wenn ich von Leuten erzählte, die mir im Museum oder auf der Straße begegnet waren, war Rosi immer öfter anderer Meinung. „Heute war eine Frau im Zug, die sich unglaublich verhalten gab", berichtete ich, „sie huschte mit kleinen Trippelschritten durch den Gang, fast ohne den Boden zu berühren, aber die Angst, nicht rechtzeitig aus dem Zug aussteigen zu können, verlieh ihr beim Vordrängeln ungeahnte Kräfte. Im Bahnhof ließ sie wieder jedem den Vortritt. Leute mit so einer plakativen Sanftheit impfen einem ein schlechtes Gewissen ein, wenn man nicht aufpasst." „Menschen entwickeln sich, Gabe, man muss ihnen Zeit lassen. Nobody is perfect." „Ich bitte dich, Rosi", sagte ich, „du mit deinem grenzenlosen Verständnis. Die Leute sollten sich mehr Mühe geben, anstatt so leisetreterisch zu sein oder ständig zu jammern." „Und wie macht man das, Gabe, sich mehr Mühe geben? Vielleicht haben die Leute Probleme, für die sie nichts können." Ihr Verständnis schloss so ziemlich alle Mühseligen und Beladenen ein, nur mich nicht. „Rosi", allmählich verlor ich die Geduld, „für Notfälle gibt es tausend Ratgeber, Radiosendungen und jede Menge Bücher. Wo kommen wir hin, wenn sich jeder hängen lässt? Manches passiert Menschen eben! Fast alle erleben mal eine Krise oder haben Brüche im Leben, und jeder Einzelne muss da durch. Und man kann aufstehen und weitermachen, ein Haufen Leute sind wieder aufgestanden, seit Jahrhunderten, es gibt Beispiele ohne Ende. Aber heutzutage, obwohl es uns ausnahmslos gut geht, sind alle am Jammern und raffen sich zu nichts mehr auf. Man darf dem nicht nachgeben, Rosi. Okay, ein oder zwei Beratungsstunden, meinetwegen kostenlos, dann muss es aber weitergehen. Schau dir Bäume an, die biegen sich unter der Kraft des Sturms und richten sich wieder auf." Rosi schüttelte energisch den Kopf und sah mich an, als ob ich ihr leid täte: „Gabe, tut mir leid, das klingt mir zu einfach. Du gehst wie üblich davon aus, dass du allein auf der Welt bist." Obwohl sie immer davon sprach, man müsse die Realität akzeptieren, blieb sie stur bei ihrer Meinung. „Was denkst du denn darüber?", versuchte ich, Jim aus der Reserve zu locken. Er sollte mir beistehen, wozu hatte man Freunde, doch er sah nur in seine Handfläche, als könne er darin die Antwort lesen, er hielt sich oft bei Diskussionen raus, vielleicht hatte er Angst um das Privileg, das wir ihm zugestanden hatten. Wegen seiner Liebe zur Astronomie erlaubten wir ihm, über Sterne zu schreiben, obwohl nichts so sehr in der Vergangenheit existierte wie Sterne, das hatten Rosi und ich längst von ihm gelernt. Sterne konnte man noch sehen, auch wenn sie längst gestorben waren, weil ihr Licht so lange für den weiten Weg zur Erde brauchte.

„Wieso arbeitest du eigentlich nicht mehr, Rosi?" Diese Frage war mir herausgerutscht und Jims Körper kommentierte sie mit einem Ruck. „Sorry", sagte ich schnell, „bin wohl müde heute. Der Tag war anstrengend, und es geht mich ja auch nichts an." Rosi hob den Kopf und ihr Blick war dunkel. Unwillkürlich richtete ich mich auf, als sie anfing zu sprechen, mir wäre im Traum nicht eingefallen, sie zu unterbrechen. „Ihr glaubt nicht, was ich nach der Wende alles versucht habe, um Arbeit zu finden, aber nichts hat geklappt, keiner wollte mich, es war wie verhext. Erst dachte ich, es wäre eine Durststrecke, die vorübergehen würde, aber es nahm kein Ende. Ich rettete mich von einem kleinen Hilfsjob zum nächsten, doch im Grunde dauerte die Misere an. Ich habe noch eine Zusatzausbildung gemacht für ein, zwei Zertifikate, aber es kam nichts dabei raus. Damals ging es ja vielen so, und wie andere begann ich, an mir zu zweifeln. Lag es an meiner Art, an meinem Aussehen, an meiner Persönlichkeit? War meine Kindheit daran schuld? Meine Eltern? War es möglich, meinem verkorksten Innenleben eine andere Richtung zu geben? Was war so verkehrt an mir, dass niemand etwas mit mir zu tun haben wollte? Meine Energie für neue Bewerbungen schmolz wie Schnee in der Sonne. Das Arbeitsamt konnte mir auch nicht helfen, niemand stellte ein. Irgendwann gab ich auf. Ich glaube, der Auslöser war, dass jemand gesagt hat, ich wäre zu direkt, das würden die Leute nicht wollen. Mein Protest war spärlich und der Nachsatz, dass man mich mit der Zeit trotzdem mögen würde, war auch kein Trost. Mina hat mich beschworen, nicht an mir zu zweifeln und sagte, ich wäre am falschen Ort zur falschen Zeit und träfe auf die falschen Personen, aber ich glaubte ihr nicht. Eigentlich hat Mina BEKAH schon vorweggenommen", Rosi seufzte ein zweites Mal und begann, mit der Kuchengabel das rote Rund auf dem Teller hin und her zu rollen, „aber ich gab die Hoffnung auf und ging aufs Amt. Und ich fing an zu essen."

Eine Pause trat ein. Bekenntnisse dieser Art waren mir immer etwas unangenehm, auch wenn sie von Leuten kamen, die ich mochte. „Rosi", sagte ich vorsichtig, „du weißt, was dir meiner Meinung nach geholfen hätte." Ihr Blick ruhte irgendwie prüfend auf mir, so kam es mir jedenfalls vor. Zu meiner Überraschung sagte sie gelassen: „Ich weiß, Prinzipien. Und ein Ja zur Gegenwart." Es war überflüssig, darauf etwas zu erwidern, sie hatte die Antwort ja schon gefunden. „Das ist deine Art von Lösung, Gabe", fuhr sie fort, „und ich will dir den Gefallen tun und die Vergangenheit außen vor lassen. Viel wichtiger ist", fügte sie mit einem Blick auf Jim an, „mit euch über die Zukunft zu sprechen." Feierlich legte sie die Gabel auf den Teller und legte die Serviette darauf, als würde damit auch die Vergangenheit zugedeckt, was mir recht war. „Ich habe nämlich einen neuen Weg eingeschlagen", Rosis Stimme klang auf einmal energiegeladen, „seit einiger Zeit schon. Vor einer Weile habe ich BEKAH schon mal erwähnt, aber Jim kennt sie noch nicht, oder?" Ich erinnerte mich dunkel an die Lachfältchenfrau, Jim gab ein „Nein" zur Antwort. „Nun erzähl schon, Rosi", sagte ich ungeduldig, „meinst du die Frau mit den weißblonden Haaren, die wie eine Lehrerin aussieht? Von der du mir ein Foto gezeigt hast?" „Ja, die meine ich. Sie hat jede Menge Bücher geschrieben." Rosi ließ sich nicht von mir aus der Ruhe bringen und setzte ihre Verschwörermiene auf: „Eines davon stand eine halbe Ewigkeit ungelesen in meinem Regal, und das habe ich vor ein paar Wochen wiederentdeckt." Von wem sie das Buch hatte, wollte ich im Moment nicht wissen, wie ein ungebetener Gast hatte sich die Vergangenheit schon zur Genüge zwischen uns breit gemacht. „Es hat mein Leben verändert." Sie hatte ein Gespür für Dramatik, das musste man ihr lassen, und sie war noch nicht fertig. „Jedenfalls habe ich damals den Computer angeschaltet und ein bisschen herumgesurft. Nach Katzenvideos." Es war ihr peinlich, das sah ich ihr an, aber sie schien partout von jetzt auf gleich die Wahrheit sagen zu wollen, und zwar für immer. Ich machte ein unbeteiligtes Gesicht, obwohl es mir schwer fiel. „Hast du zugehört?", fragte Rosi. „Ja, natürlich", sagte ich schnell, „was denkst du denn?" Sie sah mich zweifelnd an. „Jedenfalls", wiederholte sie nach kurzem Zögern, „bin ich zufällig auf neue Videos von BEKAH gestoßen. Es gibt sehr viele davon und ich habe mir nach und nach alle angesehen. Manche mehrmals. Und das hat mir wirklich die Augen geöffnet." Nun war mir klar, weshalb sie manchmal so abwesend gewirkt hatte, sie hatte nichts als diese Lehrerin im Kopf gehabt. An meinem Gesicht war wohl abzulesen, was ich von solcher Lebenshilfe aus dem Internet hielt. „Gabe, ich habe in den letzten Wochen mehr über das Leben gelernt als in den letzten zwanzig Jahren", beschwor sie mich. Arme Rosi, dachte ich, aber das sprach ich natürlich nicht aus.

„BEKAH ist nicht die einzige, die mir geholfen hat. Seit ich mehr auf diesem", Rosi überlegte, „spirituellen Weg unterwegs bin, stoße ich häufiger auf Hinweise in der Art. Ich muss euch unbedingt von Thich Nhat Hanh erzählen." Sie kramte in ihrer Handtasche und holte einen Zeitungsausschnitt heraus. „Den Artikel habe ich beim Zahnarzt aus einer Zeitschrift rausgerissen." „Rosi!", rief ich in gespielter Empörung, „wie konntest du?", Jim wiegte nur den Kopf. Sie ignorierte meinen Einwurf und hielt uns das Foto eines lachenden Mannes mit dicker brauner Wollmütze und ebenso brauner Haut hin. Hinter ihm war eine Wand aus dunkelgrünen Bambusblättern zu erkennen. „Und wer soll das sein?", fragte ich, „jemand aus Asien?" „Ja, ein Mönch, er lebt schon lange in Europa. Ich finde, er erklärt die Welt auf eine besonders verständliche Art und Weise, zum Beispiel das mit dem Leiden. Jeder fragt sich doch mal, wieso so schlimme und traurige Dinge passieren. Er sagt, wenn wir Lotosblumen wachsen lassen wollen, brauchen wir Schlamm. Schlamm ist im übertragenen Sinn Leiden. Wir brauchen Leid, um Glück zu erschaffen. Das ist eine Kunst, deshalb müssen wir erlernen, zu leiden, sagt er. ‚Wir umarmen das Leid, und wir transformieren es', steht unter dem Foto. Der Dalai Lama sagt ähnliches, das stand in derselben Zeitung. Er hat ein Buch geschrieben: ‚Die Kunst, zu leiden' – oder war es: ‚Die Kunst, glücklich zu sein'?" Sie dachte nach und zwischen ihren Augenbrauen bildete sich eine Falte.

Darüber, dass dieser kleine Mönch mit seinem breiten Lächeln behauptete, Leiden gehöre zum Leben, konnte ich nur den Kopf schütteln. Bisher hatten zu wenige Leute die Bedeutung von Prinzipien entdeckt. Genau genommen war dieser Asiate das perfekte Vorbild, er hatte welche. Ich musste zugeben, dass mir imponierte, was er sich da ausgedacht hatte, das mit dem Innehalten, sooft es irgendwo bimmelte, und das mit dem langsamen Gehen, um die Leute zu entschleunigen. Das befolgte er nicht nur selbst konsequent, er brachte auch seine Anhänger dazu. Aus Dankbarkeit wuschen sie ab, putzten das Gelände seines Klosters und das ganze Gebäude, nicht zuletzt, weil er verkündete, das sei nichts anderes als pure Meditation. Ich wies Rosi auf dieses nicht ganz uneigennützige Geschäftsmodell hin.

„Gabe, du bist immer so kritisch. Und wenn was dran ist? Wenn wir lernen müssen, zu leiden?", Rosi legte die Brille ab und sah nachdenklich auf den Tisch, als würde zwischen den drei Kuchengedecken anstatt einer Kerze gleich eine Lotosblüte emporwachsen. „Aber Rosi, dass da was dran ist, habe ich doch eben gesagt. Die Prinzipien, die all dem zugrunde liegen, die sind das Entscheidende." „Was sagst du denn dazu, Jim?", fragte Rosi, vermutlich hoffte sie, er würde ihr recht geben und einen seiner interstellaren Aspekte beitragen.

Jim faltete die Hände wie ein Priester, als wolle er zum Beten ansetzen, doch er ließ nur seine Fingergelenke knacken. Dann sagte er bedächtig: „Urschlamm". „Bitte, was?" Rosi machte sich steif, als hätte er sich über sie lustig gemacht. Doch als nächstes wiederholte er das Wort, schnitt es dabei mit seiner klaren Aussprache in zwei Hälften: „Ur – schlamm." Es klang wie ein Name oder ein Titel. Ich lachte: „Ur mit oder ohne ‚h'?" Ein kaum wahrnehmbares Lächeln wanderte über Jims hageres Gesicht. Einen kurzen Moment lang hatte er tatsächlich etwas von einem wissenden Mönch. „Wir sind selbst Schlamm", nickte er.

Grimmig zog Rosi ihren rosa Block aus der Handtasche: „Dann sag schon, was du denkst, und zwar zum Mitschreiben, sofern es Sinn macht." Dieses Drängeln war in Bezug auf das Thema ein sehr widersprüchlicher Zug von ihr, doch Jim blieb die Ruhe selbst. „Wasser ist die Grundlage des Lebens. Es muss nach neuesten Erkenntnissen mit Asteroiden auf die Erde gelangt sein. Sie haben mehr als zehn Prozent Wasser enthalten, und es waren so viele, dass es für die Ozeane gereicht hat." „Noch nie davon gehört", sagte ich. Das wunderte Jim anscheinend nicht und entlockte ihm auch keine Reaktion. „Es sind also Schlammbälle im All herumgeflogen, die dann heruntergefallen sind?" Ungläubig starrte Rosi ihn an. „Es stimmt also? Wir kommen aus dem Schlamm? Und bewegen uns quasi aus ihm heraus, so wie aus dem Leid?" Er senkte zustimmend den Kopf. Kurz trat Stille ein. „Bitte ein anderes Thema", redete ich ungefragt dazwischen, „mir ist das schon wieder zu vergangenheitslastig." Rosi schnaubte, Jim machte eine kleine Bewegung, öffnete den Mund und schloss ihn wieder. „Sagt ruhig eure Meinung!" Ich setzte mich sehr aufrecht hin. „Ausgemacht ist ausgemacht. Vergangenheit bleibt außen vor. Ich gehe schon genug Kompromisse ein, andauernd versucht ihr, die Regeln aufzuweichen. Du brauchst gar nicht so zu schauen, Jim. Schließlich kommt das Licht vieler deiner Sterne", ich betonte das Wort ‚deiner', „erst auf der Erde an, wenn sie schon erloschen sind. Man wühlt in ihrer Vergangenheit herum, anstatt das Geld für Sinnvolleres auszugeben." Jim wiegte den Kopf: „Solange die Explosion eines Sterns von vor Millionen Jahren noch irgendeine Auswirkung auf dich hat, ist er nicht vergessen." „Ach, und welche Auswirkung wäre das? Erleuchtung?" Ich lachte gekünstelt, doch bevor unser Dialog heftiger werden konnte, ging Rosi dazwischen. „Das bringt doch nichts, hört auf zu streiten. BEKAH sagt, das ist nur unser Ego, es sorgt andauernd für Schwierigkeiten." Mir kam es so vor, als wollten Rosi und BEKAH immer das letzte Wort haben.

9. Keine Gefühlsausbrüche

Zweimal blieb das Café mittwochs geschlossen und als wir uns das nächste Mal trafen, kam Rosi mir auf der Straße vor dem Eingang entgegen. Sofort fiel mir ihr veränderter Gang auf. Sie setzte ihre Füße ruhiger und wirkte gelassener, und als wir warteten, dass unser Tisch frei wurde, trat sie nicht wie sonst von einem Fuß auf den anderen, sondern stand irgendwie verankert, wie ein Baum. Verwurzelt, dachte ich.

Jim war noch nicht da. Wir winkten Gunda zu und Rosi nahm auf dem Sofa Platz und lächelte mich an. „Dir geht's gut, Rosi", stellte ich fest. Sie nickte: „Ja." Wir unterhielten uns und schon bald vermisste ich den vertrauten Wortschwall, der mich an ihr manchmal genervt hatte. Ich konnte nicht anders als sie darauf anzusprechen: „Und? Gibt es einen Grund, weshalb du so tiefenentspannt bist?" Mir schien, als genoss sie die Pause, die durch Gunda verlängert wurde, die uns den neuesten Café-Klatsch servierte. Anstatt ungeduldig das Gesicht zu verziehen, hörte Rosi ihr aufmerksam zu, worauf diese angesichts des großen Interesses in einen viel höflicheren Tonfall als sonst wechselte.

„Meine Güte, Rosi, das gibt's doch gar nicht. Was ist los mit dir?", lachte ich, als Gunda wieder weg war. „Du veränderst ja die ganze Welt mit deiner Ausstrahlung, wenn es so weitergeht!" „Ach", sagte sie leichthin, „nichts dagegen." „Nun sag schon, hast du geerbt?" Ich war wirklich neugierig geworden. „Nein, nichts in der Richtung", lässig zupfte sie an ihrem Halstuch. Sie sah dünner aus. „Hast du abgenommen?" „Kann sein, etwas vielleicht." Und sie war kaum geschminkt, ganz dezent. Am auffälligsten war ihre neue Halskette. Ein hellgrünes Lederband mit einem Anhänger aus Holz, knubbelig und ohne jedes Glitzern. „Ich hab's euch doch erzählt", sagte sie in aller Gelassenheit, „das kommt alles durch BEKAH."

„Ich beneide dich" gestand ich, „bei mir gibt es nicht viel Neues. Bald ist mein Museumsjob vorbei und manchmal denke ich, er wird mir fehlen. Dabei hatte ich anfangs überhaupt keine Lust dazu." Bevor sie etwas erwidern konnte, kam Jim und überraschte uns mit der Nachricht, er würde im Herbst mit dem Orchester auf Konzertreise gehen. „Na prima!", rief ich aus, „lasst mich nur alle alleine!" „Du hast doch bald zwei Wochen frei, geh doch auch woanders hin." Rosi war das, mit einer unerwartet energischen Stimme. Ich lachte: „Hört, hört! Jetzt sag nur noch, du hast auch schon eine Idee, wohin." „Ja, hab ich." Das kam so ruhig und bestimmt, dass mir der Mund offen stand. Sie legte mir die Hand aufs Knie: „Hör mir zu, Gabe, ich meine es ernst. Ich weiß, was du machst. Du läufst den Weg von Karl." „Was soll das heißen? Von welchem Karl?" „Von dem im Tagebuch. Dem Tagebuch aus dem Zug. Ich hatte selbst schon daran gedacht, aber es ist viel besser, wenn du das machst." Ich blickte zu Jim hinüber, der Rosi ebenso fragend ansah wie ich. Mürrisch verschränkte ich die Arme: „Ich weiß nicht, was du meinst." „Karl hat im Tagebuch einen Fernwanderweg beschrieben, er ist ihn selbst gelaufen, vor der Wende, immer die innerdeutsche Grenze entlang." Ungläubig starrte ich sie an. „Was soll ich da? Du hast Ideen." Ich war plötzlich müde und irgendwie wehrlos und Rosis verrückter Vorschlag fiel tief in mir drin auf fruchtbaren Boden. Der Gedanke, woanders zu sein und mit Rosi als Führerin durch die Lande zu streifen, hatte etwas Befreiendes. „Ich gehe, wenn du mitkommst", bestimmte ich kurzerhand, doch sie schüttelte den Kopf: „So eine Wanderung muss man alleine machen." Prüfend sah mir Rosi ins Gesicht: „Du kommst doch von dort, aus dem Westen." Ich versuchte es mit: „Was heißt Westen? Ich bin aus dem Süden hierher gezogen. Und was habe ich mit diesem Karl zu tun?" „Du weißt genau, was ich meine. Und was Karl betrifft", sie zögerte, als suche sie nach Worten, „mich hat berührt, was er schreibt." Sie fügte Satz an Satz, als müsse sie die passenden Worte erst erfinden. „So ein Leben wird plastisch, wenn man in einem Tagebuch liest. Ich glaube, er war ein ganz besonderer Mensch. Ja. Deshalb kam ich überhaupt auf die Idee mit der Wanderung. Er war vielleicht auf der Suche nach der Kindheit. Von der sind wir ja auch getrennt, nicht nur durch die Zeit, auch weil uns das Magische verlorengeht. Als Kind hat man noch ganz andere Verbindungen, zu Engeln zum Beispiel." Ich war sprachlos, von Engeln hatte ich sie noch nie reden hören. Nachdenklich lehnte sie sich zurück. „Nach den Seiten zu urteilen, die ich schon gelesen habe, hatte Karl ein großes Herz und …", sie nickte lebhaft, „… ja, er wanderte gern." „Und was macht er jetzt?", fragte ich. „Nichts mehr. Jemand hat einen Zeitungsausschnitt mit seiner Todesanzeige ins Tagebuch gelegt. Ja. Er muss kurz danach gestorben sein." Dieser Karl war also schon tot. Ein abgeschnittener Faden wie so viele andere, sicher schmerzhaft für die Angehörigen, aber nicht zu ändern. „Rosi, mit diesem Karl hab ich nichts zu tun, ich will nicht wissen, wie alt er geworden ist. Und schon gar nicht, wer um ihn trauert." Sie lächelte nur. Wir sprachen an diesem Nachmittag nur noch über Unverfängliches, als bräuchte es unser aller Energie, um den Vorschlag in der Versenkung verschwinden zu lassen. Beim Verabschieden sah mich Jim lange an und Rosi umarmte mich fest. Ich ließ es verlegen geschehen.

Auf dem Hinweg zum nächsten Treffen war ich fix und fertig wegen einer Serie schlafloser Nächte. Der Vorschlag mit der Wanderung war an mir hängengeblieben wie Rosis Umarmung und Jims nachdenklicher Blick.

Die beiden sahen mir aufmerksam entgegen, ich nahm Platz auf meinem Stuhl und begrüßte sie mit ein paar Sätzen in meinem heimatlichen Dialekt, was sich nach so langer Zeit beim Sprechen ungewohnt anfühlte. Ich musste nicht lange

auf einen Kommentar warten. Rosi rief: „Du meine Güte!"
und ließ ihren Stift fallen. Während sie sich nach ihm bückte,
sah mich Jim mit leicht schräg geneigtem Kopf an und gab
einen längeren Satz von sich: „Natürlich habe ich schon, als
wir uns das erste Mal getroffen haben, gemerkt, dass du nicht
von hier bist. Du hast dich gut an die regionale Klangfarbe
angepasst, es schimmert aber ein kaum merkbarer Akzent
durch, ich habe auf Südosten getippt." „Was seid ihr nur für
Freunde!", rief ich, „dabei habe ich mir solche Mühe gegeben." Sie lachten beide, und ich lachte mit. Rosi versuchte, die
Redewendungen nachzusprechen, die ich ihr vorsagte und
die schöne Stimmung machte es mir leicht, noch ein bisschen
mehr preiszugeben: „Es war schwierig am Anfang, als ich
hergezogen bin, ich geb's zu. Ich merkte, ich kannte die Regeln nicht und hing ein bisschen durch, aber zurück wollte
ich auf keinen Fall. Einmal rief ich sogar bei der Telefonseel-
sorge an, doch als die Frau den hiesigen Dialekt sprach, habe
ich aufgelegt. Stellt euch vor, auf dem Arbeitsamt saß mir
eine ältere Sachbearbeiterin mit knallrot gefärbten Haaren
gegenüber, die gab mir den Rat, mich im Alltag genauso
burschikos zu verhalten wie sie. ‚Sonst gehen Sie unter', sagte
sie, ‚und das wär schade. Uns Ostfrauen schmeißt so leicht
nichts um, das kommt von unserer DDR-Erfahrung. Wir sind
selbstbewusster als die Westfrauen, weil wir finanziell immer
unabhängig waren.'" Rosi lachte und winkte ab. Ich konnte
nur halbherzig in ihr Lachen einstimmen: „Ich habe an meine
Mutter gedacht, die war Hausfrau, sie hat in der Bäckerei
ausgeholfen und nebenbei die Buchführung gemacht. Mittags
hat sie für Vater und mich gekocht, daran konnte ich nichts
Schlechtes finden." Ich hielt inne, das Wort ‚Bäckerei' hallte
in mir nach. Ich hatte es lange nicht mehr ausgesprochen,
genauso wenig wie ‚Mutter' oder ‚Vater'. „Und, bist du dem
Rat der Frau gefolgt?", hörte ich Rosi fragen. Ich rieb mir
nachdenklich das Kinn: „Nein, ich fing an mit Putzen." Sie
kommentierte meine Antwort mit einem Seufzen: „Es waren

für die meisten schwierige Zeiten. Alle hatten mit sich zu tun und die Nase voll von Abzockern und Glücksrittern, das hat es Menschen wie dir nicht leichter gemacht." Jim stimmte ihr zu und darüber freute ich mich. Unsere Schreibaufgabe war schnell verfasst und vorgelesen und wir machten uns gutgelaunt über den Kuchen her.

„Noch zwei Wochen, dann ist Schluss im Museum", verkündete ich mitten hinein in Gundas Besteckklappern. „Wenn das geschafft ist, habe ich zwei Wochen frei." Meine Mitteilung schwebte über dem Tisch wie ein Heißluftballon. Rosi und Jim sahen mich erwartungsvoll an und mir blieb jedes weitere Wort im Hals stecken. Schließlich nahm sich Rosi ein Herz und fragte vorsichtig: „Und, Gabe? Wie ist es? Hast du darüber nachgedacht?" Es war unnötig zu fragen, worüber. Mir wurde warm und ich holte tief Luft: „Ja." Ihre grünen Augen funkelten und Jim lächelte sanft. „Du wirst also laufen", sagte sie, „für dich und für mich. Und für Jim." Das war eine Feststellung. Es kam mir nichts anderes in den Sinn als mit dem Kopf zu nicken. „Wunderbar!", rief Rosi aus.

Während das Wort noch wohlig warm in mir nachklang, fragte ich mich schon, was mich geritten hatte. Es war abwegig, mich auf eine solche Wanderung einzulassen, doch Rosi machte mir das Zurückrudern schwer: „Und wann gehst du los, Gabe?" Ich versuchte, die Notbremse zu ziehen: „Rosi, Moment mal, ich weiß nicht, was in mich gefahren ist, das war ein Versehen eben, ich bin ziemlich müde heute und nicht die Richtige für sowas. Ich bin noch nie gewandert und außerdem habe ich gar keine Wanderschuhe, sorry." Sie überlegte, aber nur kurz: „Du könntest mit mir zur Kleiderkammer gehen." „Das meinst du doch wohl nicht ernst? Ich ziehe doch keine gebrauchten Treter von anderen Leuten an!" „Dann ins Schuhgeschäft." „Vergiss es, Wanderschuhe sind teuer und man muss sie einlaufen", ich schüttelte den Kopf und gähnte. Rosi gab fürs Erste Ruhe, doch von solchen Kleinigkeiten ließ sie sich nicht aufhalten.

Sie telefonierte überall herum und eine Woche später standen fünf Paar kaum getragene Wanderschuhe in meiner Größe in einer Reihe neben dem Sofa. „Ich habe sie alle in einer großen Tasche untergebracht", sagte Rosi stolz. Ich tat ihr den Gefallen und zog ein Paar an. Es passte wie angegossen. „Sybille ist jemand, der immer wieder schnell mal was Neues anfängt", kommentierte Rosi, „und sie hält selten etwas durch." Die Schuhe waren wirklich schön, keine braunledernen Klumpen, sondern graue Goretex-Halbschuhe mit pinkfarbenen Nähten, die bis zu den Knöcheln reichten. Sie sahen relativ alltäglich aus und als ich unter den Augen Gundas und der übrigen Gäste einige Schritte im Raum hin und herging, fühlte ich mich auf den stabilen Sohlen jedem Auf und Ab gewachsen.

„Du brauchst auch einen Hut, gegen die Sonne." „Rosi, jetzt mach mal halblang", für eine Sekunde stolperte ich über das ungewöhnliche Wort, „ich habe noch nie einen Hut aufgesetzt, außer früher vielleicht einen Fliegenpilzhut beim Kinderfasching." „Du warst beim Kinderfasching?", hakte sie sofort ein und ich ärgerte mich über die Pause, in der mir nichts dazu einfiel. Rosi blieb unnachgiebig: „Ich will auf keinen Fall für deinen Sonnenstich verantwortlich sein. Meinetwegen kannst du dir einen Fliegenpilzhut aufsetzen, aber an deiner Stelle würde ich ein Käppi vorziehen." „Käppis sehen bescheuert aus!", rief ich empört, was sie nicht im Geringsten beeindruckte. „Na gut, dann nimm einen Schirm mit. Übrigens, hier ist noch eine Liste mit ein paar Infos, da steht alles Wichtige drauf." Sie kramte in ihrer Tasche. „Habe ich extra für dich erstellt", sagte sie mit fürsorglicher Miene und drückte mir einige Papiere in die Hand. Sie ging fest davon aus, dass ich laufen würde. Ich las: „Zwei Flaschen für das Auffüllen von Trinkwasser, Hose kurz und lang, Rock kurz und lang, Unterwäsche, Strümpfe, Pflaster, Stift und

Block." Die Liste ging noch weiter. Das zweite Blatt enthielt Abbildungen und Namen von Pflanzen, auf die ich beim Wandern treffen würde. Bevor ich irgendetwas einwenden konnte, überreichte mir Jim eine drehbare Sternkarte. „Mit Planetenanzeiger", bemerkte er stolz. Das gab mir den Rest, ich brachte es nicht über mich, ihre Geschenke zurückzuweisen, und beide freuten sich sichtlich, als ich sie annahm. Die Wanderung wurde immer konkreter und fing an, ein Eigenleben zu entwickeln.

Tag 1 Das Übersinnliche

Kurz vor meinem Aufbruch wechselte noch einmal die Ausstellung im Museum. Inzwischen war ich fast neugierig darauf. Nach wenigen Tagen hing das ganze Haus voller Bilder dreier Künstlerinnen, die weder Landschaften noch Menschen gemalt hatten, sondern, wie es im Flyer hieß, „Übersinnliches". Schon beim ersten Anschauen gingen mir die Arbeiten irgendwie nahe. Eine Malerin mit einem nordischen Namen war vor mehr als hundert Jahren felsenfest davon überzeugt gewesen, dass Wesen einer höheren Bewusstseinsebene sie als Medium nutzten. Ihre Schwester war gestorben, danach hatte sie sich konsequent von den Erwartungen ihrer Zeit gelöst und riesige Leinwände mit Schnecken, Spiralen, Farbflächen und geheimnisvollen Zeichen bedeckt. Für mich sah es so aus, als habe sie unsichtbaren Gedanken ein Gesicht gegeben. Die zweite Künstlerin hatte ebenfalls die Schwester verloren, was ich für einen seltsamen Zufall hielt, sie ließ mit dünnen Pinselstrichen weiße zarte Ringe und Spiralen über geheimnisvoll dunkle Malgründe fließen, die wirkten wie ausgestreutes Licht. Auf den Rückseiten der Bilder hatte sie festgehalten, von welchen Engeln sie Anweisungen dafür erhalten hatte. Sie trugen alle Namen und einer hatte gewollt, dass sie mit einem Netz aus feinen Linien ein geheimnisvolles Auge überspannte - „Das Auge Gottes" stand darunter. Die dritte Künstlerin war eine Schweizerin. Ihre riesigen Formate sollten die Energieströme der Natur darstellen und sahen, je nachdem, wo man stand, jedes Mal anders aus. Alle drei hatten lange vor meiner Geburt gelebt und mir ging es wie ihren Zeitgenossen, ich hatte noch nie etwas Ähnliches gesehen. Ich fand den Wunsch, „die Grenzen zur spirituellen Welt überwinden zu wollen", wie eine geschrieben hatte, reichlich ungewöhnlich, aber irgendwie gefielen mir die Bilder und ich hatte vor, Rosi davon zu erzählen, die sich bestimmt für so etwas interessierte.

Rosi kam, um Clivia abzuholen. Zur vereinbarten Zeit klingelte sie unten an der Haustüre, zum Zeichen, dass sie wartete. Ich ging die Treppen hinunter und erzählte ihr als erstes von der Ausstellung. Sie war in einem fort begeistert, als verstünde sie schon beim Zuhören, worum es ging und nahm sich vor, sobald wie möglich hinzugehen. Nicht nur deswegen war sie hochgestimmt, sie hatte viel Zeit mit der Organisation meiner Tagesetappen verbracht. Ich hatte mich geweigert, Karls Tagebuch mitzunehmen, und Rosi wollte mir die Route abschnittsweise durchgeben. „Eine Wanderkarte brauchst du noch, ich hätte eine bestellen müssen, aber ich habe zu spät daran gedacht", seufzte sie. „Selbst du kannst nicht an alles denken, Rosi!" Es sollte lustig klingen, klang aber aufgesetzt. Mir war ein bisschen peinlich, dass sie aus freien Stücken so viel für mich tat. Insgeheim machte ich mir ab und zu noch vor, dass ich mich aus dem Plan, in den ich verwickelt worden war, herauswinden konnte.

Die Clivia reckte mir als Lebewohl ihre dicken Blätter aus der großen Tragetasche entgegen, Rosi stand am Gehweg und hatte meine Hände ergriffen: „In allen Menschen, die dir begegnen, Gabe, sollst du das Liebevolle sehen, das wünsche ich mir für dich." Mir wurde ein bisschen Angst um sie, so ein Gefühlsüberschwang konnte nicht gut sein, doch sie war noch nicht fertig: „Vergiss nie: Alles ist mit allem verbunden, dieser Gedanke befreit uns und führt uns zu einem Leben in Fülle und Freiheit." „Danke, Rosi", sagte ich, „ist gut." Es klang wie: Hör endlich auf damit. Ich spürte es und mir war unwohl dabei.

Am nächsten Tag stand ich in voller Ausrüstung im Café. Gunda hatte mich unbedingt mit Rucksack sehen wollen, schließlich hatte sie mit dieser Leihgabe zu dem Projekt beigetragen. Sie fand die Idee, Jahrzehnte später einen Fernweg nachzuwandern, genial: „Auf den Spuren Karls entlang der innerdeutschen Grenze! Das hört sich großartig an." „Gunda, es muss ‚entlang der *ehemaligen* innerdeutschen Grenze' heißen", berichtigte ich. „Ach was", mischte sich Rosi ein und lachte. Mit ihrem ständigen ‚Ach was' auf meine Einwände hatte sie mich herumgekriegt. Im Stillen war ich dauernd davon ausgegangen, dass sie mitlaufen würde, obwohl sie es nie auch nur angedeutet hatte. „Ich?", hatte sie meine Hoffnung mit hochgezogenen Augenbrauen im Keim erstickt, „ich bin doch keine Wandernatur. Ich bin noch nie gewandert." „Ach, aber ich, wie?" „Du bist körperlich fit. Und der Typ ‚Heldin'. Nein, nein, das kommt gar nicht in Frage. Ich bin und bleibe in der Bodenstation." Auf meinen scherzhaft gemeinten Einwand, sie würde sich nicht um mein Leib und Leben sorgen, wurde sie überraschend ernst, sah mich durchdringend an und sagte nur: „Oh doch, das tue ich, glaub mir." Es war mir ein Rätsel, was sie damit meinte und mir blieb nichts anderes übrig, als mich in dem bevorstehenden Abenteuer auf meine Konsequenz und meine Ausdauer zu verlassen.

Die anderen Gäste reckten die Hälse, Jim war stoisch wie immer, Rosi trat von einem Fuß auf den Anderen und kehrte noch einmal ihre mütterliche Seite heraus. Sie meinte, mir sagen zu müssen, dass ich mich auf Schwierigkeiten gefasst machen solle und dass ich wahrscheinlich mit dem Thema „Grenze" mehr zu tun haben würde als mir lieb wäre. Ich zuckte mit den Schultern: „Ich wüsste nicht, wieso." Sie warf Jim einen Blick zu. „Dann ist es ja gut", war alles, was sie erwiderte.

Nachdem Gunda sich skeptisch über das Gewicht des Rucksacks und meine Ausdauer geäußert hatte, gab sie endlich ihrer Bewunderung Ausdruck und wir verabschiedeten uns voneinander. Ich sollte früh am nächsten Morgen zum Bahnhof aufbrechen. „Hier. Dein Handy!", Rosi drückte mir ein kleines blaues Gerät in die Hand. Bevor ich protestieren konnte, beschwor sie mich: „Gabe, du springst jetzt mal über deinen Schatten. Ohne Handy geht das nicht. Hier ist auch das Ladekabel. Ich muss dich doch erreichen können, wegen der Übernachtungen und auch sonst. Und du kannst dich melden, wenn du Hilfe brauchst. Du nimmst es, sonst brechen wir das Ganze lieber ab." Ein Taubenschwarm ließ sich auf dem Rasen des Parks nieder und mir wurde schlagartig bewusst, dass das meine letzte Chance war. Ich bräuchte nur noch auf der Ablehnung des Handys beharren und wäre aus der Sache raus. Doch ich hörte mich „Na gut, wenn du meinst" sagen. Rosi war froh, das war deutlich: „Prima. Es ist klein und handlich. Und leicht zu bedienen. Ich dachte, wir telefonieren jeden Abend. Ich bin wahnsinnig neugierig auf deine Berichterstattung. Aus erster Hand, sozusagen." Ich seufzte und ließ das Telefon mit dem Kabel in die kleine Seitentasche des Rucksacks gleiten.

Am nächsten Morgen warf ich einen letzten Blick in meine aufgeräumte Wohnung. Das Fensterbrett sah ohne Clivia verwaist aus. Ich schloss die Tür hinter mir ab. Mit dem Gewicht des Rucksacks auf dem Rücken fühlte sich jeder Schritt im Treppenhaus ungewöhnlich schwer an. Ich hoffte, diese Schwere würde nicht zum Leitmotiv der nächsten Tage werden, und trat wie ein plötzlich in die Freiheit entlassener Häftling auf die Straße. Mein Weg zum Bahnhof führte über den Friedenshügel. Die Rosen in den Rabatten dufteten und schon in aller Frühe hatte sich brütende Hitze breitgemacht. Eine Frau mit riesiger Sonnenbrille posierte vor dem mit Graffiti besprühten Denkmal, ihr Partner fotografierte sie. Sie betrachtete die Aufnahmen auf dem Display, deutete darauf und lachte. Dann die Wiederholung, diesmal mit hochgestecktem Haar. Ich fragte mich, was für einen Unterschied das machte, wo sie doch die Brille aufbehielt und auf dem Foto keiner ihre Augen sehen konnte. Von einer Baustelle drang durchdringendes Bohr-Geräusch herüber. Auf einem Seitenweg lief im Gegenlicht wie meine Spiegelung eine leicht gebeugte Gestalt mit einem fast ebenso großen Rucksack wie ich ihn trug.

Das Handy meldete sich mit einer Frauenstimme, die „You've got a friend" sang. „Guten Morgen! Das ist nur ein Test, ob das Telefon funktioniert!" Ich hatte Rosi eher im Verdacht, sie wolle sichergehen, dass ich es dabei hatte. „Ich wünsche dir alles Gute, Gabe! Egal, auf welcher Seite. Und viel Überblick! Karl ist ab und zu auf einen Hochstand geklettert und hat nach drüben gesehen. Zum Glück steht dir nichts im Wege!" Ein bisschen ließ ich mich von ihrer unüberhörbaren Freude anstecken. Man konnte wirklich froh darüber sein, dass diese Grenze verschwunden war und kein Hindernis mehr darstellte. Ein wenig fühlte ich mich mit diesem Karl verbunden. Auch er war eines Tages aufgebrochen. Ich stellte ihn mir als einen großen Mann vor, etwas eigenbrötlerisch, vielleicht so wie Jim, und bereute fast, dass ich mich nicht weiter für ihn interessiert hatte.

Ich benutzte das Telefon früher, als ich mir je hatte vorstellen können, schon fünfzehn Minuten nach Rosis Testanruf. „Rosi?" „Ja?" „Ich laufe gerade durch die Innenstadt. Ich bin kurz vor dem Bahnhof und da liegt eine Frau am Boden." „Wie meinst du das? Ist sie betrunken oder was?" „Nein, sie liegt einfach da, mitten auf dem Gehweg, sie ist umgekippt, ich habe sie fallen sehen. Was soll das bedeuten, Rosi? Soll ich lieber nicht losgehen? Ich bin wahnsinnig erschrocken." Mein bisher kaum in Erscheinung getretener sechster Sinn hatte alle Alarmglocken in mir aktiviert. Zu Hause zu bleiben und kein Risiko einzugehen, schien schlagartig das einzig Richtige zu sein. Rosi sagte beschwörend: „Gabe, das hat ganz sicher nichts mit dir zu tun, vielleicht hatte die Frau Kreislaufprobleme." „Ihre Füße liegen so komisch da, sie zeigen in meine Richtung. Rosi, du sagst doch selbst, dass es keine Zufälle gibt." „Aber sowas kann doch immer passieren!", sie schien den Kopf über meine Gedanken zu schütteln, was mich kränkte. „Seit wann liegt jeden Tag eine Frau auf der Straße?" Ich sah, wie ein Mann in Anzug und weißem Hemd sich über den Körper der Frau beugte, während jemand hinter mir fragte: „Was ist denn da drüben los?" Gleich danach hörte ich Rosis eindringliche Stimme in meinem Ohr: „Ich weiß nicht, was bei dir los ist, Gabe, aber du gehst jetzt einfach weiter, denk an das Ziel, denk an die Wanderung. Der Zug wartet nicht." Ich gehorchte, obwohl ich sonst kein Mensch war, der sofort tat, was andere mir sagten. Ich ging weiter und versuchte, die ganze Episode zu vergessen, was mir einigermaßen gelang, doch als der Zug einfuhr und ich die Schuhe der Aussteigenden den Bahnsteig betreten sah, tauchte das Bild der Frau wieder auf, genauer gesagt, ihre leicht nach innen gedrehten Füße.

Tag 2 Grünschnitt

Ein Riesenwolkenkopf hatte mich im Blick und beobachtete meine Bahnfahrt in ein Abenteuer, dessen Erwägung ich noch vor Wochen weit von mir gewiesen hätte. Mitten durch seinen weit geöffneten Mund schickte die Sonne ihre Strahlen zur Erde und seine Haare standen zu Berge, als habe er etwas gegen mein Unterfangen. Seitlich wuchsen ihm drei Profile aus der anschwellenden Figur und mit ein wenig Fantasie erkannte ich Jim, Rosi und mich. Jim verformte sich, sein Mund uferte aus und mir fiel ein, dass er meine Prinzipien einmal als amüsante Selbsttäuschung bezeichnet hatte. Ich hatte ihm verziehen, weil er so gut unterhaltsame Schreibaufgaben für Rosi improvisieren konnte, vor allem an den Tagen, an denen sie ihre Maraschino-Kirsche auf dem Teller unter Seufzern hin und her rollte. Ich hatte sie nie nach dem Grund dafür gefragt, obwohl mich Jim so angesehen hatte, als warte er darauf. Ging es Rosi wieder gut, konnte sie sich ausschütten vor Lachen und sogar Jim anstecken, dessen Pokerface sich dann zu einem Grinsen verzog, das ihm gut zu Gesicht stand.

Beim Anblick dieses überdimensionalen Wolkenkopfs kam mir plötzlich jemand in den Sinn, der auch viel gelacht hatte, ich sah einen weit geöffneten Mund vor mir und in ihm weiße Zähne aufleuchten. Kurz und heftig tauchte diese Erinnerung auf und ich schob das Bild von dem weißbestäubten Mann wieder weg, zusammen mit dem Geruch von gebackenem Brot in meiner Nase. Seit Jahren war mein Leben in geordneten Bahnen verlaufen und schon am ersten Tag machte mich das verrückte Vorhaben, auf das ich mich eingelassen hatte, porös. Ich setzte mich aufrecht hin. Angriffe auf meine Gemütsruhe konnte ich jetzt überhaupt nicht brauchen.

Nach einem Umstieg mit einer Wartezeit von mehr als zwei Stunden passierte der Zug endlich die ehemalige Grenze. Bei der Einfahrt in den nächsten Bahnhof brachte mich das Gewicht des Rucksacks beim Bremsen fast zu Fall. Die Tür schloss sich hinter mir, der Zug zog an mit einem Geräusch, als hätte man Hunderte schnaubender Pferde vorgespannt und ich stand auf dem Bahnsteig. Kühl begrüßte mich das Quadrat der Unterführung mit schwarzgrünen Kacheln. Auf der Treppe fragte ich mich nicht zum ersten Mal, wie ich das sperrige Ding auf meinem Rücken viele Tage mit mir herumschleppen sollte.

Am Bahnhofsvorplatz parkten drei Autos im Schatten dreier Bäume, beäugt von staubigen Fassaden und einem blankgeputzten Spielbankschild. Mit röhrendem Auspuff glitt ein Wagen vorbei, aus dessen geöffnetem Seitenfenster ein tätowierter Arm ragte. Nirgendwo war Rosis Freundin Sylvia zu sehen, die, wie der Zufall es wollte, in der Nähe wohnte, genau in dem Ort, wo Karl laut Rosi seine Wanderung begonnen hatte. Sie hatte bei Sylvia nicht nur meine erste Übernachtung organisiert, sondern auch, dass sie mich vom Zug abholen würde. Rechts und links des Bahnhofsgebäudes waren eine Menge weiterer Parkplätze zu sehen, aber sonst keine Menschenseele. Ich kramte gerade in der Seitentasche des Rucksacks nach dem Handy, als ein blauer Kombi um die Ecke bog, zügig auf mich zufuhr und mit einem Quietschen bremste. Vorsichtshalber sprang ich auf den Gehweg zurück, aber das Auto blieb mitten auf der Straße stehen, die Fahrertür öffnete sich und Rosis Freundin sprang heraus, genau wie Rosi sie beschrieben hatte: „Immer sportlich und in Bewegung. Die hat auf ihrem Herd den ganzen Tag einen Topf Kaffee stehen und trinkt ihn wie Wasser. Das hält ständig ein flackerndes Feuer in ihr wach, sie ist unermüdlich." Während im Inneren des Wagens ein vermutlich nicht sehr kleiner Hund laut unser erstes Zusammentreffen kommentierte, sagte Sylvia: „Hallo, du bist sicher Gabe, bitte entschuldige, es hat doch länger gedauert, ich habe uns ein Eis gekauft und der Typ war die reine Schlaftablette." „Hallo Sylvia", begann ich, doch sie drehte sich um und öffnete die Heckklappe für einen großen Hund, der ihr auf den ersten Blick sehr ähnlich war, lebhaft, schnell, langhaarig, mit einem hellen Fransenpony über den ruhelos aufmerksamen Augen. Er sprang auf mich zu, beschnupperte meine Oberschenkel und bellte ausdauernd den Rucksack an, als wäre er sein persönlicher Feind, was ihn mir trotz des Lärms sympathisch machte. Ohne Kommentar hielt mir Sylvia von einer schattigen Bank aus einen Becher Eis entgegen: „Stracchiatella". Ich bedankte mich und probierte vorsichtig die Sorte, um die ich jahrelang einen großen Bogen gemacht hatte, während sie den Hund mit großen Happen aus ihrem Becher fütterte. Als sie sich mit demselben Löffel ihr Eis schmecken ließ, realisierte ich, dass ich mich bereits mitten im Abenteuer befand.

Nach kurzer Fahrt säumten herausgeputzte Fachwerkhäuser mit weißen Flächen und roten, sich überkreuzenden Balken die Hauptstraße von Sylvias Wohnort. Auf die Schnelle konnte ich an einer Mauer aus alten Steinquadern ‚Wasserschloss' lesen und drehte mich danach um, doch schon nahm mir eine Kurve die Sicht und Sylvia zeigte sich wenig begeistert: „Ein altes Ding, in dem jede Menge Veranstaltungen stattfinden." Wenig später bogen wir in die letzte Querstraße einer Siedlung ein. Siedlungen aus den sechziger Jahren kannte ich, sie hatten die Kleinstadt meiner Kindheit eingerahmt.

Sylvia wendete vor einem Einfamilienhaus und fuhr rückwärts in die mit grobem Kies bestreute Einfahrt. „Ich muss gleich die Heckklappe öffnen." Nach dem Ausschalten des Motors sah sie mich kurz, wie prüfend, an. „Weißt du, wir haben jede Menge Grünschnitt im Garten liegen. Jemand kam heute überraschend vorbei und hat uns geholfen." Ich dachte, mit dem „uns" meinte sie sich und ihren Hund, doch unter dem Vordach der Haustüre stand eine Frau in kurzen

Hosen, mit schwarzem Top und Pferdeschwanz, und winkte. „Das ist ...", ich verstand den Namen nicht, da Sylvia schon wieder aus dem Wagen gesprungen war. „Sie wohnt unten, ich oben." Ich stieg aus. Auf dem Rasen neben der Garage hatte sich wie eine Herde Schafe ein Haufen grüner Laubsäcke versammelt, aus denen struppiges Grün quoll, mit großen, glatten und glänzenden Blättern. „Alles Kirschlorbeer. Und etwas Strauchschnitt." Der Garten gefiel mir, ein lebhaftes Auf und Ab aus Bambus, Rosen, Holundersträuchern, Rabatten, Bäumen und Blumen. Es gab nirgendwo eine Lücke und ich konnte mir nicht vorstellen, wo diese Unmenge an Blattwerk gewachsen war. „Komm, ich zeig's dir." Sylvia führte mich um das Haus herum. Wir zwängten uns zwischen Hauswand und Sträuchern vorbei, bis zu einem Berg an Grünschnitt vor einem immer noch stattlichen Busch. Sie wies mit der Hand darauf, machte auf dem Absatz kehrt und schlug mir vor, im Garten auf sie zu warten, sie wolle erst die Arbeit erledigen. Während der Hund auf dem Rasen an einem deformierten Kuscheltierhasen herumkaute, ihn hoch warf und wieder auffing, begann sie, die Autositze auszubauen und den Kofferraum mit einer Folie auszulegen. „Warte", sagte ich, „ich helfe dir!" Mein an der Regentonne angelehnter Rucksack neigte sich langsam zur Seite und kippte um. „Stell ihn lieber ins Haus." Sylvia hielt mir die Tür auf und ich rettete mein Gepäck vor dem interessiert an ihm herumschnüffelnden Hund.

Gemeinsam luden wir den Kofferraum so voll, dass die Heckklappe gerade noch zuging. Grünes Gestrüpp füllte das Auto bis obenhin und drängte sich in das Sichtfeld des Rückspiegels. „Ich sehe nur Chaos", kommentierte Sylvia und fuhr los, ehe ich angeschnallt war, kaum, dass sich die Haustür hinter dem Hund geschlossen hatte, auf den die Untermieterin aufpassen wollte. Es ging wieder am Wasserschloss vorbei, wieder durch das Spalier der Fachwerkhäuser, wieder aus dem Ort hinaus in die Richtung, aus der wir gekommen waren, bis zu einem Schild mit der Aufschrift „Grünabfälle". Sylvia ließ den Gegenverkehr vorbei und fuhr über eine kleine Steigung auf einen geteerten Platz, an dessen Rand ein Bagger abgestellt war. Vor uns lag eine Miniaturlandschaft aus braunen Bergen, verschiedenfarbigen Hügelketten verblühter Blumen, schwarzen und ockerfarbenen Halden, eine Welt für sich, der wir noch einen Dschungel aus Grün hinzufügten. Kackhäufchen und Ölflecken störten das durch Baggerzähne am Teer gezeichnete Streifenmuster. Uns stieg ein unangenehmer Geruch in die Nase und wir achteten darauf, dass die Behälter beim Ausleeren nicht mit dem Boden in Berührung kamen. Dann packten wir die stark nach frischem Grün riechenden Säcke wieder ein und fuhren zurück. Der Kirschlorbeerhaufen erwartete uns. Die Äste waren ziemlich lang und ließen sich kaum brechen oder biegen, mein Kampf mit dem Grün begann schon, bevor ich losging und mir dämmerte, dass es bald noch mehr Widerstand in dieser Richtung zu überwinden gab. Erneut wurde der Kofferraum voll. „Nur noch eine Fuhre", sagte Sylvia, „dann haben wir es geschafft." Das gemeinsame Tun fühlte sich seltsam vertraut an. Mir gefiel die Konsequenz, mit der Sylvia die Arbeit zu Ende bringen wollte. „Ich winke dich raus!", bot ich bei der nächsten Fahrt an, denn sie war diesmal nicht rückwärts in die Einfahrt gefahren, vielleicht aus Gewohnheit, und sie nickte. Während des Beladens hatte der Himmel die Wolken leuchtend rosa gefärbt. Ich war froh, dass Sylvia aus dem Autofenster noch die Pferdeschwanzfrau fragte, ob der Hund in ihrer Abwesenheit Probleme gemacht habe, das ließ mir Zeit, den erstaunlichen Farbwechsel ins Orange zu beobachten. Schon seit ewigen Zeiten hatte ich nicht mehr auf Sonnenuntergänge geachtet. Vielleicht gehörte das eher zu einem Leben auf dem Land. Dann fuhr das Auto rückwärts an und ich lotste es auf die Straße. Nirgendwo bewegte sich ein Vorhang trotz des Lärms, den wir gemacht hatten, dem Zuschlagen der Autotüren, dem Hundegebell, dem Rufen und den

Fahrgeräuschen auf dem Kies. Die Häuser wirkten unbewohnt, sie glichen den Säcken auf der Rückfahrt und wirkten wie leere Hüllen. „Schau mal, der Himmel", deutete ich beim Einsteigen durch die Windschutzscheibe. „Toll", kam es kurz und nicht sehr überzeugend. Stattdessen fing Sylvia an, von den Häusern zu erzählen und von den Nachbarn und dass die Enge solcher Nachbarschaft sehr von Vorteil sein konnte, wenn jemand gestorben war und man Hilfe brauchte. „Meine Mutter war nicht mehr mobil." Das konnte vieles heißen. Ich dachte, wenn sie nur halb so schnell wie ihre Tochter gewesen war, konnte das als Unbeweglichkeit ausgelegt worden sein. Mobilität war in meinen Augen nichts, was automatisch gut war. Die Wanderung war nicht meine Idee gewesen. Rosis Drängen war schuld daran, dass mein Prinzip Ortstreue gerade außer Kraft gesetzt worden war. Sobald ich wieder zu Hause wäre, würde mein alter Ablauf wieder Einzug halten.

Sylvias Stimme riss mich aus meinen Gedanken. „Meine Mutter hat Vögel geliebt", sagte sie, „im Winter hat sie von der kleinen Futterstelle am Fensterbrett den ganzen Tag Meisen, Finken und Amseln beobachtet. Im Kirschlorbeer konnten sie sich gut verstecken, deshalb wurde er nie geschnitten. Je weniger meine Mutter wurde, desto mehr hat sich der Kirschlorbeer ausgedehnt."

Als wir am Platz für Grünabfälle ankamen, war das letzte sanfte Rot auf den Unterseiten der grauen Wolken erloschen und die Schatten der Büsche waren noch dunkler geworden. „Seltsames Licht. Jetzt ist die Blaue Stunde", sagte ich und sah mich um. „Blaue Stunde ist Fuchszeit" hatte mein Vater früher an solchen Abenden immer gesagt. Schnell schüttelte ich den Gedanken an seine tiefe Stimme ab und half Sylvia, neue Dschungel aufzutürmen, als unweit ein zweites Auto anhielt, bereits mit gelben Lichtkegeln, und ich mich fragte, wer kontrollierte, ob jemand berechtigt war, hier etwas abzuladen. Sylvia sah kaum hin, sie tat, was getan werden musste, sprang hin und her, leerte Sack für Sack. Auf der Rückfahrt erkundigte ich mich, ob sie gerne wandern würde und mir eine Wanderkarte ausleihen könnte. „Tut mir leid, keiner von uns ist jemals gewandert. Ich gehe mit dem Hund, aber nur kleine Runden." Sie riet mir, am nächsten Morgen das örtliche Rathaus aufzusuchen, dort gebe es sicher Karten zu kaufen. Mittlerweile war es halb elf, wir holten den Hund, der laut Aussage der Pferdeschwanzfrau in den letzten Minuten vor Angst fast verrückt geworden war und sich deshalb sehr laut freute, Sylvia wiederzusehen.

Ich bekam ihr eigenes, frisch bezogenes Bett für die Nacht und als Zugabe ein kostenloses Froschkonzert durch die offene Balkontür. Sie wollte im Wohnzimmer auf dem Sofa schlafen. Wir angelten noch einen Ball für den Hund unter dem Schrank hervor, den er angeblich zum Einschlafen brauchte und Sylvia riss ungläubig die Augen auf, als ich von der langen Wegstrecke erzählte, die vor mir lag. Das nahm mir für einen Moment den Mut und plötzlich fühlte ich mich hundemüde. Nach einem kurzen Anruf bei Rosi verabredeten wir uns um sieben Uhr zum Frühstück.

Nicht nur der fremde Waschmittelgeruch in meiner Nase war daran schuld, dass ich mich lange hin und her wälzte. Seitdem die Erinnerung an meinen Vater aufgetaucht war, rumorte das geplante Ziel meiner Wanderung in mir herum. Rosi hatte gesagt, sie würde in Born enden, dort, wo ich aufgewachsen war. Ich versuchte, an den nächsten Tag zu denken, und an Sylvias Hinweis, dass der Weg Karls an einer Gruppe von Teichen beginnen würde, doch es schob sich ein anderes Bild in den Vordergrund: Vater war an Samstagnachmittagen oft mit mir zu den Teichen am Rand von Born gelaufen, das war Teil seines Feierabend-Rituals gewesen. Daran zu denken, machte mich unruhig. Erst, als ich meinen Rock aus dem Rucksack fischte, ihn über das Kopfkissen zog und den vertrauten Geruch einatmete, schlief ich ein.

Die Nacht war viel zu kurz. Als wäre Sylvia nur für einen Augenblick ins Bett und gleich wieder herausgesprungen, klopfte sie an die Tür und weckte mich. Sie hatte bereits fremdartigen, aber köstlichen Hirsebrei mit Obst und Zimt vorbereitet, den wir auf dem Balkon aßen, während der Hund mich anbettelte und die nun sichtbaren Nachbarn ihre Gärten gossen. Es schien erneut ein heißer Tag zu werden. Im Grundstück neben uns zog ein Mann mit bloßem Oberkörper einen Gartenschlauch über den kurzgeschorenen Rasen und wässerte Stauden mit riesigen Blättern und lange, schmale Erdbeerbeete.

Mein neuer Freundfeind, der Rucksack, war schnell gepackt und die Wasserflasche frisch aufgefüllt. Sylvia verabschiedete sich von mir und wünschte mir „Alles Gute!". Etwas zu schnell für mein Gefühl stand ich draußen auf der Straße, lief am Wasserschloss vorbei und unter den Augen der Fachwerkhäuser zum Rathaus. Dort wurde ich zum Schreibwarengeschäft geschickt, in dem ich eine Wanderkarte erstand, die meine geplante Strecke fast ganz abbildete. Lediglich bei der letzten Etappe fehlte ein Stück.

Wieder im Freien und das Gebimmel der Ladentür noch in den Ohren, erkannte ich plötzlich an einem Lichtmast auf der anderen Straßenseite Karls Wegmarkierung: zwei blaue Striche auf weißem Grund. Im gleichen Moment rief Rosi an, das Handy bimmelte wie die Telefone früher, ich hatte mit Sylvias Hilfe einen anderen Klingelton einprogrammiert. „Guten Morgen, Gabe!" Sie klang unternehmungslustig und ich fragte mich nicht zum ersten Mal, weshalb sie nicht an meiner Stelle war. „Bist du schon auf?" „Ja, ich habe gerade eine Wanderkarte gekauft." „Ah, sehr gut. Ich soll dich von Jim grüßen. Du musst am ersten Teich links abbiegen, danach rechts ab und am zweiten vorbei in den Wald." „Woher weißt du das?" „Kann man nachlesen." „In Karls Buch?" fragte ich. „Zum Beispiel", antwortete sie, „sei auf jeden Fall freundlich zu den Bäumen, sie sind damit beschäftigt, die Welt zu retten.

Alles okay bei dir?" Ihre gute Laune war ansteckend. „Sicher, was denn sonst?", sagte ich, das blauweiße Zeichen im Blick. „Na, dann viel Vergnügen. Wir hören uns, ja? Ich rufe Sylvia nochmal an, gestern war es schon spät. Neuer Tag, neues Glück!" Skeptisch, ob mir solche Sprüche den Weg ebnen würden, marschierte ich los und machte gleich an der ersten Bank am ersten Teich Halt, um den Rucksack neu zu packen. Der Schwerpunkt des Gewichts lag zu weit oben, er war auf dem Rücken hin und her gewackelt und seine Träger hatten begonnen, zu scheuern.

Ein alter Mann mit Dackel kam vorbei, grüßte und ging weiter. Wenig später überholte ich ihn. „Machen Sie Ihren Morgenspaziergang?", fragte ich. „Ja, und Sie? Wohin sind Sie unterwegs?" „Ich muss in einen Ort namens Bächlein", antwortete ich. Er blieb stehen. „Sehen Sie", deutete er mit dem Stock in die erste der vier Richtungen an der vor uns liegenden Wegkreuzung, „hier geht es nach Bächlein." Dann schwenkte er zum nächsten Abzweig: „Und hier geht es auch nach Bächlein", er zeigte auf die benachbarten Wege: „Und hier und hier auch. Alles nach Bächlein." Ich sah ihn ungläubig an und sagte nach einer Pause: „Ich möchte den kürzesten gehen." Die Schrift des Wegweisers war noch zu klein zum Lesen. Falls der Ortsname auf Wasser schließen ließ, gab es in der Gegend zumindest davon keinen Mangel. Jetzt zog ich schon so aberwitzige Schlüsse wie Rosi. Der Mann sah auf den steifbeinigen alten Hund hinunter, als hoffe er auf dessen Zustimmung oder als überlege er, ob der kürzeste für mich der richtige, angemessene Weg sei. Schließlich deutete er nach rechts: „Da entlang, bis zu einer Kreuzung und dann über den Berg."

Der Wegweiser gab ihm Recht und mir wurde plötzlich leicht ums Herz. Ein neuer Morgen war angebrochen, etwas Ungewöhnliches nahm seinen Lauf, die Sonne schien, die Vögel sangen, alles war frisch und neu, und nach ein paar Schritten war das Zeichen wieder da, an einer alten Fichte, schon verblasst, aber unverkennbar, zwei blaue Striche auf weißem Grund. „Hallo Karl!", rief ich in den Wald hinein und musste lachen.

Ich war noch nicht weit gekommen, als das Handy klingelte. Rosis Stimme klang anders, als ich mich fühlte, eher gedrückt. „Gabe, wo bist du?" „Was für eine Frage. Mitten im Wald. Ich laufe nach Bächlein. Was ist los, Rosi?" „Ich habe keine Übernachtung für dich in Tonnheim, die haben gerade das Zimmer gecancelt. Ich bin dran und habe auch schon anderswo angerufen, aber bisher erfolglos." „Und was jetzt?", fragte ich. „Keine Ahnung. Vielleicht kannst du Tonnheim auslassen, so weit laufen, wie es geht und dann trampen bis zum nächsten geplanten Ort." Ich war entsetzt: „Fürs Trampen bin ich nicht geeignet, das kannst du dir doch denken. Hast du eine andere Idee?" „Noch nicht." Rosis Optimismus gewann wieder die Oberhand und sie meinte, sicher würde sich eine Lösung finden lassen. „Ich melde mich später nochmal", rief sie und schon war die Leitung unterbrochen.

Ich hatte plötzlich ein dringendes Bedürfnis, für das bei Sylvia weder Ruhe noch Zeit gewesen war. Zwischen den Kiefern wuchs kaum Unterholz, bleiche, hohe Gräser umrandeten die hellgrünen Polster der Heidelbeerbüschel. Neben dem Weg gab es eine Stelle mit niedrigem Bewuchs und ich trat einige Gräser um, damit sie mich nicht am Po kitzelten. Gerade, als ich mir die Hose herunterziehen wollte, näherten sich zwei Jogger und ich tat so, als wollte ich den Reifegrad der Heidelbeeren prüfen. Sie starrten herüber und trabten um meinen Rucksack herum, den ich mitten auf dem Weg abgelegt hatte. Eine gefühlte Ewigkeit hielt ich in alle Richtungen Ausschau, dann konnte ich nicht mehr warten. Die Gräser hatten sich in der Zwischenzeit wieder aufgerichtet und piekten. Ich zerknüllte das Papiertaschentuch und überdeckte alles mit Heidelbeersträuchern, die sich zum Glück ganz leicht aus der Erde ziehen ließen, als hätten sie nur darauf gewartet, mir zu Diensten zu sein. „Gabe, du bist verrückt", sagte ich mir, „ein bisschen zu viel Sauerstoff und schon geht die Fantasie mit dir durch".

In doppelter Hinsicht erleichtert ging ich weiter, ich mochte den Wald und bedauerte fast, dass ich zwei Stunden später an einem Getreidefeld entlang talwärts auf einige Häuser zulief. Der erste Anschein einer Idylle trog, der Ort wurde von einem Waldhotel in rustikalem Charme dominiert, mit Streichelzoo, Hinweisschildern und Parkplätzen. Gut gekleidete Städter brachten ihren Kindern in einer eingezäunten Wildwestkulisse inmitten der schönsten Landschaft bei, draußen zu spielen. Dazu kam, dass plötzlich Karls Zeichen verschwunden war und meine Karte mir nicht weiterhalf.

In diesem Augenblick rief Rosi wieder an: „Ich habe jeden Ort auf deiner Strecke wegen einer Übernachtung abgeklopft und hatte leider kein Glück. Aber weißt du, was ich herausgefunden habe? Dort gibt es überall sogenannte Wüstungen." Sie schwieg erwartungsvoll. „Und?", fragte ich und wurde durch eine langsam fahrende BMW-Limousine abgelenkt, die auf der Suche nach dem Waldhotel war. „Das ist doch ein tolles Wort für eine Schreibaufgabe, oder? Wüstungen sind Einzelgehöfte. Das ist etwas ganz Typisches für die Gegend. Da gab es früher ganz viele davon, im 30jährigen Krieg lagen sie öd, wie es heißt, dann hat man die meisten wieder besiedelt, und dann kam der Eiserne Vorhang und hat man viele von ihnen wegen der Grenznähe abgerissen. Du musst dir mal die tollen alten Fotos im Netz ansehen, wenn du wieder da bist, selbst Jim ist davon fasziniert." „Rosi", unterbrach ich sie, „der Rucksack ist megaschwer, ich habe ihn schon einmal umgepackt. Im Wald haben mich Jogger gestört, als ich mal musste, hier fahren dicke Autos verwöhnte Kinder durch die Gegend, Karls alter Weg ist futsch, sagt meine neue Karte, und durch eine Straße ersetzt, die direkt auf der ehemaligen Grenze verläuft. Ich habe keinen Nerv für irgendwelche Wüstungen, aber ich möchte heute Abend in einem Bett schlafen." Kurz blieb es still, dann sagte Rosi: „Ay ay, Sir! Wird erledigt." Von da an trug ich auch noch ein schlechtes Gewissen mit mir herum.

„Nothing can stop a fearless life", stand auf Gundas Plüschanhänger, der an meiner Seite baumelte, und nun passierte genau das Gegenteil, ich verlor wegen einer geplatzten Übernachtung die Nerven. Der große Rucksack hinter mir sagte kein Wort dazu, dafür fingen die Schuhe an, mit mir zu sprechen. Sie formten bei jedem Schritt eine Querfalte, die auf den Nagel des zweiten Zehs drückte, nicht sehr schmerzhaft, aber irritierend. Um die Mittagszeit sahen die Nägel aus, als hätte ich sie in einem zarten Hellrot lackiert. Als Kind war ich einmal mit dem Finger in die Autotür gekommen und Vaters tiefe Stimme hatte mich getröstet. „Wir baden den Finger in warmem Seifenwasser, mein Schatz", hatte er gesagt. Ich schob die ganze Szene weg, aber das mit dem Seifenwasser wollte ich ausprobieren, falls Rosi jemals eine Übernachtung für mich auftreiben würde.

Das schmale Band aus Teer unter meinen Füßen endete an der von der Karte angekündigten, vielbefahrenen Hauptstraße, nirgendwo waren Markierungen oder Hinweisschilder zu finden. Ich lief ein gutes Stück erst in die eine, dann in die andere Richtung. Wo war dieser Karl entlanggelaufen? Wie ging es weiter? Hatte Rosi schon ein Bett für mich? Mein Rücken tat weh, ich warf den Rucksack am Straßenrand ab und sah erneut auf den Plan. Im Tal vor mir querte die Grenze zwischen zwei Bundesländern, auf der Ostseite waren drei Mühlensymbole eingezeichnet, daneben stand in Klammern „abgebr.", was ich erst als „abgebrannt" deutete und mich deswegen wunderte, ehe ich begriff, dass das Kürzel für „abgebrochen" stand. Ratlos ließ ich mich neben dem Rucksack nieder und wartete auf eine Eingebung.

Hätte man mir Tage vorher gesagt, wie oft ich zum Handy greifen würde, ich hätte es nicht geglaubt. Rosi meldete sich mit ihrem hohen „Ja?". „Rosi, ich frage mich gerade, was ich hier soll." Erst war es totenstill, dann hörte ich: „Ach, Gabe." „Rosi, hier sind lauter Wüstungen, wie du sagst, und abgebrochene Häuser. Sicher haben die Leute jahrzehntelang auf diesen Hügeln gesessen und auf die andere Seite geschaut. Aber Karls Weg ist weg. Ich weiß nicht weiter. Der Rucksack ist schwer. Und meine Zehen tun weh." Das Prinzip, nicht zu jammern, hatte ich erfolgreich über Bord geworfen. „Ja."Das war alles, was sie sagte. „Ist das alles, was du zu sagen hast?", wollte ich wissen und zählte weitere Widrigkeiten auf: „Außerdem brennt die Sonne wie verrückt, kein Mensch ist unterwegs, nur jede Menge Autos und ein Bauer, der Heu macht, ganz weit weg. Ich weiß nicht weiter und mir reicht es. Und meine Zehen machen mir auch Sorgen, die tun weh." „Dagegen kann man am ehesten was machen. Nimm die Nagelschere und schneide den Zehennagel kürzer, vielleicht ist der im Weg." „Welche Nagelschere?" „Du hast keine mit?" „Stand sie auf der Packliste?" Sie blieb eine Weile stumm und gab mir dann den Rat, die anderen Schuhe anzuziehen. „Rosi, es sieht so aus, als ob ich gleich über eine Feuchtwiese muss, da sind die Halbschuhe im Nu durchgeweicht." Sie schlug vor, jemanden nach einer Schere zu fragen: „Wenn es eine Blase ist, kannst du sie damit aufstechen." „Unter dem Nagel?" Sie meinte, ich solle an Jakob denken und ich dachte, ich hätte mich verhört: „Meinst du Karl?" „Nein, Jakob, den aus der Bibel!" „Bitte, Rosi, verschon mich mit der Bibel, mir reicht BEKAH!" Unbeirrt sprach Rosi weiter: „Gabe, nur so viel: Jakob hat eine Menge Narben auf dem Lebensweg davon getragen, so wie Odysseus, der hatte sich auf seiner Reise so verändert, den konnten die alten Vertrauten nur noch an den Narben von früher erkennen, insofern sind Narben Auszeichnungen. Glaub mir, deine Zehen werden sich schon wieder beruhigen. Aber du musst sie ganz lieb und nett behandeln, schneid doch einfach vorn die Schuhe auf, das haben sie im Krieg und auf der Flucht auch gemacht, als ihnen die Schuhe zu klein geworden sind." Solche Vorschläge hätte ich ihr nie zugetraut. „Bist du verrückt geworden? Das ist nicht lustig! Finde du erst mal ein Bett für mich." Sie atmete tief durch: „Gabe, ich habe es auch nicht leicht. Du glaubst nicht, was mir die Leute am Telefon für Geschichten erzählen. Dabei will ich nur ein Zimmer bestellen, fürs Erzählen haben sie dann doch Zeit. Sie beschweren sich über alles und jeden und über die Konkurrenz sowieso." Rosi hatte also immer noch keine Unterkunft gefunden. Plötzlich konnte ich Menschen verstehen, die sich beschwerten. „Manchmal geht es nicht ohne jammern, Rosi." „Mit Hingabe zuzuhören zaubert aber leider kein Zimmer für dich herbei." Ich musste ihr beipflichten: „Stimmt. Gestern zum Beispiel, am Bahnhof, da habe ich das mit dem Zuhören selber versucht, Rosi, so, wie du es immer beschreibst. Das war nach der Sache mit der umgefallenen Frau. Der Zug war leicht verspätet. Eine Mutter hat laut über die Bahn geschimpft, ihre kleine Tochter stand daneben. Sie beschwerte sich über die fehlende Information, die Verspätungen, über egal was. Ich habe mir alles angehört und dann zu ihr gesagt, das System wäre dermaßen komplex und dafür würde es doch gut funktionieren. Die Tochter hat verlegen mit dem Griff des Koffers gespielt. Ich habe gehofft, dass die Mutter sich zusammenreißen und ihrem Kind ein entspanntes und humorvolles Vorbild sein würde, doch sie sah mich nur empört an und zerrte das Kind weg. Es hat nicht geklappt, Rosi." Sie lachte über meinen vergeblichen Versuch, die Welt ein bisschen besser zu machen: „Du warst sicher nicht empathisch genug!" „Vielen Dank auch", betonte ich, „dann mach's besser, wenn du so gut Bescheid weißt!" Rosi flötete nur: „Die Liebe erträgt alles – steht schon in der Bibel. Gutes Weiterwandern!"

Von Herzen und gerne sollte man der Welt vergeben und unerschütterlich und heiter auf sie zugehen, Rosi übte den Schulterschluss mit der Bibel. Eine Weile versuchte ich es, lächelte jeden Grashalm um mich herum an und war bemüht, mich an jedem Schmetterling zu erfreuen. Nach zehn Minuten hörte ich damit auf, es war absurd. Der Straßenrand, das Gras und die Schmetterlinge waren einfach da, sonst nichts.

Ich überquerte die stark befahrene Straße, kletterte über die Leitplanke, sprang über den Straßengraben und lief über die ansteigende Wiese auf die nächste Kuppe zu. Dahinter sollten laut Karte ein Wäldchen und im Anschluss daran eine Straßenkreuzung liegen. Ich hoffte, dort an Karls Weg anknüpfen zu können, ohne in sumpfige Stellen zu geraten. Unaufhörlich brausten Lastwagen und Autos vorbei und meine Zehen beschwerten sich über das unebene Gelände. Im Unterholz des Wäldchens lag Müll. Endlich stolperte ich durch Gebüsch auf einen staubigen Wanderparkplatz, erreichte nicht weit davon die Kreuzung und beschloss, auf einer schmalen, wenig befahrenen Straße in den nächsten ausgeschilderten Ort zu laufen. Karls Weg hatte ebenfalls durch das Dorf Graben geführt und dort wollte ich nach dem Weg nach Tonnheim fragen. Nirgendwo erinnerte etwas an eine einst schwer bewachte Grenze.

Graben breitete sich gegen alle Erwartung auf einem Hügel aus. An oberster Stelle lag der Dorfplatz mit Kirche, umringt von größeren Bauernhäusern, dem Dorfbrunnen und Straßen, die hinunter in das weite Tal führten, dorthin, wo hoffentlich irgendein Ort ein Bett für mich bereithielt. Ich konnte die Barriere einer breiten Umgehungsstraße erkennen, die die Häuser von den Feldern abschnitt und auf einem Damm in einem Bogen hinauf zum Wald führte. Die Eisenbahnlinie lag jenseits davon und würde ein Stückchen weiter nördlich Tonnheim streifen. Nirgendwo war ein Hinweis auf Karls Weg zu finden. Ich sprach eine Frau in einem Vorgarten auf das Wanderwegenetz der Gegend an. Sie stützte sich auf ihren Besen und klärte mich auf, dass sie „von drüben" seien und erst seit kurzem hier lebten. Vermutlich würde sich ihr Mann besser mit den Wanderwegen auskennen. Sie führte mich in den Garten hinter dem Haus. Der Mann drehte den Wasserhahn zu und stellte die Gießkanne ab. Anstatt der gewünschten Auskunft gab er aber lieber seine Sicht auf die Geschichte wieder: „Wir sind von drüben, das wird Ihnen ja meine Frau gesagt haben." Ohne auf mein Nicken zu warten, sprach er weiter. „Wir wollten weg aus dem Osten. Die Russen haben drüben alles ausgekehrt, egal, wie lang das her ist, das wird man niemals einholen. Die Bayern und die Österreicher haben so ein Schwein gehabt, dass bei denen die Russen nicht waren, die wollten direkt nach Berlin. Die Amis haben den Braten gerochen und sind nach Bayern und haben Thüringen aufgegeben. Und wo die Russen hinkamen, sind alle Nazi-Verbrecher in den Westen. Die durften weiterleben, als wenn nichts gewesen wäre. Und jetzt kommt das alles wieder hoch, hier wie dort. Ich sag Ihnen was", er beugte sich energisch vor und ich trat unwillkürlich einen Schritt zurück, „das Grundgesetz müsste geändert werden, sofort, weg mit dem alten Schrott aus dem Kaiserreich, man muss alles im Keim ersticken und alles verbieten, was nach Nazi aussieht, alle Symbole und Worte, alles! Es ist irrwitzig, dass heutzutage Polizisten Nazis bei Demos beschützen." Erwartungsvoll sah er mich an. Ich stotterte, das wäre alles andere als leicht, heutzutage finde vieles etwas versteckter als früher statt, man trage T-Shirts oder verwende doppeldeutige Symbole, deshalb sei Zivilcourage wichtig, neben Prinzipien. Er hakte sofort ein: „Nicht weglassen! All das ebenfalls bekämpfen. Aber wenn Sie schon von solchen T-Shirts wissen, wird es doch wohl einen Geheimdienst geben, der das ja alles ebenfalls weiß. Sofort verbieten, solche T-Shirts! Das steckt in den Deutschen drin und die Chance wurde verpasst, das mit Stumpf und Stiel auszurotten. Wir in der DDR hatten vierzig Jahre Ruhe, das immerhin, wenn auch das andere Mist war, in diese Richtung hat sich niemand was zu sagen getraut." Mahnend hob er die Hand und schnitt mir das Wort ab, als ich auf den Grund zurückkommen wollte, weshalb ich vor ihm stand. „Wir leben in einem Land voll tobsüchtiger Konsumenten, das sogenannte gute Deutsche scheint nicht durchzudringen. Jetzt ist alles zu spät. Rechte Parteien im Bundestag, das ist der Irrsinn. Da machen die Etablierten noch mit denen gemeinsame Politik, gehen danach in die Kantine und streichen sich über den Bauch. Gleich hätte man vorgehen müssen dagegen, nicht erst Jahre danach. Brandts Kniefall, alles schön und gut, nicht weglassen, aber viel zu spät und nicht mit der Opposition abgesprochen, das muss man sich mal vorstellen, wo gibt's denn sowas, dass man eine solche Geste absprechen muss?" Die Frau sah mich inzwischen genauso erwartungsvoll an, als habe ich die Lösung parat, wie mit ihrem Mann umzugehen sei. Bestimmt hatte sie das nicht zum ersten Mal gehört. „Politik interessiert mich nicht", sagte ich, „ich denke, jeder kann bei sich selbst anfangen, ich persönlich lebe nach Prinzipien und komme damit gut zurecht. Sich aufzuregen bringt nichts." Die Frau nickte heftig und ich gab noch nicht auf: „Ich muss weiter. Und ich suche den Weg nach Tonnheim". Der Mann schien ungehalten, weil er so wenig Zustimmung erhalten hatte, er kratzte sich am Kopf und zeigte auf die Straße: „Den Wanderweg, den Sie suchen, gibt es sicher nicht mehr. Sie müssen auf der Straße laufen." Das war nicht der Rat, den ich hatte hören wollen. Der Mann steckte in seinen Anschauungen fest und ich in diesem Ort. Mochte er denken, was er wollte, ich machte auf dem Absatz kehrt, versuchte es auf eigene Faust mit einem Weg hinter den Gärten, fragte einen weiteren ratlosen Dorfbewohner und strandete an einem Tor, das die Zufahrt zu einer Firma versperrte. Bevor ich zur Hauptstraße zurückkehren konnte, rief mich Rosi an.

„Gabe! Ich wollte mal fragen, wie es dir geht?" Ich beschwerte mich über Leute, die keinen einzigen Wanderweg kannten, aber sicher waren, alles über die deutsche Geschichte und gesellschaftliche Zusammenhänge zu wissen. „Ich soll auf der Straße gehen, riet mir der Mann. Rosi, es gibt diesen

Weg nicht mehr, wie oft soll ich dir das noch sagen? Dort, wo die Grenze war, ist jetzt eine Bundesstraße und daneben ist ein Radweg. Keine Ahnung, wo dieser Karl unterwegs war. Es ist ein ganz kleiner Ort, die Leute gucken auf die Karte und sagen, diese Überführung gibt es nicht. Sie haben mich in die andere Richtung geschickt." „Hm", da wusste selbst Rosi nicht weiter, was mich nur schwach tröstete. Sie überlegte kurz und sagte dann: „Mach, was die Leute dir raten. Karten können fehlerhaft sein. Ich habe leider auch noch keine guten Neuigkeiten für dich. Aber das wird schon noch." Ich kickte ein Steinchen weg und stöhnte: „Hoffentlich, ich tue jedenfalls mein Bestes." Dann drückte ich die rote Taste und folgte dem Radweg neben der Straße, bis ich davon überzeugt war, dass der weite Bogen, den sie irgendwann beschrieb, komplett in die falsche Richtung führte.

Schließlich kletterte ich die Böschung hoch, wartete auf eine Lücke im Verkehr, stieg auf der anderen Seite über die Leitplanke und die Böschung wieder hinunter und lief nach einem Sprung über den Straßengraben auf einem Feldweg weiter. Laut Karte führte er an einer abgelegenen Kapelle vorbei, die bald zwischen Getreidefeldern auf der Anhöhe vor mir weiß schimmerte. Dort war ich dankbar für den Schatten zweier Bäume, warf den Rucksack auf einer der beiden Holzbänke ab und schaute auf Graben jenseits der Straße zurück. Ich war einen großen Umweg gegangen.

Die Tür zur Kapelle ließ sich öffnen. Über einem einfachen Sandsteinblock schwebte mit ausgebreiteten Armen ein Jesus aus Metall. Es dauerte etwas, bis ich begriff, dass der freistehende, halbrunde Metallgitterzaun dahinter ein Stück des ehemaligen Grenzzauns war. Auf einer Tafel war zu lesen, dass die breite Ortsumgehung den ehemaligen Grenzverlauf mit Todesstreifen, Wachttürmen und Zäunen ersetzt hatte und dass die Kapelle nach der Wiedervereinigung von Leuten beiderseits der Grenze erbaut worden war.

Draußen auf der Bank aß ich etwas und sammelte Kräfte. Rosi hatte gesagt: „Der Grenzzaun war drei Meter hoch. Pass auf, dass deiner nicht so niedrig ist, dass jeder ungestraft drüber weg steigen kann." Im Moment hätte ich einen sehr hohen Zaun zur Abwehr von Schwierigkeiten brauchen können.

Unter der heißen Sonne führte der Schotterweg zwischen Feldern auf den Waldrand zu und ich hoffte, dort endlich wieder auf ein Wanderzeichen zu treffen. Bald vermehrten sich zu meinen Füßen kleine Grasbüschel wie die Pusteln eines Hautausschlags, der Weg war länger nicht betreten oder befahren worden. Nur Füchse hatten ihn benutzt, anscheinend waren es reinliche Tiere, sie schienen gern auf Wege zu machen, auch sie wollten wohl weder Gräser noch Insekten am Po haben, die sie kitzelten.

Am Waldrand hörte der Weg einfach auf, die Karte gab nach wie vor keine Auskunft und es blieb mir nichts anderes übrig als umzukehren. Rosi hatte oft von Umkehrung gesprochen, das schien eins der Patentrezepte von BEKAH zu sein. „Du musst die Dinge mal von der anderen Seite sehen, Gabe", hatte sie gesagt, „nicht die Anderen verantwortlich machen, sondern selbst die Verantwortung übernehmen, da wollen wir hin, sagt BEKAH, das ist ein Akt der Tapferkeit. Du musst dafür offen sein, alles zu verlieren, sagt sie. Freunde dich mit der Wirklichkeit an." Dem konnte ich gerade nichts abgewinnen. Das Telefon klingelte. „Rosi!" „Ja? Alles gut?" „Nichts ist gut, Rosi. Ich drehe mich im Kreis, ich komme hier nicht weg, noch nie ging mir eine Gegend so auf die Nerven!" „Wo bist du denn?" „Immer noch in der Nähe der Kapelle. Es ist wie verhext, hier geht es einfach nicht weiter. Und weißt du, was ich glaube? Dass ich den ganzen Weg zu diesem blöden Dorf zurücklaufen muss, komplett, ganz zurück, wieder zu diesen Leuten, die sich nichts als beschweren können." Sie blieb erstaunlich ruhig und nach ihren nächsten Worten war mir klar, warum. „Gabe, ich habe mich mit Jim beraten, er hat nachgesehen und er sagt, auf der Seite der Kapelle muss es weitergehen, du bist also richtig. Ist denn nirgendwo ein Weg in Sichtweite?" Jim war also in der Bibliothek gewesen und hatte im Internet recherchiert. Eine Unterstützung von dieser Seite war das Letzte, was ich mir wünschte. „Keine Ahnung, ein bisschen weiter unten gibt es eine große Scheune oder so etwas, von hier aus kann ich nicht sehen, ob da ein Weg ist." „Versuch es, Gabe. Jim sagt, er hat die Überführung gesehen. Es gibt sie also." Ich kam mir sehr allein und verloren vor und wollte schon mit einem kurzen „Wenn ihr meint!" das Gespräch beenden, da sagte Rosi, als hätte sie meine Gedanken gelesen: „Gabe, das ist kein friedlicher Ort, da, wo du bist. Jim sagt, in der Gegend gibt es mehr als eine Gedenkstätte, dort stehen einige Kreuze. An einem russischen Posten sollen Gräueltaten an Flüchtlingen und an Leuten, die Lebensmittel geschmuggelt haben, passiert sein. Ganz in der Nähe gibt es noch eine schwarze Kiefer mit eingeritztem Stern, dort sollen sich Leute das Leben genommen haben." „Hör auf, Rosi, das reicht schon", unterbrach ich sie, „solche Beispiele ziehen mich nur weiter runter." Rosi meinte, an solchen Orten habe man die Chance, durch gute Energie ein bisschen erlösend zu wirken. „Lass dein Licht leuchten, Gabe, dann finden die nächsten Wanderer besser den Weg." Mir war nie klar, wie ernst sie so etwas meinte. „Die Anderen sind mir egal", sagte ich, „viel lieber würde ich meinen eigenen Weg finden." „Wie empathisch!" Sie lachte. Im Gegensatz zu mir hatte sie ihren Humor behalten.

Die Scheune erwies sich als fensterlose Halle neueren Datums, um die sich eine Herde landwirtschaftlicher Maschinen drängte. Der Weg am Ende des Grundstücks führte wieder zum Damm der Bundesstraße mit ihrem Verkehrslärm zurück. Ganz auf meine Füße konzentriert, versuchte ich, ihn auszublenden. Der Weg stieg wieder an, trennte sich von der Straße und lenkte mich über einen Hügel in Richtung Wald. Endlich gewann ich Abstand zu dem Ort. Zu meiner

Überraschung tauchte rechts von mir wirklich die langgesuchte kleine Überführung auf, mit dem so oft totgesagten Weg. Ich war endlich in der Spur und musste zugeben, dass ich ohne Rosis und Jims Hilfe längst umgekehrt wäre. Manchmal machten Umkehrungen sicher Sinn, doch in diesem Fall hätte ich viel Zeit verloren. Neben einer Bank am Wegrand lag ein großer, runder Findling mit der ersehnten blauweißen Markierung. Ihr Anblick beruhigte mich und verdrängte das Ungewisse der Übernachtung, in mir stellte sich das Gefühl eines entspannten Sommernachmittags ein. Summend lief ich neben sanft geschwungenen Feldern und Wiesen an einem Wald entlang. Wenn ich die Zehen beim Abrollen ein bisschen krümmte, ging das Laufen eigentlich ganz gut. Der Geruch nach Heu und die brütende Hitze ließen mich an einen Tag denken, an dem ich als Kind mit den Eltern eine weite Strecke mit dem Rad zurückgelegt hatte. Es musste schnell geradelt werden. Als wir ankamen, hatten wir rote verschwitzte Gesichter, eine Tür öffnete sich und ich sah zu einem blassen Gesicht mit erstaunt-abwehrender Miene auf. Wir hatten das Haus der Großeltern betreten und eine schlechte Nachricht mitgebracht. Daraufhin war Großvater vor Enttäuschung sehr krank geworden. Die Stimmen von Mutter und Vater auf der Heimfahrt hatten sich mit dem Anblick von wogendem Getreide und gemähten Wiesen verknüpft. Ihre damalige Bedrücktheit war mir im Nachhinein ebenso deutlich wie der harzige Duft der Kiefern und erschien mir viel wichtiger als ihre Trennung einige Jahre später.

Mit dem Betreten des Waldes änderte sich meine Stimmung. Das saftig-grüne Gras im Dunkel der engstehenden Bäume war feucht und in den Hufabdrücken von Pferden stand Wasser. Langsam gewann die Sorge um die Übernachtung wieder die Oberhand. Ich wünschte, Rosi würde sich bald mit der rettenden Nachricht melden. Zu meiner Aufmunterung lag eine große gestreifte Feder am Weg, die ich in eine der Seitentaschen des Rucksacks schob, neben dem Schirm war Platz und ich hoffte, sie würde nicht zerdrückt werden. Federn standen für Leichtigkeit, das hatte jedenfalls das eine oder andere Buch behauptet, und Rosi hatte den Begriff „federleicht" einmal als Schreibaufgabe gestellt. Mein Text war damals zu einem Brief an ein Joghurt geraten.

„Du bist neu in meiner Wohnung. Seit ich dich gekauft habe, wartest du im Kühlschrank auf mich. Du bist mir empfohlen worden, du sollst mehr als köstlich schmecken, einfach himmlisch, hat mir jemand erzählt, und nach deinem Genuss würde man sich federleicht fühlen. Dein Äußeres kam jung und modern daher, das sprach mich an und ich erfuhr, dass du aus dem Eiweiß der gemeinen Süßlupine stammst und dass schon Cäsar und Kleopatra dich gekostet haben. Dass du die Naturvariante bist, weiß ich, schließlich habe ich dich ausgesucht, aber seit ich gelesen habe, woraus du außer Lupineneiweiß noch bestehst, bin ich misstrauisch. Wo soll diese Leichtigkeit herkommen? Ich frage mich, woraus du eigentlich genau gemacht bist und ob der Sinn deiner Zutaten darin besteht, für deinen Erfinder Geld zu machen, viel Geld? Täuschst du Leichtigkeit vor oder geht es dir wirklich um die Leute, die heute vegan leben wollen, aus welchen Gründen auch immer? Auf deiner Hülle sind Federn abgedruckt und du schaust mich unschuldig an, aber es kann auch sein, du schaust empört, für mich ist das schwer zu deuten. Ich will dir eine Chance geben, ich will wirklich wissen, was in dir steckt. Ich werde dich öffnen und zwar jetzt, wenn du es erlaubst, und dann werde ich dich kosten. Ich will wissen, ob du wirklich so köstlich bist, wie ich gehört habe. Zeige dich und sei ehrlich. Warte, ich hole einen Löffel und koste.
Die Wahrheit ist, du hast mich enttäuscht, du schmeckst nach allem, aber nicht nach Joghurt. Von einem federleichten Gefühl keine Spur. Weißt du was? Ich werde keinen einzigen Gedanken mehr an dich verschwenden. Esse dich auf, wer mag."

Gerade hätte ich auf dieser Wanderung etwas von der Frische eines Joghurts brauchen können, egal, ob vegan oder nicht. Wie müde ich war, zeigte sich, als ich einen langen, steilen Pfad emporzusteigen hatte. Schweiß lief mir in die Augen und fast hätte ich die neue Markierung übersehen, die sich zu meinen blauweißen Strichen gesellt hatte: Gekreuzte Hacken auf gelbem Grund. Wie ein eng befreundetes Paar begleiteten sie mich aus dem Wald zu einem Aussichtspunkt hoch über dem Tal, wo ich mich auf eine Bank fallen ließ. Ich aß den letzten Proviant und entnahm einer Schautafel, dass der Ort Tonnheim über vierhundert Jahre ein Bergwerksort gewesen war. Man hatte in mehreren Zechen Steinkohle ,aus dem Schoß der Erde', wie es hieß, gefördert. Die Namen der Zechen waren mir sympathisch. In der Grube ,Alexandra' hatten früher bis zu vierhundert Bergleute gearbeitet und die Grube ,Elisa' konnte man besichtigen. Gerade, als ich den Eindruck hatte, dass alle Zechen nach Frauen benannt waren, las ich von einer „Grube Wilhelm". Wegen der Grenzziehung war die alte eingleisige Hauptstrecke zum Erliegen gekommen und nach Ende des Krieges hatte der Diebstahl von Güterwaggons für Aufsehen gesorgt, als ein russischer Bautrupp das unterbrochene Gleis repariert, abgestellte Waggons in die russische Zone gezogen und danach die Schienenverbindung wieder zerstört hatte.

Nach der Pause führte mich ein kurvenreicher Weg allmählich ins Tal hinab bis zu einem Bergwerksmuseum und zu den ersten Häusern des Orts. Ich griff nach der Wanderkarte und bemerkte, dass die Feder fehlte, ich hatte sie anscheinend nicht tief genug in die Seitentasche gesteckt. Die Karte zeigte den Ortskern mit der Kirche, der Bahnhof befand sich links davon. Ich rief Rosi an. „Hier Bodenstation", meldete sie sich munter, was mich zuversichtlich stimmte. „Rosi, ich bin in Tonnheim. Wo soll ich hin? In welche Richtung und zu welchem Bett?" In einem unbekümmerten Tonfall antwortete sie: „Es gibt keins, Gabe." „Was? Wieso?" „Tja, kein

99

Gasthof will dich für nur eine Nacht, und das einzige Hotel, das es gibt, ist ausgebucht. Zu Karls Zeiten war das wohl anders. Ich habe hin und her überlegt, und jetzt weiß ich, wie wir es machen." Ich hoffte, ihre Lösung wäre auch nach meinem Geschmack.

Eine Schulklasse kam die Straße hoch und beschwerte sich lautstark über die Steigung und die Hitze, Rosi war schwer zu verstehen. „Sag das bitte nochmal, Rosi, hier war es zu laut." „Du gehst zum Bahnhof, kaufst dir eine Fahrkarte nach Hochstedt und läufst von Hochstedt nach Trogendorf, dann bist du wieder auf dem richtigen Weg. Es gibt keine andere Möglichkeit, ohne Übernachtung hättest du meiner Einschätzung nach noch mehrere Stunden zu laufen." „Mehrere Stunden?" Ich war entsetzt. „Deswegen sollst du ja abkürzen. Keine Ahnung, warum das mit der Übernachtung nicht klappt und was das Universum uns damit sagen will. Vielleicht ist es besser für dich und du umgehst auf diese Weise irgendeine schlimme Erfahrung, ich weiß es nicht." Plötzlich klang sie geknickt und tat mir leid. Es musste frustrierend für sie sein, wenn ich auf ein ganzes Teilstück notgedrungen verzichtete. „Was verpasse ich denn da?" fragte ich, um ihr die Gelegenheit zu geben, sich den Frust von der Seele zu reden. Papier raschelte, anscheinend sah sie in Karls Buch nach. „Den Spitzberg, den Mittelberg, schöne Ausblicke, den Querberg, Schauberg, so heißt ein Ort, dann den Sattelgrund und den Sattelberg ..." „Hör auf, Rosi, so viele Berge, ich bin jetzt schon völlig erledigt, falls dich das interessiert. Kann ich denn in Hochstedt übernachten oder muss ich von dort noch in dieses Trogendorf weiter?" Vorsichtig sagte sie: „Gabe, in Hochstedt bist du sehr weit vom Weg ab, du musst schon noch ein Stück in die richtige Richtung laufen." „Und wie lange?" Sie zögerte: „Also ehrlich gesagt, mindestens bis Kleintrogendorf. Dort kann ich gern nach einer Übernachtung fragen, dann ist es nicht ganz so weit." Das sah nicht gut aus für mein Prinzip Konsequenz, es wurde überbeansprucht, doch immerhin gab es einen Plan. Ich wollte wissen, wann der nächste Zug fahren würde. „Immer um kurz nach halb." „Also in zwanzig Minuten. Dann laufe ich jetzt zum Bahnhof. Was sein muss, muss sein, ich melde mich später nochmal." „Mach's gut, Gabe. Warte, Jim will dir noch was über Pulsare sagen. Und das mit der fehlenden Übernachtung tut mir leid." „Du hast alles versucht. Mach dir keine Gedanken." Es tat gut, ihr das zu sagen. Ein warmes Gefühl von Freundschaft breitete sich in mir aus, manchmal machte es Sinn, vom Prinzip Unabhängigkeit ein bisschen abzurücken.

Jims Stimme klang gelassen wie immer. „Gabe, vor einigen Jahren wurde ein Teleskop in die Erdumlaufbahn geschickt, es sucht den Weltraum nach Schwarzen Löchern ab. Entdeckt es einen explodierenden Stern, kann es in weniger als vierundzwanzig Stunden seine Ausrichtung ändern und die Explosionswolke aufnehmen, außerdem stöbert es Pulsare auf. Das sind rotierende Neutronensterne, die regelmäßig Strahlungspulse absenden. Diese Signale kann das Teleskop registrieren. Ich träume selten, aber heute Nacht habe ich geträumt, du wärst so ein Neutronenstern und wir würden dich von der Erde aus beobachten. Du hast pulsiert. Farbig. Das war sehr beeindruckend." Mir fiel absolut nichts ein, was ich darauf hätte sagen können und hörte stattdessen Rosis Bemerkung: „Das ist doch der Beweis. Alles lebt. Wenn sogar die Sterne einen Puls haben ..." „Und was passiert, wenn sich Sterne aufregen?", fragte ich ins Blaue hinein, „steigt ihr Puls dann?": „Ja, woher weißt du das?", wunderte sich Jim, „so ist es, sie haben Stress, denn es gibt Schwarze Löcher, die saugen von ihren Nachbarsternen riesige Mengen an Gas ab." Rosi kicherte im Hintergrund und ich glaubte, auch Gunda zu hören. „Soll das heißen, ich erinnere Rosi an ein Schwarzes Loch?", wollte ich wissen und Jim sagte: „Mich erinnerst du eher an eine besonders aktive Sonnenregion, denn mit diesem Teleskop kann man sogar in die Sonne schauen. Die Leute dachten erst, es wäre verrückt, so ein empfindliches Teleskop auf die Sonne zu richten, man befürchtete, es dadurch vielleicht zu ruinieren. Aber es hält diese Strahlen aus." „Na, mein Lieber, solange du meine und Gabes Strahlen aushältst, ist ja alles im grünen Bereich", Rosis Stimme war wieder ganz nah. „Gabe, mach's gut. Wir telefonieren spätestens in Kleintrogenbach. Und melde dich, wenn du mich vorher brauchst." Bevor ich mich bei Jim bedanken konnte, war das Licht des Displays erloschen.

Die Hitze ließ die Luft über dem Asphalt flimmern. Kein Mensch war zu sehen. Auf einer breiten Brücke überquerte die Bundesstraße die Gleise der Bahntrasse. Eben war der Zug aus der Gegenrichtung in den Bahnhof eingefahren und flüchtig hatte ich von oben eine Frau aussteigen sehen, die mir nun entgegenkam. Ihr weiter Rock wehte und ihr Gang war ungleichmäßig, so als ob sie eines ihrer Beine nachzog. Mitten auf der Brücke begegneten wir uns. Die Frau im Rentenalter hatte einen entschlossenen Zug um den Mund und sprach mich an. Seit Beginn der Wanderung schien ich ein Magnet für Leute zu sein, die mir ihre Geschichten erzählten, ob ich wollte oder nicht. Mir fiel Rosis Hinweis ein, eine Grenze sei Ausdruck des Vermögens, Grenzen zu setzen, und nahm mir vor, keinem Schwarzen Loch mit Absaug-Energie zum Opfer zu fallen. „Vor zwei Jahren ist mein Mann gestorben", teilte mir die Frau gerade mit, „an einem unheilbaren, vererbten Lungenleiden, neben mir, im Ehebett. Mit großer Würde und Einfachheit hat er sich dem Tod genähert", sagte sie. Vom Tod wollte ich nichts wissen, doch sie redete weiter: „Der Tod kann groß sein und klein zugleich. Er lässt einen großen Körper schrumpfen zu einem Nichts und lässt den Atem am Ende mächtig und unheimlich werden. Sie werden es nicht wissen, aber der Tod ist viel stärker als wir. Ich habe es selbst erlebt, auch Sie sind machtlos gegen ihn. Er nimmt uns alles und führt uns vor, vor allem, wenn wir versuchen, ihn auszublenden." Das klang in meinen Ohren wie ein Vorwurf und ich wollte zusehen, dass ich wegkam. „Nach dem Tod meines Mannes musste ich der Schwiegertochter das alte Bauernhaus überlassen. Mittlerweile ist es abgerissen und das alte Steingewölbe darunter ist mit Schutt verfüllt, ein viereckiges Haus aus dem Katalog steht jetzt dort. Ich bin hinunter in die Stadt gezogen", sagte die Frau und begann plötzlich zu weinen. „Bitte", stotterte ich, „es tut mir leid, aber ich muss jetzt gehen, ich muss zum Zug." Ihre Beharrlichkeit war beachtlich, sie trat mir in den Weg und wischte sich über das Gesicht. Ihr Enkel wäre alles, was ihr noch geblieben sei, aber er sei vom Dach gefallen und habe sein Rückgrat verletzt. Die Stahlplatte im Rücken würde jedoch bald entfernt werden, dann wäre das Gröbste überwunden. „Mich bringt so leicht nichts um", sagte sie dann mit überraschend fester Stimme, „nicht einmal der Tod. Meine Zeit ist lange noch nicht abgelaufen." Mit einer entschuldigenden Geste floh ich an ihr vorbei und von der Brücke und hatte Angst, sie würde mir folgen.

Wenige Tage vor der Abfahrt hatte Rosi mir den Tipp mit den Heiligen gegeben. Sie habe erkannt, dass man Menschen nicht ändern konnte, wenn sie nicht bereit dazu waren. „Manche Leute sind einfach völlig anders unterwegs, in einem komplett anderen Film", hatte sie gesagt, „die rücken keinen Deut von ihrem festgefügten Weltbild ab und werden ungemütlich, wenn du nicht aufpasst. Ich habe das früher oft persönlich genommen." Sie hatte gelacht. „Meine Strategie, damit umzugehen, war, etwas zu essen." Ihre heitere Gelassenheit war kaum zu glauben. „Dann hat mir ein Satz geholfen, den ich irgendwo gelesen habe: Man soll jeden Menschen, der einem begegnet, ganz ohne Vorurteile als Heiligen begrüßen." „Wie bitte?" Rosi war wirklich für Überraschungen gut. „Natürlich nur insgeheim. Man soll sich innerlich verbeugen und das Potential begrüßen und würdigen, dass jeder Mensch in sich trägt. Seit ich das übe, habe ich einen

ganz anderen Blick auf die Welt." Der Kontrast dieser Aussage zu meiner Gegenwart konnte nicht größer sein. Diese
Wanderung war kein stetig und ruhig dahinfließender Fluss,
sondern ein einziges Chaos, zum Glück besaß ich noch Reste
von Konsequenz, an die ich mich halten konnte.

Ganz benommen traf ich am Bahnhof ein, Wind zog um
das Gebäude, als wolle er es entwurzeln und die Fundamente
woanders wieder aufrichten. Ich kaufte mir am Automaten
eine Fahrkarte und beobachtete müde ein in einem immer-
währenden Windwirbel gefangenes Süßigkeiten-Papier. Mir
wurde ein wenig schwindlig, als bestünde kein Unterschied
zwischen dem Papier und mir.

Ich war nicht die einzige Verrückte, am Bahnsteig lief
mit großen Gesten eine Frau aufgeregt hin und her. Wie war
es möglich, in solchen Leuten Heilige zu sehen? Als hätte die
Frau meine Gedanken gelesen, stand sie eine Minute später
plötzlich vor mir, starrte mich an und lief, bevor ich etwas
sagen konnte, wieder davon. Endlich kam der Zug. Mit gesenktem Blick suchte ich mir einen Platz, ich hatte genug
Aufregendes erlebt, doch die beiden Frauen neben mir unterhielten sich laut, als hätte der Mann in Graben etwas Wichti-
ges zu sagen vergessen.

„Da ist einiges schiefgelaufen damals", sagte die gutge-
kleidete grauhaarige Frau am Fensterplatz, „wir haben alle
viel zu schnell das Pferd gewechselt. Alles aus dem Westen
schien uns gut, selbst Spreewaldgurken mochte keiner mehr
kaufen. Wir hätten uns Zeit lassen sollen und schauen, was
gut und was schlecht war an dem neuen System." Ihr Gegenüber, eine Frau, deren Einkaufstaschen die beiden restlichen
Sitze belegt hatten, pflichtete ihr bei: „Man kam ja nicht zum
Nachdenken, die ganze Familie hatte anderes im Kopf. Alles
ging viel zu schnell. Am liebsten wären wir im Osten geblieben, da gab es zwar Brüche, aber da riss etwas auf damals,
das war neu. Leider wurden wir beide arbeitslos, da sind wir
der Arbeit wegen weggezogen. Man musste ganz schön fle-

xibel sein." Beide nickten zustimmend. Die Frau mit den Taschen sprach weiter: „In letzter Zeit bin ich oft rübergefahren. Mein Mann sagt, die paar Jährchen bis zur Rente schaffen wir auch noch, dann gehen wir wieder zurück." „Das käme für mich nicht in Frage", sagte die grauhaarige Frau und holte die Geldbörse aus der Tasche, weil der Schaffner kam und die Fahrkarten kontrollierte, „ich habe hier Anschluss gefunden. Und ich ärgere mich über Leute, die sich nur beschweren und den alten Zeiten nachtrauern." Die zweite Frau schnaubte und sah aus dem Fenster. Die Wende war schon so viele Jahre her. Solche Gespräche waren der beste Beweis dafür, wie sehr die Vergangenheit einen ausbremsen konnte.

Der Zug fuhr eine halbe Ewigkeit an den Gebäuden einer Zementfabrik vorbei, dann hielt er endlich an und ließ mich in Hochstedt aussteigen. Der Ort begrüßte mich mit den Abgasen des Lieferverkehrs zu dem großen Firmengelände und einem Pulk von Fahrradfahrern mit großem Gepäck. Im Umkreis eines Denkmals, das einen überdimensionalen Holzzwerg darstellte, lagen jede Menge Zigarettenkippen. Parallel zur Hauptstraße verlief ein legendärer Radwanderweg, dem ich laut Rosi zu folgen hatte. Die zwei Pferde auf einer Koppel kamen mir wie Sendboten aus einer anderen Welt vor.

Rosi hielt das Warten anscheinend nicht mehr aus und rief an, um sich nach der Lage zu erkundigen. „Ich bin gerade angekommen und suche den Weg nach Trogendorf, sehr hübsch ist es hier nicht." Aus Versehen fügte ich noch an: „Ich versuche, in allen Leuten Heilige zu sehen, aber es gelingt mir nicht", und hatte einen Augenblick lang das dumme Gefühl, sie zu enttäuschen. „Was hindert dich?", fragte sie und mir war, als sei ihr Ohr riesig und lausche nicht nur auf das, was ich sagte, sondern noch ein bisschen tiefer in mich hinein. „Auspuffgase, die die Luft verpesten und Leute auf Rädern, die Parfümfahnen hinter sich herziehen." „Sonst nichts?" Ich überlegte: „Leute, die das Ost-West-Thema beschäftigt." Sie lachte. „Ich habe mir fast gedacht, dass das eine schwere Prüfung für dich sein wird. Versuch einfach trotzdem, den göttlichen Kern in allem zu sehen. Alles hat das Potential, auch anders zu sein. Irgendwie erleuchtet, verstehst du?" „Ich fürchte: Nein!", sagte ich, abgelenkt von Blumenkohl-Wolken am Horizont, die mit knubbligen Armen in den blauen Himmel griffen. Die Pferde auf der Koppel grasten ungerührt. Eine Amsel versuchte, im auffrischenden Wind Kurs zu halten und kam ins Taumeln. „Rosi, ich glaube, es kommt ein Gewitter, ich muss sehen, dass ich weiter komme. Hörst du es donnern?" Sie brauchte nicht zu wissen, dass es die Hufe der Pferde waren, die zum Zaun gerannt kamen. „Oh, stell dich bitte rechtzeitig unter. Wir machen besser Schluss!" Rosis Stimme klang besorgt. Es tat mir leid, dass ich geflunkert hatte. Ich war eben keine Heilige und hatte es auch nie behauptet.

Gewitter machten mir keine Angst. Was hatte Jim einmal gesagt? „Die Angst vor Gewittern hat einen Namen, Astraphobie. Sie ist verbreiteter, als man denkt." Ich mochte die großen, weiß gedeckten Riesenwolken, die oft als Vorboten am Himmel auftauchten und Regen und Hagel einluden, sich an ihren Tisch zu setzen.

Mein Verlangen nach einem Kaffee war inzwischen nicht mehr zu ignorieren und ich war froh, als vor mir ein Bäckerei-Schild auftauchte. Im Inneren begrüßten mich kleine Stehtische und der vertraute Geruch von Backwaren. Anstelle von Gunda brachte mir ein freundliches junges Mädchen mit lila gefärbten Haaren einen Cappuccino und ein Stück Erdbeerkuchen. Draußen vor dem Fenster reihte sich LKW an LKW, und ich vermisste Rosi und Jim.

Nach meiner Pause war es später Nachmittag geworden und ein unaufhörlicher Verkehrsstrom zerrte bis zu einem Kreisverkehr an meinen Nerven. „Sehr geehrte Wanderer", hieß es auf Hinweisschildern, „der traditionelle Weg führt entlang der Straße, benutzen Sie die parallel im Wald geführte Ausweichroute, die schöner, ruhiger und lehrreicher ist." Sie war allerdings auch fast drei Kilometer länger. Trotzdem floh ich den Lärm und zog es vor, der Markierung eines roten Punkts auf weißen Grund auf einem dicken Fichtenstamm zu folgen. Die kleine japanische Flagge bescherte mir endlich einen Weg, wie ich ihn mir vorgestellt hatte, er wand sich in kleinen Kurven über Wurzeln und sonnenbeflecktes Moos. Eine halbe Stunde später führte er auf eine gerodete Fläche. Über verwitterten Baumstrünken hing schwerer Harzgeruch, Falter nahmen Sonnenbäder auf rosablühenden Blumen und flatterten um Brombeersträucher und hohe Gräser. Eine Wegstrecke voller Entspannung und Sorglosigkeit. Wäre mir jetzt jemand entgegengekommen, ich hätte ihn leicht als Heiligen ansehen können.

Es dauerte zum Glück lange, bis sich die Lücke der Rodung wieder schloss, dann wanderte ich erneut durch den Wald bis zu einem Querweg und auf ihm wieder zur Straße bis zu einer Parkbucht. Hinter dem geöffneten Beifahrerfenster eines etwas heruntergekommenen LKW schien ein Mann zu schlafen. Sträucher schirmten die Straße ein wenig ab und bildeten einen Halbkreis um Bänke und Tische. Ich ließ den Rucksack fallen, zog die Schuhe aus, warf einen besorgten Blick auf meine geröteten Zehen und legte mich auf die Bank, mit dem Kopf im Schatten. Meiner Schätzung nach hatte ich noch etwa eine Stunde zu laufen.

Das Handy meldete sich und Rosi wollte mit vollem Mund wissen, wie ich vorankäme. „Ganz gut im Moment", gestand ich, „wenn man die Straße meidet und die Ausweichroute nimmt, ist man auf der sicheren Seite." Ich gähnte. „Du rufst in meiner Pause an. Ich bin gerade auf einem Parkplatz, er heißt ‚Parkplatz der Einheit'. Sehr einheitlich war der Tag allerdings nicht, eher zwiespältig." „Aber es läuft doch. Du kommst später an deine Grenzen als ich dachte", kicherte sie gut gelaunt. „Während du andauernd deine

Grenzen überschreitest, meine Liebe", gab ich zurück. „Hast du sonst noch Neues zu bieten, Rosi?" „Sicher", meinte sie, „ich hatte wieder einmal eine Erkenntnis." „Ach wirklich?" „Ja, als ich ein Video angesehen habe", ich hörte, wie sie einen Stuhl zurückschob, „BEKAH hat über etwas geredet, was mir sofort eingeleuchtet hat. Sie sagte: ‚Wenn ich in New York bin und meine Tochter ist in Kalifornien und ich denke die ganze Zeit, sie schafft das nicht alleine, sie braucht mich, dann sind wir in Kalifornien zu zweit und hier in New York ist niemand. Wie viele von euch sind nicht an dem Ort, an dem sie gerade sind, sondern anderswo?' Da ist mir klar geworden", sagte Rosi und ging auf und ab, „dass auch ich gerade mehr bei dir bin als bei mir zuhause." Es brauchte einige Zeit, bis ich verstanden hatte, was sie damit meinte. Dann wollte ich wissen: „Und was machst du dagegen?" „Nichts. Ich bin gern dort, wo du bist. Und ich wollte nur mal nachfragen, wie wir vorankommen." „Alles im grünen Bereich, bis auf die Zehen", gab ich Auskunft. „Das wird schon. Du kannst sie auch in warmem Seifenwasser baden." Auf meine Frage, weshalb alle Welt dieses Heilmittel kannte, nur ich nicht, erwiderte sie: „Keine Ahnung. Auch du lernst nie aus." Dann diktierte sie mir die Übernachtungsadresse.

Ich schulterte, wie ich hoffte, zum letzten Mal an diesem Tag den Rucksack, wartete auf eine Lücke im Fernverkehr und überquerte die Straße. Ein Wegweiser zeigte in den Wald, auf eine breite Schotterpiste, die leicht gewölbt war, damit das Wasser besser in die seitlichen Gräben abfließen konnte. Der Saum aus Gebüsch war nur schmal, bald wurden wieder ausschließlich Fichten meine Begleiter, bis mir ein Auto entgegenkam, mit einer weißen Staubwolke im Schlepptau. Es verlangsamte seine Geschwindigkeit viel zu spät und als sich der gröbste Staub gelegt hatte, sah ich wie gepudert aus, meine Augen tränten und ich war wütend. Von Zeit zu Zeit folgten weitere Fahrzeuge, allem Anschein nach war es hier erlaubt, auf ausgewiesenen Wanderwegen durch den Wald zu fahren. An der nächsten Kreuzung war ich froh, die Autopiste hinter mir zu lassen, laut Wegweiser sollte Kleintrogenbach zwei Kilometer in westlicher Richtung liegen. Das Laufen auf Schotter ermüdete mich allmählich und die Bäume sahen alle gleich aus. Ich lief, bis der Schotter langsam von Grashalmen durchsetzt wurde und es in weiten Bögen abwechselnd einmal nach links und dann wieder nach rechts ging. Meinem Eindruck nach war ich längst über zwei Kilometer hinaus. Weder waren Verkehrsgeräusche zu hören noch Markierungen zu sehen. Auf der Karte sah es aus, als hätte ich einen Abzweig verpasst. Rosi wollte ich auf keinen Fall anrufen, weil gerade rein gar nichts mehr im grünen Bereich war. Nach einem weiteren Kilometer kehrte ich missmutig um und lief den ganzen Schotterweg zurück bis kurz vor die Kreuzung, wo ich ein verwittertes Schild mit der Aufschrift ‚Glasmacherweg' übersehen hatte. Wenigstens tröstete mich ein idyllischer Pfad über den Zeitverlust hinweg, er führte über Wurzeln und Moos steil bergab bis zu einem umzäunten Wasserreservoir. Sobald ich an ihm vorbei war, zeigte sich ab und zu an alten Bäumen Karls Zeichen. Wie im Märchen ließen Heckenrosen am Ende des Pfads nur eine kleine Pforte frei, durch die ich auf einen Platz schlüpfte, der von Bäumen eingerahmt war. Einer von mehreren Containern für Gartenabfälle war aufgeklappt und es roch nach frischem Grünschnitt. Am Hang hinter einem Eingangstor scharten sich Gräber um eine kleine Friedhofskapelle, ein Mann mit Gießkanne war eben am Gehen und überquerte die Straße, die den Friedhof vom Ort trennte, endlich sah ich auf Kleintrogenbach. Die Häuser lagen bereits im Schatten und mit dem Ziel in Reichweite hatte ich es nicht mehr eilig. Obwohl ich Friedhöfe sonst mied, setzte ich an der ersten Grabsteinreihe den Rucksack ab und blieb noch eine Weile auf einer Bank in der Sonne sitzen. Ich war froh, dass Rosi den Plan hatte fallen lassen, noch einen Ort weiter an den Fernwanderweg anzuknüpfen, mir war sehr danach, Wurzeln zu schlagen.

Eine Stunde später lag ich mit in Seifenwasser gebadeten Füßen im Bett und sah fern, als Rosi wieder anrief. „Hallo Bodenstation, ich bewohne ein kleines Dachzimmer und bin gerade in eine Doku über einen berühmten Schauspieler versunken." „Dann ist ja alles gut." Sie klang erleichtert und ich erwiderte munter: „Denkst du. Nichts ist gut. Sein Leben ist die Hölle gewesen, sagt er." „Die Hölle? Was soll das heißen? Männer neigen zur Übertreibung", meinte sie, „wahrscheinlich war der nur die ganze Zeit misstrauisch und das war das eigentliche Problem. Hölle und Himmel sind nämlich dasselbe, es ist ein Missverständnis, wenn wir diese Begriffe als etwas Gegensätzliches gebrauchen. Himmel und Hölle sind Worte für das, was schmerzt und für das, was nicht schmerzt." Sie nahm jede Gelegenheit wahr, mir philosophische Vorträge zu halten. „Sagt das BEKAH?" „Ja." Das war wenig überraschend. Ich erwiderte: „Sie mag recht haben, aber ich bin auch nicht auf den Kopf gefallen, ich weiß, dass die Karte mir nicht geholfen hat, ich weiß, dass die Schrift für den Abzweig wie wegradiert war, dass ich heute zwei Riesenumwege gelaufen bin und dass ich fast meine Füße ruiniert habe. Erst seit dem Baden geht es ihnen besser." Ungerührt stellte Rosi fest: „Siehst du, Seifenwasser wirkt. Hab ich doch gesagt, man muss Vertrauen haben." Ich seufzte: „Gesundes Misstrauen gehört zu meinen Prinzipien, das hatte ich leider kurz vergessen und es fiel mir erst wieder ein, als ich schon unterwegs war. Anscheinend muss jeder durch seine Privat-Hölle, wenn er sich nicht vorsieht." „Ach, die Privat-Hölle, von der du sprichst, die wird man sowieso nicht los, die nimmt man überallhin mit. Jedenfalls bin ich froh, dass du angekommen bist, wenn auch nicht ganz auf der Route, die ich mir vorgestellt hatte." „Dann sind wir schon zu zweit, und danke für dein Mitgefühl. Das nächste Mal läufst du!" Sie lachte nur und wünschte mir eine gute Nacht.

Ich schaltete den Fernseher aus und blätterte in einem vergilbten Reiseführer aus dem Nachtkästchen herum. Ich war im „Alten Gebirg" unterwegs, wie es dort hieß. Der Verfasser hatte eine lange Reihe aufeinanderfolgender Geschlechter aufgelistet, von denen die meisten „im Mannesstamm erloschen" waren. Napoleon wurde erwähnt, aber kein Wort über die Zeit des Nationalsozialismus. Dessen Folgen, die „durch die Grenze abgeschnittenen Verbindungen in das Gebiet der DDR" wurden dann wieder bedauert. Ich erfuhr, dass ich auf einem breiten Gneisband unterwegs war, das durch Schieferland führte, und dass sich beides abwechselte wie mancherorts die Zacken im Grenzverlauf. Meine Unterkunft stand laut Landkarte auf „Schieferland, gemischt mit grünem Gestein vulkanischen Ursprungs". Mit ganz schweren Beinen und dem Gedanken, dass der steinige Untergrund, auf dem ich lief, nichts anderes als eine verfestigte Form von Vergangenheit war, schlief ich ein.

Tag 3 Der bellende Hund im Wald

Mein erster Gedanke beim Aufwachen war angenehm. Mir fiel ein, dass ich einen Tag Urlaub vom Wandern hatte, weil ich die Übernachtung in Tonnheim hatte auslassen müssen. Beim Aufstehen tat mir der Rücken weh und ich hatte Muskelkater an Stellen meines Körpers, die ich vorher noch nie wahrgenommen hatte. Meine Fußsohlen waren zwar empfindlicher als üblich, aber die Stellen an den Zehen waren nur noch leicht gerötet und als ich nach dem Duschen in die Sandalen schlüpfte, bekamen meine Füße sogar Lust, den Ort zu besichtigen.

Außer mir übernachteten nur noch zwei Männer in diesem großen Gasthaus, das schon einmal bessere Tage gesehen hatte. Meist stiegen hier nach Aussage der Wirtin Monteure ab, die etwas in der örtlichen Glasfabrik zu tun hatten. Bei Rosis Anruf hatte sie so getan, als müsse sie erst prüfen, ob ein Zimmer frei wäre und ausdrücklich betont, dass sie sich ein neues professionelles Kassensystem angeschafft hätten. Mir gegenüber war sie freundlich, sie wirkte viel jünger als sechzig - über ihr Alter hatte sie mich bereits nach wenigen Minuten aufgeklärt - und wie sie so mit dem hohen Singsang in ihrer Stimme flink zwischen Tür, Tresen und Tischen hin und her eilte, erinnerte sie mich an eine eifrige Geisha. Sie empfahl mir den Besuch der exotischen Pflanzen in den riesigen Gewächshäusern am Ortsende, die mit der Abwärme der Fabrik beheizt wurden.

Der weitläufige Parkplatz war kurz nach der Öffnung noch fast leer. Hinter der großen Glasfront begrüßte mich an der Kasse ein muskulöser Mann in einem nassen T-Shirt und mit kehligem Akzent. Ich bezahlte den Eintritt, er drückte mir einen Audioguide in die Hand, erklärte kurz die Funktionsweise und wies mir den Weg. Er wirkte nicht wie Museumspersonal, sondern wie jemand, den eine lästige Besucherin aus der Arbeit herausgerissen hatte. Ich öffnete die Tür unter der Aufschrift „Besucherhaus", drückte die Taste 1 „Begrüßung" und nahm in einem der weißen Plastikstühle Platz, die im Halbrund des Glashauses aufgereiht waren. Große Bananenstauden, Schlingpflanzen mit riesigen Blättern und eine Vielfalt anderer Gewächse strebten dem mit Sonnensegeln abgeschatteten Dach entgegen. Ich drückte die Taste 2 und erfuhr etwas über Bananen und die Absicht, in großem Maßstab tropische Früchte für den europäischen Markt zu züchten. So ein Vorhaben machte mich nervös, man musste auf der Hut sein, wenn man Fremdes unter Kontrolle halten wollte, es neigte dazu, Bewährtes zu unterlaufen.

In diesen Gewächshäusern wuchsen Mangos, Papayas und Guaven, und weit oben im Licht hingen zwischen auseinanderstrebenden Blattstielen büschelweise Kochbananen. Am Stamm von Kakaostauden traten kleine zartweiße Blüten hervor, aus denen später riesige Bohnen werden sollten. Der Name dieser Gewächse war „Stammblütler". Das rief ein Detail aus einem Harry-Potter-Buch der Bibliothek in mir wach, wozu auch die Sandboa im Terrarium daneben passte. Im Buch hatte das Schimpfwort „Schlammblütler" für Streit gesorgt und in einer Szene war eine sprechende Schlange aus ihrem Gefängnis in die Freiheit aufgebrochen. Hinter der Scheibe konnte ich keine Boa entdecken, sie hatte sich anscheinend komplett mit Sand bedeckt. Unzählige Hanfschnüre, an denen die Ausläufer von Kletterpflanzen Halt gefunden hatten, spannten sich kreuz und quer über weitere Terrarien, und gaukelten vor, die Freiheit wäre zum Greifen nah. Aufsteller warnten vor Sojaanbau für europäisches Tierfutter, vor der Abholzung des Regenwalds und vor zu viel Papierverbrauch und ich bekam ein schlechtes Gewissen, weil ich mit dem kleinen Rechteck in meiner Hosentasche, in dem Aluminium, Eisen und Koltan verbaut waren, so oft mit Rosi telefonierte.

Eine Ameise lief über die wellige, hell und braun gemusterte Haut einer Puffotter und hinter einem niedrigen Bambuszaun entdeckte ich am Rand eines Teichs eine Schildkröte, die ihren Kopf aus dem faltigen Hals schob. In drei weiteren Vitrinen schliefen bewegungslos zwei Boas auf trockenen Ästen und eine brasilianische Glattnatter atmete schwer. Über Lautsprecher kündigte eine Männerstimme für elf Uhr den Beginn einer Reptilien-Führung im Eingangsbereich an.

Vor den Plastikstühlen saß eine große Schildkröte auf dem Boden und streckte aufmerksam den Kopf unter dem Panzer hervor. Ruckartig bewegte sie ihn auf und ab, als würden sich ihre Gedanken über das Publikum als Schluckauf äußern, und zog ihn erschrocken zurück, als der Führer an ihr vorbeiging. Er sprach ein paar Begrüßungsworte und stellte sich als stolzer Besitzer von über zweihundert Kaimanen vor. Mittlerweile hörten ihm etwa zwanzig Besucher zu, eine japanische Reisegruppe, deutsche Familien und ich. Wir erfuhren, dass Egon, die Schildkröte, zur Familie der wechselwarmen Landschildkröten auf der Erde gehörte und aus der südlichen Sahara kam. Egon zwinkerte mit den Augen in meine Richtung, dabei war er erst sechzehn Jahre alt. Er hatte eine Lebenserwartung von hundertdreißig Jahren und es war kaum zu glauben, dass er später einmal über hundert Kilogramm wiegen und sein Panzer ein Meter lang sein würde. Was ich nicht bezweifelte, war, dass Egon Tamarinden mochte und einen Sack Heu pro Woche fraß. Er musste sich mit verschiedenen Frauen und Kindern fotografieren lassen, die ihre Hände auf seinen Panzer legten und in die Kamera lächelten. Dann wurde er aufgehoben und weggebracht und die Führung ging ohne ihn weiter. Das Anliegen des Khaki-Mannes war, über Schlangen aufzuklären. Sie hätten einen schlechten Ruf wegen der unzähligen Geschichten und Filme, die die Urangst der Menschen vor ihnen verstärkt hätten. Er verschob den Deckel eines Terrariums, griff hinter den Nacken einer Schlange, hob sie heraus und hielt sie uns mit ausgestrecktem Arm entgegen. Mutige dürften sie anfassen, verkündete er. Ich war mutig, trat vor und berührte den sich windenden Körper. Die Haut fühlte sich warm und trocken an, nicht feucht und glatt wie vermutet, die weiße Unterseite glänzte wie Porzellan, die Zunge war leicht rosafarben. Ich verlor mich in ihrem Anblick und nahm mit der ganzen Hand das sanfte Zittern dieses geheimnisvollen Körpers wahr, der Führer musste mich mehrmals auffordern, loszulassen. Eine Spur zu hastig legte er das Tier wieder zurück. Rosi klingelte an, ich drückte sie weg und schaltete das Handy aus. Bestimmt hätte ihr der botanische Name der Brillenschlange gefallen: Naja Naja. Auf dem etwas absteigenden Weg war es kühler als im Eingangsbereich, die Gruppe bewegte sich entgegengesetzt der tatsächlichen Klimazonen. „Wir gehen hinunter ins Kühle anstatt, wie in der Wirklichkeit, nach oben", sagte der Führer. Immer noch stolperten wir hinter ihm her, folgten seinen Anweisungen und stellten uns dahin, wo wir ihm nicht im Weg waren und seiner Meinung nach am besten sehen konnten. Er wies uns auf eine Jackfruit und auf Mangobäume hin und ich stand vor einem Bitterorangenbaum, der erneut eine Erinnerung heraufbeschwor, die an Kuchen mit Bitterorangenmarmelade und köstlich duftenden Orangenscheiben.

Die Führung war beendet. Ein junges Paar stand in meiner Nähe und die barfüßige Frau mit den Rastalocken flüsterte dem Baby in ihrem Tragetuch zu: „Endlich bekommst du wieder dein tropisches Klima zu spüren." „Sie ist am Strand geboren", sagte sie dem Führer, der ihr die Tür zu einem Gewächshaus aufhielt, in das Besucher normalerweise keinen Zutritt hatten, und schenkte dem Mann an ihrer Seite ein Lächeln.

Das Baby ließ mich an meine Schlafgewohnheiten denken. Seit ich vor langer Zeit gelesen hatte, dass Babys nach der Geburt den Druck des Schädels auf die Gebärmutter vermissen würden, weshalb am Kopfende der Wiege ein festes Kissen zum Anstoßen bereitliegen und das sanft orangefarbene Licht im Uterus imitiert werden sollte, schlief ich in adernartig marmorierter Bettwäsche, den Kopf an ein Körnerkissen gepresst. Das Urvertrauen war zwar nicht wieder zu gewinnen, aber für sich zu sorgen, war möglich.

Mit einem Mal hatte ich ein Foto vor Augen, auf dessen Rückseite ‚13. August 1961' stand, der Tag des Mauerbaus. Mein Vater hob mich unter einem wolkenlosen blauen Himmel hoch in die Luft, mein weißes gehäkeltes Mützchen war verrutscht, mein Lachen war ein halbes, durchschnitten von einer scharfen Schattenlinie, wie eine Doppelung der damals zeitgleich errichteten Grenze.

Eine Japanerin riss mich aus meinen Gedanken, ich erriet, dass sie mich fragte, wo die Toiletten wären. Bedauernd lächelnd schüttelte ich den Kopf und deutete in Richtung des Eingangsbereichs, worauf sie sich verneigte, beide Hände aneinander legte und „Danke!" sagte. Reflexartig deutete ich ebenfalls eine Verbeugung an. Beim Aufrichten atmete ich tief durch, auch am dritten Tag meiner Wanderung konnte von Alltag keine Rede sein.

Am Tresen besah ich mir unschlüssig die verschiedenen Mitbringsel und überlegte, ob Rosi sich über einen Kakao-Essig und Jim sich über einen Sternfrucht-Schoko-Aufstrich freuen würde, doch dann fielen mir meine Füße ein und das Gewicht des Rucksacks und dass ich noch sehr lange zu laufen hatte. Ich entschied mich für eine Pause in der Cafeteria und ging danach in die überraschende Kühle hinaus, in karge und alles andere als tropische Gefilde. Ein Wanderwegweiser streckte mehrere Arme nach allen Himmelsrichtungen aus und meine Füße schlugen den Weg nach Trogenbach ein. Ich schaltete das Handy wieder an und kurz darauf piepte Rosis Nachricht auf. „Geht es dir gut? Melde dich!" Ich schrieb: „Alles gut. Laufe nach Trogenbach." Kurz danach leuchtete eine Antwort auf: „Gute Begegnungen! Regen- und sturmfrei, nicht wie bei Karl. Genieß es!" Sie glaubte, mich motivieren zu müssen, dabei kam ich wunderbar ohne sie klar.

Die Frische war belebend und anders als bei Karl schien zwischendurch die Sonne, weil zunehmender Westwind die Wolken auseinandertrieb und vor sich herjagte. Nach den letzten Häusern führte der schmale Weg, begleitet von Kirschbäumen, an einer von Blumen übersäten Wiese entlang. Insekten summten. Links hatte man auf einer etwas tiefer gelegenen Fläche einen neuen Sportplatz angelegt. An der nächsten Biegung erreichte ich den Waldrand. Unter den Fichten war die Erde trocken und warm, überall lagen Zapfen herum. Ich blieb stehen. Mir war eine Idee gekommen, und ich schob meine inneren Widerstände dagegen beiseite, weil Rosi Ideen dieser Art sicherlich gut fand. Ich sammelte Zapfen und legte damit auf einer besonnten Fläche zwischen den Wurzeln eines dicken Baumstamms vier Buchstaben, „KARL". Es fühlte sich an, als wäre ich ihm und dem Grund, weshalb er diesen Weg gegangen war, dadurch ein bisschen nähergekommen. Eine Weile blieb ich neben der Schrift sitzen, beobachtete, wie ein grünschillernder Laufkäfer über Steinchen kletterte und hörte zu, wie die Nadeln über mir im Wind rauschten und die Zapfen knackten, dann folgte ich den Windungen des Wegs zwischen Fichten hangaufwärts, bis es wieder eben wurde. In den beiden Furchen hatte sich kniehohes Gras ausgebreitet, das vom nächtlichen Regen noch feucht war. Schnurgerade zog sich dieses grüne Band durch den Wald. Von fern kam mir ein Paar entgegen. Spät sah ich den großen Hund, der aufmerksam den kräftigen Kopf reckte. Alle drei blieben stehen und starrten mich an, und der Mann fasste das Tier am Halsband. Auch die Frau griff danach, als bräuchte es doppelte Kraft, um zu verhindern, dass es sich auf mich stürzte und mich zerfleischte. Mir kamen Zweifel, ob das die Art Begegnung war, die mir Rosi gewünscht hatte und ich fragte vorsichtshalber, ob ich ebenfalls stehen bleiben sollte. Kaum hatte der Mann: „Nein, ruhig weitergehen" gesagt, fing der Hund an zu knurren und versuchte wie wild, sich zu befreien. Ich lief einen Bogen. Die Hundebesitzer hielten mit vereinten Kräften den inzwischen ohrenbetäubend bellenden Hund zurück. „Denk an etwas Positives!", schien Rosi zu rufen, die mir empfohlen hatte, Hunde zu ignorieren, die gingen angeblich „ihren eigenen Geschäften nach". Ich stellte mir vor, der Hund sei aus dem Tierheim und würde vom Menschenfresser zum Menschenfreund umerzogen, doch auf einmal spürte ich, dass es die Angespanntheit der Leute selbst war, die der Hund zum Ausdruck brachte. Tiefes Knurren und lautes Gebell wechselten sich ab, während er auf dem schnurgeraden Läufer aus Gras am Halsband weitergezerrt wurde.

Mir ging durch den Kopf, dass Karl diesem Hund nicht begegnet sein konnte, eine halbe Ewigkeit war inzwischen vergangen und Karl war lange tot. Ich wurde langsamer, blieb stehen und drehte mich um, niemand war mehr zu sehen, nur ein grünes Band in einem Wald aus gleichförmigen Baumstämmen. Plötzlich fühlte ich mich sehr allein. Eine Weile hielt ich das aus, dann rief ich erst leise, dann immer lauter Karls Namen. Natürlich erhielt ich keine Antwort, auch kein tröstliches Wunder zeigte sich, nach denen ich laut Rosi in Krisen aller Art Ausschau halten sollte. Als sie mir diesen Rat gegeben hatte, war ‚Krise' schon seit längerem zu einem Fremdwort für mich geworden. Rosi schien mir in manchem voraus zu sein. Mir fiel ihre Reaktion zu Anfang unserer Bekanntschaft ein, als ich noch an Beziehung geglaubt und behauptet hatte, man sei zu zweit nicht alleine. „Denkst du das wirklich?" hatte sie mich ungläubig angesehen und gelacht: „Gabe, du meinst das doch wohl nicht im Ernst?" „Doch!", gab ich trotzig zurück. Sie wurde still und hatte dann mit ihrer sanftesten Stimme gesagt: „Gabe, man ist immer allein, auch in einer Beziehung. Immer." Wir hatten vereinbart, nicht über die Vergangenheit zu reden, aber in diesem Moment hatte mich brennend interessiert, wie sie zu dieser Überzeugung gekommen war.

Auffliegende Amseln und krächzende Eichelhäher hatten wegen meines Geschreis mittlerweile die ganze Welt vor mir gewarnt. Der Himmel war dunkel geworden und ich hatte nichts gegen den Regen mit. Die Sehenswürdigkeiten Trogenbachs würden mir verborgen bleiben, ich kehrte um. Niemand kam mir auf dem grünen Weg entgegen, die Zapfen formten nach wie vor den Namen, der Sportplatz war ohne Spieler und ohne Ball. Zwei Tage noch bis zur Sommersonnwende, der kürzesten Nacht des Jahres. Überall an den Laternen hingen Plakate mit der Ankündigung des örtlichen Sonnwendfeuers.

Abends saß ich bei Salat und Pommes im Gasthaus. Auf dem Tisch brannte eine Kerze in der Farbe der Bettwäsche, die zu Hause auf mich wartete. Die Wirtin konnte nicht kassieren, weil ihr Mann den Schlüssel für die Kasse mit sich herumtrug. Nach seinem Eintreffen bezahlte ich und überlegte, ob es das wert war, so viel Geld auszugeben für meinen unüberlegten Ausruf, nach der Arbeit im Museum das Weite suchen zu wollen und für Rosis Schnapsidee.

Das Klopfen von Schnitzelfleisch drang hoch bis in mein Zimmer, das alte Haus schien vor Freude über Gäste vom Keller bis zum Dach zu erzittern. Draußen zog die Gewitterfront weiter, die sich bei meinem Gang durch den Wald angekündigt hatte. Eine dünne Decke aus federähnlicher Schichtbewölkung blieb am Himmel haften und über der anderen Talseite quollen die Silhouetten dunkler Wolken auf, deren Ränder von Helligkeit umstrahlt waren.

Mir fielen auch ohne Wandern die Augen zu, selbst zum Fernsehen war ich zu müde. Kurz vor Mitternacht weckte mich Stimmengewirr. Musik und Gesänge hielten mich bis halb vier Uhr wach, dann zirpten die ersten Vögel. Ich stand auf und sah aus dem Fenster. Der Himmel hatte sich eine graue Wolkendecke übergezogen, an deren östlichen Rand

das helle Orange des anbrechenden Tages leuchtete. Im Erdgeschoss eines Hauses brannten Lichter, dort war die Party
noch in vollem Gang, und von Westen näherte sich leises
Donnergrollen. Plötzlich kam Wind auf, der im Fensterrah-
men befestigte Vorhang blähte sich auf und eine Ecke löste
sich. Ich schloss das Fenster und hörte dem Trommeln des
Regens vom Bett aus zu. Donner kam näher und entfernte
sich in einer sich steigernden und wieder sinkenden Abfolge
von Tönen.

Tag 4 Sehnsucht

Um kurz vor fünf sah ich noch einmal auf die Uhr, dann schlief ich zu sanfterem Tropfenkonzert endlich wieder ein, bis der Singsang der Wirtin im Treppenhaus zu hören war und das Husten ihres Mannes als Antwort, es klang wie „Jaja". Nach einem Blick auf die Uhr sprang ich auf. Mein Rücken nahm mir das Tragen des Rucksacks immer noch übel, er und der Schlafmangel hatten sich verbündet und wollten meinen Aufbruch verlangsamen, aber ich beugte mich über das kleine Waschbecken, ließ das kalte Wasser laufen und entdeckte, dass meine Handflächen perfekt zu meiner Gesichtsform passten. Beide schmiegten sich aneinander wie zwei lang voneinander getrennte Freunde.

Wie am Tag zuvor saßen die zwei Männer beim Frühstück, wieder waren sie schweigend in ihre Handys vertieft, ab und an hielten sie einander wortlos das Display vors Gesicht und lachten. Der Wirt brachte mir den Kaffee, seine Frau hatte sich schon am Abend von mir verabschiedet, sie müsse bis halbzwölf aufbleiben und dann das Buffet richten, am Vormittag habe sie frei.

Rosi meldete sich und ich berichtete in aller Ausführlichkeit, was ich erlebt hatte, besonders das mit dem Hund und der halb durchwachten Nacht. Es klang in mir nach wie ein einziges Gejammer, doch sie sagte: „Du machst das prima, Gabe!", und zeigte sich unbeeindruckt. „‚Lebe wild und gefährlich', den alten Spruch kennst du doch sicher. Kein Grund, ans Aufhören zu denken, wenn's mal knirscht. Oder willst du etwa kapitulieren?" „Keine Spur! Was ich anfange, bringe ich auch zu Ende, das weißt du doch", beteuerte ich, „obwohl es hart an der Grenze ist, wenn du verstehst, was ich meine, und kein Spaß, von einem Hund fast aufgefressen zu werden, während du mit Jim gemütlich im Café oder sonst wo sitzt." Sie blieb ungerührt: „Du hast es überlebt, oder? Nimm dir ein Beispiel an Jesus, an Buddha, an Mohammed oder an den Propheten, die haben sich alle nicht von Gefahren abschrecken lassen. Du musst einfach Jesus folgen. Hat er ja auch gesagt: ‚Folget mir nach', stimmt doch, oder?" Ich atmete tief durch. „Dann bring mir wenigstens Süßigkeiten vorbei", forderte ich, „und bei der Gelegenheit darfst du mich gerne ablösen." Mit gespielter Empörung meinte sie: „Gabe, wenn man nach Prinzipien lebt, hat man sowas doch nicht nötig. Leute essen Süßes, weil sie die Wahrheit verdrängen und wegschauen wollen, sie brauchen Trost und stopfen ihre innere Leere damit zu, aber sie werden nie satt, ganz tief in ihnen schreit etwas anderes. Du bist doch längst weiter."

„Und das erzählst du mir jetzt, nach dem Frühstück", fragte ich mit gespieltem Erschrecken, „wenn ich das gewusst hätte, hätte ich nicht so viel Marmelade zu mir genommen." Sie lachte: „Mit dir habe ich Nachsicht, du musst dich stärken, schließlich bist du Anfängerin in all diesen Dingen!" Mein „Dankeschön!" ignorierte sie. „Ich muss dir unbedingt noch etwas über Kleintrogenbach erzählen, Gabe." Anscheinend hatte ich irgendeine Sehenswürdigkeit verpasst. „Ich bin bei der Zimmersuche darauf gestoßen", sagte Rosi eifrig. „Als die Grenze gezogen wurde, ist etwas Merkwürdiges passiert, man hat sie nicht am Ort vorbei geführt, sondern drei Häuser wurden förmlich ausgeschnitten, wie ein Blinddarm gehörte diese Ausstülpung fortan zu DDR-Gebiet. Keinen hat das weiter interessiert und die Leute haben ihr Leben weitergelebt, bis die Grenze mit Zaun, Wachtürmen und Stacheldraht befestigt worden ist, da hat man den Zipfel einfach abgekürzt, und die Häuser hat man vergessen. Die Leute bekamen Angst, packten ihre Sachen und flohen, die Gastwirtschaft wurde aufgelöst, nur eine Familie blieb und überstand die folgende Zeit unbeschadet, bis das Stückchen der BRD zugeschlagen wurde, als man solche Falten im Eisernen Vorhang geglättet hat." Erwartungsvolle Stille trat ein. Ich war zugegebenermaßen beeindruckt: „Dann muss es die Häuser also noch geben?" „Ja, zumindest eines, die beiden anderen, heißt es, sind verfallen, vielleicht hat man sie abgerissen. Schau doch mal hin, es muss am anderen Ende der Straße sein, in der du übernachtet hast." Rosis Stimme wies einen stolzen Unterton auf, endlich hatte sie mich weiterbilden können.

Ich packte meine Sachen und sah mich ein letztes Mal im Zimmer um. Alles war etwas fadenscheinig – ein schönes Wort für eine Schreibaufgabe, dachte ich. Mein Block war bisher leer geblieben, Schreibaufgaben hatte ich noch kein einziges Mal vermisst. Das kleine Zierkissen auf dem großen viereckigen Kopfkissen besaß drei Löcher, dafür fehlte dem Bettbezug ein Knopf, die Fernbedienung des Fernsehers war unzuverlässig, die Klospülung launisch und der rissig gewordene Vorhang am schrägen Dachfenster verlor regelmäßig den Halt, mehr als einmal hatte ich die kleine Zwirnsschleife wieder in das Häkchen gefädelt. Die rustikal verputzte Wand hinter dem Kopfkissen war von den Köpfen der vielen Monteure bräunlich gefärbt, die sich nach getaner Arbeit vom Bett aus beim Fernsehen entspannt hatten. Ich ging ein letztes Mal aufs Klo, auf der vergilbten Oberfläche des Badezimmerschranks hing ein Haar und formte ein dunkles Fragezeichen, dann brach ich endgültig auf, sah noch einmal die Straße hinunter bis zur Rauchfahne der Glasfabrik, und lief an meinem eigentlichen Abzweig zum Friedhof vorbei, um nach Zeugnissen von Rosis Grenzgeschichte zu sehen, die ja eigentlich mehr mit Karl zu tun hatte als mit ihr und mir. Wirklich stand ein originaler Grenzpfosten auf einem kleinen Gedenkplatz am Rand der nächsten Kurve. Ein Schild mit der Aufschrift „Halt! Hier Zonengrenze!" warnte vor dem Weitergehen und zwei große Tafeln zeigten auf Kartenausschnitten den ehemaligen Grenzverlauf und Fotos von den betroffenen Häusern.

Hier wurde es einem sehr schwer gemacht, die Vergangenheit auszublenden. Ich kehrte den Schildern den Rücken zu und lief zu meiner Abzweigung zurück. Manches Vergangene blieb einfach stehen, man ließ es in Ruhe verfallen, anderes grub man wieder aus und schaute absichtlich darauf zurück. Seit meinem Aufbruch vor drei Tagen machte sich Vergangenes breit wie der Maulwurf in der Wiese neben mir, beim Abendessen war es die orangefarbene Kerze in der Farbe meiner Bettwäsche gewesen, beim Frühstück die alten, lange nicht mehr gehörten Schlager im Radio des Gastraums und jetzt die Zeugnisse des Grenzverlaufs. Ich schob die Gedanken an die Vergangenheit beiseite, als ich auf dem Platz vor dem Friedhof durch die Pforte der Heckenrosen auf meinen Wanderweg schlüpfte. Gedanken und Erinnerungen, die aus irgendwelchen Tiefen an die Oberfläche trudelten, waren Dinge, die eigentlich kein Mensch brauchte und ich schon gar nicht. Ich hatte auf Karls Weg ein Stück zurück bis auf den Kamm zu laufen und würde an der Hangkante entlang durch Nadelwald dem nächsten Ziel entgegen wandern, Glockenstadt.

Auf dem Höhenweg kam mir zum ersten Mal an diesem Tag jemand entgegen, eine hochgewachsene Frau mit kurzen weißen Haaren und einem leuchtendroten Wanderrucksack. Ich grüßte sie neugierig, doch sie brachte nur einen halb verwehten Gruß zustande, ohne Augenkontakt. Das brachte mich eine Zeitlang aus dem Takt und als ich merkte, dass ich mir den Kopf darüber zerbrach, weshalb andere Leute mich ignorierten, packte ich an der nächsten Bank am Berghang meine Trinkflasche aus und spülte mit dem Blick auf grüne Hügelketten den komischen Nachgeschmack der Szene hinunter. Ich hatte nicht vor, mich zu einem Sensibelchen wie Rosi zu entwickeln.

Stimmen kamen näher. Erst begegnete man stundenlang niemandem, dann gleich mehreren Leuten auf einmal. Ich war entschlossen, mich diesmal nicht irritieren zu lassen, mochten sie grüßen oder nicht. Zwei Frauen blieben auf dem

Weg hinter mir stehen und redeten darüber, dass die Burg in der Ferne zu DDR-Zeiten ein Gefängnis gewesen war. Eine Männerstimme lobte die Aussicht, dann erklang in meinem Rücken ein lautes Jodeln und ich drehte mich um. „Habe ich Sie aufgeweckt?", fragte ein älterer, großgewachsener Mann, der sich auf seinen Stock stützte. Er fand das wohl witzig. „Nein, ich war wach!", antwortete ich und sah wieder geradeaus. Seine Begleiterinnen sagten: „Lass der Frau ihre Ruhe!" und: „Komm, wir gehen weiter." „Ich werde doch bei dieser schönen Aussicht nicht einfach weitergehen", protestierte der Mann, „lauft ruhig voraus, ich komme nach." Er setzte sich neben mich auf die Bank und rief den Frauen, zu denen sich ein weiterer Mann und Kinder gesellt hatten, hinterher: „Das ist die Huldburg!" „Ja, darüber haben wir gerade gesprochen", war noch zu hören, ehe die Gruppe langsam weiterging. „Wissen Sie", sagte der Mann zu mir, der mit seinem blauen Käppi, dem weißen gerade geschnittenen Bart und der klaren Aussprache wie jemand aus Norddeutschland auf mich wirkte, „das war früher, zu DDR-Zeiten, tatsächlich ein Gefängnis. Ein Freund von mir war gerade verurteilt worden, er hatte einen Fluchtversuch unternommen und sollte dort eingesperrt werden, als die Wende kam. Das hat ihn gerettet, sonst wäre er wohl weitergeschickt worden nach Kasachstan oder sonst wohin nach Russland, zur Zwangsarbeit." Er stützte sich auf den Knauf seines Gehstocks und erzählte, dass er ebenfalls mit der Staatsführung Schwierigkeiten bekommen habe, er sei in kirchlichen Kreisen tätig gewesen. „Was ist das nur für eine schöne Landschaft, nicht wahr?" rief er dann unvermittelt aus. „Gottes Werk, und das hat das Volk vierzig Jahre nicht sehen wollen, gewissermaßen entgöttlicht, wie es ja war. Der Sozialismus hat die Religion ersetzt." „Gott ist für mich auch kein Thema", sagte ich, worauf er mich prüfend ansah und nickte, „aber ich fand es anfangs seltsam, dass die Leute im Osten Probleme mit dem Wort Himmel haben", fügte ich hinzu.

„Ah, Sie haben auch schlechte Erfahrungen mit Bürgern jenseits der Grenze gemacht. Das wundert mich nicht." Er sprach von der Grenze, als sei sie noch immer vorhanden. „Ich darf das sagen. Ich bin ein ehemaliger DDR-Bürger und stamme aus Südthüringen, wissen Sie. Ich bin 1942 geboren. Seit meine zweite Frau bei mir in Brandenburg lebt, sie kommt aus Schweden, sagt sie immer: ‚Was ist mit diesen Menschen los? Sie sind so verschlossen.'" „Ein bisschen stimmt das", bestätigte ich, „die Leute sind auf den ersten Blick herzlich, aber dabei bleibt es dann." „Ja, ich lass dich an meinen Pelz, aber nicht weiter", bekräftigte der Mann, „nicht an meine Haut. Darüber reden, was mich wirklich umtreibt? Nein, das bleibt alles auf einer oberflächlichen Ebene." „Man muss sich aber auch vorsehen heutzutage. Und das betrifft nicht nur ehemalige DDR-Bürger, finde ich. Heutzutage handeln die wenigsten Leute nach Prinzipien. Viele Menschen sind haltlos, essen zu viel, werden krank oder neurotisch." Er sah mich an: „Welche Prinzipien meinen Sie?" „Na, Klarheit, Beharrlichkeit, Konsequenz und Distanz zu Modeerscheinungen, das meine ich. Im Jetzt leben. Wenn die Leute nicht immer ihrer Vergangenheit und irgendwelchen verlorenen Dingen, Kriegen oder Möglichkeiten nachtrauern würden, könnten sie sich auf das Wesentliche konzentrieren, denken Sie nicht auch?" Er ließ den Blick über die bewaldeten Hügel schweifen: „Was Klarheit angeht, gebe ich Ihnen recht, aber für mich gehört auch dazu, die Vergangenheit anzuschauen. Die muss man an sich herankommen lassen und durcharbeiten, sonst bleibt Manches ungeklärt und man nimmt die alten Probleme mit in die Zukunft. Man kann sich dann davon nicht befreien und zu der Klarheit finden, von der Sie sprechen." Ich war etwas enttäuscht, dass er nicht auf die anderen Prinzipien eingegangen war, aber ich konnte verstehen, dass jemand, der so viel erlebt hatte, wohl um etwas Rückwärtsgewandtheit nicht herum kam. Er erzählte, er habe vor kurzem eine schwere OP überstanden und einen Teil der Lunge hergeben müssen, weshalb er gezwungen war, beim Spazierengehen oft Pausen zu machen. „Ich habe schon ein bisschen auf die andere Seite gesehen", lächelte er ernst. Mir fiel ein, dass Rosis Tante Mina dasselbe gesagt hatte.

Seine Gruppe war bereits weit voraus, sie hatte den nächsten Aussichtspunkt erreicht, links von uns waren im Gegenlicht dunkle Silhouetten zu sehen. Der Mann machte keine Anstalten, sich zu erheben. Seine blauen Augen erinnerten mich an andere blaue Augen und ich hoffte, er würde weitergehen. Stattdessen fing er wieder mit früher an und begann, vom Schicksal seines Vaters zu berichten, der kurz nach seiner Geburt in einem Ort auf der Krim auf eine Mine gefahren war. „Stellen Sie sich vor", sagte er, „neulich hörte ich in den Nachrichten genau diesen Namen, den Namen der Ortschaft, in der mein Vater starb. Das ist da, wo die Russen sich heute gegenseitig die Schädel einschlagen. Ich war erschrocken und dachte, kann das denn sein, jetzt findet wieder ein Krieg dort statt. Mein Vater hat sich damals von seinen Eltern das Versprechen geben lassen, dass Mutter und ich in ihrem Haus wohnen dürften, wenn ihm etwas zustoße, und das Versprechen haben sie gehalten. Er wusste nämlich, dass er sterben würde, er hatte etwas wie eine Vision. Nachts ist er aufgewacht, saß schweißüberströmt im Bett und rief: ‚Meine Beine sind weg, meine Beine, mein Arm!' Das hat mir meine Mutter selbst erzählt, und das waren genau die Verletzungen, an denen er gestorben ist." Er seufzte. „Als Kind habe ich nur Tränen und schwarze Kleidung gekannt. Einmal habe ich zu meiner Oma gesagt: ‚Oma, zieh doch mal was Buntes an.' Da hat sie gesagt: ‚Ach, ich hab doch nur Schwarzes, im ganzen Schrank ist nichts mehr anderes'."

Ich stand auf und streckte mich, es war mir nun doch zu vergangenheitslastig geworden. Auch mein Banknachbar erhob sich. Mittlerweile war die Gruppe umgekehrt und kam wieder auf uns zu. Ich hatte den Eindruck, die Leute waren durch sein langes Ausbleiben verärgert. Die weißhaarige

Frau mit dem fein gezeichneten Gesicht sah mich aufmerksam an. Der Mann neben mir war verstummt, wie aus Achtung und Anerkennung ihr gegenüber. „Wohin gehen Sie?", fragte die Frau mit Blick auf meinen Rucksack. „Ich laufe einige Tage an der ehemaligen Grenze entlang, vielleicht bis nach Born", antwortete ich, worauf sie nur erwiderte: „Ach, die Grenze." Es schwang Trauer mit.

Ich war noch nicht weit gegangen, als ein Jodeln mir sagte, dass der alte Mann wieder Ausschau nach den Hügeln hielt. Beim nächsten Aussichtspunkt drehte ich mich um und sah, wie ein Mensch, ob weiblich oder männlich war nicht zu erkennen, am Rand des Hangs die Arme in die Höhe hob, während einige dunkle Schatten sich daneben bewegten.

Mir fiel ein Gespräch mit Rosi ein, die einige Wochen zuvor das Wort „Sehnsucht" als Schreibaufgabe ausgewählt hatte. Ich hatte mir nicht die Bemerkung verkneifen können: „Sonst hast du handfestere Themen." „Sehnsucht ist etwas Handfestes, meine Liebe. Früher habe ich das ganz deutlich gespürt, in der Magengegend, als Loch, das gefüllt werden wollte." „Meinetwegen, aber heute? Jetzt ist das Thema doch durch?" Rosi lächelte: „Mit Torte war das Loch nicht zu stopfen. Es hat ein bisschen gedauert, bis das bei mir ankam. Das muss ich mir auch heute immer wieder klarmachen." „Und wie geht man anders mit solchen Löchern um?", hatte ich sie gefragt und mich insgeheim über den guten Zustand meines Körpers gefreut. Rosi war aus ihrem Schuh geschlüpft und hatte sich ungezwungen ihr Bein auf dem Sofa untergeschoben: „Es war ja nur aufgetaucht, weil ich mich verbogen und meine Bedürfnisse verdrängt hatte. Ich musste erst mal verstehen, dass diese Sehnsucht ein Signal meines Körpers war. Er hat gesagt: Dir geht's doch nicht gut, Mädel, was ist denn los mit dir? Das hat mir geholfen, dieses Loch zu spüren und auszuhalten, dass ich nicht perfekt bin. Lach nicht, ich weiß das, auch wenn du es nicht für möglich hältst. Jedenfalls habe ich begriffen, wie ich mich hätte richtig verhalten müssen und was ich eigentlich hätte sagen oder tun sollen und dann lösten sich die schlechten Gefühle auf. Voila!" Sie hatte entschlossen nach der Kuchengabel gegriffen und sich ein Stück Torte in den Mund geschoben. Kauend sagte sie: „Sehnsucht ist wichtig, damit wir uns selbst erkennen." Das war derart allgemein gehalten, ich verstand nicht, wie sie von dieser schwammigen Annahme ähnlich überzeugt sein konnte wie ich von meinen Prinzipien. Nur das mit dem Loch konnte ich nachvollziehen, mir kam meine Kindheit in den Sinn, der dunkle Schatten meines Vaters auf dem weißbestäubten Boden der Backstube, nachdem der große Sack Mehl, auf den ich geklettert war, umgefallen war. „Gabe?" Jims Stimme hatte das Bild verschwinden lassen. „Ja?", ratlos sah ich ihn an. „Du bist dran", sagte er sanft, und ich hatte mich in das Verlesen meiner irrwitzigen Geschichte gestürzt, einer Geschichte, in der Igel die Hauptrolle spielten.

„Igel haben Sehnsucht nach dem Meer. Sie kennen nichts, wonach sie sich mehr sehnen. Denn jeder Igel hat von seinen Eltern und Großeltern gehört, dass das Meer existiert, dass sein Rauschen gewaltig ist und seine Weite unendlich. Von Generation zu Generation wurde die Erzählung weitergegeben, dass in der Schwärze der Nacht, unter der das Meer schlafend liegt, manchmal Spiralnebel sichtbar werden, durchscheinende löcherähnliche Lichtpunkte in unendlicher Raumtiefe. Woher wisst ihr das? haben seit jeher die Igelkinder ihre Eltern und Großeltern gefragt, wart ihr schon dort? Nein, wir waren noch nicht dort, hatten sie stets geantwortet. Aber wie könnt ihr dann wissen, wie es dort aussieht, dass es dort rauscht? Was ist das Meer? bohrten die Igelkinder nach. Und die Älteren antworteten, sie wüssten es eben. Meist gaben sich die Jüngeren zufrieden, doch ab und an ließ eines nicht locker und erfuhr, wenn sich jemand zu reden bequemte, dass das Meer sowohl eine staubige als auch schleimige Angelegenheit wäre, je nachdem. Das Meer habe viele Erscheinungsformen. Das Rauschen wäre manchmal groß und manchmal klein, je nachdem. Die Größe des

Meers hänge von der Größe der Schnecke ab, je nachdem. Von welcher Schnecke? fragte das Igelkind störrisch und neugierig nach. Wir treffen auf unseren nächtlichen Streifzügen oft auf leere Schneckenhäuser, war die Antwort, in ihnen rauscht es, wenn man sein Ohr daran hält und lauscht. Je größer die Schnecke gewachsen ist, desto lauter rauscht es. Es kann auch sein, dass das Haus halb mit Erde gefüllt ist, dann ist das Rauschen leiser. Es kann auch sein, dass Moos in den Hohlraum gewachsen ist und dort wohnt, dann erscheint das Rauschen dumpfer und verhaltener. Bei den kleinen Schnirkelschneckenhäusern ist es mit höheren Tönen durchsetzt, bei den winzigen Turmschnecken klingt es eher klirrend. Das Meer ist groß und weit wie die Vielfalt der Töne, es ist nass und schleimig, wenn wir mit der Nase auf ein bewohntes Haus stoßen, es ist trocken, wenn es in Scherben zerbricht. Und dass beim genauen Hinsehen all die Sternbilder in der Spirale auftauchen, das ist das Wunderbarste."

„Respekt, Gabe!", Rosis Augen hatten geleuchtet. „Danke. Das Wort ‚Sehnsucht' hat mich irgendwie an Bilderbücher erinnert", hatte ich verlegen die Schultern hochgezogen. „Beeindruckend." Das war Jims Kommentar gewesen.

Nach zwei Stunden Waldweg legte ich an einem überdachten Rastplatz eine Pause ein, um meinen Zehen frische Luft und mir ein belegtes Brot zu gönnen. Die Schneise einer Stromleitung hatte eine künstliche Lichtung für Wolken von Schmetterlingen erschaffen. Barfuß tat ich einige Schritte bis zu einem von Büschen halb verdeckten Schild. Ich erfuhr alles Mögliche über Schieferabbau und die Geschichte eines Steinbruchs, bevor ich den fast zugewachsenen Steg aus Eisen neben dem Schild bemerkte. Nach zehn Metern stand ich ganz vorn auf dem Metallgitter, direkt an einem mehr als vierzig Meter tiefen Abgrund. Über Baumkronen hinweg fiel mein Blick in eine dunkle Grube mit senkrechten, schräg aufgefalteten Felswänden. Der stillgelegte Bruch war erst über, dann mittels Stollen auch unter Tage abgebaut worden und wegen geringer Ausbeute schon vor mehr als hundert Jahren aufgegeben worden. Mir fiel die Schreibaufgabe ein, die Jim einmal gestellt hatte, „Schwarze Löcher". Er hatte wohl die schwarzen Löcher im Universum im Sinn gehabt, aber ich hatte einen Text über Gott erfunden, um Jim ein bisschen zu ärgern.

Ich betrachte das Schwarz und erkenne staunend, es ist Gottes Wohnung. Gott hat es gern gemütlich, er ist durch und durch entspannt, weil er Entspanntsein liebt, vielleicht macht er auch den ganzen Tag nichts anderes als Dinge zu tun, die er mag. Ob und wo Gott schläft, weiß keiner. Er hat überall in der Wohnung unterschiedliche Wiesen angesät, auf denen er barfuß läuft, und zwar so achtsam, dass keinem der vielen Insekten im Gras ein Leid geschieht. Durch diese Art des Fußbodens herrscht in allen Räumen ein warmes lebendiges Leuchten. In Gottes Wohnung gibt es keine Zimmerdecke, er liebt den Regen ebenso wie die Sonne oder den Schnee. Wenn ihn die Elemente zu sehr bedrängen, kann er sich unter die Bäume stellen, die er hin und wieder über dem Gras hat wachsen lassen, große Esskastanien ebenso wie zarte Birken. Wenn er sich die Nacht wünscht, kommt sie zu Besuch, wenn er sich Gäste wünscht, leisten ihm Engel Gesellschaft. Gott braucht keinen Fernseher, denn alle Bilder, die er je gesehen hat, haben sich auf dem Hintergrund seiner Augen abgebildet. Er hat sie immer bei sich, und manchmal wird ihm, so scheint es, das Herz schwer, dann wird er wohl Dinge sehen, die ihn traurig machen. Aber das ist nur von kurzer Dauer. Gott ist durch und durch Optimist. Liebe, Güte und Freundlichkeit umgeben ihn in vielerlei Gestalt. An ihnen kann er sich immer von Neuem aufrichten, wenn es ihm um die Erde Angst wird, die wegen einer eigensinnigen, von ihm erschaffenen Spezies mehr und mehr in Bedrängnis gerät.

Ich hatte nach dem Lesen lieber nicht nachgesehen, ob sich Jims Augenbrauen gehoben hatten. Rosis Glucksen schien mir Beweis genug dafür zu sein. Ehe er etwas sagen konnte und ohne die Reihenfolge einzuhalten, platzte sie mit ihrem Text heraus: „O Gott, kann ich da nur sagen. Gabe und ich haben uns nicht abgesprochen, das musst du mir glauben, Jim, mein Text hat zwar mit Himmel zu tun, aber auch nicht so, wie du vielleicht erwartest." „Ich erwarte gar nichts", behauptete er, was nicht stimmte, er hatte uns schon immer dazu bringen wollen, quasi einen Schritt zurückzutreten und aus dem Weltall auf unsere Probleme zu schauen. So wie die Medizin seit Jahrhunderten immer tiefer in den Körper und seine Strukturen schaute, sah Jim immer weiter in die Ferne. Manchmal schien mir das Eine gar nicht weit vom Anderen entfernt zu sein, ein mikroskopisch sezierender Blick in beide Richtungen, doch ich mochte Jims Andeutungen, es gäbe Verbindungen zwischen jener Ferne und uns. Er drückte sich allerdings nie klar aus, sondern zitierte Formeln oder sprach von morphologischen Feldern, was auch immer das sein mochte, mir kam es manchmal ein bisschen so vor, als wolle er sich hinter ihnen verstecken. Dann hatte Rosi ihren Text vorgelesen:

„Da war es, das schwarze Loch. Ich beugte mich vor, meine Augen kamen ihm näher und näher, ich schaute hinein und sah tief hinten, fast am Ende der Schwärze, übervoll gedeckte Tische, ein mehr als paradiesisches Bild. Besonders auf die Himmelsspeise war ich gespannt, ich hatte sie mir immer zweifarbig, rosa und hellblau, vorgestellt. Bevor ich sie sehen konnte, strömte mir schon ihr Duft entgegen. Er hatte etwas ungemein Tröstendes, er belebte mein Inneres wie köstlicher Tee. Mundraum und Kehle, alles wurde warm und weich und ich dehnte mich aus und nahm meine Ent-schlossenheit, diese schmackhafte Speise zu genießen, mit in die vibrierende Aura, die mich umgab. Der immer geringer werdende Abstand zu dieser Delikatesse löste ein Pochen meines Herzens aus,

das mit dem Blut bis in die Finger- und Zehenspitzen gepumpt wurde. Die Himmelsspeise befand sich nicht etwa in silbernen Schüsseln, sie waberte über den Tafeln und schillerte in Blau- und Rosatönen wie der Himmel an manchen Abenden im Frühling. Ich trat dicht an sie heran, sie schwebte im Raum und veränderte unablässig Größe und Form. Verzaubert blieb ich stehen, denn die Prophezeiung hatte gelautet, dass diese materialisierte Glücksverheißung sich den Gästen von selbst nähern würde, und so geschah es. Ich brauchte nur den Mund zu öffnen, schon löste sich eine Kostprobe aus dem großen Ganzen und legte sich mir auf die Zunge, pulsierte, vergrößerte ihr Volumen, berührte den Gaumen, und während ich davon kostete, erfüllte mich Liebe und Trost in der reinsten Form, in der allerperfektesten Konsistenz. Ich empfand unaussprechliche Wonne."

Ich musste kichern, als ich an die Szene dachte, und hielt mich am Geländer fest. Rosi war im Gegensatz zu Jims Nüchternheit ein Mensch mit Genießerqualitäten. Kein Wunder, dass sie die Mühen einer solchen Wanderung gescheut hatte. Ich war dafür schon besser geeignet und hatte fest vor, verantwortungsbewusst, konsequent und sparsam bis zum Ende durchzuhalten, auch wenn es nicht einfach war und mir manches gegen den Strich ging. Meine Zehen ließen mich bisher zum Glück in Ruhe.

Glockenstadt lag tief im Tal. Beim Abstieg konnte ich die Windungen von Flüsschen und Bahnlinie sehen, die kurz hinter dem Ort den ehemaligen Grenzübergang passierten, früher hatte man im Zug sicher unangenehme Kontrollen über sich ergehen lassen müssen. Auf einer alten Eisenbrücke mit schräg nach außen ragenden Gittern überquerte ich die Bahnstrecke, diese rostigen Flügel sollten anscheinend verhindern, dass jemand der Oberleitung zu nahe kam oder auf die Gleise stürzte. Am Bahnhofsvorplatz wies ein Schild auf ein Schiefermuseum hin, das erst am späten Nachmittag öffnen würde. Rosi hatte meinen Übernachtungsplatz noch nicht durchgegeben und ich bekam Lust, mich treiben zu lassen und wanderte langsam durch den Ort die gegenüberliegende Talseite hoch, bis ich wieder auf die Spielzeuglandschaft im Tal hinab blicken konnte. Die Bebauung nahm ab und irgendwann lag das letzte Haus hinter mir. Am Ortsausgang machte die Straße eine Kurve, geradeaus ging ein Feldweg weiter und im Dreieck dazwischen beschirmten die Zweige eines riesigen Nadelbaums einen kleinen Rastplatz mit Wanderwegweisern. Ich war im richtigen Moment am richtigen Ort, denn die dunkle Wolke, die der Wind von Westen beharrlich vor sich her geschoben hatte, öffnete sich genau in dem Moment, als Rosi anrief und ich mich unterstellen konnte. Es war schön, ihre Stimme zu hören. „Hörst du es prasseln, Rosi? Das ist ein dicker Regenschauer. Ich bin in Glockenstadt und stehe zum Glück unter einem Baum. Es regnet bestimmt nicht lange, man kann schon wieder weiße Wolken sehen. Vielleicht gehe ich noch weiter, zu einem alten Grenzpunkt." Rosis Stimme war im Regen schwer zu verstehen: „Guck dir doch mal das Zentrum an. Glockenstadt ist ein ganz besonderer Ort. Man hat dort jahrhundertelang Schiefer abgebaut." „Weiß ich", unterbrach ich sie, um die Aufzählung weiterer Einzelheiten abzukürzen, „es gibt sogar ein Museum, vielleicht geh ich rein. Sag mir lieber, wo ich übernachten werde." Rosi diktierte die Adresse. Sie klang irgendwie verhalten und ich fühlte mich unbehaglich, weil ich ihr das Wort abgeschnitten hatte. „Alles in Ordnung, Rosi?" Nach einer Weile meinte sie: „Ja, eigentlich schon, ich bin nur etwas nachdenklich. Gestern habe ich mir mal wieder Videos von BEKAH angesehen. Die gehen mir heute einfach nicht aus dem Kopf. Sieht so aus, als hätte ich etwas verstanden." Mehr aus Pflichtbewusstsein als aus Interesse fragte ich nach, ob sie mir davon erzählen wollte. „Gern, nur jetzt nicht, ich muss das erst noch setzen lassen. Vielleicht später." Augenblicklich machte ich mir Sorgen um sie, sonst erzählte sie immer gern und sofort, was sie bewegte. Laut sagte ich: „Gut, dann beim nächsten Telefonieren", obwohl ich bezweifelte, dass ich die richtige Ansprechpartnerin für das war, was sie beschäftigte. „Ich habe mir eine Schreibaufgabe ausgedacht", gab Rosi überraschend bekannt. „Auch für mich?" „Sicher. Ich hoffe, du kommst dazu?" Mit dem unbestimmten Gefühl, dass sich die Erfahrungen der letzten Tage langsam in mir stauten und die eine oder andere Seite keinesfalls schaden konnte, sagte ich: „Ich glaub schon. Warum nicht?" „Dann rufe ich auf jeden Fall später nochmal an. Bis dann, Gabe."

Der Regen hatte aufgehört und es kühlte ab. Ich konnte den Zug im Tal bremsen hören, ein Traktor knatterte den Berg herauf und verschwand hinter der nächsten Kurve. Rosis Nachdenklichkeit hatte mich beunruhigt. Nichts war mehr sicher, selbst meine Bodenstation schien ins Straucheln zu kommen. Ich ging langsam querfeldein über weite Wiesenflächen, begleitet von kreisenden Gedanken. Der Schlafmangel machte sich zusätzlich bemerkbar und ich geriet durch Brennnesselfelder in einen Nadelwald. Mittlerweile war ich so nervös geworden, dass ich die Hände vor dem Mund zu einem Megaphon formte und „Rosi?", „Karl?" hineinrief. Kaum ein Vogel flog auf. Ich kam ins Laufen und rannte auf einem schmalen Pfad durch nasses Gras bergab, bis ich auf einen breiten Fahrweg stieß, der einen Wegweiser für mich bereithielt. Rechts sollte es zu einer Mühle gehen, das war mir zu weit, ich wollte lieber dem Rundweg zurück nach Glockenstadt folgen, als meine Füße plötzlich stehen blieben. Sie fühlten sich an wie festgewachsen. Von meiner Energie war nichts mehr übrig, ich realisierte, dass ich komplett erschöpft war und fing zu weinen an. Ohne zu wissen, woher die vielen Tränen kamen, weinte ich wie schon lange nicht mehr und gleichzeitig war ich zornig und verfluchte das ganze Unternehmen, vor allem Jim und Rosi, sogar Gunda und Karl, einfach alle, die an der Sache Mitschuld trugen. Am meisten ärgerte ich mich über mich selbst, weil ich nicht rechtzeitig ausgestiegen war, obwohl mir von Anfang an Zweifel gekommen waren.

Irgendwann bemerkte ich von der Sonne auf den Weg gemalte helle Flecken aus Licht und ging ein bisschen hin und her. Es fühlte sich ungewohnt an, so als wäre es noch nicht Zeit, weiterzugehen. Ich sah mich um. Am Rand des Bachs wuchsen Blumen, weißer Klee, eine zarte Glockenblume und ein, zwei gelbe Blüten. Ich pflückte sie und sammelte, was ich noch so fand, Steinchen, Rinde, Flechten und Reste einer Nussschale, dann bettete ich alles unter einen Baum, jedes Stück bekam einen besonderen Platz und am Ende legte ich einen Kreis aus vom Regen abgerissenen Flechten darum. Als ich fertig war, trat ich einen Schritt zurück. Es sah schön aus. Durch die Zweige der hohen Fichten hindurch fiel ein Sonnenstrahl genau auf mein Gesicht. Mir war leichter zumute und ich dachte mit einem Anflug von Zufriedenheit, dass Rosi stolz auf mich gewesen wäre, wenn sie mir hätte zuschauen können.

Auch meine Füße hatten sich beruhigt und liefen zuverlässig wie immer auf einem Teppich aus Nadeln neben dem kleinen Bach her. Eine beeindruckende Fichte mit mächtigem Stamm und starken Seitenästen stand wie eine Wächterin am Wegrand. Nicht weit von ihr entfernt parkte ein Auto mitten auf dem Waldweg, zwei Männer mit Zigaretten in den Mundwinkeln waren mit dem Beladen ihres Anhängers beschäftigt. Ihr großer schwarzer Hund sah mich als erstes, spät rief einer der beiden das Tier zurück, leider vergeblich. Es kam langsam auf mich zu und ich musste an den Neurosenhund vom Vortag denken. Bei jeder Befehlsverweigerung malte ich mir Schlimmeres aus. Zum Glück holte einer der Männer den Hund mit großen Schritten rechtzeitig ein und führte ihn weg. Der Mann am Auto erwiderte meinen Gruß nur mit einem angedeuteten Nicken. Ich war froh, als ich an den Dreien vorbei war und mich ein Schild in einer Spitzkehre auf einen serpentinenreichen Weg bergauf und immer weiter weg von ihnen schickte. An den Rändern der weiten Kurven blühten Blumen, die ich nicht kannte, doch Rosis Papier über die Pflanzen der Gegend steckte unerreichbar tief unten im Rucksack.

Mittlerweile hatte die Sonne alle Regenwolken vertrieben und der Aufstieg war schweißtreibend und anstrengend. Gerade, als ich mich über meinen spontanen Ausflug zu ärgern begann, erwartete mich auf dem nächsten Plateau eine geschwungene Holzbank. Ich krempelte die Hosenbeine hoch und zog das T-Shirt aus, mein Rücken passte perfekt in die Rundung der Lehne. Einzelne Wassertropfen machten sich am Po als kleine kühle Punkte bemerkbar. Unten im Tal kreuzten der Schienenstrang und die belebte Straße windungsreich die kahle Schneise der ehemaligen Grenze. Neben den Gleisen hockte breit der Grenzbahnhof mit seinem Erker und einer größeren Anzahl an Nebengebäuden. Ich lehnte mich entspannt zurück und blinzelte mit halbgeschlossenen Lidern in das Grün. Ein schwacher Wind wehte. An der Spitze eines Grashalms blitzte ein hellblauer Lichtreflex auf, und auch die Spitze einer jungen Fichte am Abhang vor mir, die gerade noch so hoch war, dass sie in mein Sichtfeld ragte, funkelte mir orangegelb zu. Von Blättern und Zweigen grüßten mich Tropfen in allen Regenbogenfarben. Der geschotterte Weg dampfte und von den Tälern stiegen aus dem Nebel Schönwetterwolken empor, die das watteweiche Glücksgefühl zu verkörpern schienen, das sich mittlerweile in mir ausgebreitet hatte.

Gegen Ende meiner kleinen Pause rief früher als gedacht Rosi an. Bevor sie erklären konnte, weshalb sie sich schon jetzt und nicht erst gegen Abend meldete, sprudelte das Geschehen im Wald mit den Blumen und der kleinen Gedenkstätte aus mir heraus. „Aber Gabe, das klingt großartig!" Sie war begeistert, das hatte ich mir gedacht. „Wir sind beide auf dem Weg zur Innerlichkeit, stimmt's?", zog ich sie auf, „ich sitze jedenfalls bequem auf einer großen geschwungenen

Holzbank. Mich haut so schnell nichts um. Willst du mir jetzt von deiner Irritation erzählen?" Doch bevor sie auch nur einen Ton sagen konnte, schrie ich laut: „ Nein! Ich habe eine Zecke, Rosi, unten am Knöchel, gerade gemerkt, so ein Mist, sie hat sich schon festgesaugt. Ich hasse Zecken!" Sie sagte allen Ernstes: „Alles ist eins, Gabe, wie die Finger einer Hand. Egal ob Mensch, Tier, Pflanze oder Stein, wir alle sind aus demselben Ur-Stoff, du bist selbst auch Zecke und die Zecke ist du." „Hör mir mal zu, meine Liebe", sagte ich drohend, „noch so ein Satz und ich komme und lege dich übers Knie! Sag mir lieber, was ich jetzt machen soll." „Na, zieh sie raus. Die kann doch noch nicht lange drin sein." „Und wie?" „Mit einer Pinzette. Oder hast du eine Zeckenzange?" „Du weißt genau, dass ich keines von beiden habe, und wir beide kennen die Person, deren Job es gewesen wäre, daran zu denken!" Mir blieb nichts anderes übrig als es mit den Fingernägeln zu versuchen und es klappte, die kleinen Beinchen der Zecke ruderten hilflos in der Luft, bis ich sie auf die Erde legte und mit einem Stein zudeckte. „Geschafft", meldete ich erleichtert, „und herzlichen Dank für deine einfühlsame Unterstützung. Jetzt zu dir und zu deinem Problem." „Gleich", meinte sie, „erst will Jim dir etwas über den Merkur sagen." Ich fragte mich, ob sich die beiden jetzt täglich trafen. Nach einem Rascheln hörte ich Jims Stimme: „Hallo Gabe, Rosi weiß es schon. Zurzeit findet am Himmel etwas ganz Besonderes statt, der Merkurtransit vor der Sonne." Nach kurzem Gerangel um das Handy war Rosi dran: „Er hat mir ein Foto gezeigt. Es sieht durchs Teleskop so aus, als hätte die Sonne ein dichtes Fell mit ganz vielen weichen Wirbeln, so als ob ein Baby vor der Geburt durch die orangerote Bauchdecke der Mutter ins Helle schaut." Jim war wieder am Zug: „Man sieht hellere und dunklere Flecken und auch Schattenbereiche", und gleich wieder Rosi: „So, als ob sich der Vater von draußen über die Wölbung des Bauches beugt, sein Ohr daran legt und lauscht." Danach setzte sich Jim durch und sagte: „Das allein wirkt schon großartig, Gabe. Und wenn dann noch Merkur als kleiner dunkler Punkt vor dieser Fläche vorbeizieht, dann ist das atemberaubend. Dieser Punkt kann für so vieles stehen. Ich dachte, in deiner Situation solltest du das wissen." Jim verstummte, er konnte sich vermutlich denken, dass ich mit offenem Mund dasaß. Verglich er mich gerade mit Merkur? So eine Analogie sah ihm gleich. „Danke, Jim, das klingt großartig", stotterte ich, „wirklich beeindruckend. Gut zu wissen. Ich denke drüber nach." Stille trat ein, es raschelte und Rosi war wieder dran: „Also, Gabe, nun zu mir, ich kann nicht mehr bis zum Abend warten, ich habe das mit den Videos jetzt kapiert. Es geht um eine Methode von BEKAH. Man muss sich vier Fragen stellen und sie beantworten. Am besten verstehst du es, wenn ich dir ein Beispiel gebe. Früher habe ich mir manchmal Sorgen um Geld gemacht, BEKAH sagt dazu, es gab schon immer eine Menge Leute mit diesem Problem." „Soweit kann ich mitgehen", sagte ich trocken und sie kicherte. „Jedenfalls habe ich dazu ein Arbeitsblatt gemacht, und zwar in der Art, wie sie es vorschlägt, mit Sätzen und Umkehrungen. Gabe, es tat mir wirklich gut, mich ganz ernsthaft darauf einzulassen. Es hat noch einige andere Baustellen angetriggert und das hat mich nachdenklich gemacht. Weshalb beschäftigen wir uns nicht mit unseren blinden Flecken? Das halbe Leben läuft man gedankenlos durch die Gegend. Ich glaube, der Grund ist, dass man Angst davor hat, etwas zu verlieren, Status, Freunde, Anerkennung, oder auch Geld. BEKAH sagt, sie kennt Leute, die sehr viel Geld haben und trotzdem die Angst, es zu verlieren. Sie empfiehlt, sich zu fragen, ob es einem in genau diesem Moment gut gehen würde. Die meisten antworteten ‚Ja', und dass sie weniger Stress hätten, wenn der Gedanke nicht da wäre. Sie meinte dazu: ‚Deswegen liebe ich die Realität, sie ist immer perfekt. Und freundlich. Vieles, was du denkst, raubt dir Energie, sogar körperlich. Du siehst dich ohne Hoffnung und voll Angst, in der Zukunft, die gar nicht da ist'. Sie sagt, man soll die Umkehrungen machen, man soll sie anprobieren wie Schuhe, dann kommt man darauf, dass das Unglück nur in unserer Einbildung existiert. Es braucht ein bisschen Mut, dann verschwindet die Angst und wir können die Dinge sehen, wie sie im Moment sind und sind nicht mehr so blind. BEKAH sagt: ‚Stell dir vor, du wärst arm, krank und ohne Heim auf der Straße, was würdest du sehen, wie würdest du empfinden?' Das habe ich mich selbst gefragt und aufgeschrieben." Bei diesen Worten wackelte Rosis Stimme und auch ich war an diesem Tag weniger davon überzeugt, nichts würde mich umwerfen können. Rosi gestand: „Mir ist klar geworden, was wirklich wichtig ist. Geld ist nicht wichtig. Viel wichtiger ist, dass ich euch beide sehr gern habe, Jim und dich. Manche Leute werden sagen: ‚Ja, na und? Ich muss meine Rechnungen bezahlen!' Dazu meint BEKAH: ‚Schreib es auf: Ich muss meine Rechnungen bezahlen! Ist das wahr? Und werde frei oder nicht. Es gibt einen Weg'." Rosi war still. Zuerst war ich sprachlos. Während des Zuhörens war vor meinem inneren Auge eine Rosi ohne Schwarzwälder-Kirschtorte aufgetaucht, tränenüberströmt und abgemagert, doch mit der Zeit hatte sich ein anderes Bild davor geschoben und es abgelöst, das Bild, wie ich eine Torte buk und wie wir, zusammen mit Jim, sie aßen. Auf einmal schien das Gegenteil von dem, was ich vor einigen Tagen jedem versichert hätte, nicht mehr so abwegig zu sein, nämlich, dass ich nie im Leben eine Torte backen würde. „Rosi", sagte ich schnell und mir wurde ganz heiß, so neu und anders fühlte sich dieser Gedanke an, „ich werde dir, wenn ich zurück bin, eine Torte backen. Mit Maraschinokirschen. Versprochen."

Nach einer kurzen Pause, in der ich fürchtete, sie würde sagen, dass ihr das Risiko, eine von mir gebackene Torte zu essen, zu groß wäre, hörte ich sie ausatmen und stockend „Das ist ein fabelhaftes Angebot, Gabe!" sagen. „Dann ist es ausgemacht, Rosi." Allein das Aussprechen ihres Namens machte mich froh. „Falls ich je wieder nach Hause finde, probiere ich es aus, du musst nichts essen, was seltsam aussieht und seltsam schmeckt. Lass mir Zeit zum Üben. Und zum Nachdenken." Der halbe Nachsatz entlockte ihr das tiefe und glucksende Lachen, das mir vertraut war und löste in mir ein Kribbeln aus. Nach dieser Mission würden Freunde auf mich warten.

Beschwingt trat ich den Rückweg an und kam wieder an der Kurve mit dem Wegweiser vorbei. Der Asphalt war inzwischen getrocknet und auf der Bank hatte eine dreifarbige Katze Platz genommen. Sie ignorierte mein Locken, nur ihre Schwanzspitze winkte mir zu. Ich beschloss, das positiv zu deuten und mit in den restlichen Tag zu nehmen. Mein nächster Programmpunkt war das Schiefermuseum.

Dass die Erde sich unaufhörlich bewegte, und dass auch sie sich auf ihrem Weg befand, mit welchem Ziel auch immer, das war die Botschaft in Raum 1 des Museums. Die rote Überschrift „Die Platten driften" stand wie eine Warnung für mich über den Vitrinen, weil ich mein Prinzip Ortstreue verraten und mich von zuhause wegbewegt hatte. Im halbherzigen Versuch, die in mir entfachte Unruhe zu dämpfen und abzukühlen, war in den Vitrinen wiederholt vom sogenannten ‚Blauen Gold' die Rede, seit Jahrhunderten wurde im Gebiet um die Stadt Schiefer für Dächer, Hauswände und Schultafeln abgebaut. Auf einer riesigen Fototapete wogte mir eine graue Masse von Arbeitern in einer übervollen Halle entgegen. Laut Beschriftung war das Foto 1925 aufgenommen worden. Menschen und Maschinen standen dicht gedrängt. Viele Männer trugen eisenverstärkte Lederschürzen und spalteten mit Werkzeugen senkrecht aufgestellte Steinplatten. In diesem Raum musste ein ohrenbetäubender Lärm geherrscht haben. Kinder, Männer und Greise schauten mich mit ernstem Gesichtsausdruck an. Ich las, das Glätten der

rauen Platten per Hand habe große Mengen an Staub freige-
setzt.

Beim Lesen des Wortes ‚Staublunge' stand mir plötzlich
das Bild meines Vaters vor Augen, wie er mir mitten in der
Backstube mit seiner mehlbestäubten Hand eine Kostprobe
vom Teig reichte. Das pudrige Weiß, das ihn umgab wie ein
Heiligenschein, flimmerte vor dem grauen Hintergrund der
Fototapete. Mit einem flauen Gefühl setzte ich mich auf die
Bank vor den Schautafeln. Auch mein Vater war an zu viel
Staub in seiner Lunge gestorben. Mit einem Mal tat mir eine
Stelle in der Herzgegend weh. Ich war die einzige Besuche-
rin, die Frau an der Kasse telefonierte mit lauter Stimme und
in einem resoluten Tonfall, als wolle sie mich zur Vernunft
bringen. Ich zwinkerte aufsteigende Tränen weg und konzen-
trierte mich auf die Schautafeln. „Bei der Schieferverarbei-
tung entsteht ganz feiner Staub", las ich, „der sich um die
Lungenbläschen legt und sie verklebt, es kommt zu einer
Staublunge". Das war jahrhundertelang mit einer vererbten
Tuberkulose erklärt und erst spät als Berufskrankheit aner-
kannt worden. Als hätte etwas in mir auf diese Anerkennung
gewartet, lösten sich meine Schmerzen während des Lesens
auf und ich fühlte mich etwas besser.

Mit großen Schritten ging ich in die geologische Abteilung, zu Steinplatten mit Bruchstücken von Seerosen, zu
Katzengold und Katzensilber und zu Vitrinen voller Stirn-
lampen und Spirituslaternen. Ich las leise das Wort „Ge-
leucht" vor, ohne dass meine Stimme zitterte, und nahm an,
ich hätte alle Erinnerungen hinter mir gelassen, doch im
nächsten Raum holte mich erneut ein Stück Vergangenheit
ein. Plötzlich lag meine Schiefertafel aus der ersten Klasse vor
mir, mit dem gelblackierten Holzrahmen, den hellgrauen
Linien und dem an einer Schnur befestigten blauen
Schwamm. Die unterschiedlichsten Modelle waren von diesem Ort aus in die ganze Welt exportiert worden, bis nach
Afrika und Indien. Lange starrte ich die Tafel an, bis ich

merkte, wie müde ich war, verzichtete auf den nächsten Raum mit den Gründen für den Aufschwung des Schieferabbaus und verließ das Museum mit dem Eindruck, nichts als schwarzblaue Steinplatten in verschiedenen Größen gesehen zu haben. Draußen an der Hauswand des Gebäudes trockneten meine Wanderschuhe, die ich gegen die Halbschuhe getauscht hatte, und ich blieb mit wattigem Kopf eine Zeit lang auf der Bank sitzen. Irgendwann brach ich zu meiner Unterkunft auf, einem Gasthaus mit Fremdenzimmern.

Durch das weit geöffnete Giebelfenster ließ ich mich von der Abendsonne bescheinen. Der Bach plätscherte angenehm glucksend zum Tschilpen von Spatzen und dem Gezeter einer Amsel, eine Katze schlich durch den Garten des Nachbargrundstücks. Ganz selten war ein Auto zu hören. Die Häuser drängten sich rechts und links der Straße in zwei langen Reihen dicht aneinander. Jedes besaß ein oder zwei kleine Nebengebäude und einen gepflasterten Hof mit Tisch und Stühlen zum Draußensitzen. Über Stufen gelangte man zu den am Hang angelegten Gemüsebeeten, hinter denen steile Wiesenflächen üppige Beerensträucher trugen. Ein Traktor tuckerte mit frischem Gras auf dem Hänger die Straße herunter und bog hinter dem Gebäude in den Hof ein. Es war der Wirt, der mich empfangen hatte und der Futter für seine Ziegen mitbrachte. Früher hatte er Pferde besessen, mit denen er im Sommer Touristen vom Bahnhof abgeholt oder Kindergeburtstagsgesellschaften ausgefahren hatte. Im Winter war anstatt der Kutsche ein Schlitten angespannt worden. Weil es hier überall steil bergauf ging, hatte er beim Erzählen mitfühlend den Kopf geschüttelt, das sei für die Pferde oft nicht leicht gewesen. Als ich ihm von meinem Besuch im Schiefermuseum berichtete, deutete er auf ein gerahmtes Schwarzweißfoto an der Wand, auf dem zwei Arbeiter ein Schieferdach deckten. „Ist das Ihr Haus?", fragte ich. „Nein, das bin ich, der rechts auf dem Foto. Ich war Dachdecker von

Beruf." „Ich dachte, Sie hatten die Landwirtschaft?" „Nur als Nebenerwerb."

Die Frau des Wirts hatte mir ein großes helles Zimmer aufgeschlossen, großzügig wie eine Suite mit einem Doppel- und einem Einzelbett und reichlich Platz für Tisch, Stühle und einen bequemen Sessel mit einem orange-gemusterten Stoffüberwurf aus den 70er-Jahren. Aus dem offenen Fenster des gegenüberliegenden Hauses morste ein geschliffener Kristallanhänger im Luftzug Regenbogenprismen herüber.

In dieser ländlichen Umgebung begegnete ich zu meiner Überraschung beim Abendessen einer Welt, in der von Selbstentfaltung, Energie und spirituellem Erwachen die Rede war. Die Tochter der Wirtsleute hatte sich zu mir gesetzt und war ein weiterer Beleg dafür, dass ich etwas an mir hatte, das die Leute animierte, sich mir anzuvertrauen.

Zuerst redeten wir über die Hitze und dann über die Wanderung. Es stellte sich heraus, dass sie hin und wieder im Himalaya an Treckingtouren teilnahm. Schwungvoll räumte die schlanke Frau mit dem offenen Gesicht den Tisch ab, brachte mir noch eine Saftschorle und schenkte sich selbst ein Wasser ein. Sie drehte ihre blonden, schulterlangen Haare im Nacken zu einem Knoten, steckte ihn mit einer Klammer fest und erzählte, sie arbeite als Masseurin. „Das stelle ich mir sehr anstrengend vor", meinte ich, „so nah an Leuten zu sein, das wäre nichts für mich." „Oh, gerade das ist sehr interessant, es ist wie Lesen." Sie richtete ihre wachen, blauen Augen auf mich: „Immer wieder stelle ich fest, dass sich Körper wirklich alles merken, sie haben unglaublich viel zu erzählen. Früher hätte ich das nie gedacht." Mir war unbehaglich zumute und ich schwieg. Sie trank einen Schluck und erklärte, der Körper sei von Geburt an stets auf Ausgleich bedacht und versuche, alles Einseitige zu kompensieren. „Es kann zum Beispiel sein, dass eine linke Körperhälfte all die Wunden und Lasten speichert, die das Leben einem Menschen zugefügt hat. Wenn ich diese vergangenen Erfahrungen berühre,

144

werden diese Punkte angetriggert und es kann alles ans Tageslicht kommen, was unter der Haut gesessen hat. Alles, was einst geschmerzt hat, wird gerufen und antwortet, so dass die Klienten hinterher oft unendlich müde sind, so als hätten sie Schwerstarbeit geleistet. Aber dadurch hat sich etwas gelöst und anderntags gehen sie verändert in die Welt." Schon zum zweiten Mal an diesem Tag tauchte das Wort ‚angetriggert' auf, Rosi hatte davon gesprochen, im Zusammenhang mit BEKAH. Ich hatte noch nie eine Massage verschrieben bekommen, geschweige denn selbst bezahlt. Solche Wellness-Anwendungen wurden meist von Leuten in Anspruch genommen, die sich zu ernst nahmen. Meine Skepsis war mir wohl anzusehen, denn mein Gegenüber führte ein Beispiel an. „Einmal habe ich einen Mann als Kunden gehabt, der sah aus wie ein Silberrückengorilla und hatte eine Rückenmuskelplatte, so fest und undurchdringlich wie eine Mauer. Ich habe mir schier die Finger abgebrochen in dem Versuch, an sein Muskelgewebe heranzukommen. Der Mann hatte sich gepanzert, der hatte sich in seinem Körper eingemauert und der wollte auch gar keine Tür in diese Mauer einsetzen, noch weniger wollte er, dass ein anderer Mensch einen Schritt in sein Inneres tat. Kein Wort wollte er hören, er wollte nur eine Massage, so viel war klar, sobald er meinen Behandlungsraum betreten hat. Ich habe ihn mit Ellbogen und dem ganzen Gewicht meines Körpers regelrecht beackert. Am Schluss der Sitzung hat er mir ausdruckslos das Geld gegeben und ist gegangen." „Eigenartig", ich war verwundert und beeindruckt. „Ja, nicht wahr?", sagte sie, „und wissen Sie, was ich glaube? Das ist ein stimmiges Bild für unsere Gesellschaft. Wir leben ja hier dicht an der ehemaligen Grenze. Mir kommt es manchmal so vor, dass Ost und West immer noch wie eingemauert sind. Und jede Seite schaut auf die andere und grenzt sich ab. Keiner will wirklich etwas vom Anderen wissen, geschweige denn, etwas über sich selbst herausfinden." Nachdenklich sah sie mich an: „Sie werden ja auf ihrer Wanderung auch Erfahrungen mit Ost und West gemacht haben?" Ich nickte: „Nicht nur auf der Wanderung. Erst neulich habe ich in dem Viertel, in dem ich wohne, einen Aufkleber auf einem Briefkasten gesehen. Darauf war das Gebiet der ehemaligen BRD rot gefärbt und daneben stand: Keine Post von drüben einwerfen!" Sie lachte, während ich mich darüber geärgert hatte, wenn ich ehrlich war. „Es gibt noch viel zu tun, packen wir's an!" Mit diesem Spruch, dessen ‚wir' mich einbezog, ging sie mit federndem Gang an ihre Arbeit. Sie wollte sich um die Hühner kümmern, die mit plüschigen Hinterteilen und braunem Federkleid hinter dem Haus in einem mobilen Gehege scharrten, das nach den Worten des Wirts samt Wagen für die Nester und dem Unterschlupf aus Blech jede Woche versetzt wurde.

Von meinem Zimmer aus beobachtete ich den Hahn, der im warmen Licht der Abendsonne krähte, worauf alle Hühner kurz die Hälse reckten, um dann wieder ihren Geschäften nachzugehen. Manche steckten ihre Köpfe tief in die erscharrten Kuhlen und sahen aus, als wären sie steckengeblieben und zu Stein erstarrt. Die Eier gab es zum Frühstück und sie wurden in einem Automaten verkauft, der nach Geldeinwurf auch Nudeln und Käse, Marmelade und Gummibärchen ausspuckte.

Rosi rief an und gab mir die Schreibaufgabe durch. Wir hielten uns an die Regeln und machten uns gemeinsam an die Arbeit. Zum Thema „Wurzeln" fiel mir etwas sehr Pathetisches ein, was wohl dem Tag geschuldet war und ich las es Rosi langsam vor:

„Ich laufe lange durch den Wald und suche. Ich lasse mir Zeit, denn ich suche den perfekten Baum und hoffe, er wird mir erlauben, dass ich mich an ihm zu schaffen mache. Seine Wurzeln will ich bloß legen, ich will sie dem warmen, weichen Erdreich entreißen und der schützenden, dunklen Geborgenheit zu Leibe rücken. Ich

will sie ins helle Licht zerren und den Augen der Menschen ausset-
zen, die vorbeigehen und ohne Mitleid rufen: „Seht, wie hässlich!"
Ein Beweis dafür, dass ihnen jegliches Einfühlungsvermögen fehlt.
Sie sind selber abgeschnitten von allem. Wie könnten sie mitfühlen?
Unachtsam zertreten sie das zarte Geflecht, mit denen Lebewesen
ein- und ausatmen, Nahrung aufnehmen und verbrauchte Energie
loslassen. Ich werde Wurzeln ausgraben, so viel ich kann. Aber nur
die eines einzigen Baumes. Ich werde weinen dabei. Das ist in Ord-
nung. Es wird mir helfen, mich zu spüren und mich zu vergewis-
sern, dass ich selbst noch Wurzeln habe. Meine Tränen werden den
Boden tränken und das Austrocknen der feinen Äderchen verhin-
dern, bis ich mich genug gespürt habe, mich ausreichend von Neu-
em verankert habe in mir, bis ich ruhig werde und wieder alles mit
Erde zudecke, sorgfältig und liebevoll. „Verzeiht mir!" flüstere ich
den Wurzeln zu, und hoffe, dass sie nicht Schaden genommen
haben. Im nächsten Jahr werden einige Blätter salziger sein als
andere. Im nächsten Jahr werde ich woanders sein."

Rosi lauschte und blieb lange still. Dann hörte ich ein ge-
flüstertes „Schön!" an meinem Ohr. Bevor ich mich für die
weinerliche Anwandlung rechtfertigen konnte, räusperte sie
sich und begann mit ihrem eigenen Text:

„Früher zeichnete die Tänzerin barfuß, gelenkig und mit glat-
ter Haut wie eine Sprungfeder mit ihrem Körper Figuren in den
Raum über der Erde. Jetzt ist sie alt, doch das Wort ‚Jenseits' kann
ihr nichts anhaben, ihre Erinnerungen tragen sie weit durch alle
Nächte, ihre Wurzeln verästeln sich in der Luft. Sie kann gar nicht
sterben, so starke Eindrücke hat sie in allen Räumen hinterlassen,
für immer wird der Staub die Umrisse ihres Körpers bewahren und
auf Abruf abbilden können. Die Freude, die bei jeder Bewegung in
ihr wuchs, wird auf ewige Zeiten als Farbe auf dem Bild des Künst-
lers, der sie malte, überdauern. Sie hat den Stuhl am Tischende
gewählt, um sich kurz hinzusetzen und auszuruhen, bevor ihre
Beine wieder die Unruhe packt, bevor ihr Leib ihr erneut diktiert, zu

tanzen. Ihr Humor ist sprichwörtlich, sagen die Leute, und: Was für ein Leben auf den großen Bühnen der Welt. Jeder versucht, am Zipfel ihres Lächelns etwas Schönes für sich abzuzweigen. So offen ist ihr Gesicht mit den großen bewimperten Fenstern, dass alle Welt sie bedrängt und sowohl das Gute, Schöne wie auch das Dunkle und Schwere in ihr Platz nehmen können. Doch solange sie barfuß und in Verbindung mit der Erde ist, darf alles sein, alles ist groß, alles wogt, denn Stillstand gibt es nicht. Auch nach ihrem Tod, das war sicher, würde sie barfuß wiederauferstehen, vielleicht zahnlos, aber voller Humor. Selbst im Alter trägt sie keine Schuhe. Ich muss auf meine Füße achten, sie haben mir so gut gedient, sagt sie stets, und die Leute glotzen, wenn sie sie durch die Stadt laufen sehen, nah bei den Scherben, die manchmal blau, oft grün und meistens braun die Wege säumen. Am gefährlichsten sind die weißen Glassplitter, doch wie durch ein Wunder tritt sie sich niemals etwas ein noch stößt sie sich die Zehen an den Bordsteinkanten. Sie trägt keine Hosen, sondern wadenlange Kleider, deren fließender Stoff ihre Beine umspielen. Ich lass mich gerne streicheln, sagt sie in jedem Laden ungefragt den Verkäuferinnen. Sie hat auf vielen Bühnen der Welt getanzt, bis sie damit aufhörte, von einem Tag auf den anderen. Seitdem tanzt sie nur mit Bäumen und dem Wind."

„Wunderschön, Rosi, wie kommst du auf sowas?", stammelte ich. „Inspiriert von dir und der Wanderung", seufzte sie glücklich, „hach, das war wunderbar. Schlaf gut, Gabe."

Nachts pochte es wieder in den Zehen. Am nächsten Tag zog ich andere Strümpfe an, nicht die aus Wolle, sondern dünne Baumwollstrümpfe. Das Bild der Tänzerin klang in mir nach und die Füße fühlten sich nach dem Anziehen der Schuhe besser an. Ich verabschiedete mich zögernd. Alle Welt schien es darauf angelegt zu haben, irgendetwas anzutriggern. Ich hatte große Lust, einfach da zu bleiben, wo ich war, mir Zeit zum Reden zu nehmen und zukünftige

Erfahrungen abzukürzen. Sehr weit hatte ich für diese Veränderung nicht gehen müssen.

Tag 5 OstWest

„Am besten, Sie nehmen den Weg über Rotenbuch", sagte die Frau, die ich in einem der Dörfer hinter Glockenstadt beim Spaziergang mit ihrem Hund traf, doch wenn ich ihrem Rat folgte, würde ich auf dem alten Hauptwanderweg jenseits der Grenze landen, im ehemaligen Osten, dort, wo Karl auf keinen Fall unterwegs gewesen sein konnte. Die Hochstraße hatte das alte Wegenetz durchschnitten und Karls Spur wieder einmal verschluckt. Die Alternative war, auf der Straße zu laufen. „Machen Sie das nicht", schüttelte die Frau den Kopf. Ihr Hund, dem ich nicht recht traute, sah mit gelben Augen zu mir hoch und sein Schwanz wedelte sacht, als wolle selbst er mich ermuntern, nachzugeben. „Manchmal muss man sich von seinen festgefahrenen Vorstellungen verabschieden", sagte die Frau. Verwundert fragte ich mich, wie sie wohl zu dieser Einsicht gekommen war und weshalb sie sie gerade jetzt anbrachte. Als hätte sie meine Gedanken gelesen, erklärte sie: „Ich bin vor zehn Jahren in den Osten gezogen und, glauben Sie mir, ich war nicht auf die Unterschiede vorbereitet, obwohl mein Mann von dort stammt. Er sagt immer, wir sollten mit dem ewigen Ost-West aufhören, aber ich habe nur sehr langsam Anschluss gefunden. Und ich werde ausgebremst. Die Leute haben noch nicht verstanden, dass man etwas tun muss, anstatt nach einer Leitung zu rufen, die alles richten soll. Mir fehlt oft der Austausch." Deshalb also erzählte sie einer Fremden diese doch sehr privaten Dinge. Der Hund legte sich ins Gras, als wüsste er, dass sie noch nicht fertig war. „Ich bin Therapeutin, wissen Sie. Schwierige Klienten habe ich genug, aber von denen bekomme und erwarte ich keine Anerkennung. Viele finden das erste Mal Zugang zu Spirituellem, es hat aber noch wenig Platz in dieser Gesellschaft, der Geiz der Leute steht dem entgegen und Muster, die sie sich nicht eingestehen. Sie wollen sich nicht um ihr Inneres kümmern, sondern Dinge um sich sammeln. Sie mussten vieles teilen und denken, Konsum steht ihnen jetzt zu." Täglich eine Ost-West-Analyse, das schien gar nicht abzureißen. Übergangslos betonte die Frau erneut, ich solle dem Hauptwanderweg in den Osten folgen und später, auf der Westseite in der Gegend von Hungerberg, wieder den Einstieg in den alten Weg suchen. „Glauben Sie mir, die Straße ist vielbefahren und gefährlich, ich kenne mich hier mittlerweile aus." Sie sagte es mit einem beschwörenden Ton und ich fühlte mich kurz an Rosi erinnert. Das gab den Ausschlag, ich wollte nicht schon am Beginn der Tour ein Risiko eingehen. Ich nickte, sah dem Hund in die aufmerksamen gelben Augen und wünschte beiden zum Abschied: „Alles Gute!". Anstelle einer Antwort hob die Frau nur ernst die Hand zum Gruß und ging mit dem Hund in Richtung Dorfmitte, während ich die letzten Häuser endgültig hinter mir ließ und mich auf einem schnurgeraden Feldweg auf ein einzeln stehendes Windrad zubewegte. Sein Schatten peitschte den Acker, als würde es ihn für die einsame, ausgesetzte Lage verantwortlich machen. Weit und breit waren nur Felder und Waldränder zu sehen, ich befand mich allem Anschein nach am höchsten Punkt der Gegend. Die ehemalige Grenze musste ganz in der Nähe verlaufen sein. In einiger Entfernung hatte sich ein einsam gelegenes Haus hinter einer dichten Hecke aus Fichten verschanzt, von ihm war es nicht mehr weit bis zur Straße, die das offene Gelände vom Wald trennte. Ich überquerte sie und passierte einen großen Wanderparkplatz. Überall glänzten große schwarze Pfützen. Die Reifen einiger Räder hatten im Versuch, sie zu umfahren, verschlungene Muster hinterlassen. Die breite Schotterpiste im Anschluss hatte man für Radfahrer ausgebaut, ich musste nicht auf Wurzeln achten und konnte meinen Gedanken nachhängen.

In der Bibliothek war ich einmal auf ein Buch über chinesische Kalligrafie gestoßen und hatte mich eine Zeitlang mit den Schriftzeichen befasst. Viel war nicht hängengeblieben, aber an zwei Zeichen erinnerte ich mich plötzlich. Das Zeichen für Baum bestand aus einem Stamm mit Wurzeln und Ästen, stilisiert zwar, aber doch erkennbar, zwei Bäume bedeuteten Wald und drei Bäume Urwald. Und ein Vogel in einem Baum bedeutete: sich sammeln, zusammenkommen. Auf einmal leuchtete mir das ein, wegen all der Bäume, die mich mit ihren dunklen geraden Stämmen und Kronen so gleichförmig umstanden. Das Buch war von einem Europäer verfasst und mit Anekdoten von seiner Chinareise angereichert worden. Um als Gast bei einem berühmten chinesischen Heiler zu lernen, war er mit dem Flugzeug aus Europa angereist, hatte Zug, Auto, Moped und eine Rikscha genommen und war am Schluss zu Fuß gegangen, bis zu dem kleinen Hof vor dem Haus des Heilers. Hier hatten viele Patienten gelegen, die zum Teil schon Nächte dort verbracht hatten, Patienten, die sich übergaben, stöhnten und Schmerzen hatten. Die meisten, schrieb er, waren von Angehörigen begleitet, sie schliefen in diesem Hof und kochten zusammen, soweit es ihnen möglich war. Es gab keine Heizung, das Klo war ein Häuschen außerhalb, in dem es von Würmern wimmelte. Der Europäer bekam eine kleine Hütte ohne Heizung zugewiesen und den Heiler tagelang kaum zu Gesicht, er hielt das bald nicht mehr aus und reiste wieder ab. „Es war ein beeindruckender Mann. Er machte keine Unterschiede zwischen den Patienten und ging unbeirrt seiner Aufgabe nach. Ich habe mich geschämt und war froh zugleich, abgereist zu sein", so in etwa erinnerte ich seine Beschreibung und ich fragte mich, welche Umstände mich dazu bringen würden, diese Wanderung abzubrechen. Meine Zehen beschwerten sich schon wieder.

Der Weg wurde endlich schmaler und führte über Gras und Wurzeln an alten Grenzsteinen vorbei, auf denen die

Wappen wechselnder Herrscher eingemeißelt worden waren. Grenzen hatte es schon immer gegeben, je nach Epoche mehr oder weniger durchlässig und zu Kriegszeiten verteidigt und verschoben. Ich wollte nur an einer entlanglaufen und sie nicht überschreiten, was sich alles anders als einfach gestaltete. Im Moment war ich froh, ungestört unterwegs zu sein. Von Aufarbeitung hielt ich wenig. Die Geschichte war vorbei und im Nachhinein nicht zu ändern. Lebensetappen waren wie Wanderungen, man musste sie einfach absolvieren, deswegen schüttelte ich alle Gedanken an chinesische Zeichen und vergangene Zeiten ab und ließ meinen Blick in den nächsten Stunden über Bäume und Gewächse am Wegrand schweifen. Ab und an riefen mich Schilder dazu auf, die Natur in diesem Gebiet nicht durch „unangemessenes Verhalten wie lautes Rufen" zu stören, es wäre von besonders geschützten Arten bewohnt. Mir begegneten auf der ganzen Strecke nur zwei Radfahrer, zuerst ein Mann, der mit seinem hoppelnden Mountainbike den Widerstand jeder Wurzel ignorierte, und Minuten später seine Frau, die in demselben Outfit und mit gerötetem Gesicht ihr Rad schob, ob aus Anstrengung oder aus Unbehagen war nicht zu erkennen.

Endlich war der Wald zu Ende. Ich verließ ihn, nicht ohne mich zuvor erleichtert zu haben. Meine Hinterlassenschaft deckte ich mit Fichtenästen zu und vermutete, die großen grünschillernden Fliegen, die sofort zur Stelle waren, nahmen mir das übel. Ein schmaler gekiester Weg führte mich zu den ersten Gärten von Rotenbuch und gab hinter einer Kurve den Blick auf die Hauptstraße frei. Kein Auto war unterwegs und alles wirkte wie ausgestorben. Auf beiden Seiten der Straße reihten sich dunkle schieferverkleidete Häuser aneinander, darunter verlassene Gebäude, auf deren Türen oder Fensterscheiben hin und wieder ausgebleichte Werbung klebte. Die Kirche war nicht mehr das Wichtigste in diesem Ort, es war eine Pension mit einem überdimensionalen roten Buchstaben aus Metall vor dem Eingang, einem B, bei dessen Anblick ich sofort an BEKAH denken musste, weil sein aufdringlicher Glanz einen so nachhaltigen Eindruck hinterließ.

Vor einem weiß gestrichenen Neubau stand ein Mann und sprach mich an, als ich vorbeiging. Der Sog, den ich ausübte, war also von Dauer. Nach einer kurzen Bemerkung über das Wetter erklärte er mir sogleich, er habe nach der Wende das Grundstück gekauft, das alte Haus abgerissen und ein neues darauf gebaut. Er habe es für die Familie erweitert und dann hergerichtet für die Kinder, doch die Enkel lebten weit weg und weder der Sohn noch die Tochter dächten daran, zurückzukommen und das Haus zu bewohnen. Er wisse nicht, wie es weitergehen würde, er werde auch nicht jünger. Während er sprach, fielen mir die weißen Trichterwinden auf, die den Maschendrahtzaun neben ihm mit Kreuzstichmustern benähten. Und dann kam der Satz, den ich schon viele Male gehört hatte: „Früher hat das hier alles mal gelebt", nur dass der Mann hinzufügte: „Bis die Westgermanen eingefallen sind." Kopfschüttelnd drehte er sich um und ließ mich stehen, ich kam mir vor wie ein Abfalleimer. Vor dem Nachbarhaus stieg eine junge Frau mit Rastazöpfen aus dem Auto. „Hat unser Nachbar Sie behelligt? Er kann manchmal sehr unwirsch sein. Am besten, Sie machen sich nichts draus." Sie öffnete den Kofferraum und lud eine Kiste mit Lebensmitteln aus. „Viele Leute sind gefrustet, aber nicht alle. Meine Eltern zum Beispiel sind ganz anders. Obwohl meine Brüder und ich ebenfalls weggezogen sind, ich bin nur zu Besuch." Sie hob mit beiden Händen die Kiste hoch. „Sie haben sich mit anderen zusammengeschlossen und verhindert, dass am Ortsrand eine Mineralwasserfabrik gebaut wurde. Man glaubt es nicht, aber es gibt hier einen kleinen Kulturverein, die stellen eine ganze Menge auf die Beine." Bevor sie ins Haus ging, erkundigte sie sich neugierig nach meinem Ziel und ich sagte: „Born". Es fühlte sich nicht richtig an.

Nach den letzten Häusern des Ortes stieg die Straße leicht an und endete als Wendehammer einer Bushaltestelle. Ein Feldweg begann und wurde nach hundert Metern vom Wald verschluckt. Hinter den ersten Bäumen fand ich mich in einer kleinen Märchenlandschaft wieder. Eine phantasiebegabte Person hatte den Waldboden meterweise von Nadeln freigekehrt und mit großem Erfindungsreichtum aus Zapfen, Moos und Hölzchen sowie mit kleinen beschrifteten Papieren eine Welt voller Hütten und Figuren erschaffen. In dieser Miniaturlandschaft war scheinbar alles in Ordnung, obwohl ich seit ein paar Tagen Beweise dafür sammelte, dass eine geordnete, heile Welt reines Wunschdenken war.

Wenig später betrat ich eine Schneise, die den Wald mit einer Grasfläche und zwei Fahrspuren aus Rasengittersteinen durchschnitt. Es dauerte etwas, bis ich begriff, dass das der Kolonnenweg war, das sogenannte „Grüne Band", das die Grenzanlagen ersetzte und das laut Hinweisschild ein Rückzugsgebiet für viele seltene Tier- und Pflanzenarten war. Ich stand auf Steinen, die Karl damals nicht hatte betreten können. Mit einem unbehaglichen Gefühl sah ich die Schneise hinauf und hinunter, und lief dann auf der Fahrspur weiter, der Karte zufolge würde ich bald wieder auf das blauweiße Zeichen stoßen. Man hatte Karls Weg umbenannt, ich würde an einer Kreuzung mehrerer Wege auf ihn treffen und er würde die Nummer 5 tragen.

Mir kam ein Ehepaar entgegen, das mich ansprach, womit ich schon gerechnet hatte. Sie erzählten mir, sie liefen auf dem „Grünen Band" in Etappen durch Deutschland und kämen gerade aus Hungerberg, meinem nächsten Ziel. Die Frau meinte, die Stimmung in den Ortschaften beiderseits der Grenze käme ihr irgendwie mutlos vor, „aber wenn man sich über Kinder unterhält, sind es Menschen wie wir, mit denselben Sorgen". Wir standen mitten auf einer großen, reichbeschilderten Wegkreuzung, sie in karierten Hemden und Kniebundhosen, ich in meinem braunen Kleid mit dem großen Rucksack auf dem Rücken. „Die Leute sind überall dieselben", fuhr die Frau fort, „diesseits wie jenseits der Grenze heiraten sie, ziehen Kinder groß und fahren zur Arbeit." „So sie welche haben", warf der Mann ein. „Ja, schon, es ist oft trist in den Ortschaften", gab die Frau zu, „besonders dort, wo wir gerade herkommen." „Ich will auch nach Hungerberg, ich gehe einen vergessenen Weg auf der westlichen Seite der Grenze", erklärte ich. Sie musterten mich, als würden sie prüfen, ob ich dafür geeignet wäre, und wünschten mir mit einem zustimmenden Kopfnicken einen guten Weg.

Ich freute mich, als ich das Zeichen fand, das ich gesucht hatte, auch wenn es sich vom Hauptweg entfernte und mein nächstes Ziel nicht sehr verlockend zu sein schien. Auf langgezogenen Kurven folgte ich der Nummer 5 durch einen eintönigen Wald, auf beiden Seiten des breiten Schotterwegs wuchsen gleichförmige Nadelbäume mit wenig Unterholz. Weder andere Wanderer noch irgendwelche Tiere und auch kein blühender Fingerhut waren mehr zu sehen, nur die immer gleiche Vegetation am Wegrand, gelb blühendes Kraut und großblättrige staubige Gewächse. Fast wäre ich über einen halbabgenagten Tierschädel gestolpert, an dem noch ein Stück Wirbelsäule hing. Zwei Stunden später stand die Sonne im Südwesten, wenigstens die Laufrichtung stimmte, aber meine Flasche war leergetrunken und es sah aus, als würde ich in diesem Leben nicht mehr ankommen. Ich hatte jede Lust am Wandern verloren und der Karte zufolge musste ich noch bis zur Hochstraße und nach ihrer Überquerung weitere zwei Kilometer laufen.

Da meldete sich das Handy. „Wo bist du, Gabe?" Rosi war dran. „Keine Ahnung, Rosi. Weißt du, was ich hier mache? Ich gehe gerade verloren, im tiefen, tiefen Wald, so wie in grauer Vorzeit ein anderes Mädel vor mir, nur die hatte wenigstens ihren Bruder dabei." „Aber Gabe, sind das nicht

Geschichten aus der Vergangenheit, und noch dazu sehr, sehr lange her? Lass uns gemeinsam nach vorne blicken", neckte sie mich. „Wie mitfühlend du sein kannst, vielen Dank auch", sagte ich, „immerhin bin ich auf Karls Weg, das gibt mir Hoffnung, schließlich hat es schon mal jemand geschafft, nicht zu verhungern und zu verdursten." „Und wo verhungerst und verdurstest du gerade?" „Auf dem Weg Nummer 5, wie er heute heißt. Das blauweiße Zeichen hat sich sogar auf einigen Bäumen gehalten, wenn auch blass. Laut Karte muss ich irgendwann über die Straße und dann noch bis nach Hungerberg, wenn ich das noch erlebe." „Du schaffst das, da sind wir zuversichtlich. Nicht wahr, Jim?" Wahrscheinlich hatte Jim nur genickt, ich hatte jedenfalls kein überzeugtes „Ja!" gehört.

„Du, Gabe, stell dir vor, im Radio hab ich heute ein Interview mit einem Mann gehört, der genau dort gelaufen ist, wo du gerade unterwegs bist." Anscheinend hatten schon einige den Weg bewältigt, ohne zu verhungern. „Und wieso hat er das gemacht?" „Jim habe ich es schon erzählt, das war kurz nach dem Krieg. Der Mann ist ein jüdischer Zeitzeuge. Er ist aus einem Lager bis nach München zurückgelaufen, von Ostern 1945 bis Pfingsten, wie er sagte. In der Sendung ging es um Vertrauen." Sofort kam ich mir wehleidig vor und versuchte es mit Humor: „Das kann ich verstehen, ich vertraue auch darauf, diesen Wald irgendwann hinter mir zu lassen." Sie lachte kein bisschen. „Der Mann hat gesagt: Vertrauen muss wachsen. Und die Bäume hätten ihm dabei geholfen. Das war für ihn das Wichtigste. Nach seiner Rückkehr ist er nämlich voller Ängste gewesen, er musste schließlich mitten unter den Menschen leben, die ihn hatten umbringen wollen. Erst wurde er depressiv und schwieg über alles, was er erlebt hatte, dann überwand er die Krise, weil er sich an die aufrechte Haltung der vielen Bäume erinnerte, die er auf seiner Wanderung gesehen hatte. Und das Vertrauen konnte auch deshalb in ihm wachsen, weil er über seine Erlebnisse sprach." Rosi machte eine Pause, als dächte sie nach, und die Botschaft, man müsse über Dinge sprechen, sonst könnten sich Geschehnisse der Vergangenheit nicht auflösen, hatte Zeit, in mich einzudringen wie Regen in ausgetrocknete Erde. Dann fuhr sie fort: „Ich fand toll, was er sagte. Und ich verstand beim Zuhören, wie perfide das System der Nazis gewesen war, sie hatten die Leute immer weit weg geschickt, quer durchs Land, auch innerhalb Deutschlands, in die besetzten Gebiete sowieso. An Orte, wo man niemanden kannte, wo es keine Solidarität, Hilfe und Unterstützung gab. Der Mann arbeitete im Winter in Eiseskälte mit anderen Häftlingen in unterirdischen Stollen." Rosi erwartete anscheinend einen Kommentar von mir und ich sagte: „Schon wieder eine Geschichte über Grenzen. Mich inspirieren die Bäume kein bisschen, aber das Beste ist, der Mann hat nicht aufgegeben. Und gut finde ich, Rosi, wenn du zum Thema Krisen dazulernst, wenn auch nur theoretisch. Praktischer wäre, du würdest mit einem kleinen Erfrischungsfahrzeug hier vorbeikommen." „Sehr gerne würde ich das, das kannst du mir glauben, aber ich will dich nicht ablenken. Du brauchst bestimmt deine ganze Kraft, um nachzudenken." Ich fand, sie hatte genug gescherzt. „Du nimmst mich nicht ernst", stellte ich fest, „und lässt mich hier alleine mit dem Osten und dem Westen und all den Geschichten, die mir die Leute erzählen, ohne mich zu fragen, ob ich das hören will." Es knisterte in der Leitung und Jim war dran. „Gabe, im Weltraum gibt es besonders dichte Wolken aus Gas und Staub. Die leuchten nicht und lassen auch das Licht dahinterliegender Sterne nicht mehr durch, man nennt sie Dunkelwolken. Es sind Bereiche absoluter Schwärze. Das fiel mir ein, während du erzählt hast. Ich habe mitgehört." „Endlich versteht mich jemand, Jim. So fühle ich mich nämlich gerade, allein im finsteren Wald. Vielen Dank für die Information." Ohne auf meinen scherzhaften Ton einzugehen, fuhr er fort: „Manchmal kann man solche Dunkelwolken sehen, wie Schattenrisse.

Das bedeutet, dass es dahinter Licht gibt. Und irgendwann wird in dieser dichten Schwärze ein neuer Stern geboren. Oder, wie Hölderlin sagte: ‚In der Gefahr wächst das Rettende auch'." Gerade, als ich mich von meiner Überraschung erholt hatte und den Mund aufmachte, hörte ich Rosi lachen: „Hat er das nicht schön gesagt? Auf seine ganz eigene Art. Wir beide finden dich toll, Gabe. Lauf weiter, du schaffst das. Melde dich doch aus dem Roten Hirsch in Hungerberg." Mein Gruß kam spät, das Piepen war schneller. Beim Weiterlaufen war ich zwar noch durstig, aber meine Zweifel waren wie weggeblasen. Ich dachte darüber nach, wie viel Vertrauen Rosi und Jim in mich setzten. Es ging ihnen nicht nur um eine Wanderung, es ging ihnen um mehr, vielleicht sogar um mich.

Endlich waren Fahrzeuggeräusche zu hören, darunter das Knattern eines Zweitaktmotors. Die bläuliche Abgaswolke über dem Grau des Asphalts hatte extra so lange durchgehalten, bis ich am Straßenrand stand und löste sich nur allmählich auf. Auf der anderen Straßenseite ging ein neu angelegter Schotterweg ohne jede Markierung weiter, dafür waren die Böschungen mit roten glänzenden Walderdbeeren gesprenkelt, die wunderbar süß schmeckten. Nach einer kurzen Verschnaufpause auf einer Bank mit der Aufschrift „Die letzte Bank vor Hungerberg" sah ich von der nächsten Kuppe aus endlich das Rot von Ziegeldächern, anscheinend lag der Ort in einer Senke. Ich zog den Zettel mit der Adresse der Unterkunft aus der Seitentasche des Rucksacks, als sich ohne Vorwarnung dunkle Kreise auf dem Papier ausbreiteten. Eine einzelne Wolke verspritzte ihre Regentropfen auf den hellen, staubigen Schotter, als ob sich über mir ein nasser Hund schüttelte. Ein paar Sekunden später brannte die Sonne wieder, Insekten flogen die Wassertropfen auf meiner Haut an und kitzelten mich mit ihren Saugrüsseln.

Erneut klingelte das Telefon. Rosi wollte wissen, ob ich schon angekommen wäre, nicht nur ich hatte die Dauer dieser Etappe unterschätzt. „Gabe, was machst du so lange? Ist alles in Ordnung?" „Fast. Rosi, es regnet. In Strömen." „Was?" Ich übertrieb mit Absicht, sie sollte ruhig wissen, was ich mit dieser Tour und besonders an diesem Tag auf mich genommen hatte, doch Rosi fing sich schnell. Anstatt zerknirscht zu sein, sagte sie leichthin: „Gabe, für Hungerberg ist das normal, dort regnet es oft, Niederschlag kommt entweder als Regen, als Schnee oder in Tränenform." „In bitte was?" „In Tränenform. Du wirst es sehen, wenn du erst dort bist." „Ich habe nicht vor, noch mehr zu weinen." „Jaja, das meint ja überhaupt nicht dich, du wirst froh und glücklich in deinem schönen Bett liegen. Melde dich, falls es mit der Übernachtung nicht klappt." Mittlerweile lief ich die abschüssige Hauptstraße hinunter, kaum ein Auto war unterwegs, ein, zwei Leute waren mit Straßenkehren beschäftigt. Ein zweistöckiges Haus beeindruckte mich mit einer bemalten Fassade: Ein riesiger aufgezogener Vorhang auf der Frontseite gab den Blick auf hohe Baumstämme frei, deren Kronen über den First hinauszuwachsen schienen. Dunkle Farbtöne und ein silbergrauer unleserlicher Schriftzug zogen sich auf rotem Grund quer über Haustür und Fenster. Wie Fremdkörper klebten Zigarettenautomat, Briefkasten und Kaugummiautomat neben der Haustüre. Auf jeden Fall war das bemalte Haus nicht alleine, daneben leistete ihm ein gelbschwarzes Gebäude mit ebenso gelbschwarzen Holzskulpturen Gesellschaft. Nach einigen leer stehenden Geschäften ragte links wie eine Nase ein schmiedeeisernes Schild aus einer Hauswand, das den Namen meiner Unterkunft trug, „Roter Hirsch". Seitlich ging ich die Treppenstufen hoch. Auf einer Art Veranda waren Tische und Stühle aufgereiht, von denen man die Aussicht auf einen mit Autos vollgeparkten Hof hatte. Eine Frau in Kittelschürze erhob sich und sah mir entgegen, während der Mann neben ihr weiter seinem Laptop Beachtung schenkte. Ganz hinten am letzten Tisch steckten zwei rauchende und unrasierte Männer in Weißrippunterhemden die Köpfe zusammen. Ich sagte zu der Frau, für mich sei ein Zimmer reserviert. Der Mann sah hoch und nickte und die Frau gab mir ein Zeichen, ihr zu folgen. Auf dem Tresen schlug sie ein Buch auf, ich trug mich ein und fragte als Erstes, ob ich irgendwo ein paar Kleidungsstücke zum Trocknen aufhängen könne. Der Mann stand plötzlich neben uns und sagte: „Ja. Wir haben doch alles." Durch eine vergilbte Flügeltür am Ende der Wirtsstube, die schon bessere Zeiten gesehen hatte, führte mich die Wirtin in den ehemaligen Saal, der nicht mehr genutzt wurde und voll alter Möbel, Kisten und Gerätschaften stand. Sie sagte, daran wären die Auflagen der Behörden Schuld, und zeigte wortlos auf eine Wäscheleine, an der Arbeitskleidung trocknete. Stumm folgte ich ihr eine Treppe hinauf. Ein Stockwerk höher öffnete sie die Tür zu meinem Zimmer, es besaß ein kleines Waschbecken und war sauber, aber karg möbliert.

Ich setzte den Rucksack ab und stillte als Erstes meinen Durst am Wasserhahn. Anschließend wusch ich die Strümpfe und ein, zwei Erdbeerflecken aus dem Kleid, dann ging ich in den Saal hinunter und nahm mir zum Aufhängen Wäscheklammern aus einem mit rosafarbenen Borten verzierten Beutel. Die Frau hatte sie mir zwar nicht angeboten, aber es erhöhte die Chance, dass die Sachen über Nacht trockneten. Die Atmosphäre im Haus kam mir wenig einladend vor und ich beschloss, in den Ort zu gehen und mir irgendwo etwas zu Trinken und Süßes zu kaufen. Die Straßen wirkten wie ausgestorben, einzig ein Bus mit dem leuchtenden Schriftzug „Born" und einem Radanhänger fuhr an mir vorbei. Ich seufzte. Bisher hatte ich es vermeiden können, über das Ziel meiner Wanderung und alles, was mit diesem Ort zusammenhing, nachzudenken.

Der einzige Laden, auf den ich traf, hatte bereits geschlossen. Auf dem kleinen Rundgang zurück zu meiner Unterkunft ging ich an einem eigenartigen Tordurchgang vorbei, der wie aus dem Zusammenhang gerissen auf einer

Fläche mit einer großen Schautafel stand. Ich erfuhr, dass es sich um das Eingangsportal einer ehemaligen Fabrik handelte, die einem der größten Arbeitgeber der Gegend gehört hatte und bis auf die Grundmauern abgebrannt war. Ich bückte mich und fand im dunklen Splitt gegen alle Erwartung etwas sehr Schönes: Steine mit Adern aus Katzengold.

Unterhalb der Kirche roch es nach frischgemähtem Gras und hinter einem Tor verbellte mich laut ein unsichtbarer, sicher riesenhafter Hund. Wenige Schritte weiter endete die Teerstraße und ging in einen Feldweg über. Ein alter Mann zog auf dem letzten Grundstück einen kleinen Rasenmäher hinter sich her, zerrte ihn um das Gewächshaus und umrundete die Beete. Er erwiderte meinen Gruß mit einer Handbewegung und wendete mir den Rücken zu, für einen kurzen Moment hatte ich den Eindruck, er habe am Hinterkopf Augen, weil unter dem Rand seiner Mütze zwei kreisförmige dunkle Stellen waren. In der angrenzenden Wiese reckten knorrige Obstbäume ihre Armstümpfe in den Himmel. Inmitten von Gestrüpp aus vertrockneten Disteln und mannshohen Kletten lagen fast unsichtbar einige Rinder. Als ich näher heranging, erhoben sie sich und kamen dicht an den Zaun, zusammen mit zwei schwarzen, scheuen Kälbern. Ihre wuscheligen Ohren und die Quasten der Schwänze waren zu braunen Klumpen verformt. Kletten hatten die Stirnen besetzt wie Seepocken den Rumpf alter Schiffe. Die großen sanften Augen und die glänzenden Nasen waren unberührt, doch sogar auf den Flanken der Kälber saßen Rudel von Kletten und wirkten wie übergroße, aufgedunsene Zecken. Ein Ausdruck von Verlorenheit hing über der Weide, das passte zu den dunkler werdenden Wolken, die der Wind von Westen herantrug. Ich kehrte um und machte, dass ich zu meiner Unterkunft kam. In letzter Sekunde schaffte ich es auf die Veranda, dann prasselte der Regen aufgebracht auf das Vordach.

Der Wirt mit der großen Bauchkugel und den schmalen Augen, die Haare quer über den Schädel gekämmt, saß im Gastraum und verfolgte auf dem Laptop ein Fußballspiel. Er nickte auf meine Frage, ob ich etwas zu essen bekommen könne, stand auf und ging in die Küche, das Fußballspiel lärmte vor sich hin. Mir leisteten zwei schwarze roboterähnliche Fremdkörper Gesellschaft, Spielautomaten mit hohen blauen Chromstühlen davor. Über der Theke flimmerte ein Leuchtkasten für Bier mit roter Aufschrift, dessen weiße Rückseite sich in der Vitrine voller Weizen-, Saft- und Schnapsgläser spiegelte. Eine Großpackung für Kräuterschnäpse enthielt nur noch ein einziges Fläschchen. In der Küche briet und brutzelte meine bestellte Forelle. Die Wirtin hatte für das Frühstück um acht Uhr zwei weitere Gäste angekündigt, die noch in der Nacht anreisen würden. Die grelle Farbigkeit zitronengelber und roter Rosen aus Plastik auf den Tischen stach mir ins Auge und aus dem oberen Stockwerk waren Schritte auf knarzendem Boden und Männerstimmen zu hören. „Im halben Haus sind Arbeiter aus Rumänien untergebracht", sagte die Wirtin, die mir das Essen servierte. Auf meine Frage, wo die Leute arbeiteten, antwortete sie, sie wären erst drei Tage hier und sie habe noch nicht gefragt, wo die Baustelle sei. Ich glaubte nicht recht an eine Baustelle, sie hatte mich bei meiner Ankunft sehr hastig an dem Gang vorbeigeführt und einen unrasierten hageren Mann im Unterhemd, der die Zimmertür einen Spalt geöffnet hatte, angezischt, er solle verschwinden.

Ein Pfiff des Schiedsrichters, dann stürzte der Laptop ab und verstummte. Der Wirt schob seine Finger auf der Tastatur hin und her und versuchte, ihn wiederzubeleben, er knurrte, es liege an den Arbeitern, die würden um diese Zeit alle das WLAN nutzen, um nach Hause zu telefonieren. Das Gerät funktionierte wenige Minuten, dann stieg es wieder aus und die Stille im Raum war mehr als angenehm. Der Wirt versuchte es ohne Erfolg mit dem Drücken verschiedener

Tasten und erhob sich schließlich, um meinen Teller abzuräumen. Auf seinem Weg in die Küche sprang der Ton wieder an. Er kehrte um, warf einen Blick auf den Bildschirm und fluchte, weil er ein Tor verpasst hatte.

Ich zahlte und ging auf mein Zimmer. Der Bewegungsmelder im Flur funktionierte erst, als ich mich in der Dunkelheit ein ganzes Stück in Richtung Tür getastet hatte und vom Gang zog der Zigarettenrauch der Arbeiter herein. Ein Abfalleimer im Vorraum war für alle Gäste bestimmt und im Gemeinschaftsbadezimmer mit Klo waren weder Seife noch Fön zu finden, aber es gab ein schönes Holzregal, das aussah, als ob es sich verirrt hatte, gemeinsam mit einigen leuchtend türkisfarbenen Handtüchern. Durch das gekippte Fenster waren unverständliche Männerstimmen, zuschlagende Autotüren und heulendes Motorengeräusch zu hören, dazwischen das Piepsen irgendwelcher Vögel. Ich badete meine Füße, sah bedauernd auf meine roten Zehen, setzte mich aufs Bett, das mit einem tiefblauen Laken bezogen war, und zappte mit ausgeschaltetem Ton durch das Fernsehprogramm. Offenbar bestand China aus Hügelketten voller Solarpaneele und Menschen, die auf ihr Smartphone starrten. Ich schaltete um zu einem Interview mit einer interessant aussehenden jungen Frau, weshalb ich den Ton wieder anstellte. Die junge Deutsche mit iranischen Wurzeln war im Alter von sechs Jahren mit ihren Eltern nach Deutschland gekommen, im Zuge der Flucht vor dem Schah. Die Moderatorin fragte: „War das als Übergangslösung gedacht? Wollten Ihre Eltern wieder zurück?" „Ja", war die Antwort, „sie wollten immer zurück, aber als zehn Jahre vergangen waren, erkannten sie, dass sie wohl für immer in Deutschland bleiben würden. Sie haben Vater und Mutter nie mehr wieder gesehen." Dieser Satz traf mich ins Herz, er hatte etwas mit mir zu tun, schnell schaltete ich aus. Eine Zeitlang dachte ich nach, dann schrieb ich Rosi eine kurze Nachricht, obwohl es schon spät war: „Kann sein, ich will nicht an mein Ziel. Lass uns morgen telefonieren."

Prompt antwortete sie: „Lass alles da sein. Versuch es mit einer Schreibaufgabe, zum Beispiel: Brief an einen Gegenstand. Gruß, Rosi."

Lass alles da sein, den Spruch kannte ich aus Ratgebern und fand ihn einigermaßen abgedroschen. Aber auf die Schreibaufgabe bekam ich Lust, Worte würden mich ablenken. Ich sah mich im Zimmer um. Keiner der Gegenstände inspirierte mich, doch ich holte Stift und Block aus dem Seitenfach des Rucksacks, man konnte nie wissen. Und da kam sie schon, die Idee.

„Lieber dunkelgrüner Stift,
dich habe ich einmal vor meiner Haustür gefunden. Ich hob dich auf und freute mich, du wirktest frisch auf mich und als ob du scharf aufs Schreiben wärst. Ich probierte aus, ob du in Ordnung warst, zuerst schienst du wie alle anderen Fineliner zu sein, die ich sonst benutze, ebenfalls knapp einen halben Millimeter stark, nur eben dunkelgrün anstatt blau. Aber dann merkte ich schnell, wie wild du auf Wörter warst, sie sind nur so aus dir herausgeströmt auf das Papier, egal auf welches, du warst nicht wählerisch. Hätte ich dich nicht gefunden - oder hast du es darauf angelegt, dich von mir finden zu lassen? - hätte ich nie von der magischen Kraft dunkelgrüner Fineliner erfahren. Wobei ich nicht sicher sein kann, ob sich alle wie du verhalten. Jedenfalls warst du es, der mich von alten Sichtweisen befreit hat, nicht deine hell- oder dunkelblauen Kollegen. Ich bin dir sehr dankbar. Und ich vermisse dich, denn du hast dich entschlossen, mich zu verlassen. Als ich dein Fehlen bemerkte, war es zu spät. Ich konnte nicht mehr zurückgehen. Ich befand mich auf meiner Wanderung entlang der innerdeutschen Grenze. Es muss passiert sein, als ich mit Rosi telefonierte, nahe der Friedenskapelle. Das Verkehrsgeräusch auf der Bundesstraße hörte sich an wie ein bedrohlicher Insektenschwarm, weshalb ich das Handy fest an mein Ohr presste. Da wirst du mir aus der Hand gefallen sein, denn um das Handy aus der Seitentasche zu holen, muss ich dich immer zuerst herausnehmen. Ich habe dein Verschwinden erst viele

Kilometer später bemerkt. Vielleicht sahst du deine Aufgabe als erfüllt an, vielleicht rief dich das Universum an eine andere Stelle, zu einer anderen Aufgabe. Ich vermisse dich und baue darauf, dass du wiederkommst, wenn ich dich brauche. Ich hoffe, du warst gerne bei mir und ich vermute, meinen mit deiner Hilfe geschriebenen Worten haftet etwas von einem großen Geheimnis an."

Plötzlich war die Müdigkeit da, ich legte Block und Stift auf das Nachtkästchen und deckte mich mit dem mit grünen Blättern bedruckten Bettüberzug zu, ich wollte mir keine weiteren Gedanken machen. Am nächsten Tag würde Zeit genug dafür sein.

Tag 6 Gefühlsausbrüche

Draußen tschilpten Spatzen, es war halb sieben Uhr morgens. Im hellhörigen Haus hustete und räusperte sich ein Mann, der wohl zu viel geraucht hatte. Ich konnte den Wecker des Handys ausschalten. Meinen Zehen ging es besser, das warme Seifenwasser hatte ihnen wieder einmal gut getan. Ich blieb bis halb acht liegen, dann klapperten Türen und ich wurde neugierig, wer noch am Frühstückstisch sitzen würde.

Im Gastraum hing ein altes Schwarzweiß-Foto des Hauses, ich sah es mir lange an und staunte über die Würde, die damals von ihm ausging. Auf der Treppe hatten sich die Wirtsleute einer früheren Generation mit Familie und Gesinde aufgestellt, vor sich den geschmückten und beladenen Pferdewagen. Diese Zeit war lange vorbei, in der Gegenwart dudelte ein Radiosender zum Frühstück einen Schlager nach dem anderen. Der Moderator witzelte: „Übrigens, wenn Sie ein paar Kilo mehr auf den Rippen haben, das macht nichts, das ist so, weil der liebe Gott gesagt hat, du bist so schön, da hab ich noch etwas mehr von dir gemacht." In jedem Lied kam Liebe vor und die alte Angst, verlassen zu werden. Die Morgensonne schien milchig durch die ungeputzten Fensterscheiben und unter den Brötchen im Korb lag ein Blatt Küchenrolle anstatt einer Serviette. In mein Ohr drang ein weiterer Witz: „Die Frage ist nicht ‚Was ziehe ich an?', sondern ‚Wie komme ich da rein?'" Die Wirtin betrat den Raum und sagte: „Die anderen Gäste sind nicht angereist, obwohl sie bezahlt haben, übers Internet." Ungläubig schüttelte sie den Kopf: „Es war auch mal ein Ehepaar da, Wanderer wie Sie, die sind nach der Zimmerbesichtigung wieder gegangen, die Straße runter zum Hotel Stern, wo die Zimmer siebzig Euro kosten. Die wollten wohl etwas Besseres. Und dann schreiben sie ungerechte Bewertungen im Netz, obwohl die Leute wissen, dass es Gemeinschaftsbad und Gemeinschaftsklo gibt, das steht im Internet. Einmal schrieb ein Mann aus dem Osten sogar: „Und das im Westen!"

Ich frühstückte alleine und sehnte mich danach, bald wieder zuhause zu sein, dort, wo Ost oder West nicht mehr die beherrschenden Themen sein würden. In der Anonymität der Großstadt konnte man vielem aus dem Weg gehen. In der Stadt zu leben reichte den Leuten aber nicht, sie zogen sich in ihre Kleingärten zurück oder unternahmen weite Reisen zu sanften Menschen, die auf fremde Gäste angewiesen waren. Ortstreue sah anders aus.

Nach dem Frühstück bezahlte ich, packte und gab den Zimmerschlüssel zurück. Wortlos hängte der Wirt ihn an den Haken hinter der Theke. Draußen holte ich erst einmal tief Luft, bevor ich mit der Karte in der Hand weiterging. Mein nächstes Ziel sollte ein Kurbad sein, in dem, wie einige Plakate am Straßenrand ankündigten, ein Barockfest veranstaltet wurde. Falls sich in der Stadt Damen in Reifröcken befinden würden, konnten sie sich auf eine Frau im Wander-Outfit gefasst machen.

Wieder gestaltete sich der Anschluss an Karls Weg schwierig, die blauweiße Markierung fehlte und ich versuchte es mit dem Kapellenweg, der aussah, als würde er mich ins Tal hinunter führen. Wenige Meter hinter den letzten Häusern befreite ich einen halbwüchsigen jungen Baum von einer Schlingpflanze und half ihm, sich wieder aufzurichten. Seine Krone hatte sich schon fast bis zur Erde gebogen. Manchmal verlangte das Helfenwollen Größe, denn die Ranken waren mit kleinen Stacheln besetzt. Entschädigt wurde ich unterhalb einer sanften Anhöhe, auf der ein großes Kreuz aus Neonlampen stand, das wohl nachts beleuchtet werden konnte. Dort klärte mich eine Kapelle über Rosis rätselhaften Satz auf, in Hungerberg würde viel geweint werden. Durch eine Glasplatte konnte man in den Innenraum sehen, wo anstelle eines

Altars ein großes, mit roten Tränen besticktes Tuch aufgehängt war. Ein Schild gab Auskunft, dass in jeder der zwölf Kapellen um den Ort solche kunstvoll verzierten Tränentücher an ein Ereignis aus früherer Zeit erinnerten.

Tränentücher hätte ich nach der Kündigung der Bibliothek und dem Umzug in die Stadt einige sticken können. In der ersten Zeit war ich niedergeschlagen und antriebslos. Mir ging es wie vielen Leuten im Osten, ich war vom Arbeitsamt abhängig und hatte das Gefühl, überflüssig zu sein. „Uns kann man in einem System nicht brauchen, das sich Konkurrenz und Wettbewerb auf die Fahnen geschrieben hat. Ich hätte die Wende nicht gebraucht", hatte eine Frau im Wartebereich zu mir gesagt.

Ein Eichelhäher rief, ich erschrak und ertappte mich dabei, wie ich in meiner Vergangenheit grübelte.

Inzwischen war ich sicher, auf dem richtigen Weg zu sein und überlegte gerade, was ich zu Rosi wegen des Zielorts sagen sollte, als das Handy klingelte. Ich berichtete ihr von der sonderbaren Unterkunft und sie hörte aufmerksam zu, doch dann fragte sie mich ziemlich direkt, ob ich Probleme mit Born hätte „War nur so ein Gedanke", wich ich aus, „es ist ja noch ziemlich weit und ich dachte, vielleicht sollten wir die Wanderung vorher schon beenden. Außerdem ist Born auf meiner Karte nicht mehr abgebildet." Ich wollte Rosi auf keinen Fall sagen, was dieser Ort für mich bedeutete. Sie dachte kurz nach und meinte dann unbekümmert: „In der Karte sehe ich jetzt nicht das große Problem, der Weg ist sicher markiert. Aber dort gibt es einen Bahnhof und den brauchst du für die Rückfahrt. Vielleicht wirst du noch warm damit, es dauert ja noch eine Weile, bis du ankommst. Das meinte ich mit dem: Lass es da sein. Manchmal braucht es Zeit, bis man sich im Klaren ist. Ich bin nämlich mein ganzes Leben ein braver Mensch gewesen, eine, die getan hat, was man ihr sagte. Spät, aber immerhin, ist in mir etwas Widerständiges erwacht, manchmal war ich auch einfach nur wütend. Aber ich kam erst dahinter, als ich mich gefragt habe, was genau da falsch läuft, erst dann konnte ich etwas ändern." „Das musst du mir erklären", sagte ich, „was lief denn falsch?" „Na, ich bemerkte zum Beispiel, dass ich über die Leute hässliche Dinge dachte, zum Beispiel: Sollen ihnen die Bäume doch wegsterben. oder: Sollen ihnen die Kinder doch weglaufen in andere Gegenden. Sollen sie doch mit ihren Feuerwerken, Fernreisen und Ballonfahrten glücklich werden, wenn es das ist, was sie wollen." „Das hast du gedacht? Kann ich mir kaum vorstellen." Ich lernte eine andere Rosi kennen. „Doch, so war's. Ich war wütend und nahm alles persönlich. Als ich das verstanden hatte, habe ich beschlossen, mich mehr auf das Wesentliche zu konzentrieren. Das ist anstrengend, und selbst ich habe es manchmal satt, den göttlichen Kern in jedem Mitmenschen zu sehen. Aber es lohnt sich, da bin ich sicher. Seit ich dich und Jim in göttlichem Licht sehe, finde ich eure Macken nicht mehr ganz so schlimm." Ich lachte. „Ich hoffe, Jim geht es gut." „Ja, er sagt, wenn ihm niemand reinredet, hat er mehr Zeit für Recherche." „Ein wahrer Heiliger. Das mit dem Heiligen im Menschen habe ich übrigens neulich versucht. Mir kam ein Mann entgegen und ich habe mich ganz bewusst darauf vorbereitet, ihn liebevoll anzuschauen und besonders warmherzig zu grüßen." „Ja, und wie war's?" „Er hat gar nicht hergesehen", prustete ich und Rosi kicherte: „Und ich habe gestern im Cafe zwei junge Frauen belauscht. Da bin ich auch an meinen Ansprüchen gescheitert. Eine sagte: ,Oh, ich habe jetzt so eine blöde Netflix-Serie angefangen zu schauen.' ,Wieso ist die blöd?', fragte die andere. ,Naja, da geht es um Mord und Totschlag. Und das Blöde ist, da ist immer so ein Junge dabei und dann spielt das in so einem Bordell, und dann haben sie ihm was ins Getränk getan – und naja …'". Rosi schaffte es, in kontrastreichem Singsang zu sprechen. ,'Wie jetzt?', fragte die andere weiter. ,Fallen die dann über ihn her?' ,Ja. Und man sieht alles.' , Aber wie alt ist denn der?' ,Na, so 15, 16.'

Gabe, da bin ich fast aus der Wäsche geschnippt, ich habe ihnen Blicke zugeworfen, die alles andere als nett gemeint waren. Ich war wütend über diese Filmemacher und darüber, dass es Leute gibt, die sich sowas ansehen. Ich war das Gegenteil von gelassen." Es tat mir richtig gut, dass auch Rosi anfechtbar war, und ich schlug ihr vor: „Das nächste Mal stehst du auf, gehst hin und wäschst den Leuten den Kopf." Energisch wehrte sie meinen Vorschlag ab: „Nein, nein, das ist nicht der richtige Weg, man muss friedlich bleiben." „Und wie soll das gehen? Indem man gar nichts sagt? Da kommt man nicht weit, man muss die Leute auch mal mit der Nase auf ihr Fehlverhalten stoßen." Inzwischen hatte ich es mir auf dem großen mächtigen Stumpf einer gefällten Pappel bequem gemacht. Unzählige Pilze hatten sich in einem Hexenring um mich versammelt und hörten mir beim Telefonieren zu. Die jüngeren unter ihnen mit ihren hellbraunen Köpfen schienen meine Meinung zu teilen, die älteren, deren Köpfe sich schwarz und runzlig zueinander neigten, schienen gegen mich zu sein. Ich hörte Rosi mit ganz ernstem Ton sagen: „Nein, meine Liebe, ich bin überzeugt, wir dürfen keine Gewalt ausüben, gleich welcher Art. Solange wir den Krieg in uns nicht beenden und andere abwerten, wird auch der Krieg im Außen weitergehen." Plötzlich verstand sie keinen Spaß mehr, ich fand ihre Reaktion überzogen. „Soll das heißen, wir sollen zu allem Ja und Amen sagen? Das meinst du doch nicht wirklich. Man kann nicht nur freundlich sein, Rosi." Ihr lässiges „Warum nicht?" brachte mich auf die Palme, sie hatte leicht reden. Schließlich war ich diejenige, die sich mit all den Unannehmlichkeiten der Tour auseinandersetzen musste; während ich an meine Grenzen kam, saß sie gemütlich zu Hause oder im Café. „Du machst es dir zu leicht, Rosi. Du hast überhaupt keine Ahnung. Die Leute quatschen mich an, egal, wo ich stehe und gehe, sie erzählen mir ungefragt ihr Leben und machen mich für ihren ganzen Frust verantwortlich. Wenn mich jemand laut zutextet und sich beschwert, dass keiner mehr wandert, obwohl ich doch vor ihm stehe, will ich mich zur Wehr setzen können, anstatt mich wie ein Abfalleimer zu fühlen. Daran arbeite ich und gerade du solltest mich darin unterstützen, denn die immer gleichen Vorfälle frustrieren mich und machen mir diese Wanderung madig. Man darf nicht alles auf sich sitzen lassen, ich bin weder verantwortlich für die Wende noch für marode Bausubstanz oder schlechte Infrastruktur. Ich war nicht bei der Stasi und ich bin auch kein Politiker, der sich nur Geld in die Tasche stecken will. Ich hab's versucht mit der Freundlichkeit, vor allem früher, aber damit kommt man nicht weit, das kannst du mir glauben. Ich weiß nicht, wieso du in der letzten Zeit keine anderen Ansichten neben deinen stehenlassen kannst." Nach einem Moment der Stille sagte Rosi ruhig: „Ich weiß nicht, weshalb du nur auf solche Leute triffst. Ich habe andere Erfahrungen gemacht, aber ich könnte mehr auf deine eingehen, du hast recht." Ihr nachgiebiger Ton bestärkte mich darin, weiter zu reden, ich wollte unbedingt, dass sie mich verstand. „Glaub mir, mit dem Heiligsein erreicht man wenig, das habe ich spätestens in der Bibliothek gelernt. Am besten, man hält sich raus aus allem, bis zu dieser Wanderung hat das bestens geklappt. Im Nachhinein war es gut, dass mein Vater damals gestorben ist, da konnte ich weg von dort, weg von der Backstube und dem weißen Mehlstaub, der ihn das Leben gekostet hat. Ich musste einen Schlussstrich ziehen, ich habe es einfach nicht mehr ausgehalten und bin auf und davon." Nach einem Stocken rutschte mir noch: „Ohne von ihm Abschied zu nehmen" heraus, und aus Angst vor Rosis Reaktion sprach ich immer weiter. „Vergiss, was ich gesagt habe, Rosi, ich bin nur etwas porös, seit ich im Museum in Glockenstadt in die Augen eines Arbeiters gesehen habe, nicht in echt, sondern auf einem Foto. Das heißt, eigentlich hat mich die Erinnerung in dem Moment eingeholt, als ein Exemplar meiner Schiefertafel aus der Grundschule vor mir lag, mit dem gleichen orangefarbenen Rand und der weißen Lineatur. Mir ist ein Foto von meinem ersten Schultag eingefallen, das meine Mutter gemacht haben muss. Mein Vater steht hinter mir, ich sitze in der Bank, vor mir am Tisch die Tafel, der kleine Schwamm war blau, ich weiß es noch. Seine Hand liegt mit großer Zärtlichkeit auf meiner Schulter. Sein stolzer Blick gilt ganz mir. Auf einem zweiten Foto stehen Vater und Mutter nebeneinander, jemand anderes muss das Fotografieren übernommen haben." Verwirrt hielt ich inne, ich hatte mich zu einem Monolog hinreißen lassen. Eine Spur zu eifrig sagte Rosi: „Deine Vergangenheit ist das, endlich." Augenblicklich wurde ich wütend, weil sie sich in Dinge einmischte, die sie nichts angingen: „Ja toll, du hast das alles schon gewusst, was? Du willst dich nur besser als andere fühlen, das steckt nämlich dahinter. Du willst deine eigenen Grundannahmen bestätigt sehen, und alle Welt muss das annehmen, muss deine Videos gut finden und all das Zeug von BEKAH. Bis zu deiner Schnapsidee zu dieser Wanderung waren wir alle entspannt und zufrieden, und seitdem zerrst du an allem herum." Das war ungerecht, vor allem, weil ich nie etwas gesagt hatte, ich spürte es, aber ich war in Fahrt und durch nichts zu bremsen: „Ich habe es von Anfang an befürchtet, es ist ganz und gar dein Projekt, ich soll hier für dich irgendwas erledigen und ständig erwartest du Dinge von mir, die du selbst nicht leisten willst, und vielleicht auch nicht kannst, es steht nur auf der Fahne, die du vor dir herträgst, Vertrauen und all das." „Gabe, seit wann hast du solche Gedanken? Du hast immer so getan, als wärst du einverstanden und als könnte dich nichts erschüttern. Ich war der Meinung, dass es eine Vertrauensbasis gibt zwischen uns und …". Ich fiel ihr ins Wort: „Ja, das ist nämlich leicht dahin gesagt, Vertrauen, aber wenn man sich dann öffnet und es versucht, sieht die Welt ganz anders aus. Jeder wartet nur darauf, dass der andere sich eine Blöße gibt. Jeder will sein Ego aufbauen, und zwar immer auf Kosten anderer." Rosi hakte ein: „Gabe, das glaube ich nicht, und du doch sicher auch nicht. Natürlich gibt es Leute, die so leben, aber man kann sich doch dagegen entscheiden. Denkst du nicht auch, dass wir Vertrauen brauchen, wenn wir mit anderen Menschen zusammen sind?" Sie tat mir plötzlich leid, man konnte auch blind vor Vertrauen sein, ich sprach aus Erfahrung. Ich hatte bei meinem Neustart nur deshalb so gut ins Leben zurückgefunden, weil ich nichts mehr in Beziehungen investiert hatte. Ich hatte mich rausgehalten und einfach mein Ding gemacht. Doch ich wusste, wie schwierig es war, das jemandem wie Rosi begreiflich zu machen, deshalb sagte ich, etwas ruhiger: „Rosi, zwischen uns dreien hat doch alles funktioniert, oder?" Sie zögerte kurz und stimmte dann zu. „Siehst du, und das kam, weil wir uns an zwei Grundsätze gehalten haben, nämlich: Halte das Politische raus! und: Halte die Vergangenheit raus! Deswegen verstehen wir uns, alles andere schadet unserer Freundschaft. Das hat bestimmt mit dem Ego zu tun, von dem du immer sprichst." Wie zu erwarten war, hatte ich sie nicht überzeugt: „Gabe, du sagst, diese Themen muss man außen vor lassen, und du glaubst, mit Hilfe deiner Prinzipien kommst du immer zurecht, aber das stimmt nicht, das hast du ja schon in den paar Tagen gemerkt, seit du unterwegs bist. Vieles kommt hoch, was du verdrängt hast. Ich glaube, das wäre auf jeden Fall passiert, egal wo. Weshalb vertraust du nicht darauf, dass es gut ist, wenn sich Erinnerungen zeigen? Du bist genervt von Leuten, die sich über Ost und West beschweren, aber das macht doch nur deutlich, dass Vergangenes nicht von selbst verschwindet, im Gegenteil, es kann uns und unserer Zukunft schaden, wenn wir es verdrängen. Nimm die Schiefertafel, bei ihrem Anblick bist du traurig geworden. Was ist schlimm daran? Man sagt, Wut und Trauer sind zwei Gefühle, die nicht nebeneinander existieren können, die Wut macht Platz für die Trauer und umgekehrt. Und Trauer hat mit Vertrauen zu tun. Du warst voller Misstrauen, du konntest gar nicht sehen, was daran positiv ist, und jetzt löst sich gerade etwas davon auf."

Ihre Stimme war mir eine Spur zu eindringlich. „Momentchen", sagte ich kühl, „ich war nicht misstrauisch, mit mir konnte man immer über alles reden, ich bin offen und kommunikativ. Wie sollte ich sonst durchs Leben gekommen sein? Und du erinnerst dich vielleicht, dass ich euch beiden schon immer vertraut habe, dir und Jim." Es klang, als ob sie lächelte, wenn auch verhalten: „Das stimmt, bis zu einem gewissen Grad." „Das reicht dir wohl nicht?" rief ich. „Wie man's nimmt", sagte sie ruhig, „du willst uns nur hier im Jetzt haben, Gabe, anders nicht. Nur so, wie wir gerade sind, nicht, wie wir geworden sind. Du willst nichts von unserer Vergangenheit wissen, damit du nicht an deine rühren musst." Sie gab einfach keine Ruhe. „Musst du alles kaputt machen?" rief ich, „du zerstörst alles, was schön war zwischen uns, du mit deinem ewigen Nachbohren!" Plötzlich stiegen Tränen in mir auf, als hätten sie sich von den Stickereien in der Kapelle anregen lassen und bräuchten Platz, um sich auszubreiten. „Gabe", hörte ich Rosi mit ganz weicher Stimme sagen, aber ich drückte schnell die Taste mit dem roten Symbol. Keine Ohrenzeugin bei dem zweiten ungewohnten Gefühlsausbruch innerhalb weniger Tage.

Irgendwann stand ich auf und ging weiter. Das Handy blieb stumm. Mit jedem Schritt wurde ich unausgeglichener, ich hatte das unangenehme Gefühl, etwas gut machen zu müssen, obwohl es doch Rosi gewesen war, die mich zu dieser unbeherrschten Reaktion provoziert hatte. Zwei Stunden später hatte sich daran wenig geändert und ich überlegte, was zu tun wäre, damit mir meine schlechte Stimmung nicht den Rest des Tages verleidete. Ich beschloss, es auf dem offiziellen Weg mit einem Neustart zu versuchen, schließlich musste es weitergehen, Rosi war die Frau in der Bodenstation und für die Route verantwortlich, und ich war auf sie angewiesen. An einem Rastplatz zog ich das Telefon heraus und wählte ihre Nummer. „Rosi, ich bin's, Gabe", sagte ich, als sie ranging, und hoffte, ich würde mich gelassen wie immer anhören, „ich bin an einem Wegweiser, auf dem ,Zum Schwarzgrundsee' steht. Weißt du, was es damit auf sich hat?" Sie zögerte nur kurz, dann antwortete sie: „Ja, das stimmt, Schwarzgrundsee. Karl war da auch." „Dann muss ich da hin?" „Ja, ich denke schon. Willst du denn weiter?" Das klang, als hätte sie das bezweifelt. „Natürlich", sagte ich sofort und verstummte, weil ich nicht wusste, wie ich Einsicht zeigen sollte. Rosi reagierte zugeknöpft: „Der Weg zum Schwarzgrundsee ist kein leichter Weg für Leute, die nichts von der Vergangenheit wissen wollen. Dort hat sich nämlich eine traurige Geschichte zugetragen. Ein ehemaliger Angehöriger der DDR-Grenzpolizei wurde in eine Falle gelockt, als er nach seiner Flucht Frau und Tochter zu sich in den Westen holen wollte. Er wurde gefangen genommen, als Spion verurteilt und enthauptet." Das klang sofort in meinen Ohren, als mache sie mich höchstpersönlich für diese Sache verantwortlich, doch als ob jemand einen Vorhang auf die Seite gezogen und den Blick auf den Hintergrund einer Bühne freigegeben hatte, erkannte ich, dass Rosi das nie so gemeint haben konnte, sondern dass ich selbst drauf und dran war, auf die Bühne zu springen, um ein waffenklirrendes Drama zu inszenieren. Plötzlich war der Duft der Fichtenzapfen intensiver und meine Schultern senkten sich wie von alleine. „Bitte entschuldige, was ich gesagt habe, Rosi", sagte ich langsam, „ich glaube, ich habe etwas verstanden. Kann sein, dass manches von dem, was du gesagt hast, stimmt. Ich werde ein bisschen genauer hinschauen, was die Vergangenheit betrifft. Vielleicht ist die traurige Geschichte, von der du eben erzählt hast, die erste Gelegenheit dazu. Alles andere muss ich sehen." Sie hörte wohl heraus, dass ich es ernst meinte und sagte entgegenkommend: „Gut zu wissen. Aber ich muss jetzt los. Bis bald." „Wo gehst du denn hin?" Es fiel mir schwer, das Gespräch zu beenden. „Ich treffe mich mit Jim", sagte sie. Verwirrt und erleichtert zugleich fanden meine

Füße wieder in ihren vertrauten Rhythmus. Vor einer Woche noch war mir die Tatsache, dass dieser Rhythmus zu mir gehörte, fremd gewesen. Und Rosi hatte sich noch nie so oft mit Jim getroffen.

Das Hämmern eines Spechtes begleitete mich eine Weile durch den Wald bergab, bis zu einem Querweg mit einer Hinweistafel. Sie klärte mich nicht nur darüber auf, dass der in der Senke verlaufende Bach den Grenzverlauf nachzeichnete, neben Informationen zu Todesurteilen in der DDR schilderte sie auch die Festnahme des Verurteilten, dessen Blick auf dem Foto ähnlich eindringlich an mir haftete wie der des Arbeiters im Museum zwei Tage zuvor. Vor der Tafel lag ein frisch gefällter Fichtenstamm auf der Erde, aus dessen Schnittstelle goldene Tränen aus Harz quollen. Viel mehr als die gelesenen Worte ging dieser Anblick mir nahe.

Bis zum Schwarzgrundsee war es nicht mehr weit. Vor dem Krieg noch hatten Flößer sein Wasser nach dem Öffnen der Schleuse für den Transport von Baumstämmen genutzt. An den breiten schilfbestandenen Ufern hatten sich Seerosen angesiedelt, ihre dunklen rosafarbenen Blüten waren weit geöffnet. Es herrschte Stille in der Abgeschiedenheit des Waldes und alles schien friedlich zu sein. Ein kleines Häuschen stand auf dem Deich neben der Schleuse, die Tür hing schief in den Angeln und gerade, als ich mich mit dem Pausenbrot in der Hand ins Innere wagen wollte, klingelte das Handy. Zu meiner Überraschung war Jim dran. „Gabe?" „Ja, was gibt es denn, Jim?" Ich war gespannt, welche astronomische Besonderheit er mir diesmal mitteilen wollte. „Bist du schon am Schwarzgrundsee?" „Ja, bin ich." „Hat er Ähnlichkeiten mit einem Schwarzen Loch?" Ich überlegte, wie er das meinte. „Nein, er ist zwar dunkel", sagte ich, „aber er hat Seerosen und Schilf und es gibt Enten. Schwarze Löcher stelle ich mir unheimlicher vor." „Das stimmt, Schwarze Löcher sind extreme Objekte. Sie sind absolut schwarz, kein Licht entkommt ihnen. Sie ziehen alles an und geben nichts ab, streng genommen kann man sie nur indirekt beobachten, an der Wirkung auf ihre Umgebung. Geht es den Enten gut?" „Jim! Machst du dich über mich lustig? Wäre die Frage nicht eher, ob es mir gut geht?", protestierte ich. „Nein", antwortete er, dann entriss Rosi ihm den Hörer: „Er will damit sagen, dass er sich mit schwarzen Löchern auskennt und dass er sich Sorgen um dich macht. Er glaubt mir nicht, dass bei dir alles im grünen Bereich ist." Ein Reiher flog am Ufer auf und mir wurde heiß. Bisher war ich der Meinung gewesen, ich wäre ein einsam und unbeirrt seine Bahn ziehender Planet, jetzt kam ich mir wie ein Satellit vor, abhängig von Erschütterungen und Beiträgen der Bodenstation. Jim war schon die zweite Person, die sich dafür interessierte, wie es in mir aussah, und er hatte sich sogar Sorgen gemacht. Ich stotterte: „Mit schwarzen Löchern kenne ich mich nicht aus. Noch nicht", fügte ich hinzu, „den Enten geht es gut und mir auch. Sag Jim, er muss sich keine Sorgen um mich machen." „Hab ich schon", meinte Rosi, „und viele Grüße von Gunda, die steht neben mir." „Danke", stammelte ich, „schreibt ihr denn heute?" „Ja. Aber ohne dich ist es anders als sonst, es fehlt was. Melde dich wieder, wenn du in Bad Boschel bist." „Stopp mal, habt ihr schon ein Wort?" Es raschelte, ein Stuhl wurde verrückt und Rosi sagte undeutlich: „Sie will das Thema wissen." Vielleicht nahmen sie gerade ihre Stifte zur Hand. Dann war wieder Jims Stimme zu hören: „Heute bin ich dran, Gabe, es handelt sich diesmal um einen ganzen Spruch, und zwar aus der Bibel. Er heißt: Euch wird gegeben von der Quelle des lebendigen Wassers umsonst. Mach doch mit."

Über das Thema konnte ich mich nur wundern, doch zum Schreiben war ich viel zu energiegeladen, wie eine Batterie, die bis zum Rand mit Freundschaft aufgefüllt war und neu zur Verfügung stand. Die Hütte war nicht mehr wichtig, noch mit dem Brot in der Hand brach ich auf, meine gute Laune wollte in Bewegung umgesetzt werden. Hüpfend wich ich den leuchtendroten Nacktschnecken aus, die zahlreich den schwarzen Waldboden querten, bis ich auf sonnigen Feldwegen zwischen frisch gemähten Wiesen zu einem einsam gelegenen Friedhof kam, den man weit außerhalb eines Dorfes angelegt hatte. Dort versprachen große Bäume Schatten. Eine Wolke aus Staren wirbelte um das Blätterdach einer freistehenden Eiche. Ich öffnete das schwere Eisentor, setzte mich neben der kleinen Aussegnungshalle auf eine Bank und kramte Flasche, Block und Stift aus dem Rucksack. Gedankenverloren ließ ich den Blick schweifen und wurde auf der Wiese jenseits der Straße auf eine Bewegung aufmerksam. Dort war ein Fuchs bei der Jagd. Leichtfüßig, mit gestrecktem Schwanz und mit der Nase am Boden hielt er ab und zu ruckartig an, versteinerte förmlich und sprang dann hoch in die Luft, um sich auf eine Maus zu stürzen, die gerade den Fehler beging, ihren Bau zu verlassen. Ich beobachtete ihn eine ganze Weile und war sicher, dass das Tier sich weder um schwarze Löcher noch um Prinzipien kümmerte, es konnte einfach nur schlafen, essen und draußen sein. Füchse waren aus meiner Kindheit nicht wegzudenken, mein Vater hatte mir jedes Mal erzählt, wenn ihm wieder einer morgens im Park begegnet war und den einen oder anderen hatte er sogar gefüttert.

Barfuß drehte ich eine Runde über den Friedhof und las mir ein paar Inschriften durch. Angesichts meiner geröteten Zehen beschloss ich, die Halbschuhe anzuziehen. Anders als zu Beginn der Tour fühlte sich der Rucksack leichter an, die nächste Etappe schien weniger bergig zu sein und meine Füße waren trittsicherer.

An einem Wasserbecken warteten Gießkannen in einer einheitlich hellgrünen Reihe auf ihren nächsten Einsatz. Probehalber drehte ich am Hahn des Brunnens und konnte mit kühlem, klarem Trinkwasser meine Flasche auffüllen. Während ich trank, fiel mir Jims sonderbare Schreibaufgabe ein und mit einem Lächeln machte ich mich an die Arbeit. Ich schrieb darüber, was Rosi sagen würde, wenn ich ihr vom Friedhof erzählte:

„Rosi, stell dir vor, bei den Toten hab ich Glück gehabt. Dort hat mir ein Brunnen Wasser für meine Flasche geschenkt. Vorher habe ich etwas über Schwarze Löcher und Freundschaft gelernt und ein Fuchs hat mir gezeigt, wie ein schönes Leben aussehen kann. In meinen kühnsten Träumen hätte ich mir nicht vorstellen können, dass Bibelsprüche Gestalt annehmen, die nichts als eine Schreibaufgabe waren, nämlich: Euch wird gegeben werden vom lebendigen Wasser ..."

„... umsonst", würde sie den Satz vergnügt vollenden.

Tag 7 Rollen und Spiele

Auf dem Weg nach Bad Boschel wich das blauweiße Zeichen nicht von meiner Seite. Obstbäume säumten den Höhenweg und spendeten Schatten, während die Getreidefelder um mich herum vom Wind sanft bewegt wurden. Auch die Kurstadt warf ihre Schatten voraus, mit der Zeit wirkte die Umgebung gepflegter, die Wegränder waren mit frischen Jungbäumen bepflanzt und Bänke luden zur Rast ein. Zwar verbarg noch ein Wäldchen die ersten Häuser, doch mehr und mehr Leute spazierten umher. Die Frauen trugen Schuhe mit Absätzen und leichte Sommerkleider und die Männer helle Hemden. Ich überholte mit meinem verstaubten Rucksack ein Grüppchen Spaziergänger und schnappte etwas von deren Unterhaltung auf, ein Gespräch über eine Frau, die alle Prinzipien über Bord geworfen hatte und einem Mann nach Venezuela gefolgt war. Mir war unbehaglich zumute, weil ich einigen meiner Prinzipien ebenfalls untreu geworden war und ahnte, dass ich auf meiner Heimfahrt eine Andere sein würde.

Endlich tauchten die ersten Villen hinter dem Ortsschild auf. Vor den mit Fähnchen geschmückten Zäunen der Vorgärten verkündete ein Schild, ich müsse „Zum Kurpark" rechts in ein Wäldchen abbiegen. Das schon etwas verblasste blauweiße Zeichen an dem Baum daneben bestärkte mich darin, Karl hatte also ebenfalls den Kurpark besucht. Der gekieste Weg schlängelte sich in eine Senke hinab und frisch gestutzte Sträucher machten Platz für eine große Wiese, auf der sich weiße Liegen um alte, einzeln stehende Bäume scharten. Die Rückseite des langgestreckten Kurhauses, auf das ich mich allmählich zubewegte, ähnelte mit den vielen Fenstern und dem roten Satteldach aus Ziegeln eher einem Schulgebäude. Ein Herr im Frack und zwei angeregt plaudernde

Damen in Reifröcken und mit Sonnenschirmen kreuzten meinen Weg, Vorboten des angekündigten Barockfests. Ich war also nicht die einzige aus dem Rahmen fallende Person.

Auf der Vorderseite des Kurhauses drängten sich Festbesucher in Sonntagskleidung und kostümierte Akteure, vor allem an den Essensständen neben den bunt bepflanzten Rabatten gab es lange Schlangen. Weiße Perücken, ausladende Reifröcke und Kniebundhosen waren auf den Rasenflächen und Wegen in der Überzahl, ihre Besitzer bevölkerten vor allem den großen Platz vor der Wandelhalle. Palmen in großen Töpfen standen dunkel, fast schwarz vor den weißen Mauern des Gebäudes und rahmten ein großes ovales Becken mit Wasserspielen ein. Man konnte an historischen Marktständen hautnah altes Kunsthandwerk erleben, während Drehorgelspieler für die passende musikalische Untermalung sorgten. Historische Tanzvorführungen wechselten sich mit Straßentheater ab. Auf der Rasenfläche vor dem Wandelgang hatte man große Nachbauten von Holzspielzeug aufgestellt, an denen Leute jeden Alters Glück und Geschicklichkeit erprobten.

Ich hätte mich in der Trinkhalle mit einem Glas Heilwasser stärken können, aber ich zog einen guten Kaffee und ein Stück Kuchen im lichten, modernen Kurhaus-Café vor. Am Nachbartisch saßen fünf alte Damen, drei mit Stock oder Krücke und alle gebräunt und erholt aussehend, mit weißen, sorgfältig frisierten Haaren. Unter dem Tisch schlief entspannt ein großer, weißer, ebenso sorgfältig frisierter Pudel. Ich genoss die Kaffeehausatmosphäre, auch wenn ich ein vertrautes Sofa vermisste und Rosi und Jim mir fehlten. Ohne die beiden schmeckte der Kuchen nur halb so gut.

Die ‚Kurpark-Villa', in der laut Rosi ein Zimmer für mich reserviert war, lag nur einen Steinwurf vom Park entfernt und wurde von einem englischen Ehepaar geführt. Der Mann trug meinen Rucksack die Treppe hoch bis an die Zimmertür und tat so, als sei er leicht. Ich streckte mich auf dem Bett aus, aber der Gedanke, dass ich mich mit jeder neuen Übernachtung meinem Zielort näherte, überfiel mich zusammen mit einer wachsenden Unruhe und setzte sich in mir fest wie das Lied, das aus dem Park durch das gekippte Fenster drang: „Für Gabi tu' ich alles." Es klang wie „Gabe" und ging weiter: „Schön war das Wandern von einer zur andern, doch tausend mal so schön, ist es bei Gabi, bei meiner Gabi, ihr solltet Gabi mal seh'n."

Meine Hand angelte in der Seitentasche des Rucksacks nach dem Telefon. Rosi ging sofort ran. „Rosi, draußen singt jemand ein Lied über mich." „Ein schönes?" „Ich weiß nicht, ich glaube nicht. Hier findet gerade ein Barockfest statt. Ich liege in meinem Zimmer auf dem Bett, es ist ein schönes Zimmer, das jedenfalls steht außer Zweifel." Sie lachte: „Da bin ich ja froh!" An der Decke lief eine Spinne auf die Zimmerlampe zu. Ich überlegte ein bisschen und sagte dann: „Rosi, vielleicht kannst du mir weiterhelfen. Es ist so viel in Bewegung. Das macht mich mal mehr, mal weniger unruhig. Bisher hatte ich feste Vorstellungen und keinen Grund, auch nur einen Millimeter davon abzuweichen. Das war auch mit der Wanderung so, ich hatte mir vorgenommen, sie durchzuziehen, aber jetzt bin ich nicht mehr so sicher. Ich bin unentschlossen, ohne genau zu wissen, warum." Ich schwieg und Rosi las zwischen den Zeilen: „Aber du hast eine Idee, warum das so ist, oder?" „Ja", gestand ich, „aber ich will nicht, dass diese Sache mein Leben beeinflusst. Bisher hat sie keine Rolle gespielt, wieso macht sie sich jetzt so wichtig?" „Verstehe", sagte Rosi, „kann es sein, dass du dabei bist, herauszufinden, was dir wirklich etwas bedeutet? Manche deiner alten Überzeugungen sind vielleicht überflüssig geworden. Menschen ändern sich. Selbst du!" Sie lachte. „Was auch immer für eine Sache das ist, von der du sprichst, ich kann dir keinen Rat geben. Auch wenn ich es wüsste, wäre ich ein bisschen vorsichtig, denk an neulich. Du wirst es selbst herausfinden." Ich seufzte und sie sagte: „Möglicherweise gibt es noch den einen oder anderen Widerstand zu überwinden. Lass dir Zeit. Du warst ziemlich wütend und eigentlich gehörst du nicht zu den Leuten, die von Anfang an auf Krawall gebürstet sind, wenn man ihnen Ratschläge gibt. Wenn man zu solchen Leuten sagt: ‚Gib mir bitte Salz und Pfeffer‘, dann fühlen sie sich, als ob ihnen jemand einen Rat gibt und sagen: ‚Nimm dir doch Salz und Pfeffer selbst, du bist doch viel näher dran.‘ So bist du ganz und gar nicht, aber es gibt immer Gründe, sich schützen zu wollen. Vielleicht ist man manchmal ein bisschen traumatisiert." „Kann sein", sagte ich, „es ist komisch. Ich frage dich um Rat und gleichzeitig bin ich wütend, weil ich denke, ich müsste die Lösung selber kennen." „Willkommen im Klub", meinte Rosi trocken, „irgendwann fängt das an, dass wir uns schützen wollen. Einmal war ich mit drei anderen im Urlaub, in England, ich war erst 17 und meine Unsicherheit war mir schon klar geworden, ich wagte aber nicht, davon zu sprechen. Ich wurde immer unglücklicher, während die anderen immer fröhlicher wurden, so schien es mir jedenfalls. Ich schlug mich tagelang mit Minderwertigkeitsgefühlen herum, bis ich nicht mehr konnte und sagte, was mit mir los war. Sie lachten mich aus. Das hat unglaublich weh getan und sollte mir nicht nochmal passieren, deswegen wurde ich die Rosi mit dem dicken Fell, ein lustiger Kumpel." Augenblicklich zog sich alles in mir zusammen, als hätte die Geschichte an eine lang verdrängte Begebenheit angedockt. Ich rief: „Siehst du, es bleibt einem ja nichts anderes übrig, man muss sich wappnen und so tun, als ob es einem nichts ausmacht. Man will ja nicht ständig fertig gemacht werden. In der Bibliothek haben sie mir geraten, mir professionelle Hilfe zu suchen, mit mir würde was nicht stimmen, ich sei unzuverlässig. Ich hab damals natürlich nicht im Traum daran gedacht." Rosi fragte: „Und, hatten sie recht? Warst du unzuverlässig?" „Nein!" „Aber es hat dir etwas ausgemacht und du hast dich entschieden, so zu tun, als ob es dir nichts ausmacht. Du hast einfach weitergemacht.

184

Aber ich wette, du warst ziemlich angesäuert, was wahrscheinlich untertrieben ist. Und wer hat sich damals dazu entschieden, dieses Gefühl zu unterdrücken?" „Ich war das." „Richtig. Niemand sonst. Es hätte dir ja egal sein können, aber das war es nicht. Mach dir das klar: Diese anderen Personen waren nicht daran schuld, dass du deine Gefühle unterdrückt hast, es war deine Entscheidung, es hätte vielleicht andere Möglichkeiten gegeben, damit umzugehen. Du musst Verantwortung dafür übernehmen, wie du mit Gefühlen umgehst. Das ist der einzige Rat, den ich dir geben kann, aber ich finde ihn wertvoll. Das hab ich von BEKAH gelernt. Niemand hat dich fertiggemacht, du hast dich selbst dazu entschieden, dich fertigmachen zu lassen. Die Leute sagten, was sie sagten. Du glaubtest, was du glaubtest. Bestimmt hast du sie auch nicht gut behandelt, als du geglaubt hast, sie hätten dir schlechte Ratschläge gegeben und dir gesagt, du wärst unzuverlässig. Sie werden in deinen Augen zu Feinden und haben unrecht. Du verlässt vielleicht den Ort, deine Familie, bist abgespalten, nicht mehr verbunden, alles wegen des Verletztseins. Und mehr noch. Du bekommst Angst vor den Leuten, die dir begegnen, du wirst misstrauisch. Könnte ja sein, auch sie haben vor, dich eines Tages auszulachen. Ohne deine Annahmen über das Verhalten der Anderen wärst du frei. Frei, dich auszudrücken, egal, was die Leute sagen. Auch frei, nichts erklären zu müssen. Aber man kann verantwortlich handeln. Das sagt auch BEKAH: ‚Sei dir Situationen bewusst, wo dir jemand sagte, was du machen sollst und dann sieh auf deine Entscheidung: Wer war dafür verantwortlich? Und dann meditiere darüber und mach weiter: Öffne dein Herz.'"

Obwohl ich mich bemüht hatte, hatte ich von Rosis Vortrag nicht alles mitbekommen, an bestimmten Stellen hatte eine Art Amnesie eingesetzt, gegen die anzukämpfen mir schwer gefallen war, ich atmete tief durch. „Ich glaube, ich konnte dir weitgehend folgen, aber nach all dem ist mein

Kopf wie leergefegt. Du hast eine Menge gesagt, was ich noch nie so gehört habe. Darüber muss ich erst mal nachdenken. Keine leichte Aufgabe." „Aber du bist doch Gabe, geh einfach mit Hin-Gabe ran an die Auf-Gabe." Das war typisch Rosi. „Du solltest einen Handel mit Wörtern betreiben", ich musste gähnen, „dir ist aber schon klar, dass das Wort Aufgabe doppeldeutig ist?" Sie lachte: „Ach ja? Da fällt mir Mina ein, ich weiß nicht, woher sie das hatte, sie sagte bei jeder Gelegenheit: Alter macht den Körper faltig, Aufgeben macht die Seele faltig." „Du und Mina, ihr habt leicht reden. Trotzdem danke, Rosi." „Gern geschehen, ich wünsche dir noch einen schönen Abend, Gabe!"

Ich war plötzlich gar nicht mehr müde, in meinem Kopf begannen Gedanken zu kreisen und meine Füße zuckten und brauchten dringend Auslauf. Anscheinend konnten sie schon nicht mehr anders, kaum hielt ich mich in geschlossenen Räumen auf, sehnten sie sich nach draußen.

Ohne den Rucksack war ich weniger auffällig. Vor dem Kurhaus bot sich dasselbe Bild wie zuvor, flanierende kostümierte Paare wurden von Festbesuchern und von einem mit Kameras und Ausrüstung behängten Profi fotografiert. Auf dem Weg zum Park hörte ich von der Bühne bei den Wasserspielen Klänge herüber wehen, „Take it easy, altes Haus". Die zwei weißhaarigen Musiker schienen sich mit dem Titel gegen den Wind wappnen zu wollen, der dunkle Wolken vor sich hertrieb, immer mehr Leute hielten Regenschirme bereit. Vor dem Regen wollte ich unbedingt noch einen der Liegestühle für die Kurgäste ausprobieren. Beim Zurücklehnen kippte er mich sacht nach hinten und hob meine Beine in eine entspannte Position. Etwas entfernt von mir spielte ein kleines Mädchen mit den weitgeschwungenen, bis zum Boden reichenden Ästen eines großen Baums und erforschte, was passierte, wenn es sich daran hängte. Ruhig sah der Vater von einer Bank aus zu. Diesen Baum hatte es sicher schon gegeben, als Karl hier vorbeigekommen war. Ich aß den Rest der Körnerlaugenstange aus dem Supermarkt in Glockenstadt und trank aus der Flasche das Wasser vom Friedhof. Die Band hatte aufgehört zu spielen, Biertischgarnituren wurden zusammengeklappt und Autotüren zugeschlagen, man hörte Reifengeräusche auf Kies und das Durcheinander von Rufen.

Ein Pärchen in meiner Nähe hatte zwei Liegestühle nebeneinander gestellt und fing an, sich zu streiten. „Ich will einfach mein eigenes Ding machen", sagte sie, „deine Vorschläge sind vielleicht gut für dich, aber meine Lösung sieht anders aus." Er stöhnte, als wäre sie ein kleines Kind und habe es immer noch nicht kapiert. Ich hoffte, sie würde ebenso empört darüber sein wie ich, doch sie hatte anscheinend noch Hoffnung, er würde seine Meinung ändern. „Ich will gerne begründen, warum ich etwas mache oder nicht mache, aber manche Entscheidungen musst du schon mir überlassen." Er schwieg und sie beschwor ihn: „Versteh mich doch!" Es klang flehend, lange würde ich mir das nicht mehr mit anhören können. Da sagte er ganz ruhig und klar: „Du musst dich dem Tod deines Vaters stellen und auf die Beerdigung gehen, du kannst nicht davon laufen." Ich sprang auf, die Lehne der Liege krachte auf den Metallrahmen und der Schreck darüber verschmolz mich und das Paar zu einer Gemeinschaft. Schnell lief ich über den Rasen davon.

Vom Kurhaus erklangen Wander- und Volkslieder, die mich wehmütig stimmten. In mir waberten Bilder von Ausflügen mit dem Chor, in dem meine Mutter gesungen hatte und das Bild des Vaters, der sie nach den Auftritten umarmt hatte. Einige Melodien erklangen, die ich von früher kannte. Zuerst „In einem kühlen Grunde" und dann „Ade zur guten Nacht!" Mir fiel der Text ein: „Jetzt wird der Schluss gemacht, dass ich muss scheiden. Es trauern Berg und Tal, wo ich viel tausendmal bin drüber gangen. Das hat deine Schönheit gemacht, die hat mich zum Lieben gebracht mit großem Verlangen". Ich spürte den Schmerz darüber, dass Mutter

Vater und mich verlassen hatte und weggezogen war, als wäre es gerade erst passiert. Alles war wieder da, die Erinnerungen drängten sich auf, meine Prinzipien ließen mich im Stich, vielleicht, weil ich ihnen selbst untreu geworden war, die Ortstreue hatte ich aufgegeben, mein Durchhaltevermögen hatten Abkürzungen durchkreuzt, meine Unabhängigkeit war dem Angewiesen sein auf Rosi gewichen. Am Blick zurück in die Vergangenheit führte anscheinend kein Weg vorbei.

Unter einer großen Buche blieb ich stehen und sah mich um. Zwei kleine Mädchen kicherten eisessend in einem Liegestuhl, eine Frau mit Buch und junge Eltern mit Kinderwagen waren am Gehen. Das Pärchen hatte die Liegen zusammengerückt und hielt Händchen. Ich fühlte mich plötzlich sehr allein und suchte die Nähe der Festgäste.

Der Chor war verklungen, mit dem Abendprogramm fing eine neue Band an, Tanzmusik zu spielen. „Ich war noch niemals in New York, ich war noch niemals auf Hawaii", das erinnerte mich an die vergebliche Mahnung des Führers im Gewächshaus in Kleintrogenbach, Besucherinnen sollten sich keine Blüten abbrechen, um sie sich ins Haar zu stecken.

Die vollbesetzten Bänke vor der Konzertmuschel scharten sich in einem Halbkreis um die Tanzfläche, in einem zweiten Kreis standen Buden und weiße Zelte mit Schildern wie „Aperol", „Kuchen", „Bier" oder „Würstchen". Leute tanzten, zuerst paarweise, dann wegen der immer rockigeren Titel alleine. Ich saß mit einem leeren Rotweinglas unter einem großen Kastanienbaum und rief Rosi an, obwohl es mittlerweile schon spät war: „Hörst du die Musik, Rosi?" Ich hielt den Hörer in Richtung der Tanzfläche und sprach dann einfach weiter. „Es sieht so schön aus, Rosi. Tolle Beleuchtung und so. Ich bin ganz schön alleine hier, weißt du das?" Ein älteres Paar tanzte ungelenk, aber glücklich und nah, wie enge Vertraute. Zu einem schnellen Beatles-Song versuchten sie einen Rock'n'Roll und lachten. „Das Fest ist bald zu Ende,

Rosi. Vor mir bauen zwei Typen Garten-Deko aus Eisen ab, Rankgitter und rostige Rehe, Herzen und Pavillons, alles, was sie am Nachmittag nicht verkauft haben. Da musste ich an die Schreibaufgabe denken, die mit dem Rost, weißt du noch?" Zigarettenqualm zog heran und nahm mir die Luft. „Ja, du hattest Schwierigkeiten mit dem Wort ‚Ost'." „Stimmt." „Was siehst du noch?", fragte Rosi und es tat mir gut, dass sie mir nicht mit anderen Fragen oder Ratschlägen kam. „Vereinzelt flanieren noch Barockfiguren herum, mit schrecklichen Topfhüten und verschnürt mit weißen Borten und Schleifen. Gerade spielt die Band ‚Browneyed girl' und beschwört ein Mädchen aus einer anderen Zeit herauf. Wie ist nochmal deine Augenfarbe?" Ich war schrecklich sentimental. „Ich habe grüne Augen, wie du", sagte Rosi. „Ah, stimmt ja", sagte ich. Ich hatte es eigentlich gewusst, aber alles hatte sich verändert, war irgendwie verrutscht, war unbekannt und neu geworden, ich hätte mich nicht gewundert, wenn das nicht auch auf vermeintlich feststehende Dinge wie Augenfarben zugetroffen hätte. Musiktitel, bei denen ich sonst den Aus-Knopf drückte, schwemmten einer nach dem anderen Erinnerungen herauf, während ich redete. Die Besetzung der Band wechselte, die Musiker wurden jünger, das Nachtprogramm begann und ich stand auf. „Rosi, danke, dass du mir zugehört hast. Das hat mir sehr geholfen. Ein bisschen weiter bin ich schon mit Nachdenken, aber jetzt bin ich müde, und ich muss schlafen." „Ja, ruh dich aus, Gabe", sagte sie sanft. „Gute Nacht".

Aus einem großen Regal im Treppenhaus der Pension standen den Gästen Bücher zur freien Verfügung, das schien es nicht nur in Zügen zu geben. Ich griff nach dem erstbesten Exemplar und schlug es auf. Ein Bär sagte darin in wörtlicher Rede: „Erst haben wir uns ferngehalten von euch, aber nachdem der erste Biss der Trauer vorbei war, haben wir zugehört und von euch gelernt." Ich schlug das Buch wieder zu, stellte es zurück, ging zu Bett und war nach wenigen Minuten erschöpft eingeschlafen.

Nachts träumte ich von der Beerdigung meines Vaters. Ich sah eine unüberschaubare Menge an Leuten auf dem alten Friedhof stehen und ihm die letzte Ehre erweisen. Ein Bäckermeister war überall bekannt, die Größe der Trauergemeinde wunderte mich nicht. Direkt vor dem offenen Grab war eine flimmernde Leerstelle inmitten der nahen Angehörigen. Beim Aufwachen drang langsam der Schmerz in mein Bewusstsein. Ich war nicht dabei gewesen.

Tag 8 Die Vergangenheit abschütteln

Am Frühstückstisch setzte ich mich zu einer älteren Dame mit weißer Hochsteckfrisur und großen Ringen an den knochigen Fingern. Sie wünschte mir einen guten Morgen und fragte, ob ich ebenso wie sie extra wegen des Barockfestes gekommen wäre. Ich verneinte und erzählte von meinem innerdeutschen Wanderprojekt. „Oh, wie interessant!", sagte sie, „und wie geht es Ihnen damit?" Auf einmal fand ich mich in einem sehr persönlichen Gespräch mit ihr wieder, auch über meine Prinzipien klärte ich sie auf, als ob sie nicht längst schon ins Wanken geraten waren und als wolle ich mir bei ihr eine Bestätigung über deren Sinnhaftigkeit abholen. Sie hob ihr Glas Orangensaft zum Mund und behielt es lange in der Hand, nachdem sie getrunken hatte. „Wissen Sie", meinte sie dann mit ihrer hochdeutsch korrekten Aussprache, in der jede Silbe zu ihrem Recht kam, und stellte das Glas neben ihrem Teller ab, „was Sie über Prinzipien sagen, lässt mich an eine Gefahr denken, die Prinzipien oft anhaftet, nämlich Kontrolle." Sorgfältig tupfte sie sich mit der Serviette den Mund, „wir können nicht alles kontrollieren. Wer alles kontrollieren will, hat letztlich Angst. Das Gegenmittel wäre Vertrauen. Das Abendland ist stolz auf sein kritisches Bewusstsein und hat nicht bemerkt, dass Vertrauen und Hingabe dadurch immer weniger geworden sind." Eine Zeitlang schwiegen wir. Mir fiel mein Traum ein und ich gestand dieser fremden Frau gegenüber, was mir auf der Seele lag: „Mir ist etwas klar geworden auf meiner Wanderung, etwas, was ich bisher nicht wahrhaben wollte", ich senkte den Blick, „es geht um meinen Vater. Ich habe das Gefühl, ihn im Stich gelassen zu haben. Ich bin nicht zu seiner Beerdigung gegangen. Ich bin weggelaufen damals. Es ist lange her, aber jetzt hat es mich eingeholt." Als sie schwieg, sah ich auf. Ihr Blick ruhte auf mir und sie antwortete: „Solche Dinge passieren. Über Scheitern, wenn wir es so nennen wollen, habe ich schon viel nachgedacht und ich komme immer wieder zu der Ansicht, dass alles mit fehlendem Vertrauen zu tun hat, entweder zu sich oder zu anderen. Ein Grund dafür liegt, oder besser, lag, denn heute gehen viele Eltern anders mit ihren Kindern um, in der großen Wortlosigkeit in den Familien. So blieb alles im Dunkel und ohne Bewusstsein. Hierarchien trugen das ihre dazu bei. Zwischen den Menschen konnte sich Misstrauen ausbreiten, in unserer Familie war das auch so. Tiefe Risse entstanden und ich bin sicher, dass das auch mit der brachialen Geschichte des Jahrhunderts zusammenhängt." Auch in meiner Familie hatte es solche Risse gegeben, fiel mir mit einem Mal auf, wahrscheinlich gab es das überall. „Aber ein gesundes Misstrauen kann doch nicht verkehrt sein. Ich finde es wichtig, weil es einen schützt, ansonsten wird man andauernd verletzt", warf ich ein, während die dezente Musik im Hintergrund in eine beunruhigend tragische Stimmung wechselte. Mein Gegenüber erwiderte: „Da bin ich mir nicht sicher. Verletzungen gehören zum Leben, zu unserer ganz eigenen Geschichte, es beginnt mit der Geburt, da findet die erste Trennung statt und dann kommen wir in Kontakt mit den Geschichten unserer Eltern und immer so weiter, wir alle tragen alte Verletzungen mit uns herum. Vieles kann man reflektieren, auch wenn schon einige Jahre ins Land gegangen sind. Möchten Sie mir erzählen, was Ihre Mutter zu Ihrem Verhalten sagte?" Ich rutschte unbehaglich auf dem Stuhl hin und her: „Sie war schon weggezogen damals. Ich habe nie mit ihr darüber gesprochen und war auch nie mehr dort seitdem. Für mich haben der Friedhof und das Grab nichts mit meinem Vater zu tun. Nach dem Tod kommt nichts mehr." Sie nickte. „Und wie geht es Ihnen damit, wenn Sie das glauben?" Sofort sagte ich, dass es mir gut damit gehen würde, aber sie glaubte mir nicht, das machte ihr nachdenklich auf mir ruhender Blick deutlich. „Ich weiß nicht, was Sie über Sinn denken", sagte sie und verschränkte die Hände, „ich habe Antworten im Glauben gefunden, trotz aller Zweifel, die ab und an auftauchen. Mir ist ein kurzer Satz zum Leitfaden geworden, mit ihm komme ich gut durch mein Leben. Er besteht aus drei Wörtern: ‚Dein Wille geschehe'. Das ist für mich Hingabe." Ich war enttäuscht. Mein Geständnis hatte mich so viel Überwindung gekostet und nun schien mein damaliges Verhalten lediglich die Folge gesellschaftlicher Zustände zu sein. Und dass Religion die einzige Option für ein gelingendes Leben sein sollte, dem konnte ich ebenfalls nicht zustimmen. Da beugte sich die Frau vor und ihre goldenen Ohrringe schaukelten: „Lassen Sie sich Zeit. So eine Wanderung ist eine gute Sache, da kann man die Gedanken im Kopf hin und her bewegen. Sie werden herausfinden, warum Sie nicht zur Beerdigung Ihres Vaters gegangen sind. Es hat sicher Gründe gegeben. Vielleicht hat ein neuer Blick darauf weniger Selbstvorwürfe zur Folge." Ich sagte so etwas wie „Ja, vielleicht", dann stand ich auf und holte mir noch Obst vom Büffet. Meine Tischnachbarin wechselte das Thema und erzählte, sie habe ostpreußische Wurzeln und werde noch drei Tage in Bad Boschel bleiben. Sie überlege, eine Kur zu beantragen, wenn ihr die Atmosphäre und das Angebot im Bad zusagen würden. „Und wann werden Sie an Ihrem Zielort ankommen?" fragte sie mich. Ich zögerte und sagte dann wahrheitsgemäß: „Ich kann mir noch gar nicht vorstellen, jemals dort anzukommen. Laut Plan übermorgen." „Oh, Sie werden sehen, auch das wird sich sicher auf dem Weg noch aufklären. Ich nehme an, Ihnen begegnen bis dahin allerhand Fingerzeige." Ich lächelte etwas angestrengt und sagte: „Hoffentlich nicht zu viele!", dann blieb mir nur noch, mich zu verabschieden, die Rechnung zu bezahlen und aufzubrechen.

Die Luft unter den Bäumen im Kurpark war noch frisch. Auf dem Weg durch die Innenstadt erwärmte sie sich, ich zog das blaue T-Shirt aus und hängte es mir um die Schultern.

Die Leute wirkten entspannt und ich freute mich auf die Tagesetappe, die mich durch eine Schlucht führen sollte.

In der Nähe des Bahnhofs fand ich zum Glück die richtige Markierung auf einer Hinweistafel, und kurz danach sprach mich ein Mann in meinem Alter an. Er deutete auf das riesige Exemplar eines prächtig blühenden Rosmarinstrauches in einem Vorgarten, umschwirrt von Hummeln und Bienen. Ob das wirklich Rosmarin sei. Als ich verblüfft zustimmte, sagte er, er wundere sich nämlich wegen der Größe, er selbst habe sich eines fast vertrockneten Exemplars angenommen und es gegossen und gepflegt, nun ginge es der Pflanze besser und sie habe sich erholt, aber so groß sei sie lange nicht. Jetzt verfolge er die Idee, sie als Bonsai zu ziehen. „Man muss einen flachen Topf nehmen, dann kann die Wurzel nicht so nach unten wachsen, die Pflanze kann sich nur ganz wenig ausbreiten und sie nimmt auch über der Erde sehr wenig Raum ein." Ungefragt erzählte er mir von seinen Beweggründen. „Ich schaffe eine bessere Welt. Meditation und Beschränkung auf kleinsten Raum sind die einzig richtigen Maßnahmen für eine bessere Welt. Über allem steht, das Ego zu bekämpfen, das ist die schwerste Aufgabe von allen. Ich bin Moslem von Geburt, aber ich bin zum Buddhismus konvertiert." Ich sagte, das sei interessant, aber ich wolle weiter, doch er war noch nicht fertig. Der ganze Ostblock wäre ein Experiment der Stasi gewesen, das von ihr genauso kalkuliert und schlussendlich aufgegeben worden war. Die Stasi existiere weiter, es sei der Hohn, dass die DDR-Bürger sich feierten und dächten, sie hätten die Wende herbeigeführt. „Die haben gar keine Revolution gemacht. Und ‚Nine Eleven' war ebenfalls gesteuert." Fast tat mir der Mann leid, offensichtlich stimmte etwas nicht mit ihm, er hatte die ganze Zeit die Sonnenbrille aufbehalten, als wolle er seine Augen verbergen. Mir tat auch der Rosmarin leid und ich dachte an Rosi und BEKAH, die sich bestimmt darin einig gewesen wären, der Mann müsse einige Umkehrungen formulieren.

Ich wurde ungeduldig, als er behauptete, Religionen wären nur auf Krieg aus und widersprach energisch, das Gegenteil wäre der Fall, sie würden von Anfang an nichts als Liebe verbreiten, ein Argument, über das ich mich selbst wunderte, vielleicht wirkte das Gespräch mit der älteren Dame beim Frühstück noch nach. Wegen des Rosmarins setzte ich noch eins drauf und sagte mit Bestimmtheit, dass Liebe der Urgrund von allem sei und somit auch die Lösung aller Probleme wäre. Da nahm mein Gegenüber die Brille ab und musterte mich aufmerksam, als wolle er dadurch seinen Respekt ausdrücken, fing dann aber wieder von Neuem an, mich über die Bosheit der Welt aufzuklären. Anscheinend war sein Vertrauen abgeschnitten wie das Wachstum seiner Pflanze durch den engen Topf. Mit der Lüge, ich müsse zum Zug, riss ich mich los.

Es dauerte nicht lange und ich hatte Bad Boschel samt seiner Verrücktheiten hinter mir gelassen. Auf einem breiten geschotterten Weg ging es zügig aufwärts, bis die Gärten von Feldern und Wiesen abgelöst wurden. Ich fühlte mich frei und energiegeladen, über anstehende Fragen wollte ich später nachdenken.

Rechts von mir hatte man eine große Koppel eingezäunt. Ich war schon fast vorüber, als ich beim Vorbeilaufen im Augenwinkel eine Bewegung wahrnahm und stehen blieb. Auf dem letzten Holzpfosten, nur zwei Schritte entfernt, saß ein halbwüchsiger Greifvogel und schaute mich mit gelben, unergründlichen Augen an. Ohne zu wissen woher, war ich sicher, dass seinem gemusterten Federkleid die Frische eines Lebewesens anhaftete, das erst seit kurzem auf der Welt war. Ein Paar kam mit E-Bikes den Hügel herauf, grüßte und fuhr vorbei, ohne den Vogel bemerkt zu haben. Er hatte sich weder bewegt noch war er aufgeflogen, etwas stimmte nicht mit ihm. Ich vermutete, dass er verletzt war. Einfach weiter zu gehen war unmöglich. Über mir ertönte ein Ruf und ich sah die Silhouette eines kreisenden Greifvogels, das Junge war wenigstens nicht alleine. Ich setzte mich auf der anderen Seite des Wegs ins Gras und rief Rosi an. „Rosi", flüsterte ich, „hier sitzt ein junger Falke oder so etwas Ähnliches auf einem Zaun, ganz nah, wahrscheinlich ist er verletzt, ich glaube, er kann nicht fliegen!" Sie fragte erstaunt: „Ja, und? Was willst du jetzt machen?" Von der Natur hatte sie noch weniger Ahnung als ich, ich war wenigstens als Kind draußen gewesen. „Rosi, du findest jetzt bitte für mich heraus, an wen man sich wenden kann, wenn man verletzte Greifvögel findet. Es muss doch eine Stelle geben, wie bei Störchen, die sie aufnehmen und hochpäppeln. Und dann rufst du mich bitte wieder an, ich warte hier." Es dauerte, bis sie sich von der Überraschung erholt hatte. „Kann ich machen, Gabe, dir ist aber schon klar, dass das nicht so schnell geht und dass du noch viele Kilometer zu laufen hast." Sie konnte ja nicht wissen, weshalb ich neuerdings so einsatzbereit war. Man durfte nicht einfach davonlaufen, soviel hatte ich verstanden. Wenn man etwas wiedergutmachen konnte, duldete das keinen Aufschub. „Ja, weiß ich", antwortete ich und im selben Moment fiel das Tier kopfüber vom Zaun. Es war in den Straßengraben gestürzt und nicht mehr zu sehen. Ich sprang auf und rannte hin. Kurz vor dem Graben näherte ich mich im Zeitlupentempo und spähte vorsichtig ins Gras. Da sah ich den Kopf, der sich zu mir umwandte, beide Flügel lagen ausgebreitet neben dem Körper, die schwarzen Bänder auf dem Gefieder waren deutlich zu sehen. Der Vogel hatte sich nicht mehr halten können. Ich überlegte fieberhaft, was ich tun sollte, als er den Kopf beugte und mit dem Schnabel an etwas herumzupfte. Leblos hing ein braunes Fellknäuel in den gelben Fängen. Der junge Greifvogel hatte eine Maus gefangen. Laut rufend flog das Elterntier über uns hinweg. In dem Moment flatterte auch das Jungtier mitsamt der Beute auf und flog hinterher.

Ich sah den beiden mit offenem Mund nach. Meine Hilfe war gar nicht nötig gewesen. Eine weitere Lektion für mich, man konnte demnach nie genau wissen, was sich hinter der Oberfläche verbarg, vermeintliche Schwäche konnte sich als Stärke entpuppen und am Ende konnte Unachtsamkeit das Leben kosten. Das Schicksal der Maus ging mir unter die Haut, der Tod hatte mich überrascht, wie schon einmal. Das Handy machte Geräusche und mir fiel ein, dass Rosi noch dran war. „Entschuldige, Rosi. Es ist alles abgeblasen", sagte ich. „Was, du willst nicht mehr weiter?" Ihre Bestürzung war erstaunlich, wenn man daran dachte, wie sehr sie um Gelassenheit und Annahme bemüht war. „Nein, nein, nicht, was du denkst", beeilte ich mich zu sagen, „ich laufe weiter, klar. Dem Vogel geht es gut, er war gar nicht verletzt, er hat sich auf eine Maus gestürzt und ist dann weggeflogen. Entwarnung." Rosi atmete hörbar auf.

Die Weppach rauschte laut, dabei befand ich mich erst am Eingang der Schlucht. Jemand hatte in dicker schwarzer Schrift an den Rand der Infotafel zum Satz „Sie hat sich in das sie umgebende mächtige Felsgestein tief eingegraben" „so wie manche Leute in der Trauer" hinzugefügt. Der Beschreibung zufolge waren in diesem Gebiet seltene Tiere zu Hause, die Zeichnungen der Molche, Libellen und Fledermäuse hatte das Sonnenlicht, das ab und an den Weg zu diesem Rastplatz fand, bis auf einen zarten Blauton ausgebleicht.

In einem Unterstand aus Holz war die Baumscheibe einer Tanne zu besichtigen, die „1810 geboren und hundertfünfzig Jahre später gefällt" worden war. Unweit der Hütte entdeckte ich das Becken einer versiegten Quelle, die Wanderer früherer Zeiten eingeladen hatte, ihren Durst zu löschen, jetzt war es mit altem Laub gefüllt. Ganz in der Nähe stand ein Baum, der das blauweiße Zeichen trug. Zu seinen Füßen legte ich den toten Schmetterling mit den zarten blauen Flügeln ab, den ich unterwegs aufgehoben und mitgenommen hatte.

Der Wanderweg hielt sich dicht neben dem schnell dahineilenden Fluss, über den mehrere bejahrte Holzbrücken führten. Nur auf wenigen kurzen Steigungen entfernte er sich von ihm, immer dann, wenn die Felsen nah am Wasser zu steil aufragten, doch selbst in einiger Entfernung war die Kühle angenehm und der Blick auf das weißschäumende Band faszinierend. Unter den mächtigen Pfeilern einer Eisenbahnbrücke schien sich das laute Rauschen des Wassers zu vervielfachen. Sie war nicht der einzige Eingriff des Menschen in das Tal gewesen, an mehreren Stellen wiesen Hinweisschilder auf alte Bergbaustollen hin und im Oberlauf residierte ein altes Kraftwerk, das mehr Ähnlichkeit mit einem imposanten Hotel hatte als mit einem technischen Gebäude.

Es gab so viel zu sehen, ich war die ganze Zeit mit all den Eindrücken beschäftigt und kein einziger unerwünschter Gedanke störte mich dabei. Als die Schlucht zu Ende war, tat es mir leid, den lebendigen Fluss und seine beeindruckenden Gesteinsbrocken verlassen zu müssen. Andersartige Schmetterlinge tauchten auf und begleiteten als sichtbare Vorboten den Übergang zu trockenen, staubigen Wegen. An einem kleinen stillgelegten Bahnhof endeten zwei rostige Gleise. Vermutlich waren von hier aus Gestein und Baumstämme abtransportiert worden. Den alten gerahmten Plakaten an den Gebäuden zufolge hatte man in Zeiten wachsenden Fremdenverkehrs Ausflüglern die Begehung der Schlucht ermöglicht.

Unter dem Vordach der ehemaligen Laderampe saß ein Radfahrer auf einer unglaublich langen und breiten Bank, die sich auf den zweiten Blick als ein der Länge nach halbierter Baumstamm entpuppte. Neben ihm lag eine aufgefaltete Karte. Es war Mittagszeit, sonst war niemand zu sehen. „Darf ich mich zu Ihnen setzen?", fragte ich höflich. „Sicher", sagte der Mann und rutschte einladend etwas zur Seite, obwohl es wegen der reichlichen Sitzfläche keinen Grund dafür gab.

Auf einem Abstellgleis schräg vor uns rosteten einige alte Waggons vor sich hin, sie hatten, wie mein Nachbar eben auf einer Tafel gelesen hatte, einst für die Papierfabrik am Ort gearbeitet. „Ich kam mir vorhin genauso ausrangiert vor", sagte er und biss in sein Brot, „es war höchste Zeit für eine Pause." Ich schätzte ihn auf etwa sechzig Jahre, die verstaubten Fahrradtaschen sahen nach einer längeren Tour aus. „Ich komme gerade aus Laubenheim." „Da will ich übernachten!", rief ich mit einer Bestimmtheit, die mir im Lauf des Vortages abhanden gekommen war. Gestartet war er in Born, in meinem so oft hinterfragten Zielort, sein Radweg folgte dem Fluss, in den die Weppach sich viele Kilometer weiter nördlich ergoss, bis zu dessen Mündung in den nächstgrößeren Fluss und so würde er auch durch die Stadt kommen, in der ich lebte, ein seltsamer Zufall. Ich erzählte von meiner Wanderung und beklagte mich ein bisschen, etwas, was ich sonst nie tat, vielleicht war das Bedauern über den Abschied von der Schlucht daran schuld oder die zunehmende Hitze. „Manchmal frage ich mich schon, weshalb ich mir das antue, dieses ewige Auf und Ab", seufzte ich schließlich. Gelassen, die blauen Augen auf mich gerichtet, und ohne Fragezeichen am Ende sagte er: „Vielleicht macht man das, weil man ein Ziel hat." Ich schwieg. Er konnte nicht wissen, wie sehr ich mein Ziel fürchtete. Das Gespräch zwischen uns plätscherte noch etwas dahin, aber ich war verstimmt und brach kurze Zeit später auf. Karls Zeichen lotste mich an wenigen Häusern und einer geschlossenen Gaststätte vorbei und nach dem Ortsschild in den Wald.

Ein schmaler Pfad mäanderte in stetiger Steigung hoch und höher, machte eine scharfe Linkskurve und orientierte sich dann beharrlich an einer Höhenlinie. Das einzig Interessante waren riesige Ameisenhaufen, keine halbflachen Hügel, sondern hohe, fast zu Kugeln gerundete Wohnbauten, die vermutlich seit Jahren ungestört in die Höhe wuchsen. Scheinbar endlos ging es am Hang schnurgerade durch einen eintönigen Wirtschaftswald. Mir fiel eine eintönige Zugfahrt ins Museum ein, die auf plötzliche Art und Weise unterbrochen worden war.

Der Zug war so ruckartig durch eine Kurve gefahren, dass eine alte Dame im Gang gestürzt war. Vier Frauen waren aufgesprungen und versuchten vergeblich, ihr aufzuhelfen, es war deutlich erkennbar, dass die alte Dame große Schmerzen hatte. Dann geschah, was ich noch nie erlebt hatte, eine der Frauen rief „Festhalten!" und zog die Notbremse. Der Zug kam quietschend zum Stehen und im Abteil herrschte vollkommene Stille. Als der Schaffner herbeieilte, sagte die Frau ganz ruhig zu ihm, er solle einen Krankenwagen rufen. Ich war froh, dass andere sich kümmerten und erleichtert, als die Sanitäter kamen. Es wurde ein schmaler Rollstuhl durch den Gang geschoben und ein junger gutaussehender Mann sprach sehr taktvoll mit der alten Dame, tastete ohne die geringste Spur von Eile ihre Hüfte ab, erklärte ihr das weitere Vorgehen und hob sie mit Hilfe seiner jungen blonden Kollegin vorsichtig in den Stuhl. Er erhielt die Erlaubnis der Frau, in ihrer Handtasche nach dem Geldbeutel zu suchen und die Chipkarte herauszunehmen. Behutsam verschloss er den Reißverschluss wieder und legte die Tasche in ihren Schoß.

Ich ahnte, weshalb ausgerechnet dieses Bild in mir aufgetaucht war, ich fühlte mich einsam und auch ein wenig unsicher und damals hatte ich all die handelnden Menschen bewundert, die Entschlossenheit der Frau, die die Notbremse gezogen hatte, die Umsicht des Schaffners, die Hingabe und Selbstsicherheit des jungen Mannes, die Würde der alten Dame trotz des Zwischenfalls. Meine Prinzipien hatten mir damals keinen Deut weitergeholfen, weil ich mir angewöhnt hatte, mich herauszuhalten, und mittlerweile lief ich auf ein Ziel zu, das mich bereits forderte, bevor ich dort war.

Zum Glück entschloss sich der Weg, wieder abwärts zu führen. Ich schob die Bilder von der Szene im Zug weg, doch die Erkenntnis über die Unzuverlässigkeit von Prinzipien blieb an mir haften.

Langsam ging es Schritt für Schritt in einen steilen Taleinschnitt hinab, in eine gleißende Helligkeit, da man in diesem Teilstück die meisten Bäume gerodet hatte. Das Dunkel des Waldes war verschwunden, stattdessen sorgten hohe Brennnesseln dafür, dass meine Oberschenkel brannten. Der Pfad endete direkt neben einer breit ausgebauten, parallel zu einem Flüsschen verlaufenden Straße an einer kleinen Rastanlage mit Pflanztrögen und Bänken. Schilder unterrichteten mich, dass ich mich an einer bedeutenden Wanderwegekreuzung befand. Wie aus dem Zentrum eines Spinnennetzes deuteten Wegweiser in alle Richtungen. Karls Weg war, wie zu erwarten war, auf der Übersichtskarte nicht zu finden und keine der Markierungen folgte auch nur annähernd dem von mir vermuteten Verlauf. Die Straße schien wieder einmal alle Spuren ausradiert zu haben.

Eine Tafel neben einer Holzbrücke war mit alten Schwarzweißfotos bedruckt. Amerikanische Soldaten standen mit Männern, Frauen und Kindern, alles Zivilisten, am Ufer des Flüsschens und sahen zu der hohen Mauer hinüber, die den dahinter aufragenden Ort abschirmte. Die Grenze war mitten im Fluss verlaufen.

Ich ging über die Brücke und war mir bewusst, dass die andere Seite für Karl damals unerreichbar gewesen war. Vom Rand eines fast leeren, gesichtslosen Parkplatzes drängte sich die gelb-blaue Werbung eines Supermarkts auf, vielleicht konnte man mir dort weiterhelfen. Die automatische Tür öffnete sich fauchend. Ich kaufte etwas zu trinken und eine Handvoll Pfirsiche in der Früchteabteilung und fragte eine Frau, die in der Reihe an der Kasse wartete, nach dem alten Grenzwanderweg. Sie lebe zwar gleich im Ort oben, sagte sie, aber fürs Wandern habe sie sich noch nie interessiert, da müsse ich jemand anderen fragen. Vor dem Eingang war eine andere Kundin gerade dabei, ihre Einkäufe in ihren Fahrradtaschen zu verstauen. Sie überlegte: „Hier hat sich so viel verändert. Ich weiß nur, dass die Grenze durch den Fluss verlief. Sie sind also schon auf der falschen Seite." „Das weiß ich", sagte ich, „aber drüben gibt es weder Hinweise noch Wege. Nur die breite Straße, und auf der hat kein Fußgänger Platz. Und es sieht auf meiner Karte nicht danach aus, dass nach der nächsten Kurve bald irgendein Weg abgeht." „Sie haben wohl Urlaub? Was arbeiten Sie denn?", fragte die Frau mich unvermittelt. Ich stockte. Etwas in mir stieg auf wie die Luftblasen, die ich im Uferschlick unter der Brücke beobachtet hatte. Ein ganzer Haufen Frösche lag in meinem Hals quer. Ich kam auf keine andere Antwort als: „Ich bin Bibliothekarin." Tief in mir drin applaudierte Rosi, als habe sie sich hinter meinen Organen in einem Schrank versteckt. „Oh, ein schöner Beruf!", die Frau schnallte die Taschen zu, „wissen Sie, ich bin regelmäßig in unserer Bücherei. Sie hat zwar nicht die Riesenauswahl, aber man bemüht sich, aktuelle Werke einzukaufen. Gerade lese ich ein Buch über Psychopharmaka." Noch ganz mit der Wirkung meiner Antwort auf mich selbst beschäftigt, nickte ich nur. „Ehrlich gesagt", fuhr die Frau ermutigt fort, „ich kenne so viele Frauen in meinem Bekanntenkreis, die schon mal Psychopharmaka genommen haben oder immer noch nehmen. Ich denke, das ist ein gesellschaftliches Problem. Frauen sind nicht glücklich, aber solange ihnen nicht bewusst ist, weshalb das so ist, geben sie diesen Druck einfach weiter und das kommt dann zu dem üblichen Druck dazu und zu der Norm, wie wir alle zu leben und uns zu verhalten haben. Wir stabilisieren das System und leiden am Ende am meisten darunter. Man fragt sich doch, weshalb vor allem Frauen Psychopharmaka nehmen, Männer tun das viel weniger." Weil ich nichts sagte, gab sie sich selbst die Antwort: „Das kommt, weil Frauen so oft nicht gesehen, respektiert und gewürdigt werden. Weil sie die Männer stützen, ihnen die Welt erklären, ihnen ihre Zuneigung geben, und die saugen sie auf und können oder wollen nichts zurückgeben, weil sie so ihren Bonus behalten können und selbst nichts ändern müssen. Deshalb ist das Leben für Frauen sehr viel anstrengender als für Männer." Es war nichts Neues, dass mir wildfremde Leute die Welt erklärten, und es war egal, ob sie recht hatte oder nicht, viel wichtiger war, dass ich ausgesprochen hatte, was ich war, nicht Putzfrau, das war auch nicht schlecht, sondern die andere Wahrheit, die von früher, Bibliothekarin. Ich wunderte mich, was vorher das Problem gewesen und weshalb mir die Anerkennung dieser Wahrheit so schwer gefallen war. Warum hatte ich diese Zeit komplett hinter mir lassen wollen? Mitten in meine Gedanken hinein fragte die Frau, ob mir nicht gut wäre. Ich sah sie überrascht an, sagte, alles wäre in Ordnung und lief davon. Im Rücken spürte ich ihre Blicke. Wahrscheinlich nahm sie jetzt an, ich würde ebenfalls Psychopharmaka nehmen und sie habe meinen wunden Punkt getroffen. Meine Füße trugen mich an den Rand des Parkplatzes, dorthin, wo zwei Arbeiter unter Bäumen ihr Bier tranken. Eine Weile blieb ich in der Sonne stehen und entspannte mich, bevor ich sie nach dem Weg fragte. Die beiden waren weder Wanderfreunde noch Ortsansässige. Sie sahen gemeinsam mit mir auf die Karte und überlegten, wie die Grenze verlaufen sein mochte, und auch für sie stand fest, ich müsse auf der anderen Seite des Flusses, im Westen, meinen Weg finden. „Aber dort gibt es nur die Straße. Keinen Weg." Sie konnten mir nicht weiterhelfen. „Wissen Sie", meinte der eine, „wir kämen nie auf die Idee, sowas wie Sie zu machen. Irgendwelche alten Grenzen ablaufen, das ist Vergangenheit, man muss jetzt in die Zukunft schauen." Mein eigenes Prinzip kam mir entgegen und versank wie ein Schiff aus Papier in meinem vom Bibliotheksthema aufgewühlten Inneren. Ich aß einen der eben gekauften Pfirsiche, bedankte mich und verließ die beiden, die offenbar vorhatten, sich nicht nur an einem einzigen Bier zu stärken.

Als nächstes sprach ich durch das geöffnete Fenster eines Kleintransporters einen Mann an, der laut der Beschriftung auf der Autotür als Vermessungs-Techniker unterwegs war. Er hob den Blick von der Tageszeitung und sagte bedauernd, er wisse zwar über jeden Ort im Osten Bescheid, aber auf der anderen Flussseite sei ein anderes Bundesland, dort kenne er sich nicht aus. Es klang, als lägen Welten dazwischen, nicht nur das schmale ehemalige Grenzflüsschen. Er gab mir den Rat, auf der Straße zu laufen. Ich ging zur Brücke zurück. Neben der Fahrbahn gab es keinen Grünstreifen, an die Leitplanke grenzte ein halbzugewachsener Graben, der kaum Platz für einen Fußgänger bot. Ich ließ mich zwischen den Geranien der Wanderwegkreuzung auf eine Bank fallen und wusste nicht mehr weiter, die Frische der belebenden Schlucht war lange aufgezehrt. Alle möglichen Gedanken gingen mir durch den Kopf, über Frauen in der Psychiatrie und über Männer, die ihre Vergangenheit abschüttelten wie nasse Hunde Wasser aus dem Fell. In einer meiner Visionen sah ich mich angefahren und blutend auf der Straße liegen, in einer anderen einen Riesenumweg machen und mich verlaufen und am Ende sah ich mich ein Auto anhalten und wurde von einem Fremden auf einsame Waldwege entführt. Eine Lösung musste her und ich versuchte, mich zu konzentrieren. Meine Karte hatte mir gezeigt, dass es in dem Ort mit dem Supermarkt einen Bahnhof gab. Von dort aus fuhren Züge mit zwei, drei Umstiegen bis in meine Stadt. War das vielleicht ein Wink des Schicksals, damit ich um Born herumkam? Doch auf diese Art aufzugeben, fühlte sich wie eine Kapitulation an. Das war eindeutig das Gegenteil von konsequentem Handeln. Und wie sollte ich das Rosi und Jim erklären? Dann schon lieber nach Bad Boschel zurück und, falls das möglich war, von dort aus mit dem Zug nach Laubenheim fahren, an mein nächstes Ziel. Ich sah im Geist die alte Dame vom Frühstückstisch bei meiner Ankunft mit großen Augen am Bahnhof stehen, doch diese Art von Umkehr schien mir besser zu sein als ganz aufzugeben.

Eine Weile blieb ich noch sitzen, als brächten meine Füße es nicht über sich, den Rückweg anzutreten, was mich nicht wunderte, denn als erstes wartete der steile Waldweg mit seinen Brennnesseln wieder auf mich. Schließlich stand ich auf und zurrte grob den Rucksack fest, als wäre er schuld an allem. Schritt für Schritt entfernte ich mich von Fluss, Parkplatz und Straße. Die Brennnesseln begrüßten mich wie eine alte Bekannte und strichen mir mit ihren feinen Härchen über Arme und Beine. Ich unternahm kaum etwas dagegen, es geschah mir ganz recht, weil ich unfähig war, an einer Wanderkreuzung mit Überangebot den richtigen Weg zu finden. Um abzuschätzen, wie weit ich zu steigen hatte, sah ich kurz hoch und bemerkte am Baum direkt vor mir ein Schild mit Markierungen, das ich aus der anderen Richtung kommend nicht hatte sehen können. Nach einem Blick auf die Karte war ich mir sicher: Wenn es auch nicht Karls Weg war, er würde mich meinem nächsten Ziel näher bringen. Er führte auf die Höhe und über einen Umweg durch ein paar Ortschaften wieder auf Karls Route, kurz vor Laubenheim. Nachdem ich mein Ziel fast aufgegeben hatte, war es wieder aufgetaucht. Es war nicht gerade eine Abkürzung, ich würde nicht durch Heidenberg kommen und Karls Weg war mir bis kurz vor Laubenheim verloren, aber es war ein Ausweg aus meiner Misere. Stolz und erleichtert, dass ich auch ohne Bodenstation zurechtkam und Rosi und Jim bald eine Erfolgsgeschichte erzählen konnte, schlug ich den neuen Weg ein.

Nachdem mich der Wald auf eine Hochebene entlassen hatte, genoss ich die freie Landschaft, den weiten Himmel und das Laufen durch Dörfer und Alleen. Mein Körper fühlte sich gut an, die Zehen ließen mich in Ruhe, der Rucksack schien leichter als je zuvor. Auf der Hauptstraße des dritten, unter der Sonne brütenden Dorfs kam mir ein junger Mann entgegen, in einem ausgeleierten T-Shirt, in Plastikclogs und mit einer Bierflasche in jeder Hand. Wir teilten uns den engen Gehweg, ich sah an ihm vorbei und war weit davon entfernt, in ihm einen Heiligen entdecken zu wollen. Zu meiner Überraschung blieb er stehen und deutete auf meinen Rucksack: „Mir tut immer noch der ganze Rücken weh." Verwirrt starrte ich ihn an. Er sagte: „Ich bin gestern achtzig Kilometer gelaufen, von meiner Arbeit bis hierher." Das war der Hitze wegen unvorstellbar, umso mehr, als er anfügte: „Dabei bin ich total untrainiert." „Und Ihre Füße?" Das war natürlich das Erste, was mir in den Sinn kam. „Ging eigentlich. Keine Blasen. Tun schon nicht mehr so weh, war aber auf alle Fälle ungewohnt. Aber ich bin ja noch jung." Wie recht er hatte. „Und was war der Grund für das weite Laufen?" fragte ich. „Hatte Lust zu. Wir hatten Berufsschule, und da dachte ich, ich probier's mal. Und Sie?" Ich berichtete und er kratzte sich am Kopf. „Einfach so, von Dorf zu Dorf? Na, wenn Sie meinen." „Warum nicht? Das ist eine tolle Gegend hier", versicherte ich. „Wirklich?" Es war deutlich, dass er das bezweifelte. „Ja, es gibt viele Pflanzen, die ich in meiner Kindheit das letzte Mal gesehen habe. Den großen Wiesenknopf zum Beispiel." „Was für'n Ding?" Ich wunderte mich selbst darüber, dass mir plötzlich der Name eingefallen war, es musste an den vielen vertrauten Pflanzen liegen, die mir auf den letzten Kilometern aufgefallen waren. „Der Wiesenknopf wächst auf Wiesen, wir sagten als Kinder ‚Schlotfeger' dazu, weil die Blüte so dunkel ist." „Muss ich mal googlen", meinte der junge Mann, „ich will später gern was für die Gegend hier machen. Ist ja voll abgehängt." Um ihn darin zu bestärken, schwärmte ich noch ein bisschen von dem schönen Weg, den ich hinter mir hatte, dann wiederholte ich die Geste, die ich vor ein paar Tagen von der Japanerin gelernt hatte, ich verneigte mich mit aneinander gelegten Handflächen, was der junge Mann verblüfft auf die gleiche Weise erwiderte. Beim Weitergehen fühlte ich mich großartig. Auf einmal machte mein Prinzip ,Verantwortung' Sinn. Nicht alle Prinzipien mussten auf den Prüfstand, es war so einfach, man hatte nur mit den Leuten zu reden und sie zu motivieren, dann bekam man etwas zurück.

Etwa hundert Meter nach dem letzten Haus des Dorfs kam von hinten ein Auto die leicht abfallende Straße heruntergefahren. Ich trat vorsichtshalber zur Seite, auf den schmalen Schotterrand. Genau auf meiner Höhe schrie mich plötzlich aus dem geöffneten Fenster in voller Lautstärke eine Männerstimme an. Furchtbar erschrocken hörte ich noch jemanden lachen und das Auto war längst verschwunden, als ich begriff, dass man mir absichtlich einen Schrecken hatte einjagen wollen. Mein Herz klopfte bis zum Hals. Zuerst wich die anfängliche Betäubung einer großen Wut und im Anschluss kam eine Unmenge an Tränen. Ich setzte mich, wo ich war, am Straßenrand ins Gras und ließ ihnen freien Lauf. Das fühlte sich sogar ein bisschen entspannend an, wie eine Verschnaufpause für meine Nerven. Ab und zu fuhr ein Auto vorbei, aber das war mir egal.

Als ich mich beruhigt hatte, sah ich nachdenklich auf meine Beine. Sie hatten mich schon weit getragen und zu keiner Zeit im Stich gelassen. Ich hatte sie nie richtig gewürdigt, sie hatten es wahrlich verdient, sich auszuruhen. Dass man den eigenen Füßen dankbar sein konnte, wurde einem von niemandem gesagt. Rosi und Jim waren auch nicht auf die Idee gekommen, sie hatten es sowieso leichter, sie waren zu zweit, während ich mich ständig allein durchs Leben schlug. Ich wünschte, Jim würde mir von der Beständigkeit der Milchstraße berichten oder von einem Planeten, den niemand mit einem verlorenen Weg oder einem Anschreien aus der Bahn werfen konnte. Es dauerte etwas, bis Rosi ans Telefon ging. „Rosi, was mache ich hier eigentlich?" Aus Versehen schrie ich sie an. „Du hast ein Ziel!", rief sie nicht weniger laut in mein Ohr. „Ich will da nicht hin, Rosi! Dieses Auf und Ab bringt mich um, und damit meine ich nicht nur die Höhenmeter. Jemand hat mich aus dem Auto heraus angeschrien, einfach so, nur um mich zu erschrecken. Ich konnte nichts dafür, ich bin sogar noch aus dem Weg gegangen." Rosi hörte sich gleich mitfühlender an: „Oh, das tut mir leid, Gabe. Das ist mehr als gemein. Ist doch klar, wenn dich das fertig macht, sowas macht doch jeden ..." „Aber nicht jeder bricht gleich in Tränen aus!", fiel ich ihr ins Wort. Meine Empörung traf wieder die Falsche, ich wusste es. „Was ist schlimm daran? Beruhige dich. Äußere und innere Grenzen liegen gar nicht so weit auseinander", gab sie zur Antwort. Ich schwieg. „Wo bist du denn gerade?" wollte Rosi wissen. Nach einer Pause, in der ich mir die Nase putzte, sagte ich: „Rosi, ich will nicht mehr, meine Beine können noch, aber ich habe genug. Ich brauche meine Ruhe. Ich will nach Hause." Ganz langsam suchte Rosi nach Worten und reihte sie aneinander wie Perlen an einer Schnur: „Gabe." Schon, wie sie meinen Namen aussprach, tat mir gut. Es klang sehr liebevoll. „Gabe, du weißt es vielleicht, und wenn nicht, dann sag ich's dir jetzt, nämlich, dass Pluto und Saturn gerade im Sternzeichen Waage unterwegs sind und für Unruhe sorgen, sowohl gesellschaftlich wie auch persönlich, und das bis Januar nächsten Jahres. Du musst nicht denken, dass es mit dir zu tun hat, wenn so etwas passiert, die Leute sind einfach durch den Wind." Ich dachte darüber nach und erzählte ihr dann, was im Ort mit den Wanderwegweisern passiert war und wie nah ich daran gewesen war, umzukehren. „Es hat mich an die Bibliothek erinnert, da wusste ich auch nicht mehr weiter." „Hm", meinte Rosi, „trotz der vielen Bücher, eigentlich eine gute Umgebung, so eine Bibliothek." Sie wollte mich ein bisschen zum Reden ermutigen. „Ich hatte genug damals, Rosi, ich kannte mich nicht mehr aus", sagte ich, „und die Bücher waren mir keine Hilfe, ich verstand sie nicht. Sie hatten recht, mich zu entlassen, es machte keinen Sinn mehr." „Das war sicher nicht leicht für dich", sagte Rosi mitfühlend, „und wie gut, dass du danach dein Ding gemacht hast. Das mit dem Putzjob, meine ich." „Ja, und wegen dir und BEKAH", versuchte ich es mit einem Scherz, „habe ich verstanden, dass Prinzipien kein Allheilmittel sind. Ich dachte es, aber es hat nicht gestimmt." „Wer weiß, woher deine Überzeugung kam. Vielleicht war die Familienübertragungssoftware schuld. Von deinen Eltern hast du kaum etwas erzählt. Dass deine Mutter lebt, das weiß ich, mehr aber auch nicht." Ich seufzte: „Ja, geht mir genauso, ich bin nicht scharf auf den Kontakt mit ihr. Früher war sie angespannt wie eine Bogensehne, immer kurz vor dem Zerreißen." „Vielleicht lag es an ihrer Beziehung." Auf meinen Vater wollte ich nichts kommen lassen, aber selbst mir war mittlerweile klar, es gehörten zwei dazu. „Weißt du, was ich glaube?", sagte Rosi in die entstandene Pause, „ich glaube, Vergangenheit ist wichtig, aber nicht alles. Ich denke, dass wir Verantwortung für unser Leben haben und dass unsere Aufgabe auf der Erde einzig und allein darin besteht, so glücklich wie möglich zu sein und unser Potential zu entfalten. Ich bin nicht dazu da, Leuten meine Lösungen aufzudrängen. Wenn sie nicht wollen, was ich zu geben habe, dann ist das ihre Sache. Sind sie auf einer anderen Ebene unterwegs, kann ich noch so gut sein, ich werde sie nicht erreichen. Du bist gerade dabei, deinen eigenen Weg zu finden, Gabe. Wenn es dich dazu drängt, dann verlässt du eben Karls Route. Nur deine ist wichtig, nur sie wird dir Antworten geben. Du hast dich heute zur Umkehr entschlossen und, zack, tat sich etwas Neues auf, und dann hat dich wieder etwas aus dem Gleichgewicht gebracht. Das Leben ist nun mal ein Auf und Ab, kein ‚Wünsch dir was'. Prinzipien haben auch Grenzen. Wie viele Beweise dafür willst du noch?" „Zwölf", antwortete ich. „Wieso zwölf? Was soll das heißen?" „War nur Spaß!" Rosi lachte und ich lachte mit. „Bis bald, Gabe, ich bin gespannt. Lass es dir gut gehen!", meinte sie zum Abschied. Ich bat sie noch, Jim von mir zu grüßen, und stand auf. Rosis Satz, unsere einzige Aufgabe wäre, glücklich zu sein, hallte in mir nach.

In einem Dorf, dessen Bauernhöfe sich entlang einer breiten baumbestandenen Hauptstraße reihten, nahm ich Rosis Satz von der Freiheit, meinen eigenen Weg zu gehen, wörtlich und entschied mich zu einer außerplanmäßigen Übernachtung. Ein kleines Schild am Ortseingang mit dem Hinweis auf eine Ferienwohnung hatte mich auf diese Idee gebracht und ich rief die Nummer an, um herauszufinden, wie es sich anfühlte, selbst die Führung zu übernehmen. Außerdem hatte ich dringend eine Pause nötig, damit sich all das, was passiert war, etwas setzen konnte. Dadurch war die Entscheidung, ob ich bis Born laufen sollte, wieder um einen Tag nach hinten verschoben. Rosi schrieb ich eine Kurznachricht, als sich herausgestellt hatte, dass mein Vorhaben klappte.

Auf der Suche nach meiner Unterkunft zählte ich Hausnummern ab und fand neben einem Hofneubau mit großen Stallgebäuden das alte, kleine Bauernhaus, das man erhalten und hergerichtet hatte. Ich durchquerte den Vorgarten und konnte die Eingangstür öffnen, nachdem die richtige Zahlenkombination ein Metallkästchen geöffnet und den Hausschlüssel freigegeben hatte. Das winzige Bad befand sich gleich links, die Küche schloss sich an und rechts gab es zwei kleine, mit schlichten Holzmöbeln eingerichtete Zimmer. Die Fenster der niedrigen Stube zeigten zur Straße. Auf dem Tisch stand eine Tropfkerze, deren ausufernde Wachsströme über eine Chiantiflasche quollen und mich an die wenigen Partys meiner Jugend erinnerten. Das Feuerzeug neben dem Aschenbecher funktionierte nicht und ich kramte nach den Streichhölzern, die mir Rosi gleichzeitig mit der Packliste überreicht hatte. Gundas Rucksack hatte zwar bisher nicht unter Beweis stellen können, ob er wasserdicht war, doch mittlerweile besaß er mein volles Vertrauen. Beim Aufschieben der Schachtel drängte als erstes ein eingerolltes Blatt Papier heraus. Ich wickelte es auf und las in Rosis schwungvoller Schrift: „Finde deinen Weg, Gabe!"

Abends saß ich lange am offenen Fenster und sah hinaus. Ein kleiner Junge hüpfte am Gehsteig durch das wie ausgestorben wirkende Dorf und summte die Melodie von ,Hänschen klein' vor sich hin. Ein Bild wie aus alter Zeit, ich war noch ganz gerührt, da stimmte der Junge etwa auf meiner Höhe einen Popsong an, der mir einen Ohrwurm bescherte, ohne dass ich auf den Titel kam. Endlich gelang es mir, einfach nur dazusitzen, alles Überlegen ließ ich sein, anfangs schwirrten noch die Melodie und Bilder des Tages durch meinen Kopf, doch sie verloren sich nach und nach und der Duft der Rosen, das Muhen der Kühe im Stall nebenan und das Motorengeräusch eines ab und zu vorbeifahrenden Traktors schoben sich in den Vordergrund.

Vor dem Schlafengehen ging ich noch einmal nach draußen. Die Dorfstraße lag still und Fledermäuse jagten im Umfeld der Straßenlampen nach Insekten, die vom Licht angezogen worden waren. Als ich die zweite Sternschnuppe ihre helle Spur am Nachthimmel ziehen sah, quer durch den Großen Wagen, kam mir der Gedanke, das Leben würde bald ein anderes sein. Ein merkwürdig dunkler, unscharfer Mond war in einer Kastanie gefangen und befreite sich aus ihren Zweigen wie ich mich aus alten Zusammenhängen. Bei seinem Anblick fiel mir wieder ein, dass Rosi mich an die bevorstehende Mondfinsternis erinnert hatte. Er war schon fast erloschen, am rechten Rand war nur noch eine schmale Sichel zu sehen, dann bedeckte der Schatten der Erde den Mond ganz. Umso deutlicher funkelten die Sterne, ich rannte zurück ins Haus, holte Jims Sternkarte und legte mich auf den gepflasterten Weg im Vorgarten. Man musste die beiden Scheiben so drehen, dass Uhrzeit und Datum übereinanderstanden und sie als nächstes so halten, dass die markierte Himmelsrichtung mit der wirklichen übereinstimmte. Das Sommerdreieck war das erste Sternbild, das ich entdeckte, seine Eckpunkte leuchteten am hellsten, das zweite war der Schwan, er flog mit ausgebreiteten Flügeln durch die Nacht.

Es gab Dinge, von denen erfuhr man nur durch Freunde und auch erst dann, wenn man sich auf den Weg gemacht hatte.

Spät streckte ich mich in meinem Himmelbett aus Holz aus, direkt unter dem gerahmten Schriftzug „Es ist hilfreich, bei den großen Lebensfragen Begleitung zu haben." An der Wand war ein Kreuz befestigt. Ich interpretierte die Botschaft auf meine Weise und fühlte mich mit Rosi und Jim sehr verbunden.

Tag 9 Anders sein

„Guten Morgen, Rosi, hier ist alles bestens. Ich kenne jetzt das Sternbild Schwan und habe geschlafen wie ein Stein." Das sagte ich anderntags als Erstes, weil ich wollte, dass sie von meiner persönlichen inneren Wende erfuhr und weil mir der Gefühlsausbruch vom Vortag immer noch etwas peinlich war. „Gerade kam der mobile Bäckerwagen vorbei und ich habe schon gefrühstückt." Ich verschwieg, wie sehr mich Gestik und Aussehen des Mannes hinter dem Tresen an Zuhause erinnert hatten und auch, dass ich es genossen hatte, in den heimischen Dialekt zu fallen. „Ich muss dich etwas fragen, Rosi. Gestern Abend habe ich eine Melodie gehört, die mir seitdem im Kopf herumgeht, aber mir fällt der Titel nicht ein." „Hm, das ist nicht ganz mein Spezialgebiet", meinte Rosi zögernd, „aber vielleicht kann ich dir helfen, sing doch mal." „Ich kann eigentlich nicht singen." „Egal, es geht ja wohl nicht anders, wenn du es herausfinden willst." Ich versuchte es. „Hm", überlegte sie, „sing es nochmal." Ich seufzte, tat ihr aber den Gefallen. Munter unterbrach sie mich: „Ich hab's. Lana del Rey, Summertime Sadness!" „Du hast recht, das ist es!" Ich war verblüfft, wie schnell sie darauf gekommen war. Sie sagte schlicht: „Frag Frau Rosi und alle deine Probleme sind gelöst." Ich lachte. „Sehr unbescheiden, wie immer, aber in diesem Fall ausnahmsweise richtig."

Von der „Traurigkeit des Sommers" konnte keine Rede sein. Wie am Vorabend glitten die Schwalben pfeilschnell über die Dächer, ihr Zwitschern rief mich zum Aufbruch. Mit dem Wandern aufzuhören, kam nicht mehr in Frage, ich wollte zunächst nach Plan vorgehen. Wenn ich in Laubenheim ankam, konnte ich immer noch entscheiden, ob Born ein geeignetes Ziel war.

Ein Dorf weiter legte ich auf einer schattigen Bank die erste Pause ein, zog die Schuhe aus und ließ meine Zehen an die Sonne. Hinter einem Fenster bewegte sich die Gardine und kurze Zeit später kam eine alte Frau über die Straße. Sie war nicht auf dem Weg zu den Glascontainern ganz in meiner Nähe, sondern steuerte direkt auf mich zu, grüßte und erkundigte sich, ob ich wandere und wie weit ich noch gehen wollte. Aber das war es eigentlich nicht, was sie wollte, sie wollte reden.

Die kleine dünne Frau machte trotz ihrer etwas trüben Augen einen wachen Eindruck und erzählte mir, sie käme von „drüben" und sei erst vor einigen Jahren hier aufs Dorf gezogen, zu ihrer Schwester. Das sagte sie mit einer abschätzigen Handbewegung. Ich lehnte mich zurück und nahm mir vor, alles anzuhören, was sie loswerden wollte. Vielleicht würde es mir sogar gelingen, sie als Heilige zu sehen.

Sie rückte sehr nah an mich heran und sagte, sie wäre noch vor dem Krieg geboren und habe ihr ganzes Leben nur Pech gehabt. „Es fing damit an, dass ich als viertes von fünf Kindern geboren wurde, das fünfte Kind war der lang ersehnte Junge. Also durften meine vier Geschwister alle in die Stadt auf die Schule, die drei älteren Mädchen und der Junge natürlich auch, weil es ein Sohn war, für mich reichte das Schulgeld nicht. Da das Haus an der Kreisgrenze lag, wurde ich als einzige im Dorf eingeschult, die anderen durften in die Stadt, ich war allein. Der Lehrer kam ab und an mit seiner Geige in den Unterricht, der hat mich niedergemacht, obwohl ich immer Einsen schrieb. Man musste eine Anzahl Sätze schreiben und das dauernd wiederholen. Als der Lehrer nach Monaten noch den ersten Satz diktierte, war ich schon beim letzten Satz angekommen, weil ich alles auswendig kannte. Das mochte der Lehrer nicht. Ich gehörte nicht dazu und fand auch keine Freundin unter den anderen Kindern, im Gegenteil, die ganze Familie gehörte nicht recht zum Dorf, und ich war diejenige, die das Anderssein ganz allein tragen musste."

Die Frau unterbrach ihren Monolog und musterte mich. Als sie sah, dass ich aufmerksam zuhörte, redete sie weiter. „Das Haus, in dem wir lebten, war nur ein Häuschen mit wenig Platz. Wir Kinder hatten genau eine Stunde Zeit für die Hausaufgaben. Wenn wir damit nicht rechtzeitig fertig wurden, was besonders mich betraf, weil ich den Geschwistern oft half, musste ich mich unter den Spültisch legen und meine Hausaufgaben dort auf dem Fußboden fertig machen, weil es zu wenig Platz in der Küche gab." Von Satz zu Satz hatte sich die Frau mehr aufgeregt. Sehr laut sagte sie mir, sie hielte nichts vom sowjetischen Brudervolk, sie habe ganz allein den Schulweg gehen müssen, ihre Mutter habe das nicht gewollt, aber sie konnte sich nicht gegen den Vater durchsetzen. Was dann passiert sei, könne sie niemandem sagen. „Wissen Sie", fragte sie mich mit gerötetem Gesicht, „was das für ein Kind heißt?" Nach einem Moment des Schweigens sagte sie stockend: „Sie liegen als Kind unter dem Spültisch und die Tür geht auf und die Großmutter kommt herein – was, um diese Zeit, was ist da los? Sie kommt mit erhobenen Händen - und ein sowjetischer Soldat hinter ihr hält ihr den Gewehrlauf in den Nacken. So etwas als Kind zu sehen …" Sie brach ab und ich ahnte, dass mehr hinter ihrem Schweigen steckte. Dann sprach sie weiter. „Fünfzehn Jahre hatte ich in der tiefsten DDR keine Arbeit, ich hatte nichts, später habe ich von Sozialhilfe gelebt, damals durfte ich das niemandem sagen, ich durfte nicht darüber reden, keine Arbeit zu haben, das gab es doch nicht, das durfte es doch nicht geben, das taten ja nur die bösen Menschen aus dem Westen." Mit einer energischen Bewegung hielt sie sich quer die Finger vor dem Mund, verschloss ihn. „Niemandem durfte ich das sagen, sie hätten mich am liebsten weggesperrt. Sie wissen, was eine Anstalt ist?" „Meinen Sie die Psychiatrie?" Langsam und nachdrücklich nickte sie. Mit ihrem Nicken und den Augen drückte sie einen ganzen Abgrund von Wegsperren, Mundtotmachen und Unheil aus. „Ich konnte ja nichts machen, man hat mich eingeschüchtert", sagte sie. „Und als ich sechsunddreißig war, da ging es mir nicht gut, aber kein Arzt wollte etwas finden, dabei tat mir alles weh, besonders im Rücken. Sie wollten einfach nichts feststellen, Osteoporose war damals nicht so bekannt wie heute. Ich wollte in der Klinik untersucht werden, doch man gab mir keine Überweisung." „Und dann, nach der Wende?", fragte ich. „Nach der Wende", sprudelte es aus ihr heraus, „nach der Wende wollte ich die Wahrheit wissen, ich gab keine Ruhe, bis ich herausgefunden hatte, wie viele es waren, die ohne Arbeit gelebt hatten, die man zum Schweigen gebracht hatte. Wir waren in dieser Stadt dreißig Personen, dreißig Personen, denen man verboten hatte zu reden, weil es das damals in der DDR nicht gab, weil es ja nur die bösen Brüder im Westen so machten." „Haben Sie unter denen nicht Solidarität und Verständnis gefunden", fragte ich, aber sie sah mich entrüstet an: „Das waren alles Obdachlose, wenn ich neben denen stand, konnte ich den Gestank nicht aushalten. Die hatten ihre Freiheit gewählt, ich dagegen wollte ja dazugehören. Ich habe mich immer zusammengerissen, ich dachte, das kann doch alles nicht wahr sein. Nach der Wende bekam ich endlich die Überweisung in die Klinik. Ich ging zu meiner Ärztin und sagte, jetzt müssen wir nicht mehr hinter der Hand reden, jetzt kann man alles sagen." Der Frau kamen die Tränen. „Sie können sich nicht vorstellen, was die Überweisung für mich bedeutet hat, nach so langem Kampf. Und früher gab's ja keine Zeugen, da war immer nur der Arzt im Zimmer, keine Hilfe, der konnte hinterher sagen, was er wollte. Kein Arzt hat festgestellt, dass mir etwas fehlt. Und dann, in der Klinik, da untersuchte mich die Frau Doktor, und plötzlich griff sie zum Telefon und ich dachte: Na, die hat wohl noch was zu erledigen, ist nicht fertiggeworden, bevor ich kam, aber nein, sie sagte in den Hörer: Herr Professor, Sie müssen unbedingt sofort kommen und sich diese Patientin ansehen. Ich war sehr erschrocken, ich dachte, jetzt wollen sie dich packen und einweisen. Ich hatte große Angst, und es dauerte lange, bis der Professor kam. Er schaute sich die Aufnahmen von meiner Wirbelsäule an und dann sagte er, Sie gehen jetzt noch einmal zum Röntgen. Aber wir haben doch schon ein Bild gemacht, sagte ich, aber er wollte nichts davon wissen. Nachher hat er mir das Bild gezeigt: Mein unterster Wirbel und das Kreuzbein waren verformt. Also hatte ich immer recht gehabt damit, dass etwas nicht stimmte, aber man hatte mir keine Medikamente gegeben. Nun verstand ich plötzlich, weshalb ich beim Wandern, denn man hatte mich in eine Osteoporose–Wandergruppe gesteckt, immer, wenn eine Pfütze war, nicht gerade drüber weg hüpfte, sondern seitlich drüber." Die Frau machte es mir vor: „Sehen Sie, so! Das war nicht normal, aber es ging gar nicht anders." Sie hielt einen Moment inne, als dächte sie nach. „Dieses Leben ist nichts mehr für mich, ich passe nicht in die neue Zeit." „Wieso?", frage ich. „Als ich noch in der Stadt wohnte, fuhr ich mit der Straßenbahn, aber ich muss auf meine Knochen aufpassen und wenn die Bahn kam und die Tür sich öffnete, musste ich mich an der Haltestange festhalten und als nächstes nach unten schauen für den Schritt auf die Stufe, und in der Zwischenzeit stürmten die jungen Leute heran und haben mich geradezu WEGRASIERT von der Tür. In der letzten Zeit sind wegen mir dreimal die Hubschrauber geflogen, stellen Sie sich das vor. Ich konnte schlecht sehen und wenn ich fragte, wie die Station hieß, sagte man zu mir: Das steht doch da, lesen Sie es doch. Vor fünfzehn Jahren hatte ich einen schweren Unfall, Mann weg, Kinder weg, Wohnung weg, da war ich ganz unten. Die Stadt war nichts mehr für mich, aber ich lebe immer noch." Ich fragte mich, wie ich die ganze Lebensgeschichte der Frau je verdauen sollte, da fiel ihr die Wandergruppe wieder ein und sie erzählte, dass sie sich damals kein Essen in der Gaststätte habe leisten können und deshalb immer eine Vesper dabei hatte. Wenn die anderen einkehrten, habe sie immer gesagt: Ich bin nicht weit, ich warte hier draußen auf euch, und habe ihr Mitgebrachtes gegessen. Da habe ihr einmal ein Mann gesagt, er wolle nicht mehr, dass sie mitwandere, mit asozialen Leuten wolle er nichts zu tun haben. „Was haben denn die anderen dazu gesagt?", wollte ich wissen, doch die Frau winkte nur ab, zu groß war diese Kränkung gewesen, sie hatte wohl alles andere überstrahlt und ihr Glaube, von Anfang an benachteiligt zu sein, hatte immer wieder Nahrung gefunden. Doch dann wusste sie doch noch etwas Positives, vielleicht hatte mein aufmerksames Zuhören Platz dafür geschaffen, sie berichtete von einer Veranstaltung kurz vor ihrem Wegzug aus der Stadt. Angekündigt war ein Professor, der einen Vortrag über Osteoporose halten sollte. Es war der aus der Klinik und da wollte sie unbedingt hin. Weil sie schlecht hören und sehen konnte, nahm sie in der zweiten Reihe Platz. Nach dem interessanten Vortrag konnte man sich für Fragen melden, was sie tat. „Aber ich habe mich nicht vorgedrängt, ich bin so ein Mensch, der sich zurücknimmt und wartet, bis er dran ist, doch da sagte die Frau, die das organisiert hatte, die Zeit wäre um. Doch, stellen Sie sich vor, da zeigte der Professor auf mich und sagte: ‚Diese Frau hatte sich gemeldet, sie will noch etwas sagen'. Sie glauben gar nicht, welchen Blick mir die Frau, die das organisiert hatte, zuwarf, er hätte mich töten können. Ich fragte wegen Spritzen und da sagte der Professor vor allen Leuten: ‚Diese Frau hat ein Recht auf die allerteuerste Spritze, die es gibt'. Stellen Sie sich vor, er, der so viele Patienten in der Zwischenzeit hatte, dieser Mann hat mich nach so langer Zeit und so vielen Patienten wiedererkannt. Also muss sich doch mein Fall sehr bei ihm eingeprägt haben." „Bestimmt hat er das", erwiderte ich, „vielleicht hat sich ihm auch Ihre Stärke eingeprägt, wer bewältigt schon ein solches Leben so gut wie Sie. Sie sehen jünger aus als Sie sind und wirken sehr beweglich." Ganz so gut wollte sie sich doch nicht fühlen und griff sich an den Brustkorb: „Diese Rippe gebrochen, steht hoch, auf der anderen Seite diese und diese

Rippe gebrochen, die Augen sehr schlecht, ich lese das meiste vom Mund ab". Sie lachte trotzdem. „Und was machen Sie als nächstes?", fragte ich. „Ich gehe zu meiner Schwester Mittag essen. Dort gibt es Nudeln mit Gemüse." „Kocht sie gut?" Sie zuckte mit den Schultern: „Seit der schweren Grippe vor einiger Zeit schmecke ich nichts mehr, da kann ich essen, was ich will". Wieder lachte sie verschmitzt, als wolle sie betonen, was für ein Vorteil das sei, nicht mehr abhängig zu sein von solchen Nebensächlichkeiten.

Wir schwiegen eine Weile, ich, weil ich so angefüllt von ihren Worten war, sie, weil sie alles hatte sagen können. „Es hat mir gut getan, mit Ihnen zu reden", stellte sie plötzlich fest. „Das erzähle ich nicht allen. Aber Sie kamen mir so anders vor." Mit diesem Satz ließ sie mich zurück, überquerte die Straße und verschwand in ihrem Haus, nicht ohne mir von der Türe aus noch einmal zuzuwinken, ein Winken, das ich gern erwiderte. Als ich meine Schuhe wieder anzog, sah ich, was jemand auf einen der Glascontainer aufgesprüht hatte: „Hüte dich vor Sturm und Wind und Ossis, die in Rage sind!" Bis vor kurzem hätte mich das wütend gemacht, jetzt waren all die Grenzen verwischt, es blieben nur Menschen übrig, von denen jeder seinen Weg zu gehen hatte, mit oder ohne Misstrauen, mit oder ohne Prinzipien. Eigentlich waren wir alle gleich, der Sprayer hatte das nur noch nicht verstanden.

Mein Weg führte eine ganze Weile an einem Bach entlang, dessen unaufhörliches Plätschern sich ebenso an meine Fersen heftete wie der Redefluss der alten Frau. Wegen ihrer Äußerung, ich wäre anders, lief ich eine Zeitlang wie ausgewechselt durch die Gegend, ohne dass mir klar wurde, ob das gut oder schlecht war. Natürlich war ich anders, ich war keine Frau, die mit Freundinnen Wellness-Touren machte oder mit ihren Enkeln Fußball spielte. Wenn es das war, wie man zu sein hatte, war ich gerne anders. Von einer Brücke über die Autobahn sah ich auf rasende Limousinen und bedrohlich fauchende LKWs hinunter und war froh über die sanfte Eschenallee, in der ich mich wieder entspannte. Im nächsten Dorf hielt es ein großer schwarzer Hund für seine Pflicht, mich mit lautem Gebell zu erschrecken, aber er verschwand glücklicherweise wieder in seiner Hofeinfahrt, bevor ich ganz in Panik geraten konnte. Die ganze Zeit traf ich kaum einen Menschen, jedenfalls niemanden, der mich mit einer neuen Geschichte von der Frage, woran mein Anderssein erkennbar war, hätte befreien können.

In einer Senke wendete ein Bauer seinen Traktor wie in einem imaginären Tanz hin und her, während drei kleine Gestalten damit beschäftigt waren, das Heu mit Rechen zu langen Reihen zu formen. Das Bild hätte ohne Weiteres aus meiner Kindheit stammen können, es hatte sich herübergerettet in eine neue Epoche und ließ den Abstand von Jahrhunderten zu einem Wimpernschlag schrumpfen.

Auf der benachbarten Wiese zog etwas meine Aufmerksamkeit auf sich. Wie neulich war ein Fuchs auf Mäusejagd, er vollführte die typischen Sprünge und seine weiße Schwanzspitze sah aus, als ob sie tanzte. Die Füchse der Gegend mussten hungrig sein, wenn sie mitten am Tag jagten. Selbst die sommerliche Hitze schien sie nicht abzuschrecken.

Der Weg führte zwischen Feldern allmählich zum Fluss hinab und traf auf den Uferweg, wo große Weiden hin und wieder das blauweiße Zeichen trugen. Erneut war Karl mein unsichtbarer Begleiter, er blieb mir immer treu, selbst wenn ich Irrwegen gefolgt war. Der Fluss, dessen Wasser bereits in Born gewesen war und mir nun entgegen strömte, lag breit und ruhig in seinem Bett, als wüsste er längst, was dieser Ort mir bedeutete.

Unter einer riesigen Autobahnbrücke erfuhr ich von einer Tafel an einem der Pfeiler, dass die Brücke im Zeitraum von Karls Wanderung gar nicht in Gebrauch gewesen war, sie war erst nach der Wende wieder eröffnet worden, „unter großer Anteilnahme der Bevölkerung", wie es hieß. Über die riesigen Steinquader, die von Häftlingen eines Konzentrationslagers gebrochen worden waren, hatte man inzwischen eine breite Betonfahrbahn geschoben. Für Radler und Fußgänger wie mich spannte sich in Sichtweite eine kleine Holzbrücke über den Fluss. Ein Fisch sprang und tauchte mit einem Klatschen in die Wasseroberfläche ein, ich erschrak, aber die Schmetterlinge direkt am Ufersaum flatterten einfach weiter.

Am Spätnachmittag stand ich in Laubenheim vor der Gastwirtschaft, die Fremdenzimmer anbot. Sie war geschlossen, obwohl das handgeschriebene Schild mit den Öffnungszeiten das Gegenteil behauptete. Als sich auf mein Klingeln nichts rührte, setzte ich mich müde und hungrig auf den Treppenaufgang. Es blieb mir nichts anderes übrig, als Rosi anzurufen.

„Rosi, ich bin's, ich bin in Laubenheim und hier ist keiner!" „Wo bist du denn genau?" „Vor der Tür meiner Herberge und ich sage dir doch, die ist zu. Weit und breit kein Mensch und schon gar keine Wirtsleute." „Komisch, die Zeit stimmt doch, oder?" Ich konnte mir gut vorstellen, wie sie die Stirn in Falten legte, was sie sonst nach Möglichkeit zu vermeiden suchte. „Eigentlich schon. Und nun? Das Dorf ist winzig, es scheint nicht mal einen Laden zu geben. Wie weiter?" In meiner Stimme lag Ungeduld, obwohl sie nichts dafür konnte. Mein Prinzip, gelassen zu bleiben, hatte sich komplett verabschiedet, ich merkte es, aber an diesem Tag wollte ich nichts anderes als endlich ankommen. „Gabe, du wartest jetzt einfach. Such dir einen netten Platz. Ich versuche, jemanden zu erreichen und herauszufinden, was los ist." Mit einem spöttischen Unterton, der meinem Hunger geschuldet war, gab ich zurück: „Da sehe ich schwarz, aber versuch es trotzdem. Du gehst ja immer davon aus, dass alle ihr Bestes versuchen, aber meistens sind die Leute nicht so weit wie wir beide, die müssen erst die Stufe unserer Erleuchtung erklimmen." Rosi widersprach, sehr ernst: „Das glaube ich nicht. BEKAH sagt: Es ist arrogant, zu glauben, dass einer erwacht ist, und der andere schläft. Wir beurteilen andere, wenn wir so denken. Bevor wir uns selbst nicht verstehen, sind wir selber Schlafende, und das sind wir, unbewusst. Ich nehme mich da nicht aus." Das klang in meinen Ohren nicht sehr erleuchtet. Rosi wollte wie so oft die Realität nicht wahrhaben. „Manche Leute mobben einfach, Rosi, es gibt nicht nur gute Menschen. Meine Chefin in der Bibliothek zum Beispiel, die hatte es auf mich abgesehen. Sie hat mir wiederholt vorgeworfen, dass ich Bücher falsch eingeordnet habe, dabei wollte ich die paar, die mir wichtig waren, dadurch nur schützen, vor fettigen Fingern, vor Bröseln zwischen den Seiten und vor Eselsohren. In Bibliotheken nennt man solche Verstecke ‚Nester'." Ich kicherte. „Du bist unmöglich, Gabe", Rosi schien zu lächeln, obwohl sie doch selber viel auf Bücher gab, „das wirft ja ein ganz neues Bild auf die Zustände im Westen." „Jetzt fängst du auch noch damit an!" Ich hatte wirklich genug von dem Thema. „War doch nur Spaß, Gabe!" „Das ist nicht lustig." Im Hintergrund war Jims besänftigende Stimme zu hören, anscheinend hatten sie sich wieder getroffen, obwohl gar nicht Mittwoch war. Plötzlich war er dran, ich hörte ihn bedächtig sagen: „Denk an Galilei, Gabe." Das war alles und ich war mit meiner Geduld am Ende: „Was soll das, Jim? Soll ich widerrufen, oder was? Ich finde gut, dass ich mir nichts mehr gefallen lasse. Erst wollt ihr, dass ich meine Prinzipien in den Wind schlage, dann kommt ihr mit den Folgen nicht zurecht. Aber es ist mir egal, was ihr aus eurer netten beschaulichen Ecke dazu beizutragen habt." „Reg dich nicht auf, Gabe", das war wieder Rosi. „Tu ich nicht", widersprach ich, „ich bin nur müde und hungrig. Und dir fällt nichts ein als das ewige OstWest." „Gabe, du fängst doch selber immer wieder damit an, vielleicht hat es etwas mit dir selbst zu tun." Das war völlig absurd. „Ach, und was, bitte schön", fauchte ich. „Keine Ahnung. Vielleicht geht es um Grenzen? Es hilft uns jedenfalls kein bisschen weiter, wenn wir andere dafür verantwortlich machen, wenn etwas nicht so läuft wie gedacht", sagte Rosi ungerührt. Ehe ich mich wehren konnte, sagte sie eindringlich „Gabe", und ich schwieg. „Gabe", wiederholte sie meinen Namen, der mir plötzlich weich und richtig vorkam, „hör zu. Mir hat mal jemand im Advent einen Weihnachtsstern geschenkt, du weißt schon, die Pflanze mit den roten Blättern. Ich mag solche Massenware nicht, aber nun hatte ich ein solches Exemplar. Ich hatte gehört, dass sie keine Sonne verträgt und Staunässe hasst. Obwohl ich mich danach richtete, mickerte sie schon bald vor sich hin, die Blätter rollten sich ein, aber einfach so wegwerfen konnte ich sie nicht. Da sagte mir jemand, Weihnachtssterne bräuchten es sonnig und ganz viel Wasser und zwar täglich. Das probierte ich aus und wirklich, die Pflanze erholte sich, kam zu Kräften, blühte auf und jede Zelle schien sich wohl zu fühlen. Was ich damit sagen will? Du bist nicht Karl und es sind andere Zeiten. Du kommst in Resonanz mit der Gegend, und vielleicht will das Universum es dir ungemütlich machen, so dass dir nichts anderes übrig bleibt, als da mal hinzuschauen. Das würde jedem so gehen, nicht wahr, Jim?" In der kleinen Stille, die eintrat, seufzte ich tief: „Keine Ahnung, was du von mir willst, Rosi, mir reicht's für heute, ich will jetzt einfach nur was essen und dann duschen und mich ausruhen. Der Tag war okay, aber mein Akku ist leer, selbst zum Streiten bin ich zu müde." „Warte, Jim meldet sich nochmal zu Wort", erwiderte sie nur und nach einem Rascheln hörte ich Jims Stimme: „Lass dich nicht ärgern, Gabe. Wenn dir jemand dummes Zeug erzählt, hat es vielleicht mit dem All zu tun." „Wie meinst du das?" „Kann sein, dass manche Leute sensibler als andere auf irgendwelche Strahlen von außen reagieren. Bei allen Raumfahrern zeigt sich, dass ein wichtiger Teil des Großhirns, die sogenannte graue Substanz, geschrumpft ist." Rosi machte seiner Rede ein Ende: „Es ist noch nicht erforscht, ob auch bei Astronomie-Freaks das Denkvermögen schrumpft", sagte sie, „aber auf jeden Fall schwinden die Kräfte von Leuten, die nicht essen oder sich nicht ausruhen. Bis gleich." Sie drückte die rote Taste und sofort fühlte ich mich allein.

Ich wollte eben aufstehen, den Rucksack schultern und mich nach einer schattigen Bank umsehen, als ein Auto auf den Parkplatz vor der Gastwirtschaft einbog. Aus der Beifahrertür sprang eine lebhafte ältere Frau mit offenem Gesicht und rief: „Entschuldigung! Bitte entschuldigen Sie. Wir waren einkaufen, mein Mann und ich, und wir mussten schnell noch gießen, am Friedhof, und da haben wir uns verspätet, das ist sonst nicht unsere Art. Normalerweise ist auch die Bedienung da, wenn Gäste kommen, aber die hat uns absagen müssen, wegen einer dringenden Familienangelegenheit." Ich erhob mich: „Ist nicht schlimm. Ich warte noch nicht lange." Seltsam, wie anders man mit Leuten umging, die Anteilnahme zeigten. „Ich sperre Ihnen erst einmal auf", sagte die Frau, „mein Mann und ich räumen noch die Sachen aus dem Auto und Sie setzen sich für einen Moment hier herein. Möchten Sie schon etwas trinken? Den ganzen Tag wandern, bei dieser Hitze, da müssen Sie ja völlig erschöpft sein." „Aber nein, das macht mir gar nichts, das bin ich mittlerweile gewohnt." Die Frau ließ mich ins Haus und ging wieder nach draußen, ich griff zum Telefon: „Alles gut, Rosi. Die Leute sind gekommen. Entwarnung." Sie atmete tief aus und ich hatte ein schlechtes Gewissen. „Rosi, bitte entschuldige, ich kann manchmal unausstehlich sein, während du wahre Nehmerqualitäten hast. Es fühlt sich oft so an, als ob mir jede Menge Mutterliebe nachgereicht wird." Ich dachte schon, sie hätte mich nicht gehört, doch dann hörte ich sie lachen: „Gern geschehen!"

Mein Zimmer war ganz oben unter dem Dach. Wer oder was auch immer die Dinge lenkte, er oder es wollte mich fit halten und nah am Himmel. Unter der Dusche wusch ich mir den Staub des Tages ab und legte ich mich für ein paar Minuten aufs Bett. Der Raum war rosa gestrichen und mit freundlichen hellen Holzmöbeln eingerichtet. An einer Wand hing die gerahmte Fotografie eines Wassertropfens, der sich eben von einer Blattspitze gelöst hatte und noch in der Luft schwebte, daneben stand: „Seine wahre Bestimmung kann der Mensch nur erkennen, wenn er sich von seinen starren Plänen löst." Das hätte auch von Rosi sein können, ihr Wanderprojekt knetete mich wie Teig, nicht wenige meiner Prinzipien waren dabei, sich zu verabschieden und wenn ich ehrlich war, fühlte sich das mit der Zeit nicht so bedrohlich an wie befürchtet, es war eher anstrengend.

Wahrscheinlich hatte die Anstrengung ein Stück weit mit dieser ehemaligen Grenze zu tun, nicht nur ich arbeitete mich an ihr ab, auch der Mann der Wirtin hatte bei der Anmeldung seinem Ärger Luft gemacht. Die Wirtschaft laufe nicht, viele wären der Arbeit wegen fortgezogen, das hinge alles mit der Grenze zusammen, das ganze Problem hätten uns „unsere Scheißvorfahren mit ihren Kriegsspielen eingebrockt, alles Männer". Zum Glück hatte die Wirtin meine magnetische Wirkung rechtzeitig mit einem Arbeitsauftrag an ihn gestoppt.

Auf dem Nachttischchen neben dem Bett lag das Neue Testament. Aus einer Laune heraus blätterte ich es irgendwo auf und zu meiner Überraschung war dort zufällig vom „Brunnen des lebendigen Wassers für die Durstigen" die Rede, manchmal funktionierte das mit Rosis schicksalshaften Verkettungen.

Von meinem türkisfarbenen Oberteil an der Vorhangstange tropfte es, unrhythmisch pochten die dumpfen Takte auf den Teppich. Auf dem Fensterbrett trocknete ein Paar Strümpfe. Ich sah hoch zur Zimmerdecke, als könnte ich dort eine Antwort lesen. Das Ende der Wanderung kam näher und ich war immer noch unschlüssig, ob ich nach Born laufen wollte. Ein Wort von mir und Rosi würde ein Zimmer buchen. Es waren noch achtzehn Kilometer bis dorthin. Vielleicht würde es mir nach dem Essen leichter fallen, diese Entscheidung zu treffen.

Am Durchgang zu dem kleinen Biergarten hinter der Gaststätte standen zwei Sonnenblumen mit riesigen Blättern Wache. Ich setzte mich an den ersten Tisch und bestellte bei der Wirtin, die in der Zwischenzeit die Küche in Gang gesetzt hatte, eine Saftschorle und gebackenen Fisch. Während ich aß, fixierte mich die Hauskatze zu meinen Füßen mit ihren bernsteinfarbenen Augen. Unter der wuchernden Hecke rechts neben mir traute sich Efeu aus der Deckung und ein junger Ahorn machte sich unbemerkt daran, zu einem jungen Baum zu werden. Ab und zu zog Güllegeruch heran. Eine Amsel flötete ein Abendlied, eine andere antwortete, weit entfernt. Um das Haus herum segelten Schwalben und kamen den roten Geranien in den Balkonkästen sehr nahe. Wie vor Tagen in Glockenstadt kam ich mir vor wie ein Familienmitglied, wobei ‚Familie‘ nicht nur die Menschen einschloss, sondern alles um mich herum, so als ob mich ein unsichtbares Band mit allem verknüpft hatte.

Es war nicht wirklich eine Überraschung, als mir die nette Wirtin beim Kassieren anbot, am nächsten Tag im Auto nach Born mitzufahren, ihr Mann habe dort zu tun. „Hätten Sie mich am zweiten Tag der Wanderung gefragt, hätte ich ‚Ja‘ gesagt", lachte ich und beteuerte, dass mir das Wandern gut tat und das war nur die halbe Wahrheit, ich war mir über mein Ziel immer noch nicht im Klaren. „Wie Sie wollen", sagte die Wirtin, „Sie können es sich ja noch überlegen. Ich muss weiter, die Reisegruppe ist jetzt da, unser Ost-West-Stammtisch. Einmal im Monat treffen sich ehemalige Grenzer von drüben und Polizisten von hier mit Leuten, die über früher reden wollen." Mit keiner Regung gab sie zu erkennen, ob sie das gut oder schlecht fand, und ich fragte auch nicht nach, viel lieber wollte ich den Ort erkunden.

Gleich gegenüber der Gastwirtschaft, auf der Rasenfläche vor der Kirche, befand sich eine Infotafel. In Laubenheim war ein berühmter Dichter aufgewachsen und hatte in seiner Autobiografie geschrieben, er habe hier die „zwar ärmlich beengte, aber glücklichste Phase" seines Lebens verbracht. Dass das Dorf sein „geistiger Geburtsort" gewesen war, konnte man im Ort nicht genug betonen, Straßen und Gassen trugen die Namen seiner Figuren. Ich hatte nie etwas von ihm gelesen. „Zwei kleine Schwestern ließ ich in deinem Boden ...", hatte der Dichter laut Tafel notiert, und mir kam der Gedanke, dass mir der Tod jeden Tag ein bisschen mehr auf den Leib rückte, doch dann ließen ein paar Häuser weiter Kühe aus einer offenen Stalltür ihr ruhiges Muhen ertönen, und ich folgte dem Heugeruch zu dem längsten Holzlattenzaun, den ich je gesehen hatte.

Hinter dem Stallgebäude schlängelte sich eine schmale Teerstraße durch blühende Wiesen bis zu einem Campingplatz, umrundete ihn und umfasste schließlich einen kleinen Natursee samt Badegästen und Parkplatz in einem Kreis. Ich stand am Rand der Liegewiese und schloss die Augen. Eine Erinnerung bemühte sich, die vielen Schichten meines Unterbewusstseins hinaufzuklettern wie auf einer Leiter. Den Ort kannte ich von früher. Ich hörte Vögel singen, Stimmen und Ballgeräusche, dann das Surren von Mücken an meinem Ohr, und plötzlich wusste ich es genau, mein Vater hatte mich aus dem geflochtenen Fahrradkindersitz gehoben und mich auf eine Decke im Gras gesetzt. Ich riss die Augen auf und schaute mich um. Die Wasseroberfläche war bereits in Schatten getaucht, auf der kleinen Insel im See leuchteten die Spitzen der Birken noch in einem strahlenden Grün. Unregelmäßigkeiten auf der Wasseroberfläche erzählten vom Leben der Fische. An einem zwischen Bäumen gespannten Seil zogen Jugendliche ihr Floß zur Insel hinüber. Ich ging mit dem Fragment meiner Erinnerung über die Liegewiese und wartete auf weitere Puzzleteile, doch nichts wollte sich mehr andocken, auch nicht auf der gegenüberliegenden Seite des Campingplatzes. Ein blondes Mädchen mit geflochtenem Pferdeschwanz und eines mit Afrolook standen in meiner Nähe und waren gerade dabei, sich kennenzulernen. „Wie alt bist du?", fragte das blonde. „Sechs!" „Ich auch! Wollen wir rutschen?" Unbeobachtet von Erwachsenen gaben sie sich dem Spiel hin, balancierten auf Balken und schaukelten gemeinsam, abwechselnd schlug jede etwas Neues vor. Dann hörte ich die beiläufige Frage der Blonden „Warum ist deine Haut so dunkel?", offen und neugierig, mitten im Hüpfspiel. Das dunkle Kind streckte sich kurz, blieb stehen und sagte dann: „So bin ich eben." „Ach so", meinte das andere Mädchen, und kichernd rannten beide in meinem Rücken in Richtung der Wohnwagen.

Links wollte das schmale Sträßchen eine Kurve machen und in den Ort zurück, aber mich zog zu meiner Rechten das verwaschene Rot eines Geländers an, das halb von den lang herabhängenden Zweigen einer Weide verdeckt war. Wie durch einen Vorhang ging ich hindurch und fand mich nach wenigen Schritten auf einer Brücke wieder. Unter mir strömte breit der Fluss, der mich an mein Ziel begleiten würde, der Fluss, an dem ich mich ebenso abarbeitete wie an der Grenze, der Fluss, an dem ich aufgewachsen war und hunderte Kilometer entfernt abermals lebte. Auf einmal war er wieder da und tat mit seiner Schönheit so, als wäre alles in bester Ordnung, dabei war er selbst Teil der Grenze gewesen und hatte mit Sperranlagen und Gittern jede Flucht verhindert. Aus einem Impuls heraus beugte ich mich über das Geländer und spuckte hinein. Drei helle kleine Schaumpunkte gingen unter, tauchten wieder auf und machten sich mit meinem Groll auf die Reise, bis zum nächstgrößeren Fluss und früher oder später bis ins Meer.

Jahrelang hatte ich nach meinem Umzug in die Stadt in der Nähe seiner Ufer gelebt und so getan, als ob es nie eine Grenze gegeben hatte, dabei hatte ich selber eine errichtet, in dem Glauben, Kindheit und Erwachsensein ließen sich voneinander trennen. Der Fluss war immer das Band zwischen Born und meiner Stadt gewesen, ich hatte es nur nicht an mich herangelassen. Wie mein Kartenausschnitt, der nur einen begrenzten Bereich zeigte und Born ausließ, hatte ich meine Kindheit ausgeklammert. Erst die Wanderung hatte mir gezeigt, dass so eine Barriere durchlässig sein konnte, Erinnerungen waren aufgetaucht, vergleichbar mit den Blässhühnern zwischen den blütenübersäten Teppichen unzähliger Wasserpflanzen, die die Strömung zu zarten weißen Wolken formte. Die flussabwärts liegende Biegung war noch besonnt, dort färbte das ins Licht getauchte Gras die Wasseroberfläche leuchtend grün. Eine Ente zog mit ihrer vielköpfigen Kükenschar von einem zum anderen Ufer und große blaugeflügelte Libellen tanzten in der Luft.

Bevor ich mich auf den Rückweg machte, wollte ich meine Füße kurz im Wasser kühlen. Ich war mir sicher, dass Rosi mich dazu ermutigt hätte. In der Nähe der Brücke gab es flache Steine, auf denen ich Schuhe und Strümpfe ausziehen konnte. Der Fluss war eiskalt, ich zog den Fuß gleich wieder zurück. Ein heftiger Schmerz ließ mich an die Zehen greifen, reflexartig wischte ich etwas kleines Hartes weg und sah den gekrümmten Körper einer Wespe auf der Wasseroberfläche treiben. Erst jetzt bemerkte ich die vielen Insekten, die die Steine zum Trinken anflogen. Der Stich tat höllisch weh, ich hielt den Fuß wieder ins Wasser, was aber kaum Linderung brachte, der stechende Schmerz pulsierte nach wie vor. Vom Campingplatz war das Zuknallen von Autotüren und Motorengeräusch zu hören, der Weg zurück zur Ortsmitte erschien mir auf einmal sehr weit zu sein. Ich war noch nie zimperlich gewesen, doch das heftige Pochen zwang mich, bewusst ein und auszuatmen. Ich beugte mich über den Zeh, er schwoll stark an. Ich fragte mich, weshalb der Schmerz nicht nachließ und hatte große Lust, mich bei Rosi darüber zu beschweren, aber ich beschloss, nicht zu jammern. Fünfzehn

Minuten später tat es immer noch sehr weh, kleine Schmerz-
stöße durchzuckten mein Bein wie die Stromschläge eines
Weidezauns. In meinem Bauch begann es zu rumoren. War
das der Fisch des Abendessens, der sich jetzt meldete? Ver-
dauungsprobleme fehlten mir gerade noch. Trotz des langen
Kühlens zeichnete sich keine Besserung ab, stattdessen wurde mir flau im Magen. Ich überlegte, wo dieses schöne Wort
herkam, konnte mich aber kaum konzentrieren, mir fielen
andere Wörter ein, wie schwindelig und elend. Übelkeit breitete sich in meinem Unterbauch aus und stieg allmählich
höher, sie schien alle Organe zu fluten und trieb eine Hitze
vor sich her, die von allen Körperteilen Besitz ergriff. Unaufhaltsam kletterte sie bis in die Herzgegend und wanderte von
dort aus seitlich in die Arme. Plötzlich bekam ich Angst.
Etwas in mir hatte sich selbständig gemacht und machte mit
mir, was es wollte. Ich hatte keine Kontrolle mehr über meinen Körper und es war, als ob es diesem Wesen, wo auch
immer es herkam, nur darum ging, meinen Kopf zu erreichen, um sich dort auszubreiten. Und plötzlich erkannte ich
in aller Deutlichkeit, wenn das gelänge, würde nichts mehr so
sein wie vorher. Als hätte ich eine Rechenaufgabe gelöst oder
ein Kreuzworträtsel zu Ende ausgefüllt, wurde mir klar, dass
ich sterben würde, wenn nicht ein Wunder geschah. Jetzt,
sofort, musste dieses Wunder beginnen. Es war zu spät, irgendwohin zu humpeln oder um Hilfe zu rufen, ich hatte zu
lange gewartet. Zu der Übelkeit kam die Angst und trieb mir
kalten Schweiß auf die Stirn, ich begann zu zittern. Doch
dann brach wie ein durchgehendes Pferd von einem Augenblick auf den anderen mein Lebenswille hervor und ließ mich
sämtliche Heiligen anrufen. Während mein Gesicht zu brennen begann, flehte ich sie wie alle anderen in Not geratenen
Gläubigen auf der Welt inständig an, mir beizustehen und
sah plötzlich eine lange Reihe weißgekleideter Figuren mit
Flügeln unbewegt auf der anderen Flussseite stehen. Helft
mir doch, rief ich verzweifelt zu ihnen hinüber, ob laut oder

nur in Gedanken, wusste ich nicht. Da bewegten sie ihre Flügel auf und nieder, als wollten sie mich ermutigen und darin unterstützen, den Feind, der mich bedrängte, nicht größer werden zu lassen. Ich begriff, dass die Hitze nicht bis in meinen Kopf steigen durfte und begann trotz meiner Angst, tief ein und aus zu atmen. Ich stellte mir dabei das kühle Wasser des Flusses vor, das erst von allen Seiten, dann von oben in mich einströmte wie in ein Gefäß. Ich stellte mir vor, wie seine Kühle mein Gehirn umfloss und es schützte, wie es meinen Körper durchströmte, immer und immer wieder, mit jedem Atemzug strömte es ein und weiter, durch die Organe zum Becken, wo es sich sammelte und die Eingeweide umspülte und schließlich seinen Weg in die Beine nahm, bis es besonders die Einstichstelle beruhigend umfloss und schließlich durch die Fußsohlen hinaus gemeinsam mit dem Gift in die Erde fließen konnte. Atemzug für Atemzug imaginierte ich Wasser und ließ es durch mich hindurch strömen, in der Hoffnung, es würde mich auffüllen und die Hitze verdrängen. Mit geschlossenen Augen saß ich da und tat nichts anderes als Atmen, öffnete mich vollständig diesem Geschehen, stellte mir das kraftvolle Fließen einer weißen Frische vor, in der Gewissheit, diese innere Hitze wäre sonst mein Tod, ich hatte ihr mit all meiner Kraft entgegen zu treten. Hätte mir jemand vorher erzählt, es gäbe Heilige, die einen in schweren Stunden beistanden, ich hätte es nie geglaubt, aber so war es. Die ganze Zeit über fühlte ich mich unterstützt. Ich wusste nicht, wie lange ich so saß und um mein Leben kämpfte, denn genau das geschah und ich war mir jede Sekunde dessen bewusst, ich spürte weder Insekten auf der Haut noch hörte ich Außengeräusche, ich war ganz im Jetzt. Mein Feind, die Hitze, breitete sich noch bis in die Fingerspitzen aus und ich nahm einen seltsamen Geschmack im Mund wahr, aber sie stieg nicht höher, nicht in meinen Kopf, nicht bis in mein Gehirn, sie löschte mich nicht aus. Ich atmete weiter und wurde allmählich ruhiger, obwohl mein

Herz noch immer heftig gegen den Brustkorb schlug. Nach und nach wuchs die Zuversicht in mir, dass die Hitze besiegt war, eingedämmt, abgewehrt und ausgelöscht. Ich war der Gefahr entronnen. Ich hatte nicht aufgegeben, ich hatte gehandelt. Und ich war nicht allein gewesen, ich hatte Verbündete gehabt, das blieb am meisten haften. Auf einmal, wie als Nachklang, als Schattenbild, sah ich jemanden am Boden liegen, sah einen Rettungshubschrauber Kurs auf die Stadt nehmen und sah die Szene deutlich vor mir, die dem Tod meines Vaters vorausgegangen war. Das war ebenso schmerzhaft wie mein Zeh, der immer noch im Takt meines aufgewühlten Herzens pochte.

Ich blieb sitzen, bis sich die Heiligen verflüchtigt hatten und nur noch Wiesen, Weiden und strömendes Wasser zu sehen waren. Die Aufregung klang langsam ab, alles war unheimlich anstrengend gewesen, der Stich, die Bedrohung, die Erkenntnis, ich war müde. Ich erhob mich und humpelte zum Parkplatz. Dort fragte eine junge Frau, die mich kommen sah, ob sie mir helfen könne und nahm mich mit in den Ort.

Die Wirtin schüttelte den Kopf, als sie den Fuß sah, der in keinen Schuh mehr passte und mehr als dick war, er sah monströs aus. „Du meine Güte, so können Sie nicht weiter, und morgen ist Sonntag. Warten Sie noch einen Tag ab, und wenn es dann nicht besser ist, fährt mein Mann Sie zum Arzt." Sie verschwand in der Küche, kam wieder, gab mir Geschirrtücher und ihr Hausmittel, eine Packung Quark, mit dem Rat, damit Umschläge zu machen.

Vom Bett aus, den Fuß voll Quark auf einem rosafarbenen Handtuch abgelegt, rief ich Rosi an und erzählte ihr alles, bis auf das mit den Heiligen. Ich deutete an, dass ich mit einer heftigen allergischen Reaktion zu tun gehabt hatte. Sie war bestürzt: „Du meine Güte, Gabe, das hört sich ja schlimm an. Kannst du auftreten? Soll ich kommen und dich abholen?" „Nein, ich warte erst mal ab." „Ich mache mir wirklich Sorgen. Nimm dir bitte so viel Zeit, wie du brauchst, und wenn der Fuß nicht besser wird, rufst du sofort an, ja?" „Mal sehen." Ich sagte ihr, ich wolle nicht aufgeben, ich wolle weiterlaufen, und zwar nach Born, das wüsste ich jetzt. „Oh", sagte Rosi, „dann ist es also vollends dein Weg geworden, Gabe. Das freut mich. Ohne all dieses Auf und Ab wärst du nicht da, wo du jetzt bist." „Im Bett mit einem Quarkfuß. Na, danke!", witzelte ich, doch Rosi blieb feierlich: „Es kann manchmal sehr unangenehm sein, wenn etwas Neues ins Leben kommt, deshalb bewundere ich, was du machst. Du gehst diesen Weg eigentlich zu dir selbst, Gabe." Diese Worte öffneten eine lang verschlossene Kammer in mir, wie eine zusätzliche Herzkammer, in der es pochte und aus der etwas Weiches aufstieg bis zu den Augen. Rosi raschelte mit Papier. „Jim hat etwas aufgeschrieben für dich. Warte, ich lese es vor. Hier steht: Das Universum dehnt sich aus und wir Menschen auch. Das ist ein natürlicher Vorgang. Wir dürfen das nicht permanent verhindern, indem wir Grenzen setzen. Wenn wir unsere innere Begrenztheit loslassen, ist das immer ein besonderer Moment." Sie schwieg und ich fragte mich, wo Jim das her hatte, doch in meinen Ohren klang es richtig. „Danke. Grüß ihn bitte von mir." „Mach ich. Er hat mich ziemlich beeindruckt, muss ich gestehen, und er hat recht, stimmt's?", meinte Rosi, „man kann Grenzen auch anders sehen. Sie sind nicht nur da, um Dinge oder Länder abzutrennen, an Grenzen kommen Dinge auch zusammen. An Grenzen berührt sich was, zum Beispiel gibt es Sprachgrenzen, aber auch die sind durchlässig, Grenzen können sich verschieben, und sie können fallen. Denk an die Grenze, an der du entlangläufst. Wie lange hat diese Grenze bestanden, immer hat man gedacht, sie bleibt ewig, kaum jemand hat geglaubt, dass sie sich eines Tages öffnet."

Es war also fürs Erste ausgemacht, dass ich den Sonntag bleiben und am Montag weiterlaufen würde, falls mein Fuß sich bis dahin gebessert hatte. Den ganzen Sonntag mit Ausnahme der Mahlzeiten in der Gaststube verbrachte ich im Bett, hatte mir sämtliche Kissen in den Rücken gestopft und das Bein hochgelegt und sah fern.

Ein Film handelte von Menschen diesseits und jenseits des Eisernen Vorhangs, die Grenzüberschreitungen aller Art hinter sich hatten. Ich hoffte, man würde ihren Geschichten aufmerksam zuzuhören. Es folgte ein Beitrag über riesige Tongefäße. Nachmittags häuften sich aktuelle Reportagen über Unwetter in den Alpen. In den Dolomiten waren Menschen ums Leben gekommen. Ein tosender Fluss wälzte sich mitten in einem Ort unter einer Brücke hindurch, auf der ein Bagger zu verhindern suchte, dass sich Schwemmgut verkantete. Trotzdem stieg das Wasser schnell höher. Autos zogen sich zurück, ihre roten Rücklichter mischten sich mit Blaulicht. Schaulustige und Anwohner beobachteten, wie die ersten Wellen graubraunen Schlammwassers über die Gehwege schwappten. Flussaufwärts im Dunkeln, dort, wo die Scheinwerfer der Feuerwehr gerade noch hinreichten, wurde ein junger Baum wieder und wieder überspült und nach unten gedrückt. Das Wasser sprang die Brücke buchstäblich an und tauchte unter ihr hindurch, dahinter wölbte sich eine glatte Rundung, die in einem breiten Strudel zusammenfiel und weiter strömte. Unaufhörlich war lautes Pumpen zu hören. Ein Feuerwehrmann war ertrunken, die Kamera zeigte den aufgebahrten Sarg mit dem Wappen der Feuerwehr, umgeben von einem Meer aus Kerzen. Grenzgeschichten und der Tod, und beides meinte mich.

Zum Abendessen nahm ich wieder in dem kleinen Biergarten Platz, diesmal tat die Hauskatze, als wäre ich Luft. Mein Fuß war zum Glück schon etwas abgeschwollen, ich merkte, wie die Pause, und vielleicht auch der Quark, mir gut getan hatten. Wieder im Bett, nahm ich sogar Block und Stift zur Hand und wollte gerade mit einer Schreibaufgabe beginnen, als

Rosi anrief und sich nach mir erkundigte. Ich konnte Entwarnung geben. „Rosi, ich habe ferngesehen, du glaubst es nicht, selbst da waren Füße ein Thema. Ein Mann hat in einer Fabrik mit Händen und Füßen riesige Behälter aus Ton hergestellt." „Mit den Füßen?" „Ja, du hast richtig gehört, man muss den Ton treten, dadurch werden Lufteinschlüsse entfernt. Das ist wichtig, denn sonst kann das Gefäß beim Brennen platzen. Drei Stunden braucht er für ein einziges Stück. Und weißt du, was er in die Kamera gesagt hat?" „Nein, weiß ich nicht." „Er hat gesagt, seit fünfunddreißig Jahren schon macht er die Arbeit, und er mag sie, weil dann die Zeit so schnell vergeht. Ich glaube, das ist der einzige Mensch in unserem Alter, der will, dass die Zeit schnell vergeht. Er sagt, es macht ihn glücklich, wenn die Zeit verfliegt, ein Tag wäre wie eine Stunde." Rosi sagte: „Am Mittwoch ging's mir umgekehrt, da schien mir eine Stunde einen ganzen Tag lang zu dauern. Im Cafe setzte sich eine ältere Frau zu uns. Sie redete in einem fort über die heutige Gesellschaft und Jim und ich hörten zu." Rosi war eigentlich nicht der Typ, der so etwas lange durchhielt. „Sie war mehr als kritisch, sie schimpfte wie ein Rohrspatz. Es fiel mir sehr schwer, sie als Heilige zu sehen. Am Ende des Gesprächs hat sie doch glatt gesagt: ‚Ich will meine kleine DDR zurück'." „Was? Und dann?" „Nichts. Ich habe sie nur angesehen, mit ganz großen Augen. Jim auch." Dann sagte ich zu ihr: ‚Sie vertrauen uns. Das ist schon ein kleines Wunder, bei dem Misstrauen, das mittlerweile fast überall zu spüren ist. Viele Leute sind erst mal skeptisch und fragen sich: Was will der von mir? Man redet nicht mehr miteinander. Aber Sie machen es anders.' Da hat sie plötzlich eingelenkt und gesagt, dass der Umbruch eben für Leute, die lange in einer Sicherheit gelebt hätten, sehr schwer zu verarbeiten gewesen wäre. ‚Anstatt ein Leben zu führen wie das, was man aus dem Fernsehen kannte, hatte man uns vor die Tür gesetzt. Und im Fernsehen immer nur Stasi und Mauer, ich bitte Sie, wie soll man daran etwas Gutes finden?' Ich sagte, ich würde sie verstehen, gab aber zu bedenken, dass nicht alles gut gewesen war damals und dass es noch sehr viele andere Geschichten zu erzählen gäbe. Sie hat nur mit den Schultern gezuckt, hat sich verabschiedet und ist gegangen. Als nächstes hat Jim: ‚Du bist dran' gesagt, und dann haben wir geschrieben. Über Grenzen. Meine Idee, inspiriert von dir." Wir mussten beide kichern. „Das ist das perfekte Stichwort, Rosi. Willst du einen kleinen Text von mir hören? Ich habe eine Ode geschrieben, an meinen blauen Pulli." „Oh, sehr gern!", es klang, als hätte sie ein breites Grinsen aufgesetzt. Ich räusperte mich und las in übertrieben getragenem Tonfall:

„Oh, du blaues Shirt mit den langen Ärmeln, ich liebe dich. Seit vielen Tagen sind wir fast rund um die Uhr zusammen. Das macht mich sehr glücklich, auch wenn wir beide dein Gegenstück vermissen, die blaue Seife, die wir im Badezimmer zurückgelassen haben. Dort liegt sie allein in ihrem weißen Porzellanschälchen und wartet auf uns, während wir uns in die Fremde gewagt haben, auf eine lange, ungewisse Wanderung. Unsere Begleiter sind Rucksack, Wäsche und Strümpfe, Handy und Schreibblock und andere Freunde, die ebenso offen wie wir für die Abenteuer sind, die uns erwarten. Aber du bist mein wichtigster Weggefährte, besonders wenn es tagsüber sehr heiß ist. Ich lege dich einfach um meine Schultern. Sobald du zärtlich meinen Nacken berührst und deine blauen Ärmel über die Oberseite meiner Arme gleiten lässt, verfliegt meine Ängstlichkeit. Deine Farbe gleicht dem Himmel und dein weicher Stoff schützt meine Haut vor der Sonne. Deine Gegenwart tröstet mich, du gehst mit mir über Grenzen, du verkörperst die Sehnsucht, die ich groß und unsichtbar in mir trage und von der ich noch nicht sagen kann, wohin sie mich führt."

„Wie schön, Gabe!", rief Rosi, sie hörte sich hellauf begeistert an. „Und so poetisch, Bibel-Style! Der Weg tut dir gut, ohne Frage. Dir wachsen magische Triebe und du entwickelst geheimnisvolle Kräfte." „Es reicht noch nicht aus, dass mir ein Heiligenschein wächst", erwiderte ich, „den überlasse ich dir. Am besten, du kommst her und wir gehen die letzte Etappe gemeinsam." Ich sah sie vor mir, wie sie erst stutzte, dann lachte und abwinkte. „So eine Wanderung muss man alleine gehen. Denk an Karl!" „Der kann mir gestohlen bleiben", entgegnete ich lässig, „das ist inzwischen mein Weg und nicht seiner und überhaupt, ich muss gar nichts." Sie sagte: „Hört, hört", und ich bat sie aus einer Laune heraus: „Schau doch mal nach, was Karl so über die Gegend schreibt, über Laubenheim zum Beispiel. Los!" „Jetzt gleich? Aber das geht nicht." „Bist du nicht zuhause? „Doch, schon", sie zögerte, „aber ich bin auf dem Klo." „Na gut, dann bist du entschuldigt. Aber schau doch später mal nach. Es interessiert mich." „Mach ich." Es schien, als wolle sie das Gespräch beenden. Ich hatte nichts dagegen.

Tag 10 Das Wagnis

Am Montagmorgen um kurz vor sieben Uhr sah ich von meinem Dachzimmer aus fünf Kinder auf den Schulbus warten, zwei ältere Mädchen mit Rucksäcken, zwei jüngere mit Geigenkästen und einen Jungen mit einer Sporttasche. Die Mauersegler riefen schon ihre Neuigkeiten in den Himmel. Ein Holztransporter mit endlos langen Baumstämmen kam zu schnell die Ortstraße herabgefahren und musste in der Kurve um die Kirche quietschend bremsen. Ein Taubenschwarm flog über die Häuser und ein Mann holte die Zeitung aus dem Kasten. Der Bus kam, mit einem Fauchen öffnete sich die Tür, die Kinder zeigten ihre Fahrausweise und das Rot der Lackierung spiegelte sich noch kurz in den Fenstern einiger Häuser, als der Bus weiterfuhr und hinter der nächsten Kurve verschwand.

Meine Wanderschuhe band ich an den Rucksack. An ein Anziehen war nicht zu denken, mein Fuß passte gerade so in die Sandale, aber er tat zum Glück nicht mehr weh und ich wollte unbedingt weitergehen. Ich frühstückte, versprach der Wirtin, mich zu melden, wenn ich unterwegs Schwierigkeiten beim Laufen bekäme, bezahlte die Übernachtung und bedankte mich für ihre Fürsorge.

Meinen Weg nach Born hatte man nach dem heimischen Dichter benannt. Tafeln gaben über ihn Auskunft und führten mich eine Weile unter alten Bäumen am Fluss entlang, bis Bauarbeiten den Weg unpassierbar machten und eine Umleitung mich zwang, die Talseite hinauf auf die Höhe zu steigen. Lange lief ich ohne das blauweiße Zeichen inmitten von Äckern und Feldern, ehe mich ein Umleitungsschild wieder ins Tal schickte. Ich erreichte ein großes Mühlenanwesen und irrte dort eine Weile herum, es gab mehrere Wege zur Auswahl, aber Karls Weg fehlte. Ich beschloss, eine Frau zu fragen, die in einem Hof ihre Pflanztröge goss. Sie drehte mir abweisend den Rücken zu und kam erst näher, als ich weiter freundlich blieb und rief, dass ich einen alten Weg nachwanderte und einen Rat bräuchte. „Den Berg hoch und oben links, wenn Sie nach Born wollen", skeptisch musterte sie mich. „Seltsam, was Sie da machen", sagte sie, „aber es passt in die heutige Zeit. Die Welt ist ein Irrgarten." „Finde ich ganz und gar nicht", widersprach ich ihr, „die Welt ist geordnet, es gibt Regeln und Wanderzeichen, alles läuft nach Gesetzmäßigkeiten ab. Ab und zu eine Umleitung darf sein, selbst daran ist nichts chaotisch." „Wenn Sie das alles so genau wissen, wieso fragen Sie dann nach dem Weg?" Sie hatte recht, ich musste lachen und nahm es ihr nicht übel, dass sie keine Miene verzog. „Was schlagen Sie denn vor, wie entkommt man diesem Irrgarten? Falls es ihn gibt?", wollte ich von ihr wissen. Sie sah mich mit einem eisigen Blick an, der mir ein bisschen Angst machte: „Ich sag's Ihnen. Man muss allein sein können." Es klang wie ein Vorwurf. „Kein Problem für mich, ich bin die ganze Zeit allein, ich kann sehr gut allein sein", warf ich ein. „Ich glaube Ihnen nicht", sagte die Frau mit einem endgültigen Ton in der Stimme, ließ mich stehen und ging mit der Gießkanne zum Wasserhahn. Verblüfft setzte ich meinen Weg fort. So radikal hatte ich den Menschenschlag der Gegend nicht in Erinnerung. Die Landschaft mit den sonnenbeschienenen Hügeln, den Feldern und Blumenwiesen war mir mehr und mehr vertraut und ich fühlte mich überhaupt nicht allein. Aber was den Weg betraf, war ich der Frau dankbar. Nach einigen hundert Metern war der glitzernde Fluss wieder in Sichtweite und an einem Rastplatz entdeckte ich das blauweiße Zeichen. Wieder war eine Tafel aufgestellt und begrüßte mich mit einem Zitat des Dichters: „Man muss seine Ideen verwirklichen, sonst wuchert Unkraut darüber." Ich fand das nicht mehr zeitgemäß, heutzutage war man mit dem Unkraut solidarisch, und dann stand da noch: „Die Erinnerung ist das einzige Paradies, aus dem wir nicht vertrieben werden können." Das klang mehr als vereinnahmend, paradiesisch fand ich Erinnerungen nicht, eher wertvoll, das schon. Ein paar Kilometer weiter tauchte die letzte Station des Dichterwegs auf, das sogenannte Brudergrab. Es war die Stelle, an der man den Bruder des Dichters begraben hatte. Man hatte ihn tot aus dem Fluss geborgen und obwohl im Raum stand, dass es ein Verbrechen gewesen war, war ihm damals als ‚Selbstmörder' ein christliches Begräbnis verwehrt worden. Neben einem alten Holunderstrauch ruhte ein großer runder Stein. Als ich mich auf ihn stellte, konnte ich die Stadt sehen.

Ihr Name hatte mir schon immer gefallen. Born, das alte Wort für Quelle. Im Osten war es noch in Gebrauch - hatte ich anfangs die Stadt erwähnt, in der ich aufgewachsen war, hatten viele von den sogenannten Bornfegen gesprochen, jährlichen Festen zum Säubern des Dorfbrunnens.

Die Stadt lag merkwürdig matt in der Sommersonne, als hätte sie vor lauter Hitze keine Kraft mehr, sich aufzurichten. Je näher ich ihr kam, desto mehr Erinnerungen stiegen in mir auf. Kurz nach dem Ortsschild stand die alte Mühle. Von ihr war die Bäckerei mit Mehl beliefert worden. Im Nebengebäude hatten die Anhänger eines indischen Gurus eine Kommune gegründet, meine ganze Schulzeit über konnte man auf der Leine zwischen den Apfelbäumen rote Kleidungsstücke an der Luft trocknen sehen. Der große Garten war verschwunden, auf der Wiese hatte man ein Altenheim errichtet, eine Einrichtung, in die mein Vater wohl auf keinen Fall gewollt hätte. Wie sich Mutter die letzten Jahre ihres Lebens vorstellte, wusste ich nicht. An ihrem Geburtstag und zu Weihnachten schrieb ich ihr regelmäßig Postkarten und bekam eine zurück.

An die Rückseite des neuen Gebäudes grenzte der Altbau mit der Kinderarztpraxis an, die ich mehr als einmal von innen gesehen hatte. Das verblasste Hinweisschild auf die

Bäckerei an der Hausecke gab es auch noch. Ich überholte eine alte Frau mit Krücken und erkannte in ihr eine frühere Bekannte der Eltern, die damals schon von einem Arzt zum anderen gelaufen war. Sie sah zum Glück nicht auf, dafür lächelten an allen Ecken und Enden Gesichter von Wahlplakaten und junge Leute auf Fahrrädern riefen sich Grüße zu. In der Kleinstadt meiner Kindheit frischte der Wind auf.

Unter den Bäumen, die auf dem Hochzeitsbild meiner Eltern als Kulisse gedient hatten, schnatterten Kanadagänse, aber die großen Pappeln im Hintergrund fehlten. Eine Frau warf Stöckchen für einen kleinen, mit lautem Gebell umher flitzenden Hund. Ich wurde unruhig. Es ging mir alles zu schnell, außerdem musste ich plötzlich dringend aufs Klo. Auf der Suche nach einem WC vergingen ergebnislose zehn Minuten, bis ich es nicht mehr aushielt und mich zwischen geparkten Autos und einer Hecke hinhockte. Große Erleichterung breitete sich in mir aus, während erschrockene Feuerwanzen in alle Richtungen davonrannten.

Ganz in der Nähe, nur zwei Straßen weiter, befand sich der Friedhof. Zögernd öffnete ich das knarrende Eisentor und war heilfroh, dass weit und breit niemand zu sehen war. Ich nahm den Rucksack ab, der sich gerade so schwer anfühlte, als würde die gesamte Vergangenheit auf meinen Schultern lasten, und lehnte ihn an eine Bank, dann streckte ich mich auf der Sitzfläche aus und schloss die Augen. Ich war sehr müde.

Meine Traurigkeit setzte sich neben mich. Sie sagte lange kein Wort, saß nur da und wartete. Als alles ganz still war, öffnete sie sich. Sie erschien durch und durch blau zu sein, und gerade, als ich bereit war, in den grundlosen See, der mir von ihr angeboten wurde, einzutauchen, lief ein winziges Insekt auf meinem Knie Zickzack. Zart trippelte es hin und her und schrieb Zeichen auf meine Haut. Ich entzifferte das Wort ‚Lache!' und empfand ohnmächtige Wut deswegen. Jemand näherte sich, ein Paar, dem Traurigkeit dunkel und fleckig an der noch jungen Haut klebte. Hand in Hand gingen beide zu einem mit gelben Stiefmütterchen bepflanzten Hügel, auf dem einige Gegenstände lagen. Die Frau nahm eine Hacke in die Hände und holte damit weit aus, ihr Rücken bog sich nach hinten, die Muskeln ihrer Arme spannten sich und mit einem einzigen gewaltigen Schlag hieb sie auf Grab, Puppe, Laterne und Rosenstock ein. Ich war starr vor Schreck und selbst die Traurigkeit erzitterte. Sie bekam Sprünge und zerbrach in zwei Teile, ihr blauer See verströmte und gab sein Innerstes frei, einen Haufen spitzer Scherben voll geronnenen Bluts. Bestürzt bedeckte ich mein Gesicht mit den Händen. Schweiß sammelte sich zwischen Fingern und Haut. Jemand kam gelaufen, ich hörte schwere Schritte auf dem Kies, die immer schneller wurden. Dann versuchte irgendwer, mir die Hände von den Augen zu reißen. Ich wehrte mich, so gut ich konnte, ich trat um mich und presste die Hände so fest auf meine Augäpfel, dass es weh tat. Ich schrie und jemand stopfte mir Gras in den Mund. Wasser begann von meinen Füßen über die Knöchel aufzusteigen, die Beine hoch und über den Brustkorb bis zum Kinn. War das das Wasser der Schuld? Färbte es mich blau? Wollte man mich auf diesem Weg zwingen, die Augen zu öffnen? Da bewegte sich etwas dicht neben mir und mir wurde leichter ums Herz, das war meine Traurigkeit, sie strich mir kühl und sanft über den Kopf, der endlich zersprang wie dünnes Glas.

Erschrocken wachte ich auf und es dauerte eine Weile, bis ich das Traumbild abgeschüttelt hatte. Der Friedhof lag still und friedlich da wie zuvor. Ich stand auf, machte ein paar Schritte, dehnte und streckte mich, dann ging es mir besser. Ich atmete tief aus und sah mich um. Irgendwo in der Nähe musste das Familiengrab sein. Ich ließ den Rucksack auf der Bank liegen und lief suchend durch die Gräberreihen. Fast wäre ich vorbeigelaufen, ich hatte den alten Grabstein der Großeltern erwartet, nicht dieses schön geschwungene Ginkgoblatt aus hellgrauem Stein mit den zarten Messingbuchstaben. Mir wurde auf der Stelle klar, wie gut der Stein zu meinem Vater passte, er war ein eher musischer Mensch gewesen und seine Hände nie die eines Handwerkers, kräftig und fest waren sie vor allem durch die Arbeit geworden. In mir stieg das Bild auf, wie schnell er die Teige portioniert hatte, wie Vögel waren seine Hände entlang unsichtbarer Notenlinien auf und ab geflogen und hatten mit den Schabern einen rhythmischen Takt erzeugt.

Natürlich hatte ich das Sterbedatum im Kopf, doch es war etwas anderes, es unter seinem Namen in Metall geschrieben zu sehen. Bestimmt war der Friedhof voller Leute gewesen, nur ich hatte so getan, als könnte ich durch mein Fernbleiben den Tod ungeschehen machen. Doch weder die befürchteten Schuldgefühle traten in Erscheinung noch der überwältigende Schmerz, den ich erwartet hatte, stattdessen überkam mich eine große Ruhe. Vielleicht lag es daran, dass inzwischen so viel Zeit vergangen war, und vielleicht hatte auch die Wanderung mich verändert.

Es war Mittagszeit. Nach dem Friedhofsbesuch war mein nächstes Ziel die einfachste Sache der Welt und es dauerte nicht lange, bis ich am Anfang unserer Straße stand und das Haus sehen konnte, in dem wir gewohnt hatten. Ich hatte nur noch die Häuserzeile entlang zu gehen. Als ich auf der Höhe des Gebäudes war, in dem die örtliche Tageszeitung ihren Sitz hatte, las ich auf der Plane eines LKW „70 JAHRE FÜR SIE DA" und fühlte mich auf einmal angesprochen. Ich war in Born, in der Stadt meiner Kindheit, und ich war nicht nur Karls Weg gegangen, sondern vor allem meinen eigenen, den zurück in meine Vergangenheit. Schritt für Schritt hatte sich eine Seite nach der anderen aufgeblättert, wie in einem alten verstaubten Buch, das überraschend in der hintersten Ecke eines Regals wieder aufgetaucht war. Das letzte Kapitel stand kurz vor seinem Ende. Zeitgleich mit diesem Bild stieg ein aufregender Gedanke in mir auf, ein Einfall, der die Welt ein bisschen besser machen würde, eine Absicht, die ich plötzlich mit Rosi gemein hatte. Ich wollte das auch, eine Botschaft verbreiten, ich wollte reden vom Auf und Ab, und dass man nicht aufgeben oder sich abschotten durfte, dass man hindurchgehen musste mit allem, was man mit sich herumschleppte, ob Trauer, Wut oder Liebe. Hier war der richtige Ort für diese Botschaft, in dieser Zeitung war die Todesanzeige erschienen und ich wollte endlich etwas gutmachen wegen der Beerdigung meines Vaters, es war überfällig, es war zeitlos und wichtig und von bleibender Bedeutung. Alle sollten es lesen, denn es sollte gedruckt werden: Dass es nie zu spät war, Versäumnisse und Fehler einzugestehen und sich zu ändern, dass am Ende alles gut ausging und dass man keine Angst zu haben brauchte. Unser Haus konnte warten, eine kleine Verzögerung fiel jetzt nicht mehr ins Gewicht, je eher der Artikel erscheinen würde, desto besser. Vielleicht wollte ja jemand von der Zeitung mitgehen und unser Haus fotografieren, womöglich auch die Backstube, falls es die Bäckerei noch gab. Ich konnte mir sogar vorstellen, der Bibliothek einen Besuch abzustatten und es auf den Versuch ankommen zu lassen, herauszufinden, ob es mir weh tat, wieder dort zu sein.

Im Zeitungsgebäude waren sowohl Redaktion als auch Druckerei untergebracht, ständig gingen Leute ein und aus, vermutlich war die Mittagszeit nicht besonders günstig für ein Interview, doch die Energie, die mich erfasst hatte, ließ keinen Aufschub zu.

Ich betrat den Vorbau mit der Anzeigenannahme, zwei Frauen sahen mir entgegen. Ich erklärte, ich hätte meine Kindheit in Born verbracht, wäre viele Tage auf den Spuren der Vergangenheit gewandert und wolle ein Interview geben. Sie betrachteten meine Aufmachung mit Blicken, in denen ein Anflug von Bewunderung lag, aber auch Unbehagen und Skepsis. Ich solle um die Ecke des Gebäudes herumgehen zum Pförtner, der mich in die Poststelle einlassen würde, dort könne man vielleicht die Verbindung zu einem Journalisten herstellen.

Ein Summen ertönte, die Glastür neben der Pförtnerloge öffnete sich lautlos und ließ mich in einen modernen Eingangsbereich eintreten. In einem Raum rechts von mir waren hinter einem Tresen Geräusche zu hören, zu sehen war niemand. „Hallo?", rief ich. Ein rundlicher Mann um die fünfzig tauchte auf und lächelte freundlich. Ich erklärte mein Anliegen zum dritten Mal. „Ja", sagte er gedehnt und dachte nach, „ich kann hochgehen und einen Redakteur fragen. Bitte warten Sie hier." Er führte mich in einen kleinen Empfangsraum mit Sesseln, Tischchen und einem Fenster zum Hof. Ich bedankte mich, ließ mich nieder und wartete. Nach zehn Minuten beschloss ich, mir die Wartezeit mit einer Schreibaufgabe zu verkürzen. Nach einem Thema brauchte ich nicht lange zu suchen, meine Überschrift hieß:

Das Fenster des Sagbaren

Ich stelle mich auf die Zehenspitzen und blicke durch das Fenster des Sagbaren. In dem weiten, bis an die Grenzen der Großstadt reichenden Raum türmen sich sämtliche zur Verfügung stehenden Wörter und Redewendungen auf. Noch sind die Türen zu diesem Raum geschlossen, es ist zu früh, eine dunkle Wolkendecke liegt über dem Land, die Nacht hat noch die Kraft, sich gegen die Dämmerung zu behaupten. Ich habe, wie so oft, nicht schlafen können. Bald, nach Anbruch des Tages, wird man die Türen öffnen und der Raum und alle seine Nebengelasse werden zugänglich sein. Durch die Glasscheibe kann ich sehen, dass helle Bogenlampen das Lager der Buchstaben ungleichmäßig ausleuchten. Manche Stellen oder Ecken sind dunkler als andere und die Haufen, die an diesen Stellen liegen, wirken, als ob sie etwas zu verbergen haben. Ich bin mit scharfen Augen gesegnet, auch entferntere Gegenstände, die für andere nicht mehr ohne Weiteres auflösbar sind, kann ich gut erkennen. Aus einem der abgeschatteten Randbereiche dieser Zonen

ragen einige Wörter heraus. Ich lese: „Schusswechsel zur Grenzsi-
cherung" und „Umvolkung". Auch: „Überfremdung". Mich friert.
Wer hat diese Worte dort abgelegt? Wer hat sie in den Raum des
Sagbaren geholt? Es steht zu befürchten, dass die in Kürze einge-
lassenen Besucher sich ihrer bedienen werden. Diejenigen, die
kommen, um sich eine eigene Meinung zu bilden, und diejenigen,
die wenig über die Vergangenheit wissen, und genau darin besteht
die Gefahr, denn das Vorkommen der Worte an diesem Ort erweckt
den Eindruck, sie zu verwenden wäre normal und gang und gäbe.
Gibt es denn niemand außer mir, der diesen Vorgang bemerkt hat,
das langsame Eindringen von Unsagbarem in den Raum des Sag-
baren, diesen schleichenden Prozess, vorher im Zaum gehaltenen
Worten immer öfter ihren freien Lauf zu lassen? Wer ist schuld an
dieser Unterwanderung und warum? Wessen Interesse steckt
dahinter? Und während ich die aufgeschütteten Halden betrachte,
rutscht von einem der Worthügel eine ganze Flanke ab und das
System selbst gibt mir die Antwort: An den Stellen, wo sich das
Unsagbare festgesetzt hat, wird das Sagbare untergraben und aus-
gehöhlt, es gibt Kräfte, die es zu Fall bringen wollen. Ich beschließe,
mich sofort an die Aufsicht zu wenden. Ich eile nach Hause und
greife zum Telefon. Doch bei jeder Nummer ertönt die automatische
Ansage, man sei beschäftigt und wolle sich melden, was aber nicht
geschieht. Ich schreibe mehrere Emails. Endlich werde ich zurück-
gerufen. Eine akzentfreie Frauenstimme sagt auf meine Warnung
hin empört: „Und deswegen stehlen Sie uns die Zeit? Diese Worte
haben ihre Berechtigung, sie sind Teil des Wortschatzes, wir halten
nichts von Zensur und überhaupt: Das wird man ja wohl noch
sagen dürfen."

Nachdem ich das letzte Wort geschrieben hatte, sah ich
auf. Mir kam wieder zu Bewusstsein, dass auch ich hier war,
weil ich etwas sagen wollte, ich trug mein Herz auf der Zunge und wollte es loswerden. Immer wieder verließen Angestellte das Gebäude. Durch einen Spalt in der Tür konnte ich
sie die Glastür aufdrücken sehen und Stimmen hören, die

einander „Mahlzeit!" wünschten oder Persönliches aus-
tauschten. Lieferanten ließen sich in der Poststelle Schriftstü-
cke quittieren. Der Mann, der mich empfangen hatte, hatte
für alle einige Worte übrig und war mit dem Ausstellen der
vielen Lieferscheine beschäftigt. Ich legte mir im Kopf zurecht, was ich sagen wollte. Natürlich würde ich gefragt werden, weshalb ich so viele Jahre nicht mehr hier gewesen war.
Ich würde zugeben, dass ich mich damals überfordert gefühlt
und mich seitdem vor der Wirklichkeit gefürchtet hatte. Das
war ja gerade Teil meiner Botschaft, dass man die Vergangenheit nicht hinter sich lassen oder abschütteln konnte. Ich
notierte auf dem Schreibblock einige Sätze. Die Mittagszeit
war längst vorüber und mir knurrte der Magen. Am Boden
zeichnete sich ein kleiner Lichtpunkt ab und wurde langsam
größer, während die Sonne Stück für Stück weiterwanderte.
Ich hatte ungünstig gepackt, meine letzten Kekse befanden
sich weit unten im Rucksack, aber ich war sicher, dass das
Warten sich lohnte, die Botschaft musste hinaus in die Welt.
Wasser hatte ich noch, doch falls ich die Flasche leer trank,
würde ich den Redakteur als Erstes nach dem Klo fragen
müssen. Im Vorraum unterhielten sich Leute über die Hitze
und über Mindestarbeitszeiten. Jemand flüsterte: „Selbst
schuld." Seit wann neigte ich dazu, alles auf mich zu bezie-
hen? Unrhythmisch näherte sich das Klacken von Stöckel-
schuhen. Wieder fiel die Tür metallisch-schwer ins Schloss.
Im geteerten großen Innenhof parkten Lastwagen und zwei
mehrstämmige Linden standen in voller Blüte. Gut gegen
Fieber, dachte ich und hatte plötzlich den Duft des Tees in
der Nase.

Draußen zog am Himmel hinter dem Kirchturm ein
großer Altstadtstorch vorbei. Drei kleinere Exemplare folgten
ihm. Alles wird gut, dachte ich, ganz im Rosi-Modus, solange
es solche Zeichen gibt. Nach einer weiteren Viertelstunde
hielt ich das Warten nicht mehr aus, ich ging zum Tresen der
Poststelle und rief nach dem Mann, der im hinteren Bereich

irgendwelche Dokumente ausdruckte. Es wurde schlagartig still, sein rundes Gesicht sah bestürzt um die Ecke und er stammelte: „Ach du meine Güte, Sie habe ich völlig vergessen!" Plötzlich war meine von Zuversicht getragene Stimmung wie weggeblasen und ich fühlte mich wie damals in der Bibliothek, endlos müde und enttäuscht. Ehe ich etwas sagen konnte, geriet der Mann in Bewegung: „Warten Sie, es tut mir leid. Ich gehe sofort hoch und frage. Da wird sich jemand finden, glauben Sie mir." Er rannte förmlich die Treppe zum nächsten Stockwerk hoch. Vor meinem inneren Auge tauchte das Bild einer mitfühlenden Redakteurin auf, die sich in einem ansprechenden Zimmer ohne Zögern erhob und dem Mann befahl, mich schnell zu ihr zu bringen. Ich schöpfte neue Hoffnung, doch bevor ich meinen Boten zu Gesicht bekam, erreichten mich seine Worte. „So ein Mist", fluchte er vor sich hin, als er die Stufen wieder herunterkam und ich konnte nur noch nicken, als er mir erklärte, wie leid ihm das alles tue, aber alle im Haus befindlichen Redakteure wären beschäftigt und rieten mir, ich solle ein andermal wiederkommen und am besten vorher einen Termin ausmachen. Ich war verstummt und hielt den Kopf gesenkt, als wäre er zu schwer zum Heben. Bestürzt bemerkte der Mann die Tränen, die von meinem Kinn tropften. Er wiederholte, wie leid ihm das tue und ich wusste, er meinte es ernst, aber all meine Kraft war aus mir herausgeflossen und irgendwo im Boden versickert. Ohne ein Wort ging ich hinaus.

Wie blind bewegte ich mich durch die neue Fußgängerzone, lief an unserem Haus vorbei und einfach immer weiter, während die Tische vor den Straßencafés voller Leute waren und die Geschäfte auch. Auf meinem Weg lag die Kirche, ich öffnete versuchsweise die Tür, aber im Inneren probte gerade ein Kinderchor und in dem großen Raum gab es keine Nischen, die Schutz für Tränen boten.

Meine Füße brachten mich zum Fluss. Der Fluss war früher schon ein guter Ort gewesen, um allein zu sein. Beim

Anblick seines unbeirrt dahin strömenden Wassers war es mit dem Rest meiner Beherrschung vorbei, ich begann so heftig zu weinen, als wollten sich alle ungeweinten Tränen meines Lebens mit dem Fluss meiner Kindheit vereinen. Es war mir egal, dass auf dem nahe gelegenen Fußweg Leute zu mir herübersahen, ich stolperte halbblind am Ufer entlang bis zu einer Reihe von größeren Steinen, die das Flussbett querten und kleine gewölbte Stromschnellen auslösten. Dort lehnte ich den Rucksack an einen Baum und setzte mich ins Gras. Eine Ente badete ungerührt weiter und Spatzen flatterten zum Trinken auf die Steine, aber an meiner Verzweiflung änderte sich nichts, der Zwischenfall bei der Zeitung saß tief, nicht so sehr die Ablehnung, das war verständlich, ich hatte keinen Termin gehabt, doch über das Kein-Gehör-finden in dem Moment, als ich etwas wiedergutmachen wollte, war ich untröstlich. So viele Jahre war ich überzeugt davon gewesen, mein Leben im Griff zu haben und mit Hilfe meiner Prinzipien durch ruhige Gewässer zu steuern, erst auf der Wanderung hatte sich gezeigt, dass ich mich geirrt hatte, dass der Schmerz von früher nicht kleiner geworden war und dass mich jederzeit etwas ins Bodenlose stürzen lassen konnte. Mein halbes Leben hatte ich mir etwas vorgemacht und mir die Dinge schön geredet. Und nicht zuletzt hatte ich auf andere herab gesehen und geglaubt, ich wäre stärker und wüsste, wie ein Leben richtig zu leben war. Wie viel Zeit war dadurch vergeudet worden, ich hatte mich nicht von meinem Vater verabschiedet und war auch noch stolz darauf gewesen. Ich schämte mich sehr, weil diese Erkenntnis so spät kam, ich war angekommen und gleichzeitig völlig am Ende.

Auf meiner Uferseite kam eine junge Frau mit pink gefärbten Haaren auf mich zu, begleitet von einem großen schwarzen Hund, der ein rotes Stoffband um den Hals trug. Jeder andere Mensch mit etwas Taktgefühl hätte einen Bogen um mich gemacht, doch sie kam trotz meines Weinens und dem Häuflein Taschentücher an meiner Seite ganz nah heran und blieb direkt an den Steinen stehen. Freundlich nickte sie mir zu und wegen der Selbstverständlichkeit, mit der sie meine Tränen ignorierte, nickte ich zurück, vielleicht war das derselbe Effekt, wie wenn man die Hände aneinanderlegte und sich verbeugte. Rot leuchteten die aufgedruckten Kirschen auf ihrem weißen kurzen Kleid, sie zog die Stoffturnschuhe aus, ließ den Hund von der Leine und begann, von Stein zu Stein hüpfend über den Fluss zu balancieren. Ihre schwarze Lacktasche hatte sie umgehängt, Schuhe und Leine hielt sie in den Händen. Zwischen zwei bemoosten und glitschigen Steinen in der Mitte bestand ein größerer Abstand, sie musste die Walze einer Stromschnelle überspringen. Der Hund stand noch am Ufer, direkt neben mir, und zögerte. Sein Fell glänzte und er hatte kluge, eigenartig blaue Augen. Das Mädchen rief nach ihm: „Komm, komm, Orca!" Er zögerte, dann drehte er den Kopf und sah mich aufmerksam an, so als wolle er mir etwas zeigen, sprang wagemutig in den Fluss, schwamm und rettete sich auf die nächste erreichbare Steininsel, auf der er sich schüttelte. „Du denkst wohl, du kannst auf deiner Insel bleiben! Los, komm, trau dich!" rief das Mädchen in seine Richtung und damit auch in meine. Unwillkürlich bezog ich ihre Worte auf mich. Sie balancierte weiter und rutschte aus, fing sich aber rechtzeitig, ohne zu fallen, das Wasser reichte ihr bis an die Oberschenkel. Sie drehte sich zu mir um und sagte laut: „Da wäre ich wohl besser drüben geblieben!" Da war sie wieder, die Grenze, ein hüben und drüben, die Wahl zwischen Wieder-Mut-Schöpfen und Aufgeben. Dieses mysteriöse Wesen mit den lila Haaren, das am absoluten Tiefpunkt aus heiterem Himmel aufgetaucht war, kam mir vor wie ein Engel, der die Seiten wechseln konnte. Wenn es irgendwo hinter einer unsichtbaren Grenze eine andere Seite gab, wo mein Vater auf mich wartete, dann verkörperte sie für mich in diesem Augenblick die Wanderin zwischen den Welten. Ich fühlte mich plötzlich ganz stark mit ihr verbunden, auch ich war in den letzten

Tagen zwischen Welten gewandert und wollte ihr ein Geschenk machen, ich wollte ihr irgendetwas auf den gefahrvoll-leichten Weg mitgeben. „Was Sie da machen, sieht gut aus!", rief ich ihr zu und sie lächelte herüber, sprang dann einen Stein weiter und klopfte, die Augen wieder auf den Hund gerichtet, lockend auf ihre Oberschenkel: „Komm!" Der Hund sprang ins Nass und paddelte wie wild gegen die Strömung an, bis er eine neue Steininsel fand. „Prima!", rief sie und schien erneut auch mich zu meinen, ich war ihr sehr dankbar. Sie war schon fast auf der anderen Seite, da wendete sie sich ein letztes Mal um und sagte weithin hörbar: „Wenigstens hat er sich getraut, das ist doch etwas!" Noch eine Botschaft für mich. Ich hatte es wenigstens versucht bei der Zeitung, auch ich hatte mich getraut, obwohl mir die alte Kränkung noch so tief in den Knochen saß. Ich atmete tief aus und mir wurde leichter. Ich hatte es versucht - dass es nicht geklappt hatte, hatte nicht in meiner Macht gelegen. Und ich hatte gewagt, mich der Trauer zu stellen, ich war am Grab gewesen, wenn auch spät. Ich war mutig gewesen und hatte der Wahrheit ins Gesicht geblickt. Die Wahrheit hatte viele Gesichter, gerade zeigte sie sich schön und sommersprossig am Beispiel einer jungen Frau mit lila gefärbten Haaren. Sie lief schon mit dem Hund an ihrer Seite den Hang auf der anderen Flussseite hoch, überquerte den Deich und verschwand dahinter. Zuletzt sah ich den lila Haarschopf und war überzeugt, er gehöre zu einem modernen Engel aus einer bisher unbekannten Welt.

Ich blieb noch eine ganze Weile an dem wieder so vertrauten Fluss sitzen und dachte an meinen Vater. Er fehlte mir so sehr. Viele Erinnerungen gingen mir durch den Kopf, ich sah sie mir an wie Bilder im Museum, manche länger, manche kürzer, bis von meiner Traurigkeit nur noch eine leise Wehmut zurückgeblieben war. Dann bemerkte ich, dass ich großen Hunger hatte und stand auf.

Zuerst zögerte ich, unsicher, ob meine neugewonnene Sichtweise weiteren Schwierigkeiten standhalten würde, doch Probleme gab es überall und ich konnte schließlich nicht für immer hier am Fluss bleiben. Ich schulterte den Rucksack, entsorgte die feuchten Taschentücher in einem Abfallkorb und ging zurück in die Fußgängerzone. Vom Tisch eines Straßencafés aus konnte ich in die Straße sehen, in der wir gewohnt hatten. Ich aß eine Kleinigkeit, bestellte noch einen Eisbecher und einen Espresso und sah in die Gesichter der vielen Leute, aber es war niemand dabei, den ich kannte. Nach dem Essen fühlte ich mich gefestigt genug, um zu unserem Haus zu gehen. Mittlerweile standen nur noch fremde Namen aus anderen Ländern auf den Klingelschildern. Die Haustür war offen, ich ging in den Hinterhof und sah zu unseren Fenstern hoch. Wie das Pendel einer Uhr wehte ein Vorhang im Wind hin und her, als Gleichnis dafür, wie viel Zeit vergangen war.

Die Freie Christliche Gemeinde hatte Räume ganz in der Nähe gemietet, doch das Haus, in dem Mutter den anderen Mann kennengelernt hatte, stand leer. „Zu vermieten" war auf dem Plakat im Fenster des Erdgeschosses zu lesen, in dem ich als Jugendliche an vielen Gruppenstunden teilgenommen hatte. Ich warf einen letzten Blick in unsere Straße und ging in den nicht weit davon entfernten Park, in dem sich meine alte Grundschule und daneben die Bibliothek befand, ein Flachbau inmitten von Bäumen. Um die große Buche mit den ausladenden Ästen hatte man ein Geländer errichtet, wohl um die kletternden Kinder oder die rauchenden Jugendlichen fernzuhalten, die sich seit jeher dort getroffen hatten.

Die Bibliothek zu sehen, machte mir nichts aus, ich blieb ganz ruhig, das Geschehen am Fluss hatte alles verändert. Ich betrat das Gebäude, setzte mich in einen der freien Sessel im Foyer und fächelte mir mit einem herumliegenden Flyer Luft zu. Die zwei Frauen am Tresen hatte ich noch nie gesehen, sie grüßten und ließen mich in Ruhe. Plakate an den Wänden kündigten Lesungen an und, als würden weder Jahre noch Enttäuschungen dazwischen liegen, knüpfte ich nahtlos an die Überzeugung meiner Jugend an, dass die Gesellschaft von Büchern gut war, mein Misstrauen ihnen gegenüber, das ich lange Zeit gehegt hatte, hatte sich aufgelöst. Ich sah eine Weile zu, wie Leute ein- und ausgingen. Jetzt schien ein hochgewachsener Mann Leiter der Bibliothek zu sein, denn als jemand die Frauen am Tresen nach Büchern über Bienen fragte, holten sie ihn dazu. Nach einiger Zeit verstaute ich meinen Rucksack in einem Spind und ging langsam an den Regalen entlang. In der Abteilung Belletristik suchte ich nach meinen alten Verstecken, doch wie erwartet waren die Bücher, die ich vor dem Zugriff der Leser hatte schützen wollen, längst richtig einsortiert. Ich musste lächeln, meine Versuche, auf diese Weise Schätze zu horten, die mir etwas bedeuteten, konnte ich in der Rückschau gut verstehen. Ich ging die Treppe zur Kinderabteilung und den Verwaltungsräumen hinauf, wie damals bei meiner Einstellung und bei meiner Entlassung. Mir fiel wieder ein, wie oft ich im Sommer von oben auf die Liegestühle unter den Kirschbäumen geblickt hatte, die den Innenhof im zeitigen Frühjahr mit ihrem tiefen Rosa geschmückt hatten. Nichts an der Bibliothek konnte mir gefährlich werden, alte Erinnerungen brauchten nicht mehr verdrängt zu werden, ich hatte mich verändert und fragte mich, weshalb ich mich nicht viel früher in Bewegung gesetzt hatte.

„Kann ich Ihnen helfen?", sprach mich eine der Frauen vom Tresen an, die einen der kleinen Wagen aus dem Aufzug bugsierte. „Danke, nein", ich lächelte und schüttelte den Kopf. „Wir haben jetzt eine Cafeteria", sagte sie zu mir, „bei der gelben Mauer links". Auf dem Weg dahin gab es immer noch die Nische mit dem Kaffeeautomaten und dem alten Waschbecken. Ich drehte den weißen Porzellankopf, er leistete den gleichen Widerstand wie früher, ich beugte mich zu dem kühlenden Wasserstrahl hinunter und schöpfte mit beiden Händen das lebendige Wasser, umsonst. Es war egal, wo man sich aufhielt, überall warteten Geschenke auf einen, man musste sie nur sehen und annehmen.

Es zog mich wieder hinaus ins Freie, ich holte den Rucksack aus dem Spind, nickte den Frauen am Tresen noch einmal zu und nahm draußen auf der Bank unter der Kastanie Platz, neben der alten, in den Boden eingelassenen Granitplatte, unter der laut Inschrift seit Jahrhunderten vier französische Soldaten ruhten. Gänseblümchen hatten alle Fugen zwischen den Pflastersteinen erobert und in graslosen Kuhlen nahmen Spatzen ein Staubbad.

Mein Vater war mit mir oft durch den Park gegangen, nicht nur, weil er mich manchmal von der Schule abholte, sondern auch, weil das grüne Rechteck genau zwischen der Bäckerei und unserer Straße lag. Auf seinem frühen Weg in die Arbeit waren ihm etliche Male Füchse begegnet. Ab und zu hatte er für seine Lieblingstiere alte Brötchen unter den Büschen abgelegt und auf dem Heimweg nachgesehen, ob sie weg waren. Schon als Kind auf dem Land, hatte er mir erklärt, war er auf Seiten der Füchse gewesen und hatte misstrauisch die Maßnahmen seiner Mutter verfolgt, den Hasenstall einbruchssicher zu machen. Er war mit Mehl und Backwerk aufgewachsen, sein Vater war ebenfalls Bäcker gewesen, und die schlechte Nachricht, die meine Eltern damals im Sommer meiner Kindheit der Großmutter überbracht hatten, war ihre Absicht gewesen, sich in der Stadt eine eigene Existenz aufzubauen, worüber die Großeltern sehr enttäuscht gewesen waren. Was er von meiner Absicht hielt, lieber in einer Bücherei anstatt in einer Bäckerei arbeiten zu wollen, merkte ich daran, dass er mich „Bücherwurm" nannte und mich aufzog, wenn wir gemeinsam durch den Park liefen, indem er fragte: „Hier soll irgendwo eine Bibliothek sein, ganz nah? Und du gehst freiwillig hin? Bist du sicher?"

Die Bäckerei

Ab und zu drehten sich die Leute im Park nach mir und dem großen Rucksack um. Bei meinem Aufbruch vor über einer Woche hatte sich kaum jemand dafür interessiert, wie ich aussah, in größeren Städten war man an Aus-dem-Rahmen-Fallendes gewohnt. „Wo kommen Sie denn her?", sprach mich eine Frau in meinem Alter an und zog die Stirn in Falten. Ihr winziges Hündchen kläffte mich an und verhedderte sich aufgeregt in der Leine. Ich antwortete ihr, ich wäre lange und weit gelaufen, bis in meine Vergangenheit zurück, und ließ sie kopfschüttelnd zurück.

Zu meiner Überraschung gab es die Bäckerei noch, von außen sah sie nahezu unverändert aus, als habe sie darauf gewartet, dass ich ihr Äußeres mit meiner Erinnerung abgleichen konnte. Auch das Bimmeln beim Öffnen der Tür war noch dasselbe. Die Frau hinter der Ladentheke sah mir aufmerksam entgegen. Ich wusste plötzlich nicht mehr, was ich wollte und tat, als betrachtete ich hochkonzentriert die Auslage, um Zeit zu gewinnen. Doch dann hörte ich zu meiner Verblüffung meinen Namen: „Gabe?" Es dauerte eine halbe Ewigkeit, bis ich meine Starre überwand und nickte. Die Frau zog eine Schublade unter dem Ladentisch auf, griff hinein und reichte mir einen Briefumschlag. „Für mich?", ungläubig starrte ich auf den Absender. „Rosi und Jim, Café Ella" stand darauf. „Der Brief kam vorgestern. Am Tag zuvor rief eine Frau namens Rosi an und erkundigte sich nach dem Laden und ob er geöffnet wäre. Ihre Freundin hat Sie angekündigt", sagte die Verkäuferin. „Nehmen Sie Platz, wenn Sie möchten, lassen Sie sich ruhig Zeit. Kann ich Ihnen etwas bringen?" Ihre Augen blieben an meinem Gesicht hängen. Ich deutete auf ein Gebäckstück, bestellte einen Kaffee und setzte mich an eines der beiden Tischchen am Fenster. Dann öffnete ich den Umschlag, entfaltete zwei Papierbögen und las als erstes die Überschrift.

„Liebe Gabe", stand da in Rosis markanter Schrift, „du bist also angekommen." Mir war unbegreiflich, woher sie von der Bäckerei wusste, selbst ich hatte keine Sekunde lang an ihre Existenz geglaubt. „Jim sagt, es gab einen Astronom, der Wilhelm Herschel hieß. Nach ihm ist ein Mondkrater benannt. Jim hat mir erklärt, dass dieser Herschel und seine Geschwister sogar in den kältesten Winternächten mit dem Vater den Sternenhimmel beobachten mussten. Dieser Vater hat es wohl trotzdem geschafft, seine Kinder für die Schönheit der Sterne zu begeistern. So verfiel auch die Schwester Herschels der Sternenschau. Ihr Name war Caroline. Es heißt, ohne ihre selbstlose Mithilfe wären die Bücher, die er schrieb, nicht zustande gekommen. Als Jim mir das erzählte, dachte ich darüber nach, was Familie alles für einen bedeuten kann. Mina sagte immer: ‚Familie ist ein Wort mit sieben Buchstaben, es bezeichnet den Ort, wo wir zu Hause sind, egal wo wir leben.' Ich glaube, sie hatte recht. Auch wenn jeder eigene Wege geht, die manchmal auch sehr unterschiedlich ausfallen können, sind wir immer Teil von ihr. In vielen Familiengeschichten geht es um Schmerz und Verletzungen, aber auch um deren Überwindung. Von Herschels Schwester Caroline zum Beispiel weiß man, dass ihre Mutter sie am Ende eines Krieges einmal aussandte, um Vater und Bruder entgegenzugehen, sie traf aber die Heimkehrer nicht, kam völlig durchfroren nach Hause und fand die Familie vollzählig beim Essen um den Tisch versammelt. Sie war weder vermisst worden noch wurde sie begrüßt, außer von Wilhelm, der sich später in England William nannte und der ihr schon immer am nächsten war. Noch achtzig Jahre später hat sie sich bitter an das Verhalten ihrer Familie erinnert.

Liebe Gabe, auch wenn bitteres in unserem Leben passiert und wir vielleicht sogar selbst die Ursache dafür sind, so löst sich doch manches auf, wenn wir es uns ansehen. Caroline hat ganz genau hingesehen und sie hat als Erste das Phänomen der Leuchtenden Nachtwolken beschrieben. Ich selbst habe noch nie welche gesehen, *jedenfalls nicht bewusst. In der Stadt ist das ja schwieriger als auf dem Land, wo es Horizonte gibt. Diese weißen, flirrenden Wolken entstehen am kältesten Ort der Erde, in sehr großen Höhen, wenn es schon dunkel ist.*

Du bist in der Bäckerei gewesen und hast mit Irmela gesprochen", an dieser Stelle hob ich den Kopf und warf einen raschen Blick auf die Verkäuferin, *„und du fragst dich gerade, wie ich von der Bäckerei erfahren habe und wie ich an die Adresse gekommen bin. Ich gestehe, dass ich recherchiert habe, anscheinend ist der Wissenschaft mit mir eine begabte Forscherin verlorengegangen. Ich bin immer ein neugieriger Mensch gewesen, nicht mit dir über unser beider Vergangenheit zu sprechen, ist mir sehr schwer gefallen. Gibt man deinen ungewöhnlichen Nachnamen in den Computer ein, stößt man bald auf die Bäckerei deines Vaters. Sein Nachfolger hat den eingeführten Namen beibehalten. Einige deiner Bemerkungen im Cafe haben mich darin bestärkt, dass du dich mit dem Handwerk auskanntest, dein Wissen über Teige und Torten und auch einmal dein abfälliger Kommentar nach dem Kauf eines Brotes bei unserem Stadtbäcker. Ich stieß auf eine Todesanzeige, in der vom plötzlichen und unerwarteten Tod eines Bäckermeisters die Rede war und in der unter anderem als Hinterbliebene ‚Deine Tochter Gabe' stand, du wirst zugeben, dass auch dein Vorname eher selten ist. Je besser ich, unterstützt durch BEKAH, auf meinem inneren Weg bestimmte Zusammenhänge verstand, umso mehr machte ich mir Gedanken, wieso du es so strikt abgelehnt hast, über dein früheres Leben zu sprechen. Ich vermutete einen großen Schmerz dahinter. Als du mir das Tagebuch schenktest, kam ich auf die zugegebenermaßen verrückte Idee, dich mit deiner Vergangenheit in Verbindung zu bringen. Karl sollte dein Führer sein. Je öfter wir nach deinem Aufbruch telefonierten, desto mehr schien mein Konzept aufzugehen. Was im Kunstmuseum angefangen hatte, nämlich, dass Bilder etwas in dir auslösten, setzte sich während der Wanderung fort. Wanderung und Wandlung sind als Worte übrigens nicht weit voneinander entfernt, aber das nur am Rande. Auf diesem halbverschwundenen Weg ist dir alles Mögliche begegnet,*

Menschen haben sich bei dir beklagt, du hast dich verlaufen, du bist an deine Grenzen gekommen, ich glaube, dass all das nötig war, damit du dich Schritt für Schritt verwandeln konntest. Weißt du noch, wie du gesagt hast, dass deiner Meinung nach aus zu vielen Worten nur Missverständnisse entstehen? Ich glaube, mittlerweile bist du anderer Ansicht, das Gegenteil ist der Fall. Wir müssen miteinander reden.

Dieser Brief soll, falls du es nicht schon weißt, deutlich machen, wie sehr wir, Jim und ich, dich bewundern, weil du diesen Weg gehst, der ganz allein dein Weg ist, auch wenn wir einen kleinen Anstoß dazu gegeben haben. Ich hoffe, du verzeihst mir, dass ich mich in dein Leben eingemischt habe. Falls du zornig bist deswegen, setze ich darauf, dass dein Zorn verraucht ist, wenn wir uns wiedersehen. Eine gute Zeit in deinem Heimatort wünschen dir Rosi und Jim."

Jim hatte eigenhändig mit seinem Kugelschreiber unterschrieben. Dann kam noch ein *„P.S.: Wir warten auf dich, ,mit brennender Geduld'."* Das sah Rosi ähnlich, mich zum Schluss mit einem Buchtitel an meine Zeit in der Bibliothek zu erinnern.

Ich schaute der Frau zu, wie sie mit Hilfe einer Zange das Gebäck in der Auslage neu ordnete. Außer mir war kein Kunde im Laden. „Irmela?", fragte ich schließlich mit einem Zögern. Sie richtete sich auf und sagte ganz ruhig: „Ja." Aus dem jungen Lehrmädchen war eine Frau geworden, die meinen Vater gekannt hatte, eine Frau, die mir etwas über Vaters Beerdigung und die Zeit danach erzählen konnte. Auf ihrem breiten Kreuz und den starken Schultern hatte das Leben einige Last abgeladen, was ihren Gang breitbeiniger gemacht und verlangsamt hatte, weshalb ich in ihr nicht die flinke Irmela von einst erkannt hatte.

Mit ihren unverändert wachsam-ausdrucksstarken Augen, die das ganze Gesicht einzunehmen schienen, trat sie an meinen Tisch und öffnete ihren energischen Mund: „Schön, dich wiederzusehen, Gabe. Ich darf doch Du sagen, oder?"

Auf mein „Ja, natürlich!" fragte sie, wie lange ich in Born bleiben würde und ob ich schon eine Übernachtung hätte. „Ich habe heute noch nicht mit Rosi telefoniert", sagte ich, „die hat sich sonst immer um die Übernachtungen gekümmert." Wir wurden unterbrochen, weil sich eine alte Frau mit einer Hand am Außengeländer hoch zog, hereinkam, den Stock an die Theke lehnte und eine Stofftasche hochhob, in die Irmela das gewünschte Brot gleiten ließ. Beim Hinausgehen streifte mich ihr Blick und sie hielt inne, dann grüßte sie mich mit einem Nicken und ging. „Sie hat dich erkannt", sagte Irmela, „kein Wunder, ihr habt eine große Ähnlichkeit, du und dein Vater." Stumm ließ ich den Satz in mich einsickern.

„Noch eine halbe Stunde, dann schließe ich ab. Wenn du magst, kannst du mit zu mir hoch kommen, ich wohne über dem Laden." „Sehr gern würde ich das", sagte ich. Es fühlte sich so an, als wäre ich angekommen. Und das war ich ja auch.

Aus dem Küchenfenster konnte man auf den Park sehen. „Wenn man auf dem Balkon steht, fliegen einem die Vögel um die Füße", sagte Irmela. Der Balkon lag nah am Lebensraum der Baumkronen. „Mein Mann ist gestorben, seitdem bäckt ein Geselle, den ich eingestellt habe. Ein paar Jahre kann das schon noch weitergehen. Wenn Gabriel will, kann er die Backstube übernehmen. Er überlegt noch, sagt er." Irmelas Mann war also Vaters Nachfolger gewesen. „Warst du schon am Grab?", fragte sie plötzlich. Ich war froh, das bejahen zu können. Sie nahm es kopfnickend zur Kenntnis. „Es war ‚eine große Leich', wie man hier sagt." Anschließend bot sie mir an, bei ihr zu übernachten.

Nachts wachte ich auf und fand mich zuerst nicht zurecht, dann erkannte ich direkt über mir den hellen Ausschnitt des großen Dachfensters. Im Park waren Leute am Feiern. Jemand spielte Gitarre, es wurden Lieder gesungen, unterbrochen von Gelächter und lautem Rufen. Einmal war längere Zeit eine Kinderstimme zu hören, die anscheinend mehrere Lieder vortrug. Melodien von früher drängten sich in den Vordergrund, stiegen auf als Linien, die Worte in mir wachriefen. Ein „fiderallala" formte sich wie von selbst, ebenso ein „simsalabim", und zu meinem Erstaunen summte ich einige Takte mit. Ich stand auf und wollte eben das Fenster schließen, als eine Klarinette ihre Stimme erhob. Wehmütig drang ihre Erzählung in alle Nischen der Nacht und mir begannen schon die Tränen in die Augen zu steigen, als die Melodie unvermittelt in „Hey Mr. Tallyman" überging. Da änderte sich nicht nur meine Stimmung, auch die Feiernden grölten übermütig mit und setzten unrhythmisch Shaker und Trommeln ein. Von der Seite leuchtete mich wie eine große gelbe Lampe der Vollmond an, er hatte sich in der rechten unteren Ecke des Fensters verfangen. Ich legte mich wieder hin und schlief trotz der Musik auf der Stelle ein. Es war kurz nach fünf, als mir die Morgensonne auf das Gesicht fiel und ich mich nach einem Blick auf die Uhr tiefer in den Kissen verkroch. Wir waren erst um Mitternacht ins Bett gegangen, ich hatte von der Wanderung erzählt und Irmela von der Arbeit und vom Leben in Born. Nach und nach fielen mir die Träume der Nacht ein. Ich legte mich auf den Rücken und streckte mich. Die Gelenke knackten. Über mir zeichnete ein Flugzeug eine weiße Diagonale in das verwaschene Hellblau. Unsichtbare Windhände ergriffen sie und verschoben sie mittig zu einer langgezogenen Kurve, zerrten weiter an ihr und zerfaserten sie wie eine Lebenslinie, deren Träger eine Zeitlang gebeutelt worden war, ehe er seinen Weg weiter fortgesetzt hatte. Ich wartete auf das Eichhörnchen, das, wie Irmela gesagt hatte, am Morgen manchmal die Scheibe überquerte, aber es kam nicht. Ich setzte mich auf. Am Vorabend war kaum Zeit gewesen, das Zimmer zu betrachten. Irmela hatte mich noch gewarnt, nicht vor dem Engel zu erschrecken, eine große Schaufensterpuppe stand neben dem Tisch und schien zum Fenster laufen zu wollen. Todmüde war ich auf die mit einem grünen Bettlaken bezogene Matratze gefallen, hatte die gemusterte Bettdecke über mich gezogen, und den Schalter der Stehlampe bis zum Anschlag zurückgeschoben. Der Lichtkegel war geschrumpft und hatte der Helligkeit des Nachthimmels über der Stadt Platz gemacht.

Der Engel stand immer noch da. Er hatte das Gewicht auf sein rechtes Bein verlagert und sich aufgerichtet. Mit geradem Rücken und nackt, wie er war, strebte er mit einem Fuß in Richtung Himmel, dorthin, wo er eigentlich hingehörte. Auf dem Rücken trug der großgewachsene Körper zwei weiße Flügel aus Federn, die von den Schulterblättern aus in den Raum ragten und ihre himmlische Herkunft ganz klar zum Ausdruck brachten. Die Haut des Engels schimmerte alabasterfarben und die paar dunklen Farbspritzer auf seinem Oberarm taten der stolzen Erscheinung keinen Abbruch.

Die Kirchturmuhr schlug sieben und einige Krähen beschwerten sich lautstark darüber. Ich lauschte auf das einsetzende Geräusch einer Motorsäge. Man würde doch hoffentlich im Park keine Bäume fällen. Mein Blick fiel auf meine Füße. Zwei meiner Zehennägel verabschiedeten sich, die beiden neben dem großen Zeh waren schon ganz locker und dabei, sich abzulösen. Sie hatten es mir dann doch übelgenommen, dass sie bei jedem Schritt von der Querfalte der Wanderschuhe eingedrückt und in ihrer Bewegungsfreiheit eingeschränkt worden waren. Ich hoffte, am Ende würden die Zehen sich ebenso neugeboren fühlen wie ich.

Aus der Küche erklang das muntere Zwitschern von Irmelas Wanduhr, zu jeder vollen Stunde sang ein Vogel, als wolle er sagen, es gäbe Schönes, das Bestand hätte und man bräuchte sich keine Sorgen zu machen. Ich schlug die Decke zurück, stand auf und sah aus dem Fenster. Der Park lag mir zu Füßen, umgeben von den Straßen meiner Kindheit, manches war unverändert, anderes kaum wiederzuerkennen. Irmela schlief noch. Ich ging wieder ins Bett, lag mit unter

dem Kopf verschränkten Armen da und sah einen Flugzeug-
film nach dem anderen, bis ich sie in der Küche rumoren
hörte und Kaffeeduft durch alle Ritzen kroch.

„Du machst dir Vorwürfe, weil du nicht auf der Beerdigung
warst", sagte Irmela, „das musst du nicht, es war ja auch
schrecklich damals." Ich senkte den Kopf und hörte, dass sie
die Kaffeetasse abstellte. „Ich weiß noch, wie lange es dauerte, bis die Experten nachweisen konnten, dass der Ausfall der
Absauganlage schuld war, das Ergebnis lag erst kurz nach
der Beerdigung vor." Die Lehne meines Stuhls schien nur
noch aus Vorwürfen zu bestehen, hart und unnachgiebig
drückte sie gegen meinen Rücken. „Wusstest du, dass dein
Vater schon einen Reparaturtermin vereinbart hatte? Aber
der Brenner im Ofen explodierte, die Verpuffung kam ihm
zuvor." Was ich wusste, war, dass fein zerstäubtes Mehl sehr
heftig mit Feuer reagierte. „In einer Backstube darf niemand
rauchen", hatte mein Vater immer gesagt, „je feiner der
Staub, desto gefährlicher ein Funke." Irmela erzählte von
einem Festival, auf dem buntes Farbpulver explodiert war.
„Eine junge Frau ist gestorben. Niemand hatte damit gerechnet."
    Das Mehl hatte meinen Vater getötet und die Hitze, bei-
des war für das Backen unerlässlich. Mehl war der Aus-
gangsstoff für Brot, jeder hatte schon gesehen, wie unzählige
Körnchen feinen Staubs auf Waagen zu faszinierenden Ge-
bilden wuchsen und in der Luft tanzten, man legte Hefe in
seine weißen Kuhlen, um es nach der Zugabe von Wasser zu
formen, es klebte an den Händen, an all dem war nichts Fal-
sches. Irmela riss mich aus meinen Gedanken: „Was ich gestern vergessen habe - hier ist noch etwas für dich. Ich habe
den Karton aus dem Keller geholt, als der Brief deiner Freundin kam", sie ging zu einem Schrank, „alles Sachen von deinem Vater." Sie bückte sich, zog einen braunen Karton hervor
und schob ihn in meine Richtung, wo er sich zwischen uns

niederließ wie ein frischgebackener Brotlaib, der darauf wartete, dass man sich um ihn kümmerte. Für weitere Gespräche blieb keine Zeit, Irmela musste den Laden öffnen. Ich solle ihr einfach Bescheid sagen, meinte sie, wenn ich wüsste, wie es bei mir weiterging.

Sie war schon eine Weile weg, als ich explodierte, wie das Mehl, das an Vaters Tod schuld war. Voller Schmerz über seinen Verlust und voller Enttäuschung über die Jahre, in denen ich mich an Prinzipien geklammert hatte, anstatt frei und offen das Leben an mich heranzulassen, gab ich dem Karton einen Tritt. Er kippte um. Papiere fielen heraus, Fotos, Postkarten, Briefe, ein ganzes Bündel Stofftaschentücher und seine Uhr, alles verteilte sich auf dem Boden. Ich hatte mich nie gefragt, was mit seinen persönlichen Sachen passiert war, dieses Versäumnis löste erneut großen Kummer in mir aus. Der Blick aus dem Fenster auf die Bäume half mir, mich zu beruhigen, mir fiel der Fluss wieder ein und die junge Frau. „Besser spät als nie", hätte sie sicher gesagt und der Hund mit den merkwürdig blauen Augen wäre ihr in allem gefolgt.

Plötzlich war es ganz leicht, ich setzte mich mitten zwischen die Gegenstände und nahm jeden einzelnen in die Hand. Ich stapelte die Briefe, faltete die Taschentücher und legte die Fotos in ihre Schachtel zurück. In einer dicken, gepolsterten Tasche entdeckte ich unsere alte Videokamera, selbst die Bedienungsanleitung war mit einem Band daran befestigt. Ich fand eine Steckdose und versuchte, die Kamera zum Laufen zu bringen. Als sich die Klappe an der Seite öffnete, steckte ich eine mit Vaters winziger unleserlicher Schrift versehene Kassette hinein, betätigte den Rückspulknopf und nach einem mechanischen Klacken surrte das Band los und die Zeitangabe auf dem ausklappbaren Display zählte rückwärts. Orange leuchtete das Datum des Jahres auf, in dem Vater gestorben war. Das Surren stoppte und ich drückte auf ‚Wiedergabe'. Unvermittelt sah ich eine kahle, bergige Landschaft und hörte ganz nah seine Stimme: „Ich stehe oben auf dem Pass." Mein Vater war immer gern im Gebirge gewesen. Ein Kameraschwenk zeigte eine in vielen Windungen durch graues Gestein abwärts führende Straße, die sich in kompakten weißen Wolken verlor. Bewegt von einem Wind, der verzerrt als lautes Störgeräusch zu hören war, krochen sie in der Tiefe wie eine Spiegelung ihrer himmlischen Gegenstücke um die Felsen. Dann löste sich die Kamera von den wabernden Wolken, schwenkte nach oben über den Pass und auf die andere Seite. Ich erwartete, auf der anderen Seite des Passes würde es als Kontrast eine hellere Welt geben, doch dort bot sich dasselbe Bild und in dem Moment hörte ich meinen Vater sagen: „Sieh doch, die Wolken, sie zieh'n, die Wolken, sie zieh'n!" Seine Stimme war voller Begeisterung, ich konnte den Blick nicht vom Display lösen, starrte gebannt auf das wogende Weiß, das mich an Wolken aus Mehlstaub denken ließ, bis die Masse höher stieg und schließlich den Pass und alle Lebewesen in dicken Nebel hüllte. Als nächstes war ein lautes Klicken zu hören und der Bildschirm wurde schwarz. Ich wollte gerade die Stopptaste drücken, da erschien ein neues Bild, der Film lief weiter und lautes mechanisches Rattern und Stimmengewirr ersetzte die Windgeräusche. Vater war anscheinend bei einer Mühlenführung gewesen. Diesmal sprach oder erklärte er nichts, er nahm sich viel Zeit für das Abfilmen von Schildern und Beschriftungen. Für Besucher hatte man auf einer improvisierten Leinwand Filme über die Geschichte des Familienbetriebs laufen lassen, ich sah dunkle Hinterköpfe, die sich bewegten. Plötzlich sagte eine Männerstimme: „Schau an, du hier!" und der Film wurde angehalten. Auf dem Standbild waren eine Schulter und eine verwischte Hand vor einem Gestänge zu sehen. Ich spulte vor, doch das Band endete ohne weitere Aufzeichnung. Lange blieb ich sitzen und nahm noch das eine oder andere Foto zur Hand, bis es mir zu viel wurde. Mein Herz klopfte heftig und weil ich Angst davor hatte, wohin mich das alles noch führen würde, nahm ich mir vor, die restlichen Gegenstände in Ruhe zuhause anzusehen, in meinen eigenen vier Wänden, Stück für Stück.

Mit dem Rucksack auf dem Rücken und dem verschnürten Karton in der Hand wartete ich am Bahnhof auf meinen Zug. Irmela hatte ich versprochen, wiederzukommen. „Gut, dass du da warst, Gabe. Ich wünsche dir, dass sich die letzte Spur Bitterkeit bald verliert", hatte sie gesagt und mich umarmt.

Es war wieder ein heißer Tag. Unzählige Waggons, beladen mit festgezurrten Baumstämmen, deren Rinde in Fetzen im Fahrtwind wehte, fuhren an mir vorüber. Ein Baum schien wie der andere auszusehen, dabei waren alles Individuen, ein ganzer Wald auf einer Reise. Ich verließ Born mit dem Gefühl, eine Expedition beendet zu haben.

Im Zug saß eine ältere Frau mit fleischigem Gesicht und expressiver Mimik auf dem Viererplatz neben mir und sprach auf ihre Freundin ein. Beim Lachen warf sie den Kopf zurück, beim Reden beugte sie sich vor, zog die Augenbrauen hoch und legte die Stirn in Falten. Unbekümmert sprudelte ein Redestrom aus ihr hervor, über ihr Können, ihre Erfahrung, ihre Erfolge. Stumm betrachte ich ihr Gesicht und versuchte aufzunehmen, was sie sagte, doch mir wurde von ihrer Forschheit schwindelig, die vollen Lippen, die rollenden Augen und das Schauspiel ihres Selbstbewusstseins bedrängten mich. Zwei Kontrolleure verlangten die Fahrausweise. Der Mann auf dem Nachbarsitz hatte seinen Fahrschein falsch abgestempelt, was die blonde, junge Kontrolleurin in Warnweste laut und mit einem autoritären Ton in der Stimme allen anderen Fahrgästen bekannt gab. Der Mann verteidigte sich, aber alle, die zuhörten, ahnten, dass das nichts helfen würde, ihm wurden fast drohend Fragen gestellt, auf die er keine Antwort wusste. Man notierte seine Personalien und auf einmal war ich der Frau mir gegenüber für ihr Gerede fast dankbar, das uns, den Mann und die Leute in der Nähe umhüllte und einwob in einen Klangteppich.

Draußen strichelten Fährten durch ein hohes Roggenfeld, eine Zeichnung aus dunklen Linien. Tiere ließen sich nicht durch Grenzen aufhalten, sie kannten ihre Wege, nur die, die sich ein neues Revier suchen mussten, brachen ins Unbekannte auf. Auch ich war ins Unbekannte aufgebrochen, wie ein Tier, das an den Ort seiner Geburt zurückzukehren hatte, aber das war mir nur passiert, weil Born Karls Ziel gewesen war. Was dieses Ziel für mich bedeutete, wusste ich erst jetzt, doch ebenso viel Gewicht hatte, lange Zeit draußen in der freien Natur unterwegs gewesen zu sein. Ich konnte allen nur wünschen, Wandern käme wieder in Mode, vielleicht würde die Welt dann anders aussehen.

Mein Blick fiel durch das Fenster auf einen Teich mit tiefroten Seerosen, der Zug passierte verlassene Bahnhöfe mit blinden Fensteraugen und einmal überraschte mich ein Gewächshaus mit einem Streifen leuchtend pinkfarbener Blüten davor. Kurz darauf begleitete ein breiter Fluss den Zug und ein Hubschrauber stand lange wie eine Riesenlibelle in der Luft. Ich beobachtete, wie er sich manchmal drehte, als blicke er in verschiedene Richtungen und ich überlegte, ob ein Film über den Fluss gedreht wurde, einer von vielen aus der Reihe „Unser Land von oben".

Die laut sprechende Frau und ihre Freundin waren ausgestiegen, ihre Plätze nahm ein Paar Ende Dreißig ein. Er hob den Koffer auf die Gepäckablage, sie setzte sich ans Fenster und legte ihre Tasche auf den Platz gegenüber. Er setzte sich diagonal und sagte: „Du bist so weit weg." Anstatt ihm eine Antwort zu geben, steckte sie sich Kopfhörer in die Ohren und beschäftigte sich mit dem Handy. Seine warmen Augen blickten sie nachdenklich lächelnd an, doch sie sah nicht hin. Rosi und BEKAH würde es gelingen, in ihr eine Heilige zu sehen, dachte ich und lächelte sie an, als sie meinen Blick spürte und aufsah.

Sahara-Sonne über Deutschland. Ein Junge in Flipflops brachte sein Mädchen zum Zug und drückte für sie den Türöffner, ihre blonden glatten Haare fielen perfekt und gerade geschnitten bis auf den Po. Sie trug eine schwarze kurze Hose mit aufgedruckten roten Kirschen, schon wieder war Kirschentag. Sie setzte sich neben mich und wir sahen im Vorbeifahren gemeinsam auf ein riesiges ehemaliges Bahnhofslagergebäude, dessen Dach wie zu einem Schrei aufgerissen war.

Der Mann am Nebensitz nutzte seine Chance, als die Frau kurz das Handy aus der Hand legte, und sagte: „Schatz, du glaubst doch nicht etwa, dass das mit dem Bio wahr ist? Es geht heutzutage doch nur ums Geld. Ich habe einmal eine Sendung gesehen, da wurde nachgewiesen, dass Biogemüse genauso oder noch mehr belastet ist als konventionell angebautes. Heutzutage kannst du niemandem mehr glauben, das hab ich mir inzwischen abgewöhnt. Ich wasche alle Dinge ganz gründlich ab und damit hat sich's. Alles ist gleich vergiftet." „Aber man kann doch regional einkaufen, dann kennt man den Bauern", warf sie ein. „Weiß ich, was der auf sein Feld schmeißt? Man kann niemandem mehr trauen." „Also, ich glaube, die haben schon Kontrollen, Demeter und so", sagte sie zögernd. Er lächelte: „Schatz, das glaubst du doch selber nicht. Weil es immer nur ums Geld geht, ich habe es dir doch gesagt." In ihrem nächsten Satz schwang ein trotziger Unterton mit: „Also ich glaube schon, dass das kontrolliert wird." „Schatz, es gibt Meinungen, aber ich setze auf Informationen. Du sollst ja nicht *mir* glauben", er beugte sich vor und legte ihr die Hand auf das Knie, „sondern den Experten in der Sendung, das war eine ganz objektive Untersuchung." Sie sagte nichts mehr und hob stattdessen beide Hände, als wolle sie sich ergeben, doch sie ordnete ihre Frisur neu und zupfte den Quirl aus rötlich gefärbten Haaren über der Klammer nach den Seiten auseinander, um ihm ein noch fülligeres Aussehen zu verleihen.

Ich dachte an mein altes Prinzip Distanz. Es hatte mich misstrauisch werden lassen, zwischen mir und dem Mann bestand kein Unterschied, auch für ihn lag das Gift nur auf der äußeren Schale, er war der Meinung, man könne es wegwaschen, und ignorierte, was sich unter der Schale, in der Tiefe verbarg, weil er nicht wusste, dass es sie gab, diese Tiefe oder weil er nicht tiefer gehen und denken wollte.

Obwohl mittlerweile viele Sitzplätze frei waren, auch das Kirschenmädchen war ausgestiegen, steuerte zielsicher eine Frau in meinem Alter auf mich zu und nahm mir gegenüber Platz. Ihr Blick war direkt und mir war klar, sie wollte reden. Sie trug bequeme, zeitlos wirkende Kleidung und war keine Freundin von Umwegen. Sie musterte zuerst mich, dann den Rucksack und fragte: „Sie sind aus dem Westen, stimmt's?" Ich lächelte freundlich und antwortete: „Wie man's nimmt. Ich bin im Westen aufgewachsen, lebe aber schon die Hälfte meines Lebens im Osten, wenn man noch in diesen Kategorien denken will." Meine Aussage nahm sie zur Kenntnis. Eigentlich mochte ich ihre blass-grauen Augen, sie hatten etwas Melancholisches, was gar nicht zu ihrer leicht angriffslustigen Haltung zu passen schien. Sie kam gleich zur Sache: „Ich will Ihnen nicht zu nahe treten, aber ich muss etwas loswerden. Sie sehen so aus, als ob Sie nicht ganz so eindimensional sind wie andere Leute." „Danke sehr!", ich musste lachen und sie lächelte auch. „Ganz aktuell ist mir etwas passiert, die Einzelheiten sind nicht wichtig", sie steckte sich eine graue Haarsträhne hinter das Ohr, „aber es regt mich doch ziemlich auf. Wissen Sie, ich habe viel mit Westdeutschen zu tun, ich bin quasi eine Wanderin zwischen den Welten, ich kenne meine Ostdeutschen, auch ihre Macken, und ich schließe mich da selbst nicht aus, aber ich ärgere mich doch über die Ignoranz von Leuten im Westen, die glauben, sich nicht mit uns ostdeutschen Schwestern und Brüdern, wie es so schön heißt, befassen zu müssen und die viel lieber sie ihre Vorurteile behalten wollen." Das hatte ich so ähnlich schon in Glockenstadt gehört. „Ich weiß, was Sie meinen", sagte ich, „ich war selber eine von der Sorte." Sie lehnte sich zurück und sah gleich viel entspannter aus: „Na, dann bin ich ja an der richtigen Adresse!" „Kann sein", meinte ich, „ich habe leider erst in letzter Zeit einiges dazugelernt und ich bin noch nicht sehr gut darin, die Dinge anders zu sehen." „Das macht nichts, sie sind eine rühmliche Ausnahme, das zeigt schon ihre Reaktion", grinste sie, „ich habe mich ja auch schon geändert. Die Wende schenkte mir jede Menge negative Erfahrungen mit Westdeutschen und einen Haufen Vorurteile gratis dazu, sie kamen mir oft unnahbar vor, ohne Tiefe und oberflächlich, das kannte ich anders. Wenn es bei uns vielleicht nicht so direkt ausgesprochen wurde, bestand doch ein Gemeinschaftsgefühl, das nicht von oben verordnet, sondern aus dem Zusammenleben erwachsen war. Es brauchte nicht dieses direkte Aussprechen, wie man es im Westen gewohnt war, man verstand sich auch so. Überhaupt wurde selbst in der Arbeit viel mehr über die Familie geredet, auch dadurch entstand eine Art Wärme. Ich rede jetzt nicht über die Nachteile, was Berufswahl, Versorgung und Bespitzelung angeht oder über die Not derer, die unter dem System zu leiden hatten, das war schlimm, ich rede von den vielen, die innerhalb des Systems ihre Wege fanden, und das waren oft genug unangepasste Wege. Da ging einiges. Ich selbst bin keine widerständige Person, ich habe mich anders ausgedrückt, habe früh zu Nadel und Faden gegriffen und alles Mögliche selber genäht, eine Nähmaschine gab es in jedem Haushalt. Jeder konnte improvisieren und reparieren, Fähigkeiten, die heute wieder modern sind, wenn man an Nachhaltigkeit denkt. Mittlerweile kann ich die Unterschiede im Verhalten der Menschen besser einordnen, aber auf der Landkarte sind die Unterschiede noch erkennbar und ich vermisse das Bemühen um Verständnis auf westdeutscher Seite. Obwohl die Gesellschaft in der DDR alles andere als homogen war, werden wir kollektiv in einen Topf geworfen. Das ist bitter. Unzufriedenheit mit Dagegensein gleichzusetzen, scheint mir kein rein ostdeutsches Phänomen zu sein, doch nach wie vor sprechen manche Leute aus dem Westen mir ab, dass ich eine glückliche Kindheit und Jugend hatte, sie kann nicht stattgefunden haben wegen der Stasi, der Mauer und dem Gefühl des Eingesperrtseins. So eine Situation habe ich vorhin wieder erlebt." Sie verstummte und sah mich abwartend an - sie wollte tatsächlich Antworten von mir hören - und ich seufzte: „In den letzten Tagen habe ich gelernt, mich als Westdeutsche zu fühlen, vorher habe ich mir, wie gesagt, keine Gedanken darüber gemacht, ich weiß nur, ich bin nicht Helmut Kohl und ich bin auch nicht die CDU oder der Westen. Der Westen, den ich kenne, und das ist meine ganz persönliche Erfahrung, ist der in der Zeit des sogenannten Kalten Krieges, als die Gegensätze zwischen Ost und West wie auf einer Waage in einem wackligen Gleichgewicht gehalten wurden. Offen rechts zu sein, war in meiner Jugend, soweit ich es erlebt hatte, tabu, in Schule und Medien gab es hörbar mehr Stimmen dagegen und der Konsum war auch nicht so monströs wie heute. Ich trauere einigem von früher genauso nach wie Sie. Vielleicht geht es auf beiden Seiten darum, nicht mehr mit dem Finger auf andere zu zeigen und sich als Opfer zu fühlen. Ich weiß aus eigener Erfahrung, dass das zu nichts führt. Jeder muss sich bewegen, dann können wir die Dinge, die schief laufen, gemeinsam verändern, indem wir darüber reden." Sie nickte und nach einer Weile sagte sie: „Was Sie sagen, ist interessant, es wirft weitere Fragen auf. Wichtig ist auf jeden Fall, dass wir offen bleiben, und aufeinander zugehen. Wie gut, dass ich Sie angesprochen habe. Mir geht es besser und es fühlt sich wie ein Anfang an, obwohl Sie nicht die erste sind, mit der ich darüber spreche." Ich lächelte ihr zu, und sie erwiderte mein Lächeln. Dann sahen wir gemeinsam aus dem Fenster und unterhielten uns auf der restlichen Fahrt über anderes, bis sie ausstieg und wir uns freundlich verabschiedeten.

Nach dem Umstieg in einen Bummelzug spiegelte sich in der Scheibe über meinem Sitzplatz die Leuchtanzeige und erzeugte in mir ein orangefarbenes Flimmern. Ich fuhr durch Orte, die, wie eine weibliche Stimme aus den Lautsprechern erklärte, ‚Bedarfshaltestellen' waren, zum Aussteigen sollte man den Haltewunschtaster drücken. Laut Fahrplan würde ich um Mitternacht ankommen. Ich fühlte mich wie auf einer Weltraumodyssee. Mein Schiff trug mich in ferne Welten und es war unvorhersehbar, was mich dort erwarten würde. Auch mein Zuhause würde sich verändert haben, allein dadurch, dass ich es mit anderen Augen sah. Auf meine Clivia freute ich mich.

Ankunft und die Sache mit dem Heupferd

„Ganz am Schluss geschah die Sache mit dem Heupferd, müsst ihr wissen." „Was?" Rosi beugte sich vor, weil sie dachte, sie habe sich verhört. Jim saß unerschütterlich wie ein Berg auf seinem Stuhl. „Das mit dem Heupferd. Ihr wisst schon, das sind diese Riesenheuschrecken, ganz grün und geflügelt, die im Sommer manchmal am Wegrand sitzen oder aus dem Nichts angeflogen kommen." „Du meinst die, die aussehen, als ob sie dich anglotzen und die beim Fliegen laut surren?" „Ja, genau die. Ich habe euch doch erzählt, dass die Fenster unserer Wohnung auf einen Hinterhof hinausgingen. Und ganz eigenartig war, dass in meiner Kindheit am Ende des Sommers fast immer ein großes Heupferd im Schlafzimmer meiner Eltern auftauchte. Meine Mutter erschrak jedes Mal, man hörte sie kurz aufschreien, und sobald mein Vater aus der Backstube kam, war es seine Aufgabe, noch vor dem Essen das Heupferd zu entfernen. Er nahm Besen und Kehrblech und überredete es, die Wohnung wieder zu verlassen. Im nächsten Jahr kam es wieder. Das heißt, wir konnten nicht erkennen, ob es dasselbe Tier war, wir rätselten, wie alt solche Tiere wurden und fragten uns, ob ein Heupferd dem nächsten beibrachte, wem man im Spätsommer einen Besuch abzustatten hatte." „Irre!", ab und zu probierte Rosi Wörter aus, daran hatte sich nichts geändert. „Jedenfalls", fuhr ich fort, „verband sich damals beides für mich, das Heupferd und mein Vater, der es rettete, beides gehörte zusammen." Ich seufzte, wieder einmal stand ein Fenster in die Vergangenheit weit offen. „Am Abend hörte ich in Irmelas Wohnung in dem Zimmer, in dem ich übernachten durfte, ein seltsames Geräusch. Sofort bekam ich eine Gänsehaut. Das laute Surren kam näher und ein großes Heupferd flog durch das Fenster." „Nein!", staunte Rosi mit offenem Mund. Selbst

Jim hob die Augenbrauen. Ich nickte und erzählte weiter: „Es flog knapp an mir vorbei, prallte an den Vorhang, rutschte ab und landete auf einer der Vorhangschlaufen. Dort blieb es sitzen. Ich beschloss, es nicht zu vertreiben, das Fenster war offen, es konnte jederzeit wegfliegen, wenn es wollte. Während des Gesprächs mit Irmela spitzte ich manchmal die Ohren und konnte hin und wieder das surrende Geräusch hören, wie einen Gesang, der ab und zu einsetzte und wieder verstummte. Vor dem Zubettgehen sah ich noch einmal in der weichen Mulde der Vorhangschleife nach, das Heupferd war immer noch da, es lag reglos darin. Am nächsten Morgen war der Körper etwas gekrümmt und mir war sofort klar, dass es tot war. Es hatte sich diesen Platz ganz in meiner Nähe ausgesucht, um zu sterben, und zuvor hatte es seine letzten Töne ausgestoßen. Ich schob es vorsichtig auf ein Blatt Papier und warf es vom Fenster aus hoch in den Himmel."
Eine Zeitlang blieb es still, dann sagte Rosi beeindruckt: „Unglaublich." Jim räusperte sich und ich dachte, er wolle bestimmt das Thema wechseln und zur Tagesordnung übergehen, die geplante Schreibaufgabe war in Vergessenheit geraten, weil ich in einem fort von der Wanderung erzählt hatte, aber ich hatte mich getäuscht, er schien eine Rede halten zu wollen. Rosi und ich setzten uns aufrecht hin. „Ich bin froh, dass wir wieder zu dritt sind", Jim ließ sich Zeit für eine wirkungsvolle Pause, „ihr wisst, dass ich vieles von den Sternen lerne", wir nickten, „doch in den letzten Tagen habe ich auch einiges von dir gelernt, Gabe." Er strich sich mit der rechten Hand über das strubblige Haar und sagte mit einem kaum wahrnehmbaren Lächeln und in seiner schleppenden Sprechweise: „Das wichtigste, was ich gelernt habe, ist, dass es keine Grenzen gibt. Du bist einfach losgegangen. Deine Wanderung kam mir wie ein Satz vor, sie bestand aus mehreren Gliedern, so wie ein Text, der aus Hauptteil, Mittelteil und Schluss besteht. Es sind Teile, die eng zusammengehören. Die Betonung kann sich ändern. Manche Wörter stehen

immer zusammen, mit Wörtern lässt sich alles beschreiben, auch eine Grenze, aber das heißt nicht, dass sie für immer bleiben wird. Wörter wie Kolonnenweg, Stacheldraht und Panzersperren können ihre Bedeutung verlieren. Eine Zeitlang sind sie auf der Welt, man kann sie in Gesetze schreiben und man kann mit ihnen drohen, doch ihre Macht ist begrenzt. Zum Ausgleich gibt es freie Elemente, Satzzeichen, Umlaute, Konjunktive, sie bringen Bewegung in das Gebilde, so wie Gabe Bewegung in die unsichtbare Grenze gebracht hat, sie hat sie übertreten, mit ihr gehadert und mit Menschen gesprochen, die in ihrer Nähe leben. Sie ist in ihrem eigenen Universum unterwegs gewesen. Es gibt Sterne, die wirken auf andere ein. Auch das Universum ist in ständiger Bewegung. Wir sehen vielleicht nur die Sternschnuppen, doch auch über solche offensichtlichen Phänomene hinaus existiert Bewegung im Weltraum. Sie ist nur für unsere Augen nicht sichtbar, nicht einmal die stärksten Fernrohre können sie erfassen." Er war fertig, und während ich über Jims Worte nachdachte, begann Rosi, in ihrer Handtasche zu wühlen. Sie zog ein Buch in gemustertem Stoffeinband heraus und übergab es mir mit einer etwas fahrigen Geste. Es war Karls Tagebuch, auf dem Umschlag hatte Rosi ein neues Titelschild aufgeklebt, auf dem „Gabes Wanderung" stand. Ratlos hielt ich es in der Hand. Als beide mir zunickten, blätterte ich darin herum. Im ersten Viertel erkannte ich eine fremde Schrift, das schienen Karls Aufzeichnungen zu sein, doch dann folgten viele Seiten mit Rosis schwungvollen Buchstaben. Es war ein Buch über die Tage seit meinem Aufbruch, eine Chronik aller Orte, durch die ich gewandert war. Vieles war am Rand hinzugefügt worden, manches durchgestrichen. Sie hatte unsere Dialoge vermerkt und sogar kleine Zeichnungen gemacht von Stellen, von denen ich ihr erzählt hatte. Anscheinend hatte sie auch Fotos aus dem Internet als Vorlagen verwendet, das Gewächshaus von Kleintrogenbach beanspruchte zwei ganze Seiten, ebenso der Grenzverlauf in der Nähe von Hungerberg. Ganz hinten im Buch konnte man eine Karte ausklappen, der rote Strich quer über die Mitte sah mit seinem Auf und Ab aus wie ein Irrweg, doch ich wusste, dass er stimmig und ein Teil von mir war, ein Weg mit Windungen und ganz dunklen Flecken, an denen sich in der vertrauten Schrift meiner besten Freundin, denn das war sie geworden, Sternchen, die sich auf Einträge im Buch bezogen, zu dicken Knoten geballt hatten. „Rosi", flüsterte ich und sah sie an, sie tat keinen Mucks, „wie toll ist das denn! Du hast alles aufgeschrieben? Ich hatte gar nicht bemerkt, dass nach dem Text von Karl noch so viel Platz war." Rosi warf einen Seitenblick auf Jim, der kurz die Augen schloss, als täte ihm etwas weh. „Ist was, Jim?", fragte ich, doch er schüttelte den Kopf und sah auf Rosi, die fast tonlos sagte: „Weißt du, Gabe, also, Karl, der, hm, wie soll ich dir das erklären, also Karl war ein komischer Typ. Der hat einiges aufgeschrieben, das schon, aber ehrlich gesagt, er war kein Typ, der gern gewandert ist, um genau zu sein, er ist überhaupt nicht gewandert, dem waren eher seine Freundinnen wichtig, über die hat er eine Menge geschrieben, aber ich glaube, das wirst du nicht wissen wollen, es macht auch gar keinen Spaß, das zu lesen, hm." Sie verstummte und in der Stille, die folgte, sahen mich beide erwartungsvoll an und ich hatte Zeit, allmählich zu begreifen, was ich eben gehört hatte. Wie eine Welle ergriff mich das Verstehen und warf mich fast um. „Es hat also gar nicht gestimmt? Karl ist gar nicht gewandert? Rosi, du verrücktes Huhn, du hast die ganze Tour erfunden?" Ihr Nicken war kaum zu sehen, es war mehr ein Erschauern, das vom Kopf seinen Anfang nahm und anschließend durch den Körper wanderte, als ob sie ein Pferd wäre, das mit dem Zittern eines einzigen Muskels lästige Fliegen vertreiben wollte. Auf ihrer Stirn sammelten sich kleine Schweißperlen. Da sprang ich auf und umarmte sie. Wir hielten uns in den Armen und lachten und ich konnte nicht aufhören: „Ich fass es nicht!" und „Du verrücktes Huhn!" zu rufen. Die anderen Gäste drehten sich nach uns um und Gunda, die eingeweiht gewesen war, wie es schien, stand an der Theke und lächelte zu uns herüber. Schließlich fragte Jim: „Und wie geht es jetzt weiter? Schreiben wir endlich?"

Eines war sicher, weitergehen würde es, und zwar auf jeden Fall lebendig. Dafür würde Rosi schon sorgen, keiner wusste, auf welche Ideen sie in Zukunft verfallen würde. Auch wenn ich wieder im Westend putzen gehen und ab und zu das Kunstmuseum besuchen würde, das Wandern war aus meinem Leben nicht mehr wegzudenken. Außerdem warteten eine Menge Videokassetten in meiner Wohnung darauf, dass ich herausfinden wollte, wo Vater überall gewesen war. Es war möglich, all die Orte, die ich nicht kannte, kennenlernen und sie mit meinen eigenen Augen sehen, die ja zur Hälfte auch die seinen waren. Ich war sicher, dass ich eines Tages auf dem Pass im Gebirge stehen und auf die Wolken blicken würde, so wie er.

Als ich den beiden davon erzählte, rieb sich Rosi das Kinn und überlegte laut, ob sie sich deswegen Sorgen machen sollte. „Wieso das denn?", fragte ich zurück, „ich komme doch sehr gut ohne dich klar." „Wer weiß?", meinte sie, „im Außen zu reisen hast du geübt, aber jemand muss aufpassen, dass du nicht überschnappst. Reisen nach innen können sehr gefährlich sein." „Meine Liebe, wie mein Vorname schon sagt, habe ich sehr wohl die Gabe, mich jederzeit auf den Boden der Tatsachen zurückzuholen. Was man von dir und BEKAH nicht gerade behaupten kann." „Vielen Dank auch!", sie klopfte augenzwinkernd mit dem Stift an die Tischkante: „Es kann losgehen, Jim!"

Wir waren Jims Vorschlag gefolgt und hatten jeder einen Gegenstand dabei, den wir im Uhrzeigersinn weitergaben. Mir fiel der kleine Geldbeutel zu, den Rosi mitgebracht hatte. Sie drehte die Sanduhr um und ich schrieb sofort los.

Rosi war mit dem Vorlesen dran, sie hatte einen Ring zu beschreiben, den Jim auf einmal in der Hand gehabt hatte.

„Ich hab es ja schon immer gesagt: Reden ist Silber, Schwei-
gen ist Gold." Sie stockte kurz und sah Jim liebevoll an, wahrscheinlich, weil er der Meister des Schweigens war. *„Man*
kann einander auch ohne Worte verstehen." Ich fragte mich, wo-
von sie sprach, seit ich sie kannte, hatte sie das Gegenteil
gepredigt. Wieder über ihr Blatt gebeugt, las sie weiter: *„Ich*
kann mir nicht erklären, weshalb ich goldene Ringe bisher langwei-
lig und spießig fand, seit kurzem denke ich anders, dank Jim." Erst
jetzt bemerkte ich, dass sie genau den gleichen Ring an ihrer
rechten Hand trug und mir fiel es wie Schuppen von den
Augen. Sie waren ein Paar geworden. „Deswegen habt ihr
also die ganze Zeit zusammengesteckt, nicht wegen der Recherche oder wegen mir!" Ich hatte Rosis Vortrag laut unterbrochen und sah die beiden fassungslos an: „Wie kann das
sein? Ich muss schon sagen, ihr hättet ruhig mal ein Wörtchen
darüber verlieren können!" Dann schlug ich mir mit der
Hand an die Stirn: „Ich bin nicht ganz bei Trost! Entschuldigt
bitte, aber was für eine Überraschung! Und ich blind wie ein
Maulwurf!" Gunda stand schon neben mir mit einer Flasche
Sekt und vier Gläsern: „Darauf müssen wir anstoßen!" Jim
räusperte sich, lächelte und erhob Einspruch: „Ich schlage
vor, dass Gabe erst noch ihren Text liest!" Rosi sah ihn ver-
liebt an und nickte eifrig: „Ich war schon fertig." Ich blickte in
die Runde und nahm in bester Laune meinen Block zur
Hand.

„Liebes Lederviereck! Du liegst mit deinem ruhigen Braun auf dem
Tisch. Ich bin beeindruckt von dem kleinen Goldrand, der dich
verziert und natürlich auch von den anderen eingeprägten Mus-
tern, die deine Oberfläche mit goldenen Sternen überziehen. Und
ich frage mich, wodurch du so schräg geworden bist. Deine Form ist
ganz verzogen. Sicher bist du durch viele Hände gegangen. Möglich
ist auch, dass nur ein einziger Mensch dich besessen hat. Vielleicht
hast du jemandem gehört, den ich gemocht hätte. Wenn ich dich so

ansehe, muss ich an das Tier denken, aus dessen Haut du gemacht bist. Ob es jemals daran gedacht hat, dass sich ein Teil von ihm einmal in eine weiche hellbraune Geldbörse verwandeln wird, eine mit goldenen Mustern? Vielleicht sind es auch diese Anteile, die das Viereck so verschoben haben, weil sie sich nicht fügen wollten in die ihnen zugewiesene Rolle. Auch deine Ecken haben etwas von ihrem Glanz verloren und sind stumpf geworden. Am tierähnlichsten sind noch die Falten, die sich öffnen, wenn man an den beiden gegenüberliegenden Spitzen der Dreiecke zieht. Dann faltet sich das Leder auf und gibt das Innere frei. Es liegen Münzen darin. Die meisten ähneln denen, die bei mir daheim liegen, meinen oder Vaters Münzen, die letzten, die er berührt hat. Doch in dir befindet sich auch ausländisches Geld, eine philippinische und zwei schwedische Münzen. Wo kommen sie her? Magst du mir von der Temperatur, der Glätte oder der Farbe der Haut derjenigen erzählen, die dich berührt haben? Hat man dich in anderen Ländern geöffnet und geschlossen? Hast du je das Meer oder die Berge gesehen oder warst du meist im Dunkel von Taschen verborgen und hattest in den wenigen Momenten, in denen dich jemand herausholte, keine Zeit, dich umzusehen? Wärst du gern woanders gewesen? Gibt es einen Ort deiner Träume? Bitte lass es mich wissen! Ich bringe dich hin!"

Dank an

Andrea, Doro, Eva, Heike, Ida, Judith, Margit, Semmi, Silli

Barbara Biegel

Manchmal bin ich wie ein Kirschbaum mit waagrechten Strichen auf der Rinde, die mein Wachstum betonen. Ich wurzele
in fränkischer Erde, mein Stamm umfasst ein Kunststudium
in Nürnberg, die Anfänge meiner Buchbinderlehre in Ham-
burg, Muttersein, dreißig Jahre Selbstständigkeit als Künstlerin und kulturpädagogische Arbeit. Ich bin Qigong-Lehrerin
und Trauerbegleiterin. Seit mein Sohn beim Klettern in den
Bergen abgestürzt ist, wollen mehr und mehr Worte ans
Licht.

Außerdem von Barbara Biegel erschienen:

Die Wolkendecke. Von Trauer und Auftrag. Roman 2017
Imme Blau. Roman 2018
Forever Yang, Roman 2019

Zahlreiche Veröffentlichungen in Anthologien

Mehr Informationen:
www.holunder-spirits.de
http://holunder-spirits.blogspot.com